KB266975

신경
쓰이는
사람

달달북다 앤솔러지

신경 쓰이는 사람

김화진
장진영
한정현
이희주
이선진
김지연
예소연
백온유
함윤이
이유리
권혜영
이미상

사랑 **「명사」** 어떤 사람이나 존재를 몹시 아끼고 귀중히 여기는 마음 또는 그런 일. 경솔하게 선택하고 싶지 않은 것 중 가장 경솔하게 선택(당)하게 되는 것. 할 것. 자꾸만 멈춰 건너온 곳을 돌아보게 되지만 그 시작점을 잊지도 못하는 이미 지나온 횡단보도. 아침에 조금 더 빨리 눈을 뜨게 만드는 일. 뭉근한 온기로 서로의 마음과 마음 사이가 몽글몽글해지는 것. 기꺼이 모험하고 싶게 하는 마음. 하지 않아도 되는 일을 자꾸 하게 만듦. 가장 수치스럽고 영광스러운 날의 기억. 하고많은 유추와 세 번 이상의 질문. 서로 다른 둘이 만나 다른 채로 함께 나아가는 것. 그럼에도 불구하고 하고 싶은 것. 좋은 쪽이든 나쁜 쪽이든 안 해본 일을 시키는 자기 초과의 지렛대.

차례

김화진

개를 데리고 다니는 남자

[사랑] 경솔하게 선택하고 싶지 않은 것 중
가장 경솔하게 선택(당)하게 되는 것.

내가 그를 티튀루스라고 부른 적이 있다는 걸 그는 모른다. 나 혼자서 불렀으니까. 이름을 부르고 싶지 않아서, 이름을 부르면 너무 가까우니까, 이 정도 멀리서 생각하는 게 좋아서 나는 그를 티튀루스라고 칭했다. 티튀루스는 내가 좋아하는 책 속 주인공이 쓰는 글의 주인공 이름이다. 나는 '서울에 사는 평범한 직장인1'로, 여가 시간에 책을 많이 읽지는 않지만 3개월간 한 권의 책만을 읽는 습관이 있다. 매일매일 읽어야 하는 페이지를 정해놓고 두꺼운 책을 아주 천천히 읽어나가기도 하고, 또 아주 얇은 책을 사나흘 만에 후루룩 읽고 난 뒤 나머지 2개월 20여 일 내내 그 책을 열 번 정도 반복해서 읽기도 한다. 두껍든 얇든 읽는 데 걸리는 시간은 같다.

티튀루스를 만났을 때 나는 앙드레 지드의 『팔뤼드』라는 소설을 매우 좋아하며 읽고 있었다. 소설의 주인공은 아무도 이해하지 못하는 '팔뤼드'라는 글을 쓰는 데 몰두한다. 아무도 이해하지 못해도 그 행위는 그에게 자긍심이 된다. 주인공은 자다가도 문장이 생각나면 황급히 일어나 메모했다. 그런 모습을 상상하며 읽자니 이상하게 정이 갔다. 그가 휘갈겨 적었다는 문장들이 좋아 족족 밑줄을 긋게 되었다. 그러다가 나에게도 그런 것이 있을까, 책과 연필을 내려놓고 생각했다. '돈을 벌러 회사에 다니는 사람1'로만 살지 말고 다른 몰두할 만한 뭔가를 찾아 힘겹지만 황홀한 어떤 작업을 해야 할 것 같은데, 싶은 초조함이 들었고, 그런 마음이 어색하고 이상했지만 그 초조함이 어쩐지 싫지 않았다.

아주 짧은 책인데 이 사람이 지금 뭘 했다는 거지, 자꾸 헷갈려서 몇 번이고 같은 부분을 읽었다. 그렇게 해서 짤막하게 정리할 수 있게 된 책의 내용과 나의 감상은 이렇다. 『팔뤼드』의 주인공이 쓰는 글의 주인공 이름은 티튀루스이고 나는 이 인물이 써 내려가는 속마음이 마음에 든다. "나는 티튀루스. 혼자이고, 사색에서 벗어날 수 없게 하는 책처럼 풍경을 좋아한다. 내 생각은 슬프고, 진지하고, 다른 사람들과 비교하면 우울하기까지 하니까. 그래서 나는 내 생각을 무엇보다 좋아한다. 그리고 내 생각을 산책시키고자 벌판을, 평온하지 않은 못을, 황야를 찾아 나선다. 그곳에서 내 생각을 천천히 산책시킨다." 이런 문장을 읽으면 두근거린다. 내 인생에도 티튀루스가 있을까? 어느 날 언젠가 예고 없이 모습을 드러낼까? 티튀루스는 나일까 내가 사랑할 사람일까. 그 둘이 크게 다른 것 같지는 않다.

그해 여름 나의 습관은 아침 8시, 출근길에 떡집에 들르는 것이었다. 집에서 지하철역까지 걸어가 지하철을 타고 회사 근처 지하철역에서 내려 회사까지 걸어가는 데 걸리는 시간은 52분. 나는 언제나 8시 55분 정도에 사무실 내 자리에 앉았다. 내가 아침 8시에 들르는 떡집은 회사 근처가 아니라 동네에 있는 떡집이었고 신기하게도 그 루트가 추가되어도 회사에 도착하는 시간은 똑같았다. 지하철을 놓치는 일은 없었으므로 1, 2분의 변동이 생기는 경우는 내가 걷는 속도 때문일 것이다.

그 떡집은 매번 내가 출근하기 위해 지하철역으로 가는 길에 한 번도 사라진 적 없이 붙박여 있었지만 어찌 된 일인지 그동안은 한 번도 문을 열고 들어가볼 생각을 하지 않은 곳이었다. 그냥, 어느 아침 갑자기, 계시처럼 아주 은은하게 풍기는 고소하고 미묘한 단내를 맡고 그 앞에 멈춰 섰다. 무척 충동적으로. 오전에 사무실에서 느긋하게 인절미를 집어 먹으면 기분이 좋겠지, 그런 생각이 들었고 동시에 내 손은 그대로 떡집 문을 밀었고 다리는 걸어 들어가고 있었다.

처음 산 것은 인절미였다. 그날은 어쩐지 모든 게 다 계시 같았다. 원래 인절미를 가장 좋아하기도 했고……. 그리하여 9시 정각. 서랍에서 꺼낸 페퍼민트 티백을 뜨거운 물에 우려 인절미와 함께 먹었다. 떡집에 들어가기로 결심한 것은 완벽한 선택이었다. 떡은 쫄깃쫄깃했고 콩고물은 고소했다. 쌀의 단맛과 콩가루의 개구진 맛이 뭔가…… 다정한 느낌을 주었다. 여섯 개 정도 집어 먹고 어, 벌써 배가 부른데? 싶어 비닐을 도로 덮어놓았는데도 고소한 콩가루 냄새가 맴돌았다.

그 이후로, 이삼일에 한 번이나 사나흘에 한 번꼴로 떡집에 들렀다. 한번 사면 이틀은 먹을 수 있었고 주말에는 부러 떡을 사진 않게 되었으므로. 부정기적으로 떡집이 쉬는 날도 있었다. 그런 날은 가게 문에 손으로 적은 '오늘 쉽니다'가 붙어 있었다. 나는 주로 인절미, 무지개떡, 절편을 돌아가며 샀고 가끔 바람떡을 살 때도 있었다. 시루떡이나 꿀떡은 내 취향이 아니었다. 그건 너무 달았다. 내가 떡집에 들르는 시간에는 사장님으로 보이는 부부나 아르바이트생, 혹은 아들로 보이는 젊은 남자가 랜덤으로 있었다. 내가 떡을 사면 그들 중 한 명이 계산을 해주었다.

세 명에게는 각각 나름대로의 패턴이 있었는데, 남편으로 보이는 중년 남자는 언제나 떡을 뽑아내는 것 같은 기계 앞에서 있다가 내가 계산을 요청하면 손을 툭툭 털며 다가왔다. 가래떡을 뽑는 기계인가? 중년 남자 뒤로 보이는 기계를 구경하고 싶었지만 그런 걸 물어볼 순 없었다. 중년 여자는 주로 스티로폼 팩에 담긴 떡을 랩으로 포장하고 있다가 내가 들어서면 고갯짓으로 살짝 인사를 했다. 두 사람 모두 쓸데없는 말을 하지 않는 사람들이었다. 주기적으로 떡집에 들르게 되었을 때 나는 내심 오래된 동네 떡집 주인의 너스레 멘트를 기대하면서 각오했는데, 전혀 없었다. 중년 부부는 언제나 알아서 영수증을 버린 뒤 고맙습니다, 하고 말했다.

그리고 젊은 남자는 항상 좀 어슬렁거리는 것 같았다. 마스크를 쓰고, 앞치마를 하고, 장갑을 끼고 뒷짐을 진 채로 가게를 천천히 맴돌거나 중간 어디쯤 어정쩡하게 서 있었는데 그것이 어색해 보이진 않았다. 잘 어울린다는 생각까지 들었다. 이곳에서 일을 오래 한 사람처럼 보였다. 공간에 충분히 녹아든 느낌, 중년 부부만큼은 아니어도 있을 만큼 있어온 사람 같았다. 내가 떡을 고르고 카드를 주면 스르륵 다가와 계산을 하고 검정 비닐봉지에 떡을 담아 스르륵 건네주는 남자도 역시 중년 부부만큼이나 말이 없었다. 영수증 필요하세요? 그에게 들은 말은 그게 전부였다.

*

저녁에 공원 걷기를 시작하게 된 것은 역류성 식도염 증상 때문이었다. 그즈음 퇴근 후 저녁을 먹은 뒤 포만감에 휩싸여 곧장 침대에 눕는 게 나의 유일한 행복이었다. 그 루틴을 거쳐야 아, 나 퇴근했지, 집이지, 이게 행복이지…… 하고 확실하게 느낄 수 있었다. 그렇게 매일매일 반복. 당연한 수순처럼 목젖이 있는 목구멍의 시작부터 깊은 위장과 연결된 목구멍의 끝까지 화끈거리는 증상을 얻게 되었다. 그대로 몇 주 방치하니 조금만 말해도 목이 아프고 쉰 목소리가 나는 지경까지 이르렀다.

한 주 내내 점심시간에 동료들로부터 모림 씨 감기야? 어제 술 마셨어? 컨디션 안 좋아? 같은 말을 듣고 나서야 경각심이 스멀스멀 피어올랐다. 그럼에도 반차를 쓰거나 팀장에게 양해를 구하고 근무 시간에 병원을 다녀오는 일이 죽기보다 귀찮아서, 일단은 생활 습관을 고쳐보기로 마음먹은 것이다. 먹고 눕지 않기. 먹지 않고 눕거나 먹고 눕지만 않으면 되는 것을 지키는 건 왜 이렇게 어려운지. 나는 울고 싶은 마음을 참으며(참자…… 내 나이 서른한 살…… 하고 되뇌며……) 저녁을 먹은 뒤 주섬주섬 트레이닝복을 입고 운동화에 미적미적 발을 밀어 넣고 공원으로 나갔다.

그리고 한창 더웠던 날 공원에서 그 남자를 만났다. 내가 티튀루스라고 부르기로 한 남자, 딱 그 이름이 어울렸던 남자. 남자는 개를 데리고 산책하고 있었다. 개가 너무 귀여워서 나도 모르게 빠르게 걷던 속도를 늦춰 개를 바라보며 걸었다. 개의 몸줄을 쥔 주인이 나를 슬쩍슬쩍 보는 게 느껴져서, 어색하게 고개를 끄덕 숙여 인사를 건넸다. 강아지가 너무 예뻐요, 만져봐도 되나요? 하고 말을 건넬 용기는 없었기 때문이다. 그냥 지켜보는 건 괜찮겠지…… 하고 생각하며 조금 더 거리를 두고 개를 바라봤다. 연한 갈색의 강아지였다. 요즘 저렇게 물 빠진 갈색 강아지들이 많더라……. 너무 귀엽다……. 저 귀…… 저 눈……. 내가 가장 좋아하는 믹스견의 생김새였다. 부드럽고 부드럽게 생긴.

티 나지 않게 혼자서 감상하고 있다고 생각했는데, 갑자기 개와 나 사이의 거리가 좁혀지더니 남자가 말을 걸었다.

약밥이에요.

예?

이름이 약밥이.

아…… 약밥이 안녕.

물 먹일 건데 옆에서 보셔도 돼요.

그렇게 말하고 남자는 트랙을 벗어나 벤치로 가서 앉았다. 약밥이는 헉헉거리고 있었다. 물 마시고 싶었구나, 약밥이……. 나는 홀린 듯이 남자가 앉은 옆 벤치에 앉았다. 남자는 능숙하게 산책용 물통을 꺼내 생수를 부어주었다. 남자와 나 사이에 약밥이가 찹찹찹 물 마시는 소리만 들렸다. 엄청…… 뻘쭘하네. 약밥이는 귀엽고. 나는 물 마시는 약밥이를 실컷 구경했다. 저 귀여운 혀…… 다부진 다리…… 그림 같은 꼬리…… 너그럽게 접힌 귀. 약밥이는 나의 이데아 개였다. 개와 함께 산다면 저런 개면 좋겠다고 생각했는데. 이 남자 좋겠다. 약밥이가 물을 다 마시자 남자는 남은 생수를 들이켰다. 그 모습을 보자 나도 목이 마르는 느낌이라 가방에서 물을 꺼내 마셨다. 가방에는 사무실에서 먹다 남은 무지개떡 반 덩이도 들어 있었다.

떡 드실래요?

약밥이 구경을 오래 한 것 같아 용기 내어 물어보았다. 이 무지개떡 맛있는데……. 그랬더니 그 남자가 나를 영 이상한 사람 보는 듯한 표정으로 보는 것이다. 뭐야, 먹기 싫으면 아니요, 하면 되지 베푸는 사람한테 표정 뭐야, 그렇게 생각하고 있는데 개 남자가, 약밥이 주인이 말했다.

저 몰라요?

예?

저.

누구신데…….

저 떡집 사람이잖아요.

헉. 나는 소스라치게 놀라며 숨을 들이켰다.

전혀 몰랐는데. 진짜 모르겠는데요.

개 남자는 시무룩한 말투로 말했다.

그럴 수 있죠, 거기서는 마스크 쓰고 앞치마 하니까…….

나는 왠지 억울한 마음에 덧붙였다.

말도 안 하시잖아요. 영수증 준다는 말밖에 안 하니까 내가 목소리로도 못 알아채지.

내 말에 개 남자는 조금 반가운 기색이 되었다.

영수증 물어보는 건 기억하네요? 맞아, 제가 너무 말을 안 했죠.

좀 너무 반가워하는 기색이라 내가 되레 머쓱했다. 뭐야…… 기억했다고 이렇게 좋아할 거면 진작에 말을 붙이던가……. 일주일에 주말 빼고 평일 아침 한두 번은 들르는데. 그렇게 기회가 많았는데. 이렇게 말도 잘하면서. 아니다……. 그냥 일터에서는 스몰토크 하기 싫어하는 타입일 수도 있지. 나처럼……. 그럴 수도 있겠다. 나는 무지개떡을 먹으며 생각했다. 개 남자가 자기도 달라는 듯 손을 내밀었다. 뭐야.

안 드신다면서요.

제가 언제요.

떡집 사람이라면서요.

그렇긴 한데…… 맛있게 드시네요.

나는 떡을 조금 떼어 남자의 손 위에 올려주었다. 떡을 오물오물 씹는 남자의 턱과 볼 사이가 볼록해지는 게 다람쥐 같았다. 커다란…… 다람쥐…….

우리는 어색하게 걷다가 공원을 빠져나와 떡집 앞에서 헤어졌다. 개 남자는 내일도 떡집에 들르냐고 물었다. 무심코 네, 하고 대답하려다가 사무실 책상에 그대로 두고 온 인절미가 있다는 게 생각났다. 항상 인절미를 우선으로 사는데, 그날따라 무지개떡도 당겨서 엉겁결에 인절미에 무지개떡까지, 떡을 두 팩이나 산 것이다. 아니요, 일단 남은 것을 먹고, 그렇게 대답하자 개 남자가 아쉽네요, 했다.

집에 돌아와서 아쉽네요, 라고 말하던 남자의 볼과 턱 사이를 생각했다. 아무것도 물고 있지 않은데도 가끔 볼록 튀어나오던 볼. 개를 데리고 다니는 남자는 과연 다람쥐 같은 생김새였다.

*

다음 날 아침 사무실에 앉아 랩에 싸여 스티로폼 상자에 담긴 남은 인절미를 먹었다. 직사각형 모양의 인절미는 귀퉁이 부분이 말라 약간 딱딱했지만 가운데 부분은 여전히 말랑했다. 입에 넣고 씹으면 부드러워지며 단맛이 돌았다.

파티션 아래에서 몸을 웅크리고 회사의 공기에 귀 기울이고 있자면 다들 무언가에 열중해 있고 집중할 일이 있는 데 비해 나만 룰을 이해하지 못하고 동떨어져 있는 듯한 기분이 들었다. 매일 그런 건 아니고…… 일주일에 절반 정도? 나의 유일한 회사 친구인 성아는 내게 중요한 게 없어서 그런 거라고 했다. 그러나 내 생각에는 그건 내 어리석음 때문이다. 나는 언제나 내가 행한 뭔가를 되돌아보고 어리석다고 생각한다. 그러면서 다르게 행동해볼 기운이나 명석함은 필요 없다고도 생각한다. 그건 내가 아니라는 생각이 들기 때문이다. 이런 내 상태를 설명하는 것 자체로 어리석음을 증명하는 기분이 든다.

점심시간 조금 전부터 비가 내리기 시작했다. 비 오는 화요일이군. 이런 날에는 성아와 마구 떠들고 웃으며 점심시간을 보내기보다 조용히 책을 읽고 침묵 속에서 행복하게 점심시간을 보내고 싶어지네. 그렇게 생각하며 혼자 점심을 먹으러 나왔다. 여전히 좋아하는 책을 들고. 핸드폰으로 날씨를 체크하니 비는 하루 종일 내릴 것 같았다. 오늘 저녁엔 공원에 나가지 못하겠군……. 그런 생각이 스며들어 내 머릿속에 가득 차 있던 『팔뤼드』를, 앙드레 지드를 지웠다. 머릿속에는 이제 '팔뤼드'를 쓰려고 메모를 하며 돌아다니는 한 남자가 지워지고 개를 데리고 다니는 떡집 남자가 그려졌다.

떡집 남자의 꿈은 뭘까. 그의 화두는 무엇일지 궁금해졌다. 맛있는 떡을 만드는 것? 그도 일을 하는 떡집과는 무관한 자기만의 꿈을 품고 있을까? 그게 아니면 그냥 보통 남자들과 비슷하게 게임이나 주식? 운동복이 예뻤던데 패션……? 아니면 자기 자신에게는 썩 관심이 없고 그저 데리고 다니는 개에 대한 충직하고 연약한 사랑일까? 기억 속 그의 모습을 생생하게 뜯어보려고 애쓰다 보면 번번이 힌트를 얻는 데는 실패하고, 그가 고개를 숙이고 수줍은 듯, 수줍지만 참지 못하겠다는 듯 웃음을 터뜨리거나 얼굴에 미소를 번지게 하던 장면만 되풀이하게 되었다. 그래서 나는 개 남자를 티튀루스라고 부르기로 했다. 소설 속 문장이 떠올랐기 때문이었다. "티퀴루스가 웃는다."

*

초여름 장마 때문에 며칠 공원에 나가지 못했다. 비 내리는 주간이 지나가자 날씨는 본격적으로 더워졌다. 여름의 공원은 기세 좋게 이파리를 떨치는 나무들 덕분에 비좁고 빽빽해 보였다. 공원에 나가지 못해 이상하게 초조해진 나는 떡을 빨리 먹게 되었다. 가끔은 점심으로도 먹었다. 불행히도 그 전 주에 떡을 두 팩이나 사놓아서, 냉동실에 얼려두었던 떡을 더운 실온에 녹이고 녹여 꼭꼭 씹어 먹었다. 드디어 떡집에 들르던 날, 문을 미는데 평소보다 두 배는 무겁게 느껴졌다.

오늘은 떡을 포장하는 곳에 티퀴루스가 서 있었다. 어서 오세요, 라고 티퀴루스가 말했다. 문 쪽은 보지도 않고. 나는 숨소리도 작게 내며 떡을 골랐다. 티퀴루스는 여전히 말없이 떡을 포장하는 데에만 여념이 없었다. 그러다가 내가 고른 떡을 불쑥 내밀자 외마디 비명을 질렀다.

어!

안녕하세요.

티퀴루스에게는 언제나 첫 한마디가 어려운 모양이었다. 일단 한마디를 떼고 나면 도저히 예상하지 못한 문장을 태연하게, 꽤 많이 뱉었기 때문이다.

약밥이는 집에 있어요.

아, 예.

그동안 바쁘셨어요?

왜요?

공원에서 안 보이시길래.

전 비 와서…….

비 오면 안 나오세요?

비 와도 나가세요?

네. 약밥이 우비도 입는데. 나중에 보여드릴게요.

예…….

아, 오늘?

오늘?

오늘 저녁에 나오시면 보여드릴게요. 오늘 저녁에 비 오면.

비 올까요?

안 오면 좋죠.

하하…… 그죠…….

그런 대화가 이어지리라고는 생각하지 못했고, 나는 무척 당황했다. 애초에 뭘 어쩌려고 떡집에 간 건 아니지만…… 너무 생각 없이 갔나. 티튀루스가 떡집에서는 말이 없을 거라고, 공원에서처럼 수더분하고 넉살 좋지 않을 거라고 왜 철석같이 믿었지? 바보 같다……. 그런 자책을 하며 티튀루스가 떡을 검은 봉지에 담아 건네줄 때까지 기다렸다. 오늘은 꿀떡. 인절미에 조금 질려가던 참이었고 오랜만에 꿀떡의 진한 단맛도 나쁘지 않을 것 같았다. 티튀루스가 봉지를 건넬 때, 고개 숙여 인사할 준비를 하고 있던 나는 한 번 더 당황하고 말았다. 티튀루스가 터키아이스크림 장수처럼 떡을 건네던 손을 번쩍 들어 동선을 변경하며 물었던 것이다.

이름이 뭐예요?

저요?

네.

나는 손은 뻗었으나 떡은 잡지 못한, 부끄럽고 쑥스러운 몸짓을 간신히 지우며 대답했다.

김모림이요.

저는 이찬영이에요.

예에…….

그럼 저녁에 봬요.

네, 안녕히 계세요.

나를 회사로 실어다 나르는 지하철에서, 사무실 내 자리에서, 나는 자꾸만 멍해졌다. 티튀루스가 웃지 않고 묻던 순간을, 그것도 상상 이상의 질문만을 골라 하던 순간을 자꾸만 떠올리고 있었다. 오늘? 하고 묻던 순간. 이름이 뭐예요? 하고 묻던 순간. 떡집에서 언제나 마스크를 쓰고 있어 입 모양을 볼 순 없었지만 그 순간에도 왠지 웃고 있었을 것만 같은 티튀루스…….

그러나 실상 웃는 건 나였는지 자리 뒤로 지나가던 성아가 회사 메신저로 톡을 보내왔다.

—뭐야, 좋은 일 있어?

—좋은 일인지…… 아직 모르겠네……

—뭔데 뭔데

—동네에 떡집이 있는데

—맨날 사 오는 데?

—응

—거기 아들이……

—설마

—잘생겼어

—거짓말하지 마

—괜찮게 생겼어

—아니잖아

—웃겨

—좋아하지 마

—왜?

—떡집 아들 좋아하지 마, 그냥 그렇게만 알아

성아는 한숨 쉬는 토끼 이모티콘을 연달아 보내왔다. 나는 그걸 보고도 그저 웃었다. 내가 몇 분 동안 답이 없자 성아는 다시 톡을 보냈다.

—모림

—응?

—나 결혼해

—?!?!?!?!!?? 거짓말

—진짜야

—언제?

—내년 4월

—헐

성아는 남자친구와 6년을 만났다. 그리고 만난 지 5년이 되던 해 남자친구가 자신이 모르는 사이 다른 여자를 좋아한 것 같다고, 아주 잠깐이지만 좋아한 게 맞는 것 같다고 헤어진 적이 있다. 남자친구와 헤어졌을 때 성아는 그런 건 절대 용납할 수 없다고 했었다. 그러나 결국 다시 만났고, 지금 결혼을 한다는 것이다. 이제 성아는 그런 걸 용납할 수 있는 사람이 되었나. 다른 사람을 좋아했던 애인과 아주 오래도록 한집에 살 거라는 결심을 할 수 있는 사람이. 어째서 자신이 믿던 것을 저버리는 식으로 사람은 바뀌는 것인지, 자세한 것은 잘 모르겠지만 왠지 그것은 무척 어른의 태도 같았고, 어쩌면 사랑은 누군가의 비밀을 품어주는 것인지도 모르겠다고 생각했다. 역시, 자세한 사정은 알 수 없지만. 성아에게 다시 톡이 왔다.

—그니까 떡집 아들 좋아하지 마

피식. 나는 다시 웃었다. 그전보다는 조금 힘 빠진 웃음을. 점심시간은 성아가 털어놓은 이야기나 물으며 스무고개 하듯 보내면 되겠다, 그런 생각을 했다. 그러면 퇴근 시간이 오겠지. 저녁에는 공원에 가야지. 우비 입은 약밥이를 보러. 약밥이를 데리고 다니는 티튀루스도 보러.

*

아쉽게도, 그날 저녁엔 비가 내리지 않았다. 약밥이는 우비를 입고 있지 않았고, 티튀루스는 어깨에 보랭병을 메고 있었다. 그 모습이 썩 스포츠맨 같아 보였다. 나를 본 티튀루스는 웃었다. 손을 번쩍 들고.

덥죠?

왠지 쭈뼛거리며 다가간 나에게 티튀루스는 아주 자연스럽게 보랭병에 담아 온 것을 뚜껑에 따라주었다. 음료의 정체는 얼음 박카스였다. 한 모금 마셔보니 달고 시원하고 짜릿한 박카스 맛이 감동적이었다. 카페인과 당이 동시에 돌아 좀 신이 난 나머지, 나는 농담을 하고 말았다.

떡집 아들이…… 얼음 박카스? 감주 같은 거 마셔야 되는 거 아닌가.

출근 송으로 힙합 듣는다고 하면 뒤집어지시겠네.

그럼요.

모림 씨 왜 이렇게…… 늙었어요? 마음이?

무슨 소리. 저 엠지예요.

몇 살인데요?

서른한 살.

전 스물여덟. 모림 씨가 엠지면 저는 더 엠지죠, 제가 더 어린데.

그러네.

서른 이후 나이를 내 입으로 내뱉어본 적이 별로 없어서 어색해하고 있는데 거기에 티튀루스의 나이까지 들어버려 나는 좀 어버버했다. 뒤이어 성아에게 티튀루스의 나이를 말하는 내 모습이 떠올랐다. 아주 구체적으로. 뜨거운 녹차를 우리는 머그컵을 들고 스물여덟 살, 하고 입 모양을 만드는 나와 음절이 채 끝나기도 전에 뭐? 하고 미간을 찌푸리는 성아를, 마치 본 것처럼. 스물여덟. 나이가 뭐라고 듣자마자 갑자기 눈앞의 사람이 그 나이처럼 보이게 되는 걸까? 그건 어린 나이일까, 어리진 않은 나이일까? 뭘 하려고 하느냐에 따라 다르겠지. 성아에게 나이를 갖다 둘 곳은 결혼뿐이고 그러면 티튀루스의 나이는 어린 나이다. 나이를 알고 다시 보니 운동복 차림의 티튀루스가 정말 어리고 앳되어 보여서 스스로에게 조금 놀랐다. 스물여덟의 남자는 무슨 생각을 하고 살까? 정확히는 스물여덟의 티튀루스는. 약밥이를 데리고 나오는 밤 산책 외에 꾸준히 하는 건 뭘까. 골똘해지려는 찰나 티튀루스가 짐짓 심각한 표정으로 말했다.

근데 엠지는 나이로 나뉘는 거 아니에요.

그럼?

엠지는 태도예요.

어…….

그러니까 태도로 치면 모림 씨는 거의 해방둥이죠.

이…….

욕하기 없어요.

예.

우리는 동시에 웃고 동시에 이야기를 시작했다. 흐흐흐 조용히 웃었는데도 머릿속에 떠돌던 성아의 심각한 표정은 사라져버렸다. 우리는 합이 좋은 복식조처럼 말없이 티튀루스가 손을 내밀면 나는 컵으로 쓰던 보랭병 뚜껑을 건넸다. 티튀루스는 다시 보랭병을 닫아 한쪽 어깨에 둘러멨고, 누가 먼저

랄 것도 없이 자리에서 일어나 걸었다. 발 맞춰 느릿느릿 걸으며 티튀루스로부터 동네의 이런저런 맛집과 용한 한의원, 바가지 씌우지 않는 치과에 대한 정보를 들었다. 티튀루스에게 분갈이를 해주는 꽃집과 맛있는 에스프레소를 내리는 커피집, 케이크가 맛있는 제과점을 알려주었다. 티튀루스는 내가 사는 곳에서 한 정거장이 조금 안 되는 거리에 살고 있었다.

헤어질 때 티튀루스는 웃으며 떡 아직 남았어요? 라고 물었고 나는 웃으며 고개를 저었다. 티튀루스는 그럼 내일 봐요, 하고 말했다. 내일 봐요.

잠들기 전 핸드폰으로 떡의 종류를 검색했다. 티튀루스에게 말을 걸고 싶었기 때문이다. 그리하여 호박인절미라는 새로운 인절미를 알아냈다. 겉에는 부들부들한 카스텔라 가루가 묻어 있고 속은 진한 노란색, 말 그대로 호박색이었다. 블로그에는 "겉은 보들보들, 속은 쫀득쫀득, 씹을수록 달아요"라고 적혀 있었다. 호박인절미 있어요? 하고 티튀루스에게 묻는 다음 날 아침의 내 모습을 상상하다가 잠들었다.

*

졸린 오후, 성아가 탕비실에서 복숭아맛 콤부차를 타며 말했다. 결혼 얘기가 나온 순간부터 고민을 많이 했는데, 자기도 끝까지 어떻게 될지 몰라 미리 말을 못 했다고. 마음에 드는 식장을 예약할 수 있게 되어 이제야 진짜 하는구나 싶어 얘기한 거라고 털어놓은 뒤였다. 그런데 뭐 식장 들어가봐야 안다고……. 그렇게 덧붙이기도 했다. 성아의 톡톡 쏘는 말투와 무심한 듯한 태도 때문에 아, 진짜 결혼 그거 뭐라고 진짜 겨우 겨우 한다, 같은 느낌을 받을 수 있지만 나는 그 안에 꿀처럼 웅크린 성아의 설렘을 들은 듯했다. 단단한 목소리 안에 녹은 듯 들어 있는 말랑한 것. 성아를 보면 하얗고 말랑한 꿀떡이 생각났다. 동글동글하고 가끔 분홍색인 것. 단단하게 닫혀 있는 것 같지만 속에는 꿀과 깨가 든 것. 내일은 꿀떡을 사고 성아에게 좀 나눠줘야지 생각했다.

모림, 나는 진짜 네가…….

응.

좀 구실을 하는 남자를 만났으면 좋겠어.

응?

나는 항상 네가 꽂히는 남자들의 장점을 모르겠다고. 너는 사람 눈을 잘 들여다봐서, 그 남자랑도 영혼의 눈맞춤을 했는지 말았는지는 모르겠지만! 그냥 돈도 잘 벌고 회사도 다니고 그런 보통, 아니 보통보다 조금 나은 남자랑도 연애해봤으면 좋겠어.

응…….

그냥, 그냥 그래. 그런 맘이야.

그러고는 내 눈을 빤히 바라봤다. 영혼의 눈맞춤을 시도하는 것 같았다. 나도 지지 않고 성아의 눈을 바라보며 말했다.

무슨 말인지 알아.

성아 네가 한 말 나 하나도 기분 안 나빠, 하는 마음을 담뿍 담아서. 성아는 먼저 시선을 거뒀다. 성아 말이 맞았다. 나는 다른 사람의 눈을 잘 들여다본다. 그게 하나도 민망하거나 쑥스럽지 않다. 성아는 쑥스러워 보였다. 조금 쑥스러운 듯, 그래도 하고 싶던 말을 해서 후련한 듯, 그 둘이 반반 정도 섞인 표정이더니 곧 시원한 웃음으로 그 표정들을 전부 지웠다. 웃을 때 파도가 밀려드는 것 같은 성아의 입매. 길고 까만 속눈썹이 폭신해 보이는 아몬드 모양의 또렷한 눈이 가늘어질 때 성아는 무척 예뻤다. 웃지 않을 때 포카혼타스 인형 같은 성아. 웃을 때는 귀여운 포켓몬 같았다. 치코리타 정도? 나는 나에게 쏠린 관심을 돌리고 싶어 어색하게 물었다.

너라면 어떤 사람을 만날 것 같아?

월 400 이상. 서울 아파트 전세 대출에 결격사유가 없는 사람.

절대로 그거?

응. 호감이 비슷한 정도라면 돈 있는 사람이지.

성아는 내가 화제를 돌리는 걸 봐줄 생각이 없다. 그렇구나, 맞아 돈……. 내가 웅얼거리자 성아는 말했다.

퀴즈입니다. 사람들은 나한테 원래 어렵던 걸 쉽게 만들어주는 사람을 좋아할까요, 원래 어려운 것을 한층 어렵게 만드는 사람을 좋아할까요?

성아는 대답하지 않는 나를 빤히 쳐다본다. 왜 알면서 대답 안 해, 하고 고요하고 묵직하게 텔레파시를 보낸다. 그런 문제에 나는 아니? 아닌데? 하고 어깃장 놓고 싶은 마음도 없고 힘든 사랑이 진짜 사랑…… 그런 주장을 하고 싶지도 않지만 어쩐지 고르고 싶지가 않다. 성아가 말하는 남자는 무빙워크 같은 남자일 거라고 이해해본다. 우리는 무빙워크에서도 걸으니까, 나를 조금 덜 걷게 하는 남자. 그래, 목적지까지 덜 수고롭게 가도록 돕는 남자. 그것은 좋지. 하지만 모로 가도 가겠지, 영영 안 가고 싶은 건 아니니까 가게 될 길이면 가겠지 하고 시간 단축, 걸음 수 단축에 별 관심 없는 사람도 있지 않을까? 그러니까, 1년에 네 권 정도 읽으면서 책을 좋아한다고 하는 나 같은 사람 말이다.

넌 아직 다음 단계로 가고 싶지 않은지도 모르겠다.

성아는 나를 열심히 이해해보려고 해주는 몇 안 되는 사람. 나는 음…… 그럴지도…… 이 지연의 상태가 좋은지도…… 라고 성아의 이런저런 가설에 맞장구친다. 이런 가설의 결과는 언제쯤 알 수 있을까? 결과 발표는 언제인가요? 나는 허공을 바라보며 속으로 묻는다. 티튀루스의 이야기를 꺼낸 이후로 나를 보는 성아의 미간에 항상 심각함이 서려 있는 게 괜히 웃겨서, 성아의 속을 뒤집는 말을 부러 해본다.

떡집 아들이 그러는데, 부모님이 내 얘기 하신 적 있대.

뭐라고?

아침에 오는 아가씨 인상 좋다고.

썸도 아닌 단계에서 절대 부모랑 엮이지 마!

성아는 맥심 커피믹스를 한 움큼 쥐고 던질 기세였고 나는 그 모습을 보고 허리를 접으며 웃었다. 성아는 살아 있는 네이트판, 걸어 다니는 블라인드……. 그곳에서도 고민 상담 글에 한 문장으로 답변을 달아버리는 프로 베스트 댓글러 같았다. 그런 성아가 좋았다.

자리로 돌아와서 나는 내가 누굴 좋아하는지, 특히 어떤 이유로 좋아하는지 생각했다. 나는 재밌는 사람을 좋아하네. 성아도 티튀루스도 잘 보면 재밌는 사람들이다. 장르는 퍽 다르지만. 재밌는 건 드무니까. 나는 취미도 흥미도 별로 없는 부류의 사람이다. 내가 성아를 흥미로워하는 만큼 성아는 그런 나를 신기해했다.

결혼은 보통 언제 하는 걸까?

내가 물었다.

회사에 기대할 게 없을 때.

성아는 대답했다. 정말 그럴까? 성아는 회사에 존경할 만한 사람이 없다고 했다. 저렇게 되고 싶다고 여겨지는 사람이 없다고. 저렇게 되고 싶다고 생각한 사람은 나 역시 없지만……, 반대로 나는 회사의 거의 모든 사람을 존경하는 편이었다. 회사처럼 생각하고 회사를 중요하게 여겨 회사의 시간에 충실한 모든 구성원을. 늦어지는 일에 화를 내고, 작은 실수를 그냥 넘어가지 않으며, 동료나 부하직원의 근태를 엄중히 감시하고, 회사에서의 올바른 태도가 있음을 주창하고, 어떤 프로젝트가 진행될 때 기꺼이 자신이 핸들을 쥐고자 하는 태도가 존경스러웠다. 나로 말할 것 같으면…… 맡은 업무 중 몇몇은 재밌고 귀엽고 놀라운 면이 있다고 생각하지만 그 외, 내가 중요하지 않다고 생각하는 부분에 열을 내는 담당자를 만날 때마다 왜 그렇게까지? 라고 생각하는 편이었다. 그런 생각을 말하면 성아는 그럼 뭐가 좋아? 뭐가 재밌어? 하고 물었는데, 나는 언제나 그때그때 재밌는 것들을 대답하면서도 한편으로는 덮어두거나 회피하고 있다는 느낌이 들었다.

그러다가 문득, 나는 언제나 뭔가가 고프지 않은 동시에 고팠는데, 그게 아마도 사랑일지도 모르겠다고 생각했다. 모든 것에 대한 사랑이 있기는 있는 동시에 없는 것만 못하게 있는 것이다.

*

뭐 좋아해요? 보통, 평소에.

다음 날 밤 공원에서 티튀루스를 만나 대뜸 그렇게 물어보았다. 티튀루스는 손가락을 접어보며 말했다.

음악, 여행, 축구. 모림 씨는요?

전 셋 다 안 좋아하는데요.

그럼 뭘 좋아해요?

이제 뭘 좋아해야 할지 모르겠어요.

나의 사랑은 무척 얕다. 어쩌면 성아는 나의 얕은 사랑을 걱정하는지도 모른다. 아무것도 중요하지 않아 보이는 나에게 자꾸 결혼을 추천하는 건 그 때문인지도 모른다. 제도는 무거우니까. 무거운 것에 매이면 어쩔 수 없이 깊게 내려가게 되니까. 얕은 사랑도 좋지만 깊은 것도 해보라고. 그래도 몇 년 전엔 애인도 있었고 회사에도 더 흥미를 지닌 채 붙어 있었던 것 같은데, 최근을 생각하면 아무리 생각해도 떠오르지 않았다. 좋아하는 것. 좋아할 것.

책을 좋아한다기엔 1년에 네 권 읽는다. 떡을 좋아한다기엔 떡집에 들른 지 한 달이 겨우 됐고, 산책을 좋아한다기엔 나가기까지 너무 귀찮아한다. 티튀루스를 만나기 전까진 그랬다는 말이다. 티튀루스를 만나고 나서는 떡집을 들르는 것도, 공원에 나가는 것도 신이 났다. 그렇다면 내가 좋아하는 것은? 물음표 모양을 한 화살표. 가리키는 곳이 너무 빤해서 스스로가 좀 창피했다. 시무룩하게 들리는 내 대답에, 신나서 몸을 흔드는 약밥이에 의해 정처 없이 흔들리는 몸줄을 쥐고 티튀루스는 갸우뚱하며 되물었다.

뭘 좋아해야 할지 모르겠어요?

네. 회사 친구는 사람을 잘 보다가 구실을 하는 건실한 남자를 만나서 결혼하래요. 그게 다음 단계라던데.

친구는 그 단계로 넘어갔어요?

네. 넘어갔어요.

그래서 모림 씨도 넘어가려고요?

그럴까 했는데……. 어느 날 갑자기 뇌가 하얘지듯이 이때까지 내가 뭘 좋아했는지, 좋았던 게 투명해져서 잘 모르겠네.

이때까진 뭘 좋아했는데요?

그냥…… 아무 일도 없는 주말에, 버스 타고 30분쯤 가다가 대충 어딘가에 내려서 가방 내려놓고 책 읽고 그러면 좋았거든요. 아무 생각 안 하고. 그런데 요즘은 몸은 가만히 있는데 머릿속이 너무 분주해요. 문제는 내가 무슨 생각을 하는지도 모르겠다는 거예요.

그게 불안이라는데.

맞아요. 성아도 그게 불안이라고, 머리 말고 몸을 빨리 다음 단계로 넘어가게 하면 그런 불안은 사라진대요. 플래너 계약,

웨딩홀 계약, 드레스 예약, 사진 촬영, 신혼집 계약, 이렇게 쭉쭉쭉 가다 보면 너무 바빠서 웨딩 업체의 부당한 갈취에서 오는 정확한 분노나 돈만 있으면 더 좋은 걸 할 수 있는데 돈이 없어서 더 좋은 걸 할 수가 없는 정확한 안타까움만 있고, 구름처럼 뭉게뭉게한 불안은 없대요. 이인삼각처럼 둘이서 그 걸 다 해내고 나면 성취감도 든다고.

성아 씨가 그래요?

네, 성아가 회사 친구예요.

성아 씨는 그거 했대요?

성아는 이제 그거 할 거예요. 내년에 결혼한다고 했거든요.

다음 단계로는 티튀루스가 미끄러지듯 잘 나아갔다. 저녁의 공원에서 그는 나에게 보랭병에 담긴 고소하고 달달한 미숫가루를 건네며 아주 자연스럽게 이렇게 물었다.

언제 영화라도 보면 좋겠네. 모림 씨 무슨 영화 좋아해요?

좋아하는 영화 별로 없어요.

그럼 여러 번 봐도 안 질리는 영화. 틀어두면 그냥 좋은 영화 있잖아요. 그건 뭐예요?

그런 영화는…… 〈비디오드롬〉이요.

어…….

찬영 씨는 뭐…… 좋아하는 영화 있으신지.

포뇨요.

예?

〈벼랑 위의 포뇨〉…….

아…….

*

하반기 알림이라고 인사과에서 전체 메일이 왔다. 승진 알림 메일이었다. 온라인마케팅팀 세희 씨, 경영지원팀 경인 씨, 그리고 디자인팀 승민 씨와 우리 팀의 성아는 과장이 되었다. 비슷한 시기에 들어왔거나 연차가 비슷한 서른 즈음의 동료 직원들이었다. 그러니까 회사에서 판단한 각 팀의 에이스라고 할 수 있었다. 다 같이 축하 점심을 먹는 자리에서 맞은편에 앉은 성아가 할 말이 있는 표정을 하고 있는 게 보여서 괜찮아, 했다. 나는 성아보다 6개월 정도 먼저 입사했고 이 회사에 7년째 다니고 있었다. 모림도 승진해야 하는 거 아니냐고, 성아는 말하고 싶었을 것이다.

그런 것은 아무 상관이 없다. 줄 마음도 없고 받을 마음도 없고…… 어쩌면 이 상태가 최선을 다해 회사랑 사이가 좋은 시절인지도 모르지. 나는 성아에게 그렇게 농담했으나 성아는 시원하게 웃어주지 않았다. 정말인데. 나는 괜찮은데. 성아가 되는 건 좋다. 내가 되는 건 (혹은 되지 않는 건) 그냥 그렇다. 아무리 생각해도 대리에서 과장이 되는 것 같은 일은 썩…… 좋지도 기쁘지도 않았다. 언젠가 이런 얘기를 하는 나에게 인사과 선배가 네가 중요하지 않게 생각하더라도 회사에서 너를 평가하는 중요한 포인트라고 일러준 적이 있는데, 그때도 잠자코 고개를 끄덕이긴 했지만 사실 정말 상관이 없었다. 회사가 나를 어떻게 평가하든. 그리고 그건 팀장에게 익히 들어 아는 내용이었다. 그걸 다시 알아봐야 크게 달라질 게 있겠는가.

팀장은 나에게 종종 의욕을 가지라고 말했다. 좀 도전적으로 뭔가 해봐, 모림 씨. 책임감을 가지라고. 하지만 책임감이라니. 양심 정도만 가지면 안 될까요? 저는 양심적으로, 실수하지 않기도 힘든걸요. 그렇게 대답하지 못했다. 네, 노력할게요. 그렇게 말하고 또 고개를 끄덕끄덕. 그것도 얼마간의 진심이었다. 이제까지 해온 것과 다르게 뭔가를 바꿀 수 있을까? 회사에서? 나는 하루하루가 이미 무척이나 다르고, 그래서 매번 무척이나 진땀 나고 익숙해지지가 않는데, 사람들은 나를 무척 기계적이고 반복적인 캐릭터라고 생각한다. 그 정도는 안다. 그러나 다른 사람들은 이것만은 모른다. 나에게는 그 반복적인 삶도 가뿐하지가 않다는 것.

동시에 나는 사람들이 나에게 바라는 게 실제로 성과를 내는 게 아니라 성과를 내보고자 하는 캐릭터로의 변신이라는 것, 그러니까 기세의 문제라는 것도 조금은 안다. 기세가 있었다면 달랐을까, 서른한 살까지의 내 인생은? 지금 나는 아직 세상이 너무 낯설지만 동시에 너무 많이 살아버렸다는 느낌이 드는 구간에 들어선 것일까? 다른 사람들은 스스로를 어떻게 생각할까? 2020년대가 시작된 이래로 사람들은 스스로를 미래의 인간이라고 생각할까? 전에 없이, 누구와 비교해도 영리하고 문명화되었다고 거리낌 없이 받아들일까?

그렇다면 나는 그 무리에서 약간 비껴나 있는지도 모른다. 나는 여전히 우둔하고 멍한 채로, 시대착오적인 채로 있다. 인스타그램과 쇼핑 라이브커머스로 커피포트와 토스터와 믹서기를 팔지만, 그 모든 일을 인터넷으로, 메일과 화상회의로 진행하지만 여전히 미래의 인류라는 실감은 없다. 회사에서 난 대체 뭘 하는 걸까? 그 자체가 가상현실 같기도 하다. 그래서 내가 그토록 이입을 못 하는지도. 브이로그를 찍거나 쿡방을 하는 유튜버들에게 협찬 메일을 쓰면서도, 그들과 내가 같은 종족이고 같은 시대인이라는 실감을 하지 못한다. 이것은 내 진짜 현실이 아니라고 마음 깊은 곳에서 거부하는지도 모른다. 내가 티튀루스라고 부르는 이찬영 씨가 아닌 진짜 티튀루스와 같은 시대에 살았다면 좀 덜 부대꼈을까?

나는 큰 얼음에서 쪼개져 떠내려가는, 그러는 동안 계속해서 조금씩 작아지는 얼음 조각에 탄 무리에서 가장 아둔한 펭귄 같다. 가끔 드는 조바심은 그런 것이다. 다른 얼음 조각에 닿을 수 있으면 좋으련만. 두 얼음을 꼭 붙여, 녹았다가 얼게 할 수 있으면 좋으련만. 조랭이떡 같은 모양으로 붙어 넓어진 얼음 위에서 누군가와 함께 흘러가면 좋으련만. 그런 고민을 하고 있다. 퇴근 후 지하철에 실려 돌아오는 동안, 동네에 내려 도넛이나 핫도그를 사 들고 우물우물 씹으며 마실 삼아 집으로 가는 제일 먼 길을 골라 걷는 동안에.

내 마지막 연애는 4년 전에 끝났다. 스물세 살 때 서른한 살 남자를 만나 스물일곱 살에 헤어졌다. 스스로를 비혼주의자라고, 또래 여자들은 여자로 보이지 않는다고, 이렇게 계속 연애하며 지내자던 그 남자는 작년에 자기보다 열 살 어린 여자와 결혼했다. 세상에. 그런 건 알고 싶지 않아도 알게 된다. 나는 그것을 인스타그램 피드를 구경하다가 알게 되었다. 랜덤으로 뜨는 게시물들을 생각 없이 주르륵주르륵 올리고 있었는데, 한 웨딩 플래너의 계정에 있는 턱시도남의 얼굴이 이상하게 낯익었다. 전 애인임을 알고 나는 악, 하고 어플을 닫았다. 무방비 상태에서 그런 걸 마주하다니……. 사진을 본 직후 몇 초간은 어쩐지 창피했고 시간이 지나자 곱씹을수록 우스워서 혼자 조금 웃었다. 마지막 연애니 깨끗이 잊히진 않았어도 모든 게 꽤 가물가물해질 즈음이었는데, 이렇게 소식을 알게 되다니……. 그런 우연은 정말 재밌는 것 같았다. 재밌는 일이 여간해서는 별로 없는 게 인생이니까.

나는 이것을 기억했다가 성아에게 들려주었고 성아는 웃지 않고 미간을 잔뜩 찌푸리며 짜증스러워했다. 성아가 이제는 결혼할 생각으로 사람을 만나보라고 나에게 말해 버릇하게 된 것은 그 이후다. 결혼하지 않겠다고 했지만 결혼을 결심한 전 애인처럼, 동시에 두 사람을 좋아하는 사람을 용납하지 못하겠다고 했지만 용납하기로 한 성아처럼, 나도 언젠가 어떤 결심을 취소하고 다른 결심을 하게 되는 날이 올까?

반복적인 삶은 괴롭지만, 변화 또한 괴롭다. 그럼에도 그런 괴로움은 한번 겪어볼 만한 것 같다……. 환경을 뒤집을 수 없다면 내면을 뒤집어보면 된다. 사랑은 그것을 가능하게 한다. 요즘 사랑 생각을 많이 한다. 티튀루스 때문이겠지. 철없어 보이겠지만 그래도, 사랑에 대해 열심히 생각해야 한다. 지반을 뒤흔드는 듯한 굉장한 변화로서의 사랑은 3개월이면 지나가기 때문이다. 그 뒤로는 다른 사랑이 온다. 광기가 잦아든 뒤의 사랑, 또다시 일상이 되는 사랑이.

오늘 티튀루스와 나는 반복이다. 그네에 앉아 있기 때문이다. 티튀루스가 앉은 그네와 내가 앉은 그네가 엇갈려 하늘로 올라갔다가 땅으로 내려온다. 한 명이 솟구치면 한 명이 곤두박질친다. 그러면 변화인가? 한창 신나게 그네를 타던 티튀루스는 긴 다리로 턱턱 겁도 없이 땅을 디디며 그네를 단번에 멈춘다. 그리고 묻는다.

저녁 뭐 먹었어요?

떡 남은 거. 그리고 고구마도 조금 먹었어요.

모림 씨 식단 하세요?

어떤 식단 하는 사람이 떡을 먹어요.

우리 집 떡 먹었구나?

맞아요. 찬영 씨는 저녁 뭐…….

저는 돈가스. 알아요? 사거리 골목에 돈가스 진짜 맛있는 우동가게 있는 거? 튀김옷이 진짜 얇고 바삭하고, 고기가 엄청 담백해요. 그리고 밥은 셀프. 아이스크림 스쿱으로 푼 것 같은 밥 아니고 밥그릇에 고봉으로 담을 수 있어요. 짱이죠?

짱이네. 저는 몰라요.

몰라요? 이 동네 오래 살았다며!

몰랐어요. 떡집도 최근에 가봤는데요, 뭐.

그러네. 여간 어디 안 다니는구나.

그런 거 같아요.

나중에 꼭 가봐요.

같이 가자고 하지 않는 티튀루스를 속으로 조금 욕했다. 성아처럼 생각해보기도 했다. 돈가스가 그렇게 좋냐, 돈가스 얘기밖에 할 얘기가 없냐, 어유, 이 어린 놈아, 철없는 놈아, 나이 답다 다워……. 그렇게 구시렁거리고도 동시에 내 입맛대로 굴지 않으면 티튀루스를 바로 미워하는, 내 속이 복잡하면서도 치사한 것 같아서 기분이 좋지 않았다.

내가 잘 살고 싶어 하지 '않는' 건 아니야. 다만 지금 그러고 싶지 않을 뿐이거나 잘 살고 싶지만 그렇게까지 잘 살고 싶은 게 아닌 것인지도 몰라. 그렇지만 나도 잘 살고 싶어. 누구보다…… 나 자신의 기준에서…….

그런 말을 하고 싶어 속이 터질 것 같았다. 회사에서 받는 오해들에 반박하고 싶었는데 그런 어필은 어쩐지 회사가 아니라 티튀루스에게 하고 싶었다. 나 그렇게 재미없는 사람 아니야, 하고 항변하고 싶었다. 결혼에, 승진에 욕심이 없다고 잘 살고 싶지 않은 건 아니야, 라고 말하고 싶었고 티튀루스에게 그렇지 않아요? 라고 묻고 싶었다.

저는 제 인생이…… 좀 재밌었으면 좋겠어요.

다 제치고, 냅다 그런 말을 해버렸다. 그 순간 나는 나의 욕망을 깨달은 것도 같았는데, 머릿속을 스치듯 지나간 문장은 이런 것이었다. 한참 늦더라도 내 마음대로 걸음대로 이 시대를 가로지를 것. 그것이 나의 목표다.

*

이삼일 내리 기분이, 컨디션이, 운이 좋지 않았다. 코 옆에 잘 터지지도 않는 아픈 빨간 뾰루지가 나서 내내 신경 쓰였고,

병든 닭처럼 오후에 졸기도 여러 번. 운 나쁘게 모두가 자리를 비운 사이 내가 받은 전화는 신이 내린 목청으로 자기 얘기만 하는 의아한 고객 전화였고, 제작 업체와 계약서의 조항을 바꾸는 민감한 메일을 보내야 하는 중 팀장님이 파티션 너머로 불러주는 이런저런 지시 사항을 듣는다고 들었는데 잘못 이해해서 어이없는 문장을 적어 메일을 보내 한숨 소리를 들었고, 신제품을 두고 전사 유관부서와 외주 홍보사까지 함께 진행하는 회의를 잡아놓고 멍하게 자리에 앉아 있다가 회의 시작 5분 뒤 화들짝 놀라 뛰어 들어가기도 했다. 내내 울적했다는 소리다. 이런 주간에는 『팔뤼드』도 힘을 주지 못한다. 벌써 몇 년 차인데도 지적당할 때마다 얼굴이 새빨개지고, 답답한 속은 긴 한숨을 내쉬어도 풀리지 않고, 입맛도 없었다. 퇴근길에는 종종 불 꺼진 떡집을 바라보았다.

어쩐지, 그러더니, 아침에 일어났는데 뒤쪽 허리가 묵직했다. 화장실에 들어가보니 아니나 다를까 생리 시작. 피를 두 눈으로 보고 나면 그래…… 이거였군…… 하는 마음에 속이 시원하지만, 기다렸다는 듯이 바로 배가 아파온다. 이제 봤지? 하고 마음 놓고 아프겠다는 듯이. 아랫배가 부풀고 골반이 고무처럼 늘어나는 듯 기분 나쁘게 디용디용 하는 느낌이 들고. 허벅지와 종아리도 팽팽해지고 뜨끈한 느낌이 오락가락 지속되었다. 약을 먹으면 괜찮아졌다가, 두 시간 이내로 다시 열이 오르고 몸이 팽팽해지는 느낌이 들고 하반신이 고무가 된 듯한 느낌이 반복. 저녁이 깊어질수록 속이 좋지 않고 머리가 지끈거리는 증상까지 추가된다. 참으로 서럽고 새롭다. 생각해보니 열세 살부터 생리는 거른 적이 없다. 한 달에 한 번. 이틀, 사흘, 늦으면 일주일 미뤄진 적도 있긴 하지만 그건 아주 드문 일이고 보통은 꼭 그즈음에는 했다.

세상에……. 내가 해온 일 중, 가장 꾸준한 일이었다는 사실을 깨달았다. 피를 쏟아내는 일이 말이다. 생리통은 그때마다 들쑥날쑥하였다. 유난히 심한 달도 있고 이 정도면 할 만하다 싶은 달도 있었다. 그래도 대략적으로 떠올려보자면 이십대 후반부터는 뭉근하고 지구력 있게 아픈 느낌이 되었지만 십대 후반부터 이십대 중반까지는 꽤 폭발적으로 아팠던 적도 있었다. 너무 아파서 새벽에 운 적도 많고 못 참을 지경이라 병원에 간 적도 있으니까. 고3 시절에는 시험 때 아프면 큰일이니 한약을 먹었다. 그때는 정말로 안 아팠던 것 같기도 하고……? 허리 뒤에 뜨거운 핫팩을 올려놓고 이마와 손발에 땀을 흘리며, 얇은 이불도 걷어두고 누운 채로 그런 생각을 하는 밤.

이번 생리는 운이 좋지 않다. 운 좋으면 생리통이 첫날에 끝나고, 조금 덜 좋으면 둘째 날까지인데 셋째 날까지 은은하고 짜증스러운 정도로 지속되고 있다. 오랜만에 생리통으로 쉬이 잠들지 못하는 밤에, 나는 잠들기 전 절대 보지 말아야지 생각하다가 결국 다시 핸드폰을 들고, 한 연락처 앞에서 재밌다는 듯 고민이라는 듯 손가락을 흔든다.

이찬영.

포뇨니 비디오드롬이니 그런 서로 알지도 못하는 영화 얘기를 했던 그날 우리는 연락처를 주고받았고, 나는 지금 그 연락처 앞에서 뭐라도 보내고 싶어 안달이다. 마음과 손가락이

간지럽다. 티튀루스를 생각하니 묵직한 고무 상태가 된 허리에 약간은 쾌감으로 찌릿한 게 느껴진 것 같은데, 착각일까. 누군가가 좋아질 때, 나는 나의 안 좋은 상태를 털어놓고 싶어진다. 누군가에게 나의 안 좋은 상태를 털어놓고 싶어질 때, 나는 내가 그 누군가를 좋아하는구나 하고 알게 된다.

오늘 밤은 배는 차고 등은 뜨겁고 이마며 콧잔등에 땀이 고여서 그런가 왠지 눈에도 물기가 고일 것 같은 밤. 내일 해야 할 일만 생각하는 단순한 마음, 텅 빈 머릿속으로 깊은 잠에 들고 싶은데 몸 여기저기가 붓고 쑤시고 왜인지 그런 상태로 누운 내가 너무 측은하고 가여워서 아무에게나 나 아파요, 정말로 아파요…… 하고 참았던 눈물을 펑 터뜨리고 싶은 밤. 아무에게가 실은 아무에게는 아니지만. 콕 집어 그 사람에게 해도 후회하겠지만. 후회할 걸 알아서 이젠 그러지 않겠지만. 그 아무에게 별로 서럽지도 않을 일들을 그러모아 나 진짜 서러워, 하고 말하고 그가 나를 안아주길 바라지만 그런 걸 상상하는 스스로를 부끄러워하기도 하는 밤……. 뭉게뭉게 끊이지도 않을 생각을 하다가 그래도 하고 싶은 뭔가가 있네, 어쩌면 당연한 욕망을 발견하고 약간은 시시하고 약간은 부풀어서 기우뚱거리는 마음을 다독이며 다시 잠드는 밤.

*

여름은 아직 한창. 티튀루스와는 내가 책 읽는 속도만큼 느릿느릿 가까워지는 중이고 나는 이제 『팔뤼드』를 떼고 다른 책으로 넘어가볼까 하는 참이다.

티튀루스가 처음으로, 나에게 무슨 일을 하는지 물었다. 이제는 퍽 자연스럽게 내 옆에 서서 속도를 맞춰 걸으며, 티튀루스는 근데 무슨 회사 다녀요? 라고 물었고 나는 고개를 갸웃하며 내가 얘기 안 했던가? 했다. 안 했다고, 들은 줄 알았는데 자기 전에 뭐랬더라 하고 떠올려봤는데 죽어도 떠오르지 않았다고 티튀루스는 말했다. 나는 그 말에 가슴이 빨리 뛰었다. 자기 전에 내가 했던 말을 떠올리는 티튀루스를 상상했기 때문이다.

커피포트랑 토스터, 그런 거 파는 회사예요.

와, 너무 좋다.

좋아요.

커피포트랑 토스터는 말만 들어도 뭔가 선데이 모닝이잖아요.

초등학생 같기도 하고 산악회 회장 같기도 한 티튀루스의 말에 미간을 찌푸렸는데 티튀루스가 길고 고운 손가락을 뻗어 내 미간을 눌러주었다. 장난기 가득한 눈동자를 하고 찡그리지 말라는 소리를 했다. 티튀루스가 손가락 끝으로 누른 게 미간이 아니라 어떤 버튼인 것처럼 나는 마음 한구석을 툭 뱉어버렸다.

이제 좀 지겨워요.

뭐가요?

이렇게만 만나는 거.

그럼?

다른 시간, 다른 이유로 만나거나 아니면 안 만나고 싶어요.

안 만날 수 있어요?

그럼요.

모림 씨 냉정하네…….

안 냉정해요. 더 못 만나면 약밥이 생각 엄청 나겠죠.

티튀루스가 흐흐, 하고 웃었다.

제대로 만나지도 않고 헤어지는 생각부터 해요, 왜?

만나야 할 이유가 없어요.

뭘 하는데, 맨날 그렇게 다 이유가 있어요?

네. 나는 맨날 그렇게 이유가 있어요.

진짜? 안 피곤해요? 좋은 게 이유가 어딨어. 그냥 좋아하는 거지.

거짓말하지 마세요. 그 자체로 어떻게 사랑해요? 나는 그런 방법을 몰라요. 나 자신을 그렇게 사랑하는 방법을 몰라요. 어떤 이유라도 만들어야 사랑할 수 있어요. 내 사랑에는 이유가 필요하다고요.

그게 맞는 말인지는 모르겠으나 빨리 이유를 찾아달라고, 내가 기꺼이 너와의 거리를 좁힐 만한 이유를 달라고 말하고 싶었다. 나는 너에게 말하고 싶은 게 아주 많다고. 내 재미없는 회사 생활, 생생하게 듣게 될 성아의 결혼 준비, 그 속에서 느끼는 약간의 보람과 우정, 때때로 솟구치는 권태와 수치심, 『팔뤼드』 다음에 읽을 책, 복불복인 생리통, 이 시대에 사는 곤란과 알 수 없는 사랑의 막막함에 대해, 그런 걸로 켜켜이 쌓인 현재라는 시간에 단단히 눌려 있는 시루떡 속 팥 같은 나에 대해 말하고 싶다고.

내가 너를 속으로 뭐라고 부르는지 아냐고 묻고 티튀루스, 라고 알려주고 싶었다. 네 덕분에 나는 아주 오랜만에 스스로를 '회사원1'보다는 '모림 씨'라고 생각하고, 회사에서 일을 그르치고 욕먹을까 전전긍긍하던 것 외에 아주 오랜만에 가슴이 졸아들고 마음이 급해졌다고 말하고 싶었다. 그런데 네가 스물여덟이라 그런지 너무 느긋해서 좀 미웠다고도. 혼자서 한 생각들을 다 털어놓는다면 재밌는 일이 벌어질까? 티튀루스의 꿈이 떡집 주인이었으면 좋겠다고 생각했다. 미래에 나도 발주서를 쓰고 라이브커머스 제안서를 쓰는 대신 쌀을 불리고 가래떡을 뽑는 삶을 살아도 좋을지도, 라고 상상했다. 그러나 티튀루스는 대답은 않고 자꾸 하늘만 봤다. 한참 만에 티튀루스는 말했다.

해가 어지간히 안 떨어지네요.

여름이니까요.

나는 부루퉁한 기색을 숨기지 못했다. 이 새끼가 또 자기 혼자 느긋하네. 하지만 이런 예상을 벗어나는 대화의 리듬이 싫은 것만은 아니었다. 오히려, 뭐야 재밌는데…… 싶기도 했다. 그런 흥미로운 구석을 지닌 사람을 만난 것은 오랜만이었다. 생각해보면 처음부터 그랬지. 누군가가 좋아지는 날들은 길고 긴 미끄럼틀을 타는 것 같은 시간이다. 몇 날 며칠이고 끝나지 않는 스릴이 있으면서도 안전하며 간혹 심장이 내려앉고 바로 그 순간 제어할 수 없는 웃음이 터지는 미끄럼틀. 긴장과 이완으로 낙하와 추락이 유예되고 지연되는 미끄럼틀의 경로를 생각해보라. 영원히 계속되면 좋겠을 찰나의 즐거움. 그것을 엿가락 늘이듯 길게 늘여 일상에 내려놔준 것이 티튀루스와의 시간이었다. 즐겁고 긴장되었다. 웃음과 긴장. 그런 걸 주는 사람은 아주 오랜만이었다. 티튀루스와의 대화는 의외인데 끊이지 않아 긴장되는 동시에 웃음이 났다. 그렇지만…….

침묵이 너무 길지 않소, 티튀루스. 심술이 난 나는 나도 모르게 손을 뻗어 티튀루스의 옆구리를 쿡 찌른다. 옆구리를 붙잡고 웃는 티튀루스. 하하 웃고 흠흠 목을 가다듬는 티튀루스의 표정이 어쩐지 쑥스러워 보여 에에 뭐야 표정, 하며 놀리려고 했는데 티튀루스의 목소리가 더 빨랐다.

어두워지면 말하려고 했는데.

뭘요?

저기 갈래요?

티튀루스는 긴 팔을 들어 공원 건너편 상가들이 모여 있는, 사거리 쪽을 가리켰다. 가로수에 가려졌던 건물 꼭대기에는 P모텔이라고 쓰여 있었다. 이 사람이, 하는 눈으로 티튀루스를 봤지만 완전 싫은 건 아니었다. 뭘 하자고 할 줄 아는 것도 의왼데 하자고 하는 뭔가는 더 의외네. 나는 내내 뭔가 재밌는 일이 벌어졌으면 하고 바랐다. 『팔뤼드』를 쓰기로 한 지드처럼. 우리가 정말 하게 될까? 티튀루스라고 부르기로 한 남자와의 섹스가 그만한 재미를 가져다줄까? 머릿속에 문장 몇 개가 지나가는 시간은 고작 몇 초였다.

좋아요. 그래요.

대답하는 동시에 나는 나도 몰랐던 나의 기준 같은 걸 하나 알게 된다. 그동안의 나는 모르는 사람과 자는 걸 상상할 수 없던 사람. 그러나 지금은 아니다. 상상해본다. 이것이 내가 맞이하는 어떤 변화일까? 티튀루스와의 섹스는 재밌을까? 재밌었으면 좋겠다. 이렇게 단순하게 결정해도 될까? 머릿속이 뒤죽박죽이었으나 경솔한 일을 하기도 전에 스스로를 겁주고 싶지도 않았다. 일탈을 벌이기 전에는 그것이 뭘 가져오는지 모른다. 일탈을 벌여봐야 일상이 소중했음을 깨닫게 되듯이. 그렇다면 나는 어느 쪽으로든 되겠지. 진부하지만, 그런 건 벌여보기 전에 아무래도 그렇겠지, 하고 미리 이해하는 것과는 전혀 다르다. 나는 바쁜 마음을 숨기며 티튀루스를 따라 사거리 건널목을 건넜다. 그 순간 아, 하고 티튀루스의 등을 칠 수밖에 없었다.

계획했구나.

뭐가요?

오늘 약밥이가 없네.

그죠, 아무래도. 왜요?

잘했다고요.

신호등이 깜빡였다. 등을 쳤던 손을 다시 뻗어 티튀루스의 등을 밀었다. 어서 가요! 티튀루스는 내가 밀어준 힘으로 뛰었다. 어서 가요. 우리가 할 수 있는 게 뭔지 봐요.

장진영

나의 사내연애 이야기

[사랑] 할 것.

살면서 절대로 해서는 안 되는 일이 몇 가지 있다고 한다. CC, 그리고 사내연애. 글쎄. 동의하긴 어려우나 다들 뜯어말리는 일이긴 하다. 모두가 만류하는 짓 하기, 그것은 내 필생의 사업이었다. 안타깝게도 고졸이라 캠퍼스커플은 못 해봤다. 대신에 나는 첫 직장에서 사내연애를 했다. 그것도 두 명과 동시에 했다. 둘 다 팀장이었고 부서는 달랐다. 내가 다른 팀장과 연애하고 있다는 사실을 몰랐다. 둘 다.

오늘, 모르는 번호로 전화가 왔다. "배수진 씨 핸드폰 맞나요?"

"네, 그런데요."

그가 자기소개를 했다. 내 첫 직장이자 마지막 직장이었던 D 모델 에이전시의 염 부장이었다. 퇴사한 직후 회사 사람들 전화번호를 모두 지운 터였다. 햇수로 7년 만이었다.

"아, 아, 네. 부장님!" 반가운 것도 사실이어서 나도 모르게 외쳤다. 다행히 굽신거리지는 않았다. "잘 지내셨어요?"

우리는 소소한 안부를 나누었다. 얼마 전 신사동에 갔을 때 회사 건물 1층에 웬 화덕피자집이 들어왔길래 에이전시 망한 줄 알았다고 했더니, 그 건물은 전부 세를 주고 맨 처음 일을 시작했던 용인 사무실로 옮겼단다. 말만 들어서는 회사 사정이 좋아진 건지 나빠진 건지 가늠하기 어려웠는데, 딱히 궁금한 것도 아니었다. 내 알 바 아니었다. 심드렁함을 눈치챘는지 염 부장도 자세히 설명하려 하지는 않았다.

"참, 영화제 얘기 들었어요." 염 부장이 갑자기 밝아지며 화제를 바꿨다. "잘됐다, 수진 씨."

한국계 감독이 입은 드레스 얘기였다. 머메이드라인의 버건디색 가죽 드레스. 영화제 이후로 수많은 축하 전화를 받았지만 남의 입에서 듣는 이 이야기는 언제나 즐거웠다. 감독으로부터 처음 메일을 받았던 일, 스트레스성 폭식과 혹독한 다이어트를 오가던 감독의 극단적인 체형 변화로 인해 가봉을 새로 해야 했던 일, 드레스를 실은 위탁 수하물이 베네치아 공항에서 분실됐던 일, 어깨끈이 살짝 내려가 콧잔등을 찡긋하는 단발머리 감독에게 플래시 세례가 쏟아졌던 일까지, 그간의 일들이 새삼 파노라마처럼 스쳐 지나갔다. "오, 어떻게 아셨어요?"

"건너 건너 많이 들어요." 그렇게만 말하고 염 부장은 침묵했다. 내 옷이 얼마나 근사했는지 조목조목 상찬해야 마땅한 순간에. 대신 염 부장은 모 팀장의 이름을 꺼냈다. 그러니까, 나와 사내연애 했던 두 팀장 중 한 사람의 이름을. "누군지 기억하죠?"

"그럼요."

"수진 씨 번호 알려줘도 돼요? 오랜만에 전화해서는 번호 있는지 물어보더라고." 염 부장이 약간 미안해하며 말했다.

나는 생각하는 척하다 오케이 했다.

첫 직장에 취직한 해에 나는 스물여덟 살이었다.

그때만 해도 의상 디자이너가 되려면 파슨스 또는 앤트워프 정도는 졸업해야 했다. 그러나 나는 두메산골 출신이었고 지방 4년제는커녕 전문대도 나오지 못한 고졸이었다. 하루라도 빨리 밥벌이를 해야 해서 그리되었다. 고등학교를 졸업하자마자 상경해 동대문에서 옷을 떼다 팔았다. 고향 친구들은 직장을 그만두고 하나둘 시집을 갔다. 벌써 둘째를 낳은 친구도 있었다. 그제야 정신이 들었다. 남들은 직장을 그만두고 있는데 나는 그만둘 직장조차 없다니!

부랴부랴 잡코리아와 사람인에 들어가 이력서를 넣었다. 학벌이 미천했고 경력이 전무했기에 의류 회사에는 취직할 수 없었다. 서류 전형에 딱 한 번 합격한 적이 있었는데, 면접 때 담당자는 경리로 입사할 생각은 없느냐고 제안했다. 추측건대 고졸을 채용하면 정부에서 세금 혜택 따위를 주었던 것 같다. 잠시 고민한 끝에 나는 대답했다:

"옷이…… 만들고 싶어요……."

괜히 거절했다. 6개월 동안 수없이 낙방했다. 디자이너로 취업할 길은 요원해 보였다. 그래서 눈을 돌린 게 모델 에이전시였다. 옷을 만들 수 없다면 옷을 입는 사람이 있는 곳으로 가자. 우회로를 통해서라도 연이 닿았으면 싶었다. 에이전시의 지원자는 대개 모델이 되고 싶었으나 실패한 사람들로 구성되어 있었다. 아마도 나는 굉장히 눈에 띄는 지원자였을 것이다. 그 세계에서 키 167센티미터는 난쟁이였으니까.

D 모델 에이전시는 신사동에 위치해 있었다. 가로수길을 오가는 사람들은 하나같이 깨끗하고 세련되고 훤칠한 모습이었다. 심지어 목소리도 좋고 냄새도 좋고 매너까지 훌륭했다. 지금 생각해보면 당시에 나는 시골 출신이라는 콤플렉스 때문에 주눅 들어 있었던 것 같다. 스스로가 좀 꼬질꼬질하게 느껴졌다. 정확히는 외모가 아니라 마음이 허름했다. 운 좋게 입사하고 나서 몇 달쯤 지난 어느 날, 점심시간에 산책을 하고 있는데 한 행인이 "애플 어딨어요?" 물었다. 나는 능숙하게 길을 알려주었다. 고맙다고 인사하는 행인에게 묵례한 뒤 몸을 돌려 가던 길을 갔다. 걸음을 점점 빨리하며 나는 나 자신에게 속삭였다. 오, 제법인데.

D 모델 에이전시는 업계 3위쯤 되는 회사였다. 업계 1위인 대형 에이전시가 시장을 독점하고 있었고, 그나마 이름이라도 알려진 다른 회사가 하나, 나머지는 전부 3위였다. 말인즉 우리 회사는 패션계에서 아무도 모르는 중소기업이었다. 그래서 내가 뽑힐 수 있었던 것이다. 면접을 보고 집으로 돌아가는 버스 안에서 합격 연락을 받았다. 버스에서 내려 반대편으로 건너가 같은 번호의 버스를 탔고, 그날로 바로 근로계약서

를 썼다. 퇴직금 포함 연봉 2200만 원. 식대 없음. 월급은 세금 떼면 160만 원 언저리였다.

면접 때 유일하게, 그리고 강력하게 나를 채용하기를 주장했던 게 기획팀 염 부장이었다. 말인즉 염 부장 빼고는 다 나를 반대했다는 뜻이다. 이 얘기는 신입사원 환영회 때 대표한테서 들었다. 누가 찬성했고 누가 반대했는지. 대표에게는 사람들을 이간질해 자신에게 충성시키는 교활한 면이 있었다. 아무튼 염 부장은 그 회사를 먹여 살리다시피 하고 있는 모델을 발굴한 전력으로 직급에 비해 대우받는 편이었다. 꼭 성과 때문이 아니더라도 대표, 상무, 부장까지가 임원이긴 했다. 용인 시절부터 함께한 창립 멤버라고 들었다. 그 정도로 작은 회사였다.

회사 벽면은 그들의 유일무이한 대형 모델, 초리 최의 사진으로 가득했다. 어떤 광기가 느껴졌다. 초리 최 덕에 회사를 용인에서 신사동으로 옮길 수 있었으니 당연한 일이었다. 심지어 임대한 게 아니라 토지를 매입해서 엘리베이터 없는 4층짜리 건물을 새로 지었다. 초리 최는 모델치고는 작은 키와 모델치고는 어여쁜 얼굴 때문에 업계에서는 그다지 각광받지 못하다가 뛰어난 입담 덕에 방송으로 풀린 케이스였다. D 모델 에이전시는 엔터테인먼트 회사로의 업종 변경을 고려하는 게 아닌가 의심스러울 만큼 제2의 초리 최 발굴에 사활을 걸고 있었다. 염 부장의 직속 부하이자 내 사수이기도 한 목지환 팀장은 그 사업에 가장 열심인 사람 중 하나였다. 목지환 팀장이 발굴한 모델도 방송에 조금씩 얼굴을 비추기 시작했다. 자연스러운 수순으로, '제3의 초리 최 찾기'는 의도치 않게 염 부장 라인을 타버린 내게 주어진 과제가 되었다.

수습 기간에 목지환 팀장은 그다지 의지가 되는 사수는 아니었다. 일을 가르쳐주지 않았고 물어봐야만 알려줬다. "모르는 거 있으면 물어보십시오." 문제는 내가 뭘 모르는지를 모른다는 것이었다. 멍하니 모니터만 바라보다가 "저 팀장님," 하고 부르면 목지환 팀장은 발만 뽈뽈뽈뽈 굴러서 바퀴 달린 사무실 의자를 타고 내 자리로 왔다. 나는 입사 동기들에게 다른 사수들이 가르쳐준 내용을 귀동냥해 내 사수인 목지환 팀장에게 그대로 질문했다. 회사 이메일 비밀번호가 뭔지, 공용 드라이브에 어떤 자료가 있는지 등등. 가만히 있기에는 뻘쭘했다. 목지환 팀장은 역시나 물어본 것에만 대답했다.

"이해하셨습니까?" 흡사 기다란 챙의 빨간 모자를 쓴 논산 조교 같은 말투였다. 그는 길고양이에게도 다나까 체를 쓸 사람이었다.

"예."

"모르겠으면 또 부르십시오."

그러고는 다시 뽈뽈뽈뽈 자기 자리로 돌아가는 것이었다. 다른 사수들은 신입이랑 농담도 하고 주전부리도 나눠 먹는데. 무지하게 뻣뻣한 자식이었다. 오히려 염 부장이 의지가 될 정도였다.

나이 많다고 무시하나.

동기들은 갓 사회에 나온 스물셋, 스물넷 여자들이었다. 지금 생각하면 스물여덟이 그렇게 많은 나이는 아니었는데 그

땐 나 스스로가 아줌마처럼 느껴졌던 것 같다. 또한 동기들은 다 대졸자였고 페미니스트였다. 그 애들과 대화하려면 단톡방에서 나온 단어를 네이버에 찾아봐야만 했다.

"누가 수진 씨를 무시합니까." 목지환 팀장이 반문했다. 신입사원 환영회가 끝난 뒤였고, 우리는 택시 뒷좌석에 나란히 앉아 있었다. 집 방향이 비슷해 대표가 같은 택시를 태웠다. 둘 다 좀 취했다.

"팀장님이요."

"어떤 팀장 말입니까."

"목지환 팀장님이요." 내가 대답했다. "무시한다기보다는, 어, 사람이 좀 무심하달까요."

"긴장돼서 그랬습니다."

"에?"

"면접 때 수진 씨 보고 반했습니다." 그가 담백하게 고백했다.

"근데 왜 저 뽑는 거 반대했어요?"

"반대?" 그때까지 앞만 보고 있던 목지환 팀장이 이쪽으로 고개를 돌렸다. "누가 그럽니까."

"아까 대표님이 그러던데요. 염 부장님 빼고 다 반대했다고."

"반대 안 했습니다. 찬성을 안 했을 뿐입니다."

"뭐가 다른데요."

"다릅니다. 아무튼 그런 게 있습니다."

택시가 내 집 앞에 먼저 도착했다. 소변이 마렵다는 목지환 팀장에게 나는 내 집 화장실을 쓰게 했다. 다음 날 우리는 같이 출근했다.

무시당한다고 생각한 이유는 또 있었다. 상사들은 온갖 잡스러운 심부름을 다 내게 시켰다. 신입들 사이에서 가장 나이가 많았음에도. 특히 대표가 그랬다. 그는 숙취해소제를 사 오라며 매일 아침 나를 약국에 보냈다. 증상별로 키트를 파는 약국이었다. 나는 약사에게 "머리가 아프고요오, 속이 울렁거려요오오" 하고 마치 내가 술 먹은 것처럼 연기했다. 그러면 진짜 과음한 것 같은 기분이 들었다. 환, 알약, 시럽 등등으로 구성된 꾸러미와 함께 비용 처리 할 영수증을 챙겼다. 사무실에 있는 게 답답했으므로 산책 삼아 약국에 다녀오곤 했다. 산책 삼아, 라고 그때는 생각했다. 세상 물정 몰라서 차라리 다행이었다. 직장 내 괴롭힘이라는 것도 몰랐으니까. 알았더라면 다 뒤집어엎었을 것이다.

대표는 미팅에 갈 때마다 나를 데리고 다니곤 했다. 나를 자기 클러치백 거치대로 썼다. 주로 깡패들이 옆구리에 끼고 다니는 그런 납작한 가방 말이다. 나는 대표의 고야드 클러치백을 들고 있다가 그가 손을 내밀면 클러치백을 건넸다. 그가 물건을 꺼내면 다시 클러치백을 넘겨받아 지퍼를 잠갔다. 사무실에서 일을 하다가 대표가 계단으로 내려와 "어이, 수진!" 하고 자기 강아지 부르듯이 부르면 바로 튀어 나갔다. 외근을 가면 동기 단톡방에서 난리가 났다.

—어디 가는 거예요?

—나가면 뭐 해요?

—그거 우리 일 아니잖아요

—비서를 뽑으라고 해요

—뭐라고 얘기해봤어요?

업무 외의 일을 하는 건 상관없었다. 외근을 하면서 내근을 할 수 없다는 것만 대표가 알았으면 싶었다. 아직 나는 신인 모델을 한 명도 스카우트하지 못한 상태였고 팀에서 압박받고 있었다. 서칭만 하려고 하면 불려 나가는 통에 의자에 앉아 있을 시간이 없었다. 거기다가 이런저런 심부름도 해야 했다. 염 부장은 내가 밖에 나가 논다고 생각했고 영업부 상무는 자기 자리를 빼앗길까 봐 쓸데없이 나를 견제했다. 이렇게 모두가 싫어할 거라면 차라리 거치대로서 이용료라도 받고 싶었다. 대표에게 연봉을 올려달라고 말했다.

"안 돼."

"예."

대표는 꼭대기 층인 4층을 혼자서 쓰고 있었다. 건축법상 4층까지만 지을 수 있었다. 거기서 한 층 더 올라가면 옥상이었는데, 부채처럼 접었다 폈다 할 수 있는 폴딩도어를 빙 둘러 달아서 테라스로 사용했다. 불법 증축으로 신고당해 매해 벌금을 수백만 원씩 냈다. 한 층을 더 쓰는 대가로는 쌌다. 대표는 거기서 난과 분재를 키웠는데 겨울에 냉해를 입어서 이파리가 하나같이 누리끼리했다. 다 죽어가는 화분 살리기. 음, 그것도 당연히 내 일이었다.

봄이 되고 날이 점점 따뜻해졌지만 화분은 살아날 생각이 없어 보였다. 아직도 추워 보였다. 사비로 영양제를 사다 화분에 꽂아보기도 했지만 소용없었다. 애초에 죽은 자식 불알 만지기였다. 나는 환기를 위해 테라스 창을 열다가 실수로 창을 부수었다. 정원사 직책에서 해임되었다.

"어이, 수진!"

거치대 업무는 끝난 게 아닌 모양이었다. 나는 클러치백을 받아 들고 회사에서 나와 벤츠 E클래스 조수석으로 향했다. 운전석 문을 열던 대표가 멈춰 서더니 나를 위아래로 훑었다.

"너 옷이 그게 뭐야."

옷? 새삼 스스로의 입성을 살폈다. 남색 와이드 팬츠와 연회색 스웨트셔츠는 스파 브랜드에서 산 것이었고, 소매가 길고 넉넉해 손이 가려지는 베이지색 맥코트는 내 옷이었다. 그러니까, 내가 지은. KBS 〈국악한마당〉에서 살풀이를 보다가 영감을 얻었다. 칼라 쪽의 가장 윗단추—광택 없는 소뿔 단추—만 보이게 하고 나머지 단추—유광 플라스틱—는 감추었다. 옷감이 단단해 바늘에 많이 찔렸지만, 내가 참 좋아하는 외투였다.

"거적때기냐?" 대표가 내뱉었다. "미팅 갈 때만이라도 똑바로 입어."

"예."

그날 밤, 입사 후 처음으로 울었다.

다음 날 오전 10시 정도에 사무실 전화가 울렸다. 내선 번호가 떴지만, 나는 안에서 걸려 온 전화도 밖에서 온 전화처럼 받는 편이었다. 이유는 알 수 없으나 구분하지 않아야 덜 창피했다. "감사합니다. D 모델 에이전시입니다."

"올라와."

한때 정원사로서의 관성으로 옥상까지 올라갈 뻔했다. 다행히 4층에서 대표가 나를 저지했다. 그가 조금 쭈뼛거리더니 자기 핸드폰 화면을 보여줬다. 뭔가를 열심히 검색한 것 같았다. 패션지 특집 기사였다. "유행이라며? 미안하다."

"괜찮아요. 근데 유행이랑 무슨 상관……."

대표와 한참 면담했다. 그래도 노력하는 꼰대라는 점이 고무적이었다. 오해를 풀고 서로의 입장을 인정하고 견해 차이를 좁히고 잘못을 용서하고 화해했다. 적어도 그랬다고 나는 생각했다. 면담이 끝나고 내려가려는데 대표가 한마디 덧붙였다. "자네 혹시 개썅마이웨이라는 말 아나?"

계단을 내려가 2층 기획팀 사무실로 돌아갔다. 네이버에 '개썅마이웨이'를 검색하고 있는데, 마케팅팀 이승덕 팀장이 오늘도 많이 혼났느냐고 메신저로 물었다. 마케팅팀은 3층이라 내가 대표실에 불려 다닌다거나 화분에 물 주러 혹은 테라스를 환기하러 옥상에 드나드는 걸 훤히 알 수 있었다. 이불에 오줌을 지린 것보다 수치스러웠다.

이승덕 팀장은 이 회사에 부장급 다음으로 오래 다닌 직원이었다. 내가 입사 직후 목지환 팀장의 방임에 헤매고 있을 때 매뉴얼이랄지 가이드랄지, 그런 걸 제시해준 게 이승덕 팀장이었다. 원래 직급은 과장이었는데 대표가 탈꼰대 혹은 탈관료제 정책의 일환으로 직급 체계를 간소화하면서 팀장이 되었다. 타 부서였지만 '5인 미만 사업장'을 유지하기 위해 회사가 몇 개로 쪼개져 있어 서류상으로는 그가 나의 직속 상사였다. 목지환 팀장이 아니라. 뭐 크게 중요한 건 아니지만.

이승덕 팀장이 목지환 팀장보다 연봉이 높다는 사실 역시 나에게 별로 중요한 이슈는 아니었다. 중요한 건 내가 그 둘의 연봉을 알고 있다는 사실이었다. 물론 둘은 서로의 연봉을 몰랐고 아마 관심도 없었을 것이다. 다만 그들은 모르고 나만 아는 게 있다는 사실이 회사 생활에 의외로 힘과 자신감을 주었다. 내가 어떻게 이 대외비를 알게 되었느냐 하면, 클러치백 거치대로 활동하면서 대표에게 들었다. 하인이 주인댁의 비밀과 사생활을 속속들이 아는 것과 같은 이치였다. 어쩌면 나는 D 모델 에이전시를 파괴할 수 있을지도 몰랐다. 묘한 전능감이 느껴졌다.

—길들이는 것 같은데요

이승덕 팀장의 채팅이 떴다. 거적때기 발언에서 촉발된 대표와의 불화에 관해 대강의 사정을 설명한 참이었다.

—왜요?

—수진 씨는 좀……

—좀?

약 1분의 기다림 끝에 새 채팅이 떴다.

—조랑말 같잖아요

이승덕 팀장의 상담 및 조언이 이어졌다. 4층에 올라갔다 내려온 날이면 늘 그랬듯. 마치 보충학습 같았다. 약간 시무룩해져 있는데 그가 탕비실에서 만나자고 했다. 우리는 텀을 두고 따로따로 탕비실로 내려갔다. 그가 화이트초콜릿을 입힌

귤칩을 주었다. 그런 뒤 따로따로 각자의 자리로 돌아갔다.

입사 동기인 선영 씨가 의자를 타고 와서는 내게 귓속말했다. "이 팀장님이랑 같이 뭐 하세요?"

"에? 아니요."

"종일 카톡 하시길래."

바로 그 순간 이승덕 팀장의 메시지가 떴고 나는 황급히 창을 닫았다. 그는 귀여운 캐릭터를 사랑하는 남자였고, 프로필 사진은 쨍한 노란색이었다. 굉장히 눈에 띄었다. 그렇지만 채팅 창을 엑셀 모양으로 위장하긴 싫었다. 메시지가 오자마자 단번에 누군지 식별되었으면 싶었다.

"아, 맛집 추천 받았어요." 예의상 그렇게 둘러댔다. 네 맘대로 생각해라.

거짓말은 아니었다. 채팅 창은 숨겼지만 보지 않아도 무슨 내용이 올라와 있을지 가늠이 되었다. 상담 및 조언 뒤에는 언제나 위로. 대표한테 깨졌으니 맛있는 저녁을 사주겠다는 내용일 것이다. 선영 씨가 자리로 돌아가자마자 나는 채팅을 확인했다. 역시나. 연희동에 우육면 잘하는 데 있는데 같이 가지 않겠느냐는 제안이었다. 대표와의 불화가 깊어지는 만큼 나는 이승덕 팀장과 가까워지고 있었다. 나를 길들이고 있는 건 어쩌면 대표가 아니라 이승덕 팀장일지도 몰랐다.

심부름은 계속되었다:

만성 소화불량인 염 부장에게 콜라 사다 주기. "수진 씨, 이리 좀 와봐." 퇴근 시간이 가까워질 무렵이면 염 부장은 한 사람씩 호출해서 업무 진행 상황을 묻거나 일거리를 주었다. 이제 내 차례가 돌아왔는데 염 부장이 업무를 지시하는 대신 자기 카드를 건넸다. 콜라를 사다 달라고 했다. 속트림을 하면서.

"코카콜라요, 펩시요?"

"아무거나."

나는 또 '산책 삼아' 편의점에 다녀왔다.

야근한다는 염 부장을 빼고, 팀장 및 나 포함 팀원들은 오후 6시에 한꺼번에 퇴근했다. 나는 실수로 사무실 불을 껐고 염 부장이 불 켜라고 소리쳤다.

"정류장으로 안 가십니까?" 갈림길에서 인사하자 목지환 팀장이 물었다.

"오늘은 지하철 타요." 내게 은근하고 꾸준하게 구애 중인 마케팅팀 이승덕 팀장과 교대역에서 만나 곱창구이를 먹기로 했다고 굳이 말할 필요는 없기에 그렇게만 대답했다. 그 하룻밤 이후로 목지환 팀장은 딱히 관계를 진전시킬 생각이 없어 보였다.

"아. 내일 뵙겠습니다." 역시나 목지환 팀장은 바로 물러났다. 어디 가느냐고 물을 법도 하건만.

그렇다면 나도. "내일 뵙겠습니다."

교대역에 도착해 이승덕 팀장을 기다렸다. 놀랍게도 처음 와보는 역이었다. 교대가 대학교 이름이구나, 고대랑 다른가, 아 서울교대가 있어서 교대역이구나, 그런 생각을 하면서 서성거렸다. 마케팅팀은 기획팀보다 잔업이 많고 또 그걸 문제시하지 않는 분위기였기에 항상 내 퇴근이 빠른 편이었다. 하도 기다려 버릇하다 보니 내가 이승덕 팀장을 좋아하는지도 모른다는 착각마저 들게 되었다. 신입사원 환영회 때 〈디지몬 어드벤처〉 노래를 부르던 덩치 크고 나이 많은 남자를……. 디지몬 친구들, 레츠 고 레츠 고. 세상을 구하자, 레츠 고 레츠 고. 승리는 언제나 우리의 것, 레츠 고 고 고.

한산하던 곱창집은 어느덧 직장인들로 가득 찼고 이제는 하나둘 줄을 서기 시작했다. 들어가 있을 걸 그랬나, 지금 줄을 설까 어쩔까 하는데 저 멀리 이승덕 팀장이 전력 질주해 오는 모습이 보였다. 나는 피식 웃었다. 곱창집 앞에 우리는 나란히 줄을 서서 메뉴를 어떻게 구성할지 논의했다. 그는 미식가인 데다 대식가여서, 덕분에 이것저것 시킨 다음 조금씩 맛볼 수 있었다. 음식이 남을까 전전긍긍하지 않아도 되었다. 그렇다고 해서 내 걸 빼앗길까 봐 허겁지겁 먹어야 하는 것도 아니었다. 그는 밥상을 지휘하는 마에스트로였다! 못 먹고 자란 탓에 고작 그따위가 내겐 중요했다.

줄이 더디게 줄어들었다. 아무래도 곱창은 금방 먹는 음식이 아닌지라 다들 눌러앉은 모양새였다. 배고파죽을 것 같아서 나도 모르게 식당 안을 계속 쳐다보게 되었다. 적당히들 먹고 언능언능 후딱후딱 일어나시라. 이승덕 팀장이 그러는 거 아니라고 유리창에서 나를 떼어냈다. 마침내 우리 차례가 왔을 때 나는 무심결에 주머니에 손을 넣었다.

염 부장의 신용카드가 만져졌다.

"으아아아아아아악!"

내가 머리를 쥐어뜯자 이승덕 팀장이 "왜 그래요, 수진 씨"

하며 머리카락과 손아귀를 분리했다.

"콜라만 드리고 카드를 깜빡했어요……."

곱창집 사장이 우리에게 자리를 안내하려 했다. 나는 잠시 줄에서 이탈해 염 부장에게 전화를 걸었다. 간절한 마음으로 기도하며 통화한 끝에, 이 신용카드는 교통카드이기도 하며 이 카드 없이는 염 부장이 집에 못 간다는 사실이 밝혀졌다. 염 부장의 집은 남양주였다.

"어떡하죠. 다시 회사로 돌아가야 할 것 같아요." 통화 종료 버튼을 누르고 이승덕 팀장에게 말했다. 고소한 곱창 기름 냄새에 배가 꼬르륵거렸다.

이승덕 팀장이 지체 없이 카카오 택시를 호출했다. "같이 택시로 쏴요."

거리는 멀지 않았으나 아직 퇴근 시간이라 차가 막혔다. 하늘이 어둑해졌다. 회사에서 조금 떨어진 곳에 택시를 세웠다. 기획팀인 2층만 불이 밝혀져 있었다. 계단을 뛰어 올라가서 염 부장에게 신용카드를 돌려주었다. 염 부장은 여전히 트림 중이었다. "어우, 미안해요, 수진 씨."

"아니에요. 제가 깜빡한 건데요……. 아직도 소화 안 되세요?"

염 부장이 대답 대신 트림 소리를 들려주었다. 나가면서 모르고 사무실 불을 끌 뻔했지만 가까스로 참았다. 회사에서 뛰쳐나와 이승덕 팀장을 찾았다. 그가 골목의 전봇대 뒤에 부질없이 숨어 있었다. 덩치가 커서 하나도 안 가려졌다. 나는 그리로 달려갔다. 그가 이쪽으로 마주 달려와 나를 번쩍 안아 들었다. "기다릴 때 이런 마음이었어요?"

심부름은 계속되었다:

초리 최 마실 바나나우유 사다 주기. 회사에 초리 최가 찾아왔다. 재계약과 관련해 염 부장과 미팅을 할 예정이었다. 이런 사안이 아니고서야 모델들이 에이전시에 방문하는 일은 극히 드물었다. 그녀의 실물을 보는 건 처음이었다. 초리 최는 일종의 미니어처 같았다. 키는 큰데 부피만 줄인 미니어처. 위아래는 놔두고 앞뒤 양옆 사이즈만 줄인 느낌이었다. 반짝반짝 빛난다거나 하지는 않았다. 그냥 사람이었다.

"수진 씨, 이리 와봐."

나는 염 부장 자리로 갔다. 맞은편에는 초리 최가 앉아 있었다. 아까는 몰랐는데 위에서 내려다보니 머리통이 비현실적으로 작았다. 신생아 같았다.

염 부장이 눈에 익은 신용카드를 내밀었다. "편의점에서 바나나우유 하나만 사다 줘요."

"예."

산책 삼아 편의점에 갔다. 이번에는 까먹지 않으려고 "카드 돌려주기, 바나나우유와 함께 카드도 주기" 하고 소리 내 중얼거렸다. 왜 점점 바보가 되어가는 것 같지.

바나나우유와 함께 신용카드도 성공적으로 돌려주었다. 자리를 뜨려는데 염 부장이 "빨대는?" 하고 물었다. "아." 다시 편의점에 가려고 하자 초리 최가 나를 저지했다. "괜찮아요." 그런데 뭔가 화법이 묘하게 느껴졌다. 나한테 직접 말하는 게 아니라 염 부장을 경유하는 느낌이었다. "입술 지워질 텐데" 하고 염 부장이 우려를 표했다. "괜찮아요. 괜찮아요." 초리 최가 누구에게 하는 말인지 모르게 되뇌었다. 그러고는 살짝 다른 억양으로, 아마도 나를 향해, 말했다. "괜찮아요."

두 사람은 옥신각신하게 놔두고 나는 자리로 돌아가 앉았다. 일하자, 일. 일 좀 하자, 좀. 나는 모델 같으나 아직 모델은 아니면서 연예인 지망생도 인플루언서도 아닌 유니콘을 찾아 인스타그램을 뒤졌다. 만 명쯤 둘러본 끝에 하나를 겨우 건졌다. 오케이, 넌 이제 내 거야. 그녀에게 DM을 보냈다. '안녕하세요. D 모델 에이전시 기획팀 배수진이라고 합니다.'

'구라 즐.'

부계정으로 접속했다. 부계정이라기보다는, 남동생 아이디였다. @starcraftly. 군대 갔으니까 괜찮겠지. 걔는 어릴 때 내가 만들어준 아이디와 비밀번호를 온갖 곳에 그대로 썼다. 귀여운 것. '안녕하세요. 이런 거 처음 보내봅니다. 와, 너무 예쁘세요.'

남동생 덕에, 비교적 수월하게, 유니콘과 만날 약속을 정할 수 있었다. 물론 이런 식으로 만나서 스카우트에 성공한 적은 한 번도 없었다. 경찰에 신고당하지만 않으면 다행이었다. 혹은, 이쪽에서 실망하는 경우도 허다했다. 괜찮은 친구들은 큰 회사에서 다 채간 것 같았다. 정말이지 사람이 없었다.

"수진 씨, 이리 와봐." 염 부장이었다.

"예."

"수진 씨 운전할 줄 알아요?"

"어…… 그럴걸요?" 트레일러 면허도 있다는 소리는 하지 않았다.

염 부장이 새로운 심부름을 시켰다. 이번엔 다소 복잡한 심부름이었다. 요는, 당분간 초리 최 매니저 노릇을 하라는 것이었다. 서울패션위크 참가 브랜드 디자이너들의 캐스팅에 초리 최를 데리고 다니라는 지시였다. 조금 생경한 업무긴 했다. 회사 차원의 일이 아니라 오로지 염 부장의 과잉 충성이었기 때문이다. 뭔가 울컥했는데, 이유는 정확히 알 수 없어서 일단 진정하기로 했다. 숙취해소제, 콜라, 바나나우유까지는 산책 삼아 사 올 수 있었다. 근데 이건 싫었다. 나는 모멸감을 느꼈다.

내 마음을 아는지 모르는지 염 부장의 설명이 자랑스레 이어졌다. 모델 출신 방송인 초리 최를 패션 신에서 다시금 역수입하려는가 보았다. 원래는 초리 최 본인이 직접 운전해서 캐스팅을 돌 생각이었는데—모델들은 다 그렇게 한다—얼마 전 과도한 스케줄로 졸음운전을 하는 바람에 전봇대를 들이받아 차가 반파됐단다. 다행히 몸은 다치지 않았는데 '트라우마'가 생겨버렸다. 트라우마, 대목에서 헛웃음이 나오려는 걸 겨우 참았다. 네네, 그러시겠죠.

법인 차량인 검은색 스타렉스를 타고 신진 디자이너들 작업실이 포진해 있다는 마포구로 향했다. 초리 최가 미리 약속된 장소의 주소를 불러주면 그리로 모셔다드리고, 기다렸다가, 나오면 옆에 태우고 다음 장소로 향했다. 핸들에 두 팔을 얹고 작업실로 짐작되는 곳—간판도 없고 창은 시트지로 가려놨다—을 바라보고 있자니 가슴이 아렸다. 그 작업실, 내 것이었어야만 했어. 다른 모델들이 드나드는 것도 보였다. 시즌이 임박해 매우 숨 가쁘게 돌아가는 모양새였다. 작업실을 나오는 초리 최의 표정은 다소 그늘져 있었다. 데뷔는 모델로 했어도 신체 조건이나 실력보다는 자신의 유명세에 더 기대야 했으리라. 입구에서 초리 최를 마주치면 모델들은 연예인 보는 것처럼 신기해했다. 그러다 즉시 반감을 내비쳤다. 네가 왜 여기를? 이런 느낌이었다. 이런 누추한 곳에 귀하신 분이 왜?

대여섯 군데 돌았지 싶었다. 스타렉스에서 내려 스트레칭을 하고 있는데 길을 지나가던 한 중년 사내가 알은체를 했다. "어, 구 사장……." 그는 나를 뭐라고 칭해야 할지 모르는 것 같았다. 클러치백 들고 옆에 있던 사람? 직원? 하인? 아니면, 애인?

젠장, 그렇다. 나는 대표의 오피스 와이프였던 것이다! 혹은, 그 빌어먹을 고야드 클러치백에 거는 키링이었다. 비록 그땐 몰랐지만. 만약 알았더라면, 알았더라도, 그냥 가만히 있었겠지.

낯이 익을 뿐 나도 이 중년 사내가 잘 기억나지 않았다. 같이 밥을 먹었던 것 같기도 하고 차를 마셨던 것 같기도 하고 가물가물했다. 대표는 워낙 만나는 사람이 많았고 나는 옆에서 은은히 미소 지으며 대체로 넋을 놓고 있는 편이었다. 우리는 잠시 어리둥절해하며 악수했다. 내가 지갑에서 명함을 꺼내 건넸다.

"아, 그래그래. 수진 씨. 그렇지." 그가 재킷 안주머니를 뒤졌다. 그리고 바지 주머니를 뒤졌다. 영수증, 동전 따위가 나왔다. "명함을 두고 왔네. 그래, 만나서 반가웠어요."

그러고는 홀연히 사라졌다. 나중에 알게 될 사실이지만, 그가 W 배급사 본부장 김유석이었다. 이날의 마주침은 '세상 참 좁다' 하는 식의 에피소드가 된다. 그와 다시 만나게 된 사연은, 언젠가 또 얘기할 기회가 있을 것이다.

일을 마치고 나온 초리 최가 스타렉스에 타더니 완전히 뻗어버렸다. 내 기억으로는 이곳이 오늘의 마지막 일정이었다.

"댁으로 가면 될까요?"

초리 최가 말없이 고개만 까딱했다. 그러더니 한참 뒤에 "고마워요" 했다.

"어디 어디 됐는지 물어봐도 되나요?" 눈은 감고 있었지만 잠든 것 같지는 않아 말을 걸었다. 종일 운전사 노릇을 했으니 이 정도는 물어봐도 되겠지. 나도 보람이라는 걸 느껴보고 싶었다.

"다 됐어요."

"전부?"

"네." 기뻐 보이지 않았다. "내일까지만 돌고 하나 고르려고요."

"오, 잘됐네요. 축하해요."

초리 최는 침묵했다. 그리고 틀어둔 노래가 끝날 때쯤 "고마워요" 했다.

성수동의 아파트 지하 주차장에 차를 세웠다. 모델님 잠든 것 같아 얼마간 자게 두었다. 퇴근 시간은 한참 전에 지났다. D 모델 에이전시는 당연히 야근 수당 따위 없는 회사였다.

야근은 상관없는데 이따 유니콘과의 미팅이 잡혀 있는 터였다. 물론 그녀는 내 남동생과의 데이트라고 생각하고 있겠지만…….

꼬르륵 소리가 들렸다. 내 배가 아니라 옆에서. 초리 최는 자기 내장이 내는 소리에 놀라 일어났고, 민망하다는 듯 웃었다. 나는 빨대 꽂은 바나나우유를 그녀에게 내밀었다.

"아." 초리 최가 바나나우유를 받아 들었다. "고마워요."

초리 최가 오늘 고생했으니 저녁을 사주겠다고 했다. 굉장히 용기를 낸 것 같은 말투였다. 뭐랄까, 작심이 느껴졌다. 약속만 아니었어도 흔쾌히 얻어먹었을 텐데, 아쉽지만 어쩔 수 없었다. 나도 내 일을 해야 했다. 초리 최에게 선약이 있다고 말했다. 우리는 내일 스케줄을 확인한 뒤 인사했다. 초리 최가 차에서 내리려다가 말고 물었다.

"그 옷 어디 거예요?"

유니콘과 서울대입구역에서 만났다. 수상해 보이면 안 되기에 스타렉스는 관악구청에 주차했다. 미형은 서울대 재료공학부 신입생이었고 과잠을 입고 있었다. 천만다행으로 셀기꾼이 아니었다. 미형은 초리 최보다 키가 훨씬 컸고 외모에 에지가 있었다. 딱 보기 좋게 마른 데다 프로포션도 훌륭했다. 내가 명함을 내밀자 미형은 입을 틀어막고 "헉, 구라 아니었어요?" 하고 물었다.

우리는 샤로수길에서 밥을 먹고 쇼핑을 하고 인생네컷을 찍고 차를 마셨다. 그녀의 진로를 진지하게 논의했다. 문제는 미형이 너무나 엘리트라는 것이었다. 온실 속 화초라고 오해하기 쉽지만 그녀는, 내 감에 의하면, 온실 속 잡초였다. 굳이 온실에 안 둬도 되는. "엄마한테 허락받아야 해요."

나는 미형의 어머니와 통화했다. 미형의 앞날과 전망에 대해 함께 이야기했다. 내가 한 사람의 인생을 이렇게 좌지우지해도 되는가 하는 의문이 들었지만 미형은, 내 감에 의하면, 나약하지 않았다. 나약하다 한들 좀 좌지우지되면 어떠랴 하는 생각도 한편으로 들었다. 미형의 어머니는 의외로 우호적이었다. 한참 대화 중에 목소리가 살짝 멀어지더니 "여보" 하고 부르는 소리가 자그마하게 들렸다. 남편—미형의 아버지—에게 결정을 토스하려는 것 같았다. 나는 미형과 미형의 어머니와 했던 얘기를 미형의 아버지에게 반복했다. 제발 할아버지 할머니까지는 안 가기를 바랐다.

"지금 사인하라는 거 아녜요." 전화를 끊고 내가 미형을 안심시켰다. "나도 미형 씨랑 계약해도 되는지 상무님한테 허락받아야 하거든요."

"공부해야 하는데……." 미형이 주저했다. 그러나 답은 이미 그녀 안에 있었다. 나는 느낄 수 있었다.

불가피하게, 우리 회사 간판스타 초리 최를 살짝 팔았다. 염부장이 아니라 마치 내가 발굴한 모델인 것처럼. "헐, 저 완전 팬인데!" "미형 씨 만나기 전까지만 해도 같이 있었어요." "진짜요? 대박." 그리고 내 남동생과의 소개팅을 약속했다. 물론 전역할 때까지 기다려야 하겠지만. 놀랍게도 초리 최보다 내 남동생 쪽이 더 반응이 좋았다. 미형의 눈이 반짝반짝 빛났다.

도파민이 도는 모양이었다. 하긴, 20년 동안 죽어라 공부만 했을 테니까. 거의 넘어온 것 같았다. 지금 미형에게는 밀어붙여줄 사람이 필요했다. 나는 쐐기를 박았다. "미형 씨, 내일 혹시 시간 돼요?"

다음 날 미니 오디션이 열렸다. 워킹은 엉망이었지만 사진발이 끝내줬다. 쇼보다 돈이 되는 게 화보였으므로 포토제닉이라면 언제나 환영이었다. 공대녀라는 캐릭터도 나름대로 매력적이었다. 이건 영상 쪽에서 쓸모를 발휘할 것이다. 나는 목지환 팀장, 염 부장, 영업부 상무, 그리고 대표의 허락을 차례로 받아냈다. 미형은 이제 내 모델이었다.

오후 수업이 있는 미형을 학교로 데려다주기 위해 스타렉스에 태웠다. 학부형이 된 것 같았다. 시동을 걸고 있는데 핸드폰이 울렸다. 전화는 아니었고, 이 시간에 느닷없이 알람이었다. 뭐지? 나는 초리 최를 데리러 갈 시간이라는 걸 가까스로 기억해냈다. 까맣게 잊고 있었다. 관악구로 가는 대신 성수동으로 길을 잡았다. 에라, 모르겠다.

"엥?" 강을 건널 때, 이상함을 감지한 미형이 창밖을 내다봤다. "어디 가는 거예요?"

"미안해요. 학교 하루만 째요."

주차장에서 나는 초리 최와 미형을 서로 소개시켰다. 미형이 초리 최를 보고는 팬이라며 소리를 질렀다. 초리 최는 처음에는 경계하는 눈치였지만 금세 마음이 누운 것 같았다. 나는 캐스팅 장소에 미형을 데려가줄 수 있느냐고 초리 최에게 부탁했다. "견습의 일종으로요." 끼워팔아지면 더 좋고, 라는 말은 하지 않았다. 초리 최는 흔쾌히 수락했다. 망망대해에 판자때기만 붙잡고 표류했던 자신의 신인 시절을 떠올렸으리라.

일이 끝나고 두 사람을 집으로 데려다주면서 전해 들은 바에 의하면, 1일 차 모델 미형은 초리 최가 일하는 모습을 구경만 했다. 그런데 한 디자이너가 미형에게 옷을 주며 한번 입고 걸어보라고 시켰단다. 워킹을 배운 적 없었으므로 결과는 뻔했지만 그래도 눈도장은 찍은 셈이었다. 이 이야기를 미형은 엄청나게 흥분한 상태로 말했고, 초리 최는 가만히 웃기만 했다.

그날 이후 초리 최는 미형을 물심양면 지원했다. 다만 자기처럼 되지는 않길 바랐다. 미형은 모델이었으므로 쇼에 서야 했다. 초리 최의 바람대로 미형은 간간이 런웨이에 올랐고, 그것보다는 자주 패션지 화보를 찍었다. 비록 표지 모델까지는 아니었지만. 나도 내 첫 모델인 미형을 위해 안 보이는 데서 노력했다. 포트폴리오에 들어갈 첫 번째 사진을 마련해야 했을 때, 어떤 브랜드도 의상을 협찬해주려 하지 않았다. 심지어 회사에서도 비용 문제로 난색을 표했다. 모델이 알아서 해야 할 일이라는 것이었다.

그래서 내가 미형에게 입힐 버건디색 머메이드라인 가죽 드레스를 지었다.

목지환 팀장이 퇴사 소식을 알렸다. 그가 키운 모델이 주니어급을 얼추 벗어나면서 1인 기획사를 차렸는데 거기에 목지환 팀장을 영입했단다. 처음에 대표는 연봉을 인상해주겠다며 목지환 팀장을 잡았지만, 그가 이직할 회사에서 제안받은 연봉을 알리자 쿨하게 놓아주었다. 대표는 잘되길 바란다며 목지환 팀장을 축원했다. 의견이 분분했지만 나는 그 축원이 진심이라고 생각했다.

문제는 그 후로 면담 지옥이 시작됐다는 거였다. 사원들은 하나하나 대표실에 불려 갔다. 대표는 우리에게 퇴사 의향이 있는지 알고 싶어 했다. 상사가 회사를 그만두면 부하 직원들도 길을 잃고 방황하다가 따라 퇴사하는 경향이 있다고 했다. 너희들 중 한 사람은 반드시 퇴사할 거라고 대표는 예언했다. 모두가 퇴사할 생각이 없다고 부인했다. 나도 마찬가지였다. 하도 볶아대는 통에, 그만두라는 무언의 압박인가 하는 생각이 들 정도였다.

며칠간의 심문이 끝나고, 이번에는 다른 안건으로 면담이 시작되었다. 주제는 팀장 찾기였다. 조만간 공석이 될 팀장 자리에 누군가 하나를 앉혀야 한다는 것이었다. 동기들 단톡방이 시끄러웠다.

—면담 때 무슨 얘기 했어요?

—팀장 하고 싶냐던데요?

—저한테도 그랬는데

—하실 거예요?

—제가 왜요?

연봉은 그대로고 일만 많아질 거라는 게 중론이었다. 나는 가만히 분위기를 살핀 뒤 대세에 따랐다. 왠지 몸을 사리게 되었다. 예전 같았으면 팀장 달겠다고 설쳤을 텐데. 그렇다, 나는 길들고 있었다! 그리고 아마도 그때가 퇴사해야겠다고 처음으로 생각한 순간이었던 것 같다.

“새끼들이 야망이 없어, 야망이.” 대표가 2층으로 내려와서는 일장 연설을 했다. 그러고는 마케팅팀이 있는 3층으로 올라가 기획팀이 얼마나 무능한지 흉보았다. 그 소리가 아래로 다 들렸다. 대표는 사람과 사람 사이는 물론 팀과 팀 사이도 이간질했다. 내가 왜 목지환 팀장과 이승덕 팀장의 연봉을 동시에 알고 있었는지 이제야 이해되었다. 대표는 나를 통해 두 팀장을 경쟁시킬 심산이었던 것이다.

목지환 팀장은 해외 워크숍—여행—에 참석하지 않았다. 곧 그만둘 텐데 따라가기는 죄송하다고 했다. 창사 10주년이었지만 이번 워크숍 장소는 동남아였다. 원래는 유럽을 예정했는데 심기 불편해진 대표가 마음을 바꾸었다. 우리가 염가 패키지 여행을 떠나 있는 동안 목지환 팀장이 회사를 지켰다. 회사 단톡방에 서로서로 사진을 공유했는데 목지환 팀장은, 착각이 아니라면, 내가 나온 사진에만 호응했다. “수진 씨 여름옷 구경하는 재미로 봤습니다.” 귀국했을 때 목지환 팀장이 말했다.

향신료를 못 먹는 대표의 까탈스러운 입맛 때문에 태국에서 쌀국수 한번 먹어보지 못하고 매끼 한식만 먹었다. 저녁이면 자연스레 술도 곁들였는데, 그러니까 매일 전체 회식을 하게 된 셈이었다. 참이슬, 그리고 얼음 탄 창맥주. 그 워크숍—여행—에서 나는 모두가 알고 있었으되 바보같이 나만 몰랐던 사실을 알게 된다.

“목 팀장 나가니까 승덕이 너라도 회사 든든하게 지켜야지.”

대표가 이승덕 팀장의 잔에 술을 따라주며 말했다. "든든한 버팀목, 탄탄한 디딤돌이 돼야 할 거 아냐."

직원들이 또 시작이라는 듯 각자의 핸드폰을 봤다. 든든한 버팀목 탄탄한 디딤돌, 이른바 '든버탄디'는 대표의 단골 레퍼토리 중 하나였다. 또 다른 레퍼토리로는 '퐁당퐁당'이 있었다. 이 일 저 일 왔다 갔다 번갈아 처리하면 된다는 의미의 사자성어로, 한 사람에게 여러 가지 일을 한꺼번에 시킬 때 터져 나오는 불만을 잠재우기 위해 주로 사용되었다.

이승덕 팀장이 술기운에 얼굴이 시뻘게져서는 고개를 주억거렸다. 대식가답게 술도 음식도 많이 먹은 그였다.

"이제라도 착실하게 돈 모아야 할 거 아냐. 응?"

대표의 말에 상무와 부장들이 동의하며 맞장구를 쳤다. 그들은 모종의 대전제 아래 영문 모를 이야기를 이어나갔다. 그래, 함께한 세월이 있으니 내가 모르는 부분이 있을 수는 있었다. 부장급 아래로는 가장 오래 일한 직원이라고 했으니까. 그런데 이승덕 팀장의 부하 직원인 세빈 씨까지 조용히 고개를 끄덕이는 것이 아닌가. 왜인지 그들은 이승덕 팀장을 측은해하고 있었다.

그들의 대화로 추론해낸 바에 의하면, 이승덕 팀장의 전처는 경계선 지능이었고 걸핏하면 사기를 당했다. 경제권은 아내에게 있었는데 그녀는 남편이 회사 생활을 하며 모은 돈을 사기꾼에게 갖다 바치곤 했다. 모으면 날렸고, 모으면 날렸다. 참다못한 이승덕 팀장이 이혼을 요구했지만 아내는 거부했다. 과정은 지난했으나 아내의 유책이 인정되어 이혼에 성공

할 수 있었다. 그러나 이승덕 팀장은 이미 빈털터리가 된 후였다…….

대표가 이승덕 팀장을 꾸짖은 이유는, 그에게도 잘못이 있었기 때문이었다. 그는 전형적인 호구였다. 고급스럽게 표현하자면 'giver'였다. 그는 아낌없이 주는 나무였다. 그래서 이승덕 팀장이 나에게 자꾸 먹을 걸 사줄 수 있었던 것이었다!

나는 살짝 혼란스러웠다. 그에게 결혼 경력이 있어서인지 아니면 그가 거지여서인지, 정확한 이유는 알 수 없었다. 속았다는 느낌도 들었는데, 이승덕 팀장이 딱히 악의를 갖고 속인 것 같지는 않았다. 그냥 말을 안 했을 뿐이었다. 말을 안 한 것도 일종의 거짓말이라고 볼 수도 있겠지만. 나는 내 눈치 없음에 경악했다. 이승덕 팀장과 사내연애 하고 있다는 걸 알게 모르게 다들 알았을 텐데. 얼마나 우스웠을까.

아마도 우리는 그 워크숍에서 자연스레 이별하게 되었지 싶다. 만나자고 한 적 없었으므로 헤어지자는 말도 무용했다. 돌이켜보니 그와 손 한번 안 잡아봤다는 생각이 들었다. 식사는 무수히 했지만 말이다. 이승덕 팀장은 좋은 사람이었고, 여자들이 흔히 말하는 '뽀뽀할 수 없는 남자'였다. 나도 그의 전처처럼 'taker'로서 그를 뜯어먹기만 했던 걸까? 어쨌든 우리는 직장 동료로 돌아가 무미건조하게 일과 관련된 대화만 나누게 되었다. 그러나 채팅 창에 노란색 프로필 사진이 뜨면 조건반사처럼 마음이 환해지는 건 어쩔 수 없었다. 굳이 억누르지 않았다.

한편 목지환 팀장과도 그의 퇴사로 인하여 이별하게 되었다. 과연 그와 연애한 게 맞는가, 따지자면 좀 애매하긴 하지만 말이다. 이승덕 팀장과는 잠만 안 잤고 목지환 팀장과는 잠만 잤다……. 내 연애는 왜 이따위인가. 목지환 팀장의 퇴사 날 나는 꽃집에 가서 꽃다발을 샀다. 아주 예쁜 꽃으로만 골랐다. 나는 그의 품에, 약간 힘을 실어, 꽃다발을 안겨주었다. "잘 먹고 잘 사세요."

"감사합니다. 수진 씨도 행복하십시오."

목지환 팀장을 배웅한 뒤 대표와 임직원 일동은 각자의 자리로 돌아갔다. 대표의 예언이 맞았다. 나는 4층으로 올라가 퇴사하겠다고 말했다.

전화를 끊자, 초리 최가 피팅룸 커튼을 젖히고 고개만 빼꼼 내밀었다. "누구야?"

"염 부장님. 기억하지?"

"아……." 초리 최가 눈을 가늘게 떴다. 그러고는 활짝 웃었다. "아!"

흠흠, 말하자면 이곳은 내 부티크고 나는, 아니 우리는, 패션위크 컬렉션을 준비 중이다. 쇼의 클로징 모델은 당연히 초리 최가 될 것이다. 500그램만 더 뺀다면. 오프닝 모델인 미형은 방금 가봉을 마치고 다른 스케줄로 이동한 참이었다. 미형은 더 쪄야 했다. 이따 집에 가서 보양식을 먹여야겠다. 미형은 현재 내 동거인이기도 하다. 어쩌다 보니 살림을 합치게 되었다.

우발적으로 퇴사한 뒤 나는 내가 좋아하는 일을 했다. 알바로 생계를 이어가면서 국비 지원 학원에 다니며 옷 만드는 방법을 배웠다. 전에는 느낌 가는 대로, 그러니까 마구잡이로 오리고 꿰매곤 했는데, 처음으로 패턴이라는 걸 뜨고 재봉질이라는 걸 해보았다. 동대문에서 밤에 도매로 옷을 떼는 대신, 낮에 옷감을 끊고 부자재를 샀다. 자체 제작 상품을 온라인으로 팔았다. 당시는 옷에다 할 수 있는 건 이것저것 다 해보는 시기라서 레이스 잔뜩 프릴 잔뜩인 요란뻑적지근하고 맥시멀한 원피스류가 주력 상품이었는데, 어쩐지 돈 많은 중국인들이 엄청나게 열광했다. 나는 차이나 머니로 을지로에 작업실을 얻은 뒤 브랜드를 론칭했다. 점점 내 취향을 확립하고 사람들을 설득해나가다 나중에는 제대로 된 부티크를 차렸다. 부티크를 오픈한 날 나는 '거적때기'를 상징적으로 한쪽 벽에 건 다음 거기 핀 조명을 비추었다. 놀라운 건, 그걸 사고 싶어 하는 사람이 꽤 많았다는 것이다.

"실례합니다." 처음 보는 모델이 구부정한 자세로 조심스레 부티크 문을 열었다. 그러고는 떨리는 목소리로 인사했다. 내가 시커먼 스타렉스 운전석에 앉아 있는 동안 초리 최를 따라갔던 미형도 저런 모습이었을까.

"잠시만 기다려줄래요?"

부티크 홀에 모델들의 대기 줄이 생기기 시작했다. 패션위크에 참가하는 건 올해가 두 번째였다. 솔직히 말하면 작년은 초리 최 덕분에 흥행한 면도 있었다. 모든 디자이너들이 초리 최를 원했다. 그치만 올해는 달랐다. 모든 모델이 내 쇼에 서고 싶어 했다!

초리 최는 미형의 귀인이었는데, 알고 보니 나에게 더 귀인이었다. 미형의 첫 포트폴리오가 완성되자 초리 최는 주목하는 신인이라며 자신의 인스타그램에 게시했다. 어쩌면, 내 드레스를. 그로부터 7년 뒤 초리 최는 한국계 영화감독으로부터 DM을 받고 그녀에게 내 이메일 주소를 건네주게 된다.

"염 부장님이 갑자기 왜?" 초리 최가 아예 피팅룸에서 나와서는 물었다. 그녀가 모습을 드러내자 홀에서 조그맣게 탄성이 터졌다. 아닌 게 아니라, 마네킹에 얹어뒀을 땐 확신이 없었는데 초리 최가 입으니 괜한 걱정이었다 싶을 정도로 근사했다. 잠깐 방송 쪽으로 외도한 시절도 있었지만 초리 최는 엄연히 모델이었다. 미형에게 초리 최가 귀인이었듯, 지난날 초리 최에게는 미형이 귀인이었다. 미형에게 자극받아 초심을 되찾았달까. 그때보다 수입은 줄었어도 초리 최는 행복해 보였다. 500그램만 더 빼면 완벽하련만.

"글쎄. 팀장님이 염 부장님한테 내 번호 물어봤다더라고."

초리 최가 눈을 흘겼다. "어떤 팀장?" 질문이 좀 이상한 것 같아 고개를 갸웃하자 그녀가 덧붙였다. "왜, 두 명이었잖아. 목 뭐시깽이랑 그 돌싱……."

"쉬이."

"뭐야, 누군데. 누구냐고."

나는 가봉 중인 드레스의 가슴통을 바짝 조여 초리 최의 입을 막았다. "그래서 살 뺄 생각 있어, 없어?"

그러면서도 나는 고생했다며 또 바나나우유에 빨대를 꽂아 내미는 것이었다. 의상을 수정한 뒤 초리 최를 그녀의 차가 세워져 있는 곳까지 배웅했다. 그렇다, 초리 최는 운전을 한다! 초리 최가 차 사고로 인한 트라우마를 극복했는지 아니면 애초에 그런 건 존재하지 않았는지는, 나도 모른다. 아무리 캐물어도 절대로 안 알려주기 때문이다. 하여간 별게 다 비밀인 여자다.

어쨌거나 여기까지가 나의 '사내연애' 이야기다. 우리는 D 모델 에이전시에서 아티스트와 수습 직원으로 만났다. 천하의 초리가 어떻게 내 연인이 되었는지는,

다음 화에 계속.

한정현

러브 누아르

[사랑] 자꾸만 멈춰 건너온 곳을 돌아보게 되지만
그 시작점을 잊지도 못하는 이미 지나온 횡단보도.

그 여가수가 사라진 건 대략 8, 9년 전쯤의 일이었다. 선은 그 여가수를 참 좋아했다. 대학가요제에서 입상은 못 했지만 전국적인 인기를 끈 것부터가 대단해 보였다. 그해, 그러니까 1978년 대학가요제에서 누가 상을 탔더라? 그건 다들 기억 못 해도 〈그때 그 사람〉은 모두 기억했다. 뭐…… 남자들은 삼삼오오 모여 그 여가수가 얼굴은 별로여도 노래는 끝장난다고들 했지만, 선은 일단 가수에게 얼굴 운운하는 것부터가 어이없는 일이라고 생각했다. 선이 이런 말을 하면 사내들은 선이 못생겨서 편드는 거라고 했지만…… 그게 아니다. 그 여가수는 노래를 진짜 잘했다. 그러니까 미워하면은 안 되겠지. 그래, 그 가사를 듣고 나서야 선은 자신의 고등학교 등록금을 들고 튄 고향의 교회 오빠 새끼…… 아, 아니, 그 남자를 용서할 수 있었을 정도다. 그 여가수의 노래란 그런 힘이 있었다. 선에게는 그게 전부였다. 그 여가수가 저기 푸른 기와집에 들어가 노래를 불렀든 말든, 그래서 푸른 기와집에 사셨던 그분이 김재규의 총에 맞아 숨이 넘어갔을 때 그곳에 그 여가수가 있었든 말든……. 그건 자신하고는 아무 관련이 없다고 생각했다. 아니, 선이 뭐야. 그냥 음악과 여가수와 그 독재자의 죽음은 아무 상관이 없는 거지. 그게 뭐, 그 여가수가 노래를 못 부를 이유라도 되나? 그 여가수가 독재자에게 총질을 했나?(그리고 했으면 뭐? 차마 이 말은 속으로도 못 하는 선이었다.)

하지만 세상은 역시나 선과는 다른 모양이었다.

한 여자의 성공은 거기서 끝나버린 듯했고 그 여가수의 노래도 사라져버렸다. (한때) 성공했던 여가수의 노래는 어디서도 듣기 어려웠다.

그러게 여자가 너무 나대도 안 좋아. 누군가가 그런 말을 했고 어느 순간부터는 그런 말조차 들리지 않게 되었다. 감히 독재자의 죽음을 목격한 사람 아니냔 말이다.

그렇다면 선은?

노래도 못하고 짝사랑도 이루지 못하고 고등학교 등록금은 이루지 못한 사랑과 함께 사라져서 그길로 직업 고등학교에 입학한 뒤 공장에 취업했던 선은 잘 살고 있나.

성공한 여가수는 사라졌다지만, 그러니까 성공하지 못한 여자 선은 잘 살아가고 있었나?

선은 최근 길을 가다 자주 아는 사람들에 의해 팔이나 옷자락, 어깨를 잡아채이곤 했다. 그것은 선의 지인들이 남달리 무례하거나 순발력이 뛰어난 자들이라서라기보다는 근래에 선을 본 기억이 그들에겐 없기 때문이다.

미쓰 막걸리.

이것은 선의 별명이다. 선은 모르는 별명. 그러니까 언제부터인가 사람들 사이에 선은 일명 '미쓰 막걸리'로 불리고 있었다. 아무래도 어느 날 출근 후 퇴근하지 못한 채 선이 자취를 감추게 된 것이 그 유명한 '막걸리 보안법'에 걸려서가 아니겠냐는 거였다. 이름은 좀 우스울지 몰라도 막걸리 보안법이라고 한다면 1960년 그때 그 사람 아니, 그 대통령이 막걸릿집에도 형사들을 풀어 조금이라도 의심스러운 인물을 잡아냈다는 바로 그것이었다. 하지만 그 대통령이 죽은 후에도 그건 없어지지 않았다. 도리어 더 심해졌다. 1980년 광주 이후에 말이다. 막걸리 보안법에 걸리면 다시는 막걸리라면 입에도 못 댈 만큼 끔찍한 기억을 안게 된다고 할 정도로 무서운 법이기도 했다. 그 보안법에 걸리는 사람들 대부분은 남영동으로 가기 때문이었다. 시체로 나오거나 만신창이로 되돌아오거나 운이 좋아 두 발로 걸어 나선다고 해도 서대문형무소 면회실에서나 그 인물을 다시 볼 수 있다는 말이었다. 사람들은 선이 안 보이는 것을 두고 분명하다고 했다.

그러게, 거봐. 여자애가 말이야. 그 애. 그래, 그 애. 박 선.

항상 어두운 낯빛에 웃지 않던 아이. 무슨 여가수를 좋아한답시고 날마다 메모지에 그 여가수가 부르던 노래 가사를 적어 들고 다니던 아이. 얼굴이 박색이어서 시집가기는 글렀다는 말을 듣고도 얌전히 있을 줄 알았더니만 별안간 고함을 치며 일어서던 아이. 깡시골에서 서울 공장으로 취업했다고 뒤도 안 돌아보고 당당히 떠나버린 아이. 9녀 1남을 키우는 그

집에서 장손 뒷바라지하게 돈 좀 보내달라고 하니 전보마저도 끊어버렸다는 아이. 못생겨서 그런가 성격도 사납구만! 사람들은 선을 두고 그리 말하곤 했다. 그래도 보안법으로 사고칠 일은 없어 보였는데 한양물산 1년 다니다가 어느 날 갑자기 사라졌다고 하니 사람들은 대체 걔가 무슨? 하다가 별안간 무릎을 탁 치는 것이다. 그래, 걔가 무슨 그 얼굴로 남자 따라 갔겠어? 사람들은 그러며 잔뜩 안쓰러운 표정을 짓곤 했다.

남영동 갔겠지.

그렇군. 소리를 꽥 지르고 지 낳아준 부모도 끊어낸 것이 빨갱이야, 빨갱이.

못생긴 애가 불만분자가 되어버렸구만.

지.랄.발.광.하.네.

선의 입장에선 그러했다. 빨갱이고 시집이고 박색이고 간에 그들의 추측은 다 틀렸다. 아니, 사람들의 속내처럼 선은 확실히 남영동 언저리에 가본 것은 맞았다. 하지만 일단 막걸릿집에서가 아니라 회사가 끝나고 서울에서 가장 싼 단칸방들이 몰려 있던 문래동 자취방으로 돌아오던 골목길에서 붙들렸다. 공장 경리 중에서도 말단인 선은 막걸리를 마실 정도로 돈이 많지 않았다. 고작 시급 138원을 받고 50원짜리 막걸리를 어찌 들이켠단 말인가. 하여간 막걸리 보안법에 걸리기엔 돈이 없던 선이었기에 그냥 길바닥에서 붙들렸다. 그렇지만 사람들이 어리둥절해했던 것처럼 선에게는 혐의가 없었다. 때문에 그 유명한, 이른바 '관뚜껑 고문'이라는, 강판에 매달아

놓고 무차별적으로 구타하는 고문을 당하지도 않았고, 수건이 뒤집어씌워진 채 물을 흠뻑 들이마시지도 않았다. 고춧가루 물이 어떻게 생겼는지 눈앞에서 생생하게 보았으나 역시 마시진 않았다. 그 정도까지 진행될 정도로 선은 주요한 인물이 아니었던 것이다. 위장 취업한 대학생도 아니었고 말 그대로 흔해빠진 공장 여직원이었으니까. 게다가 진정 운이 좋았다 할 만한 것은 성폭행을 당하지 않은 것이다. 선이 하잘것없이 붙잡혀 들어온 인물이라는 것을 알아서였는지 아니면 담당자가 초보라서 그랬는지 선은 잠시 구석에 머리를 감싸안고 앉아 있었을 뿐이다. 물론 아무리 운이 좋았다 한들 그 기억 자체가 모두 사라지는 건 아니었다. 선은 그 이후로 밤에도 완전히 불을 끄고는 잠을 잘 수가 없었다. 촛불이라는 것이 정말 위험하다는 것을 알면서도 켜두지 않으면 숨이 턱턱 막혀오곤 했다.

선은 남영동에 다녀온 후 문래동 반지하 달방이 딱 남영동 고문실 크기라는 걸 알아차렸다. 작은 자취방은 최악의 트라우마를 가져다주었다. 선은 남영동에 다녀온 후 내내 밖을 떠돌다가 지쳐 쓰러질 때쯤 들어가 잠만 자야 했다. 눈을 가리고 들어갔던 남영동 그 작은 방이 생각났기 때문이다. 운이 좋게도 관뚜껑에 매달리거나 성 고문을 당하진 않았다고 한들……. 그러니까 그게 운이 좋았던 건 맞나? 그 대가로 지불된 것은 공장 해고였다. 하긴, 그 공장에 계속 다녔다가는…… 남영동에서 안 당했던 그 짓까지 당했을지 모를 일이었으니……. 어쨌거나 이런 마당이다 보니 선은 대관절 길에서 누군가를 알아보거나 설사 알아봤다 한들 먼저 반갑게 인사할 주의력이 없었다. 그러니 선은 어딘가 종종걸음 치다가 그들을 인지하지 못하고 지나치는 경우가 많았다.

그렇다면 선은 그것을 어떻게 받아들였을까.

그렇게 팔이나 옷자락, 어깨를 잡혀 뒤돌아보게 되면 걸음 속도가 의지와 다르게 늦춰졌지만, 대부분의 경우에 선은 그렇게까지 기분이 나쁘진 않았다. 남영동 이전에도 선은 대체적으로 뒤를 돌아볼 수 있는 여유가 있던 적이 별로 없었다. 공장이 돌아가면 밤늦게까지 남아야 하는 게 공장 직원의 도리였으니까. 야근을 안 한 날이 없었고 일요일 출근도 예사였다. 어찌 본다면 자신의 과거를 알고 있는 누군가들을 일부러 찾아갈 일은 이제 없었으므로 차라리 이런 우연이 반갑기도 했다. 일일이 사람들에게 해명하기보다는 누군가 알게 되면 반대로 소문을 내줄 터였다.

오랜만에 마주친 직업 고등학교 동기는 선을 신기한 듯 바라보다 질문들을 쏟아냈다. 말이 길어질 모양이었다. 선은 가만히 가방을 추슬렀다. 가방 안에 가득 든 원고가 쏟아지기라도 하면 큰일이었는데 다행히 그러진 않았다.

선, 요즘 너 뭐 먹고 살아?

회사 다니지, 공장 경리가 뭐 할 일 따로 있니.

아직 다녀? 다른 곳?

응. 먹고 살 일 없으니까.

다행이다, 얘.

딱 봐도 그 애는 선의 말을 믿지 않는 눈치였다. 아마 할 말이 있어서 선을 잡은 모양이었다. 하긴, 이 애뿐 아니다. 모두들 그러니까.

얘, 선아. 그게 우리 이제 시집갈 나이잖니. 벌써 스물넷이면 아휴, 우리 이미 늙었는데. 사람들이 니가 회사 짤리고 다방 레지 되면 어쩌냐고 그렇게 걱정들을 해.

응, 그렇구나. 근데 너 결혼하니?

어머, 얘. 박 선 이것 봐. 아주 너 귀신이다. 너 올 거지?

선은 망설임 없이 고개를 끄덕였다. 청첩장 주려고 얼마나 애가 탔을까. 이렇게 안 마주쳤으면 하객 하나 잃은 건데. 선은 당연히 가야지, 하는 웃음을 지어 보이며 청첩장을 챙겨 넣었다. 요즘 결혼 열풍이기는 했다. 스물넷이라니, 뭐 동기 중에는 그리 빠른 편도 아니었다. 건실한 가족을 만들어 잘 먹고 잘살자는 말이 온 서울 거리를 메우는 중이었으니까. 동기는 선을 가만히 뜯어보는 눈치였다. 역시 눈치가 빤한 애였다.

선, 너 근데 가방이 크다?

그럼 그렇지, 선이 있던 세계에서 여성들은 가방이 클 필요가 전혀 없었다. 직업 고등학교에서는 더 그랬다. 교과서는 필요 없었고 방학 때는 빨대 공장에 취업을 나가느라 바빴으니까. 말만 고등학교지, 완전 공장 뺑뺑이 돌리기였다. 악덕 교장을 만나면 그나마 월급도 못 받는다는 말도 있었다. 하지만 그렇다고 한들, 이제 고등학생도 아닌데 뭘 어쩌겠는가. 이번엔 선이 동기를 빤히 바라봤다.

왜? 여기에 무슨 삐라라도 들었을까 봐? 나 고발하게? 그럼 나 니 결혼식 못 가는데?

동기는 무슨 말이냐며 웃음을 지었지만 선을 여전히 유심히 보는 모양새였다. 하긴 누가 형사고 프락치인지 모를 지금은 1987년이었다. 선은 깊은숨을 내쉬고 이내 가방을 열어 종이 하나를 꺼냈다.

자, 여기 봐. 이거. 니가 마음이 안 좋을 수 있지. 괜히 나중에 나랑 대화한 거 걸릴까 봐 걱정일 수도 있고.

동기는 아휴, 얘, 무슨 말이니 그게, 하면서도 선이 건네준 종이를 빼앗듯 가져가 한참이나 읽어 내려갔다. 그러다 고개를 들어 선에게 물었다.

선아, 이게 다 뭐야?

소설.

어머, 어머! 공순이가 야, 너 대단하다. 너 언제 이런 거 배웠어? 이게 그 유명한 무협 소설 뭐 그런 거니?

자세한 설명은 필요하지 않을 거였다. 선은 가볍게 고개를 끄덕였다.

어머, 나는 신문에서 보고 남자들이나 쓰는 줄 알았는데.

선은 별거 아니라는 듯 어깨를 으쓱해 보였다. 이제 선 너도 그런 작가들처럼 부자 되는 거야? 남자들처럼 호텔 바도 가고? 동기는 벌어진 입을 다물지 못하다가 이내 의아한 표정을 지어 보였다.

근데 왜 제목이 없어?

선은 다시 가방에 종이를 넣으며 심드렁히 말했다. 있어, 왜 없겠어? 응? 제목이 뭔데 선?

"서울 누아르."

《서울 누아르》

선은 그 말을 마지막으로 유유히 자리를 떴다. 결혼식에 꼭 오라는 친구의 말이 멀어질 때쯤 선은 숨을 조금 내쉬었다. 저 애가 알아서 떠벌리고 다녀줄 소문은 반가웠지만 그래도 과거는 항상 사람 발목을 잡고 한숨을 내쉬게 한다. 특히 선처럼 내세울 것 없는 사람일수록.

그러니까, 그렇다고 해서, 길에서 아는 사람을 만나 잠시 여유를 가졌다고 해서 말이다.

그 자리에 서서 붙잡힌 김에 되돌아보기, 인생 전반을 회고하기. 이런 것들을 할 순 없었다. 선에게는 그럴 만한 여유까지는 없었다. 이 원고를 가지고 얼른 가야 할 곳이 있었다.

게다가 여기가 어디란 말인가, 1987년 이곳, 이곳이 어디란 말인가. 여기는 서울이다.

생각해보자.

차라리 서울에 대해서, 선 자신의 과거 말고 이 황량한 사막 도시 같은 그냥 도시 서울에 대해서.

서울은 어떤 곳인가.

서울은 동물원이다, 그것도 맹수들이 서식하는. 서로를 물어뜯지 못해 안달이 난 사람들. 약한 사람에겐 약하고 강한 사람에겐 강한. 서울은 왕궁이다. 그야말로 계급이 분명한 이곳, 서울에서 하위 계급이라는 것은 그야말로 인간 취급이란 없다는 뜻이다. 서울은 병원이다. 온갖 경쟁을 뚫으려다 보니 정신이 남아날 리가 없다. 육체는 말할 것도 없다. 하루에 열두 시간 일하는 것은 기본, 우리는 주 6일을 빙자한 7일 체제다. 일요일에 하나님이 아닌 부장님을 만나도 이상하지 않은 이곳. 서울은 목욕탕이다. 속옷 한 장까지 다 내줘야 하는, 그러고도 수치를 몰라야 하는 이곳은 서울이다.

무엇보다 이곳은…… 남자와 여자를 짝지어준다는 사이비 종교의 거대한 운동장과 같은 판이다. 남자와 여자는 무조건 사랑에 빠지고 엉겨 붙는 줄 아는…… 서울은 그런 곳이다. 그 끝은 결혼이어야 하는 막장 드라마. 그 결혼이 행복이든, 이혼 특급 열차든 여자는 나이가 차면 폐물 취급당하는 그곳이 서울. 이곳에 '나'는 없다.

선은 어느새 자신이 가방 속 원고를 꺼내 읽고 있다는 걸 깨달았다. 아니, 그것도 아니지. 자신은 서울이 아닌 자신의 과거로 간 것이다. 그러니까 약 1년 전. 사람들 사이에서 미쓰 막걸리가 되기 전 그냥 미쓰였던 한양물산 2층으로 말이다.

……이곳은 서울이다…….

1986년 어느 여름. 선은 자신도 모르게 옆자리를 힐긋거리며 그 말을 중얼거렸었다. 아니, 사실은 중얼거릴 뻔했다는 말이 옳을 것이다. 역대 최고 온도를 기록했다는 삼복더위의 서울이라지만 아직 그 정도 인지는 남아 있는 선이었다. 여기는 나의 집이 아니다. 문래동 쪽방이긴 해도 혼자 있을 수 있는 그곳이 아니다. 모두가 일하고 있는 한양물산 2층 사무실이 아닌가. 8월의 더위에도 선풍기 두 대로 버텨야 하는 시절이었다. 그나마 선풍기 중 한 대는 주임의, 또 한 대는 당연하지만 부장의 몫이었다. 선을 포함한 여성 직원들 대부분은 직원용 유니폼이 땀에 전 순간을 견디고 견뎌야 하는 이곳. 하긴, 그나마 공장 안에서 이 순간까지 작업하고 있는 사람들보다는 나을 것이다. 공장이라는 곳은 맨손이 사포로 사용되는 곳이니까. 선풍기는커녕 허리를 펴고 손부채질 할 틈도 없는 곳. 선은 저도 모르게 한숨을 내쉬었다. 직업 고등학교라도 보내서 주판이라도 두들기게 해준 부모에게 감사해야 하려나 싶었고 하지만 이곳이 자신의 최종 정착지라는 생각을 하면 무언가 억울하기도 했다.

그러니 그런 것이다. 무슨 말이냐면 그러니 자꾸만 사라진 그 여가수의 노래를 몰래 흥얼거리게 되고, 자꾸만 옆자리 미쓰 리 언니의 노트를 훔쳐보게 된다는 말이다. 여가수는 사라졌다지만 옆자리 언니는 볼 수 있었으므로, 미쓰 리 언니가 날마다 무언가를 끼적이는 그 노트를 선은 외면하기 힘들었다. 대관절 이 언니는 뭘 이렇게 쓴단 말인가 싶어서 보면…… 결국 저런 거다. 대체 무슨 말인지 모를, 한국어가 맞나 싶은 이상하고 누가 볼까 걱정되는 괴상한 소리들. 그런데 그게 차암 특이한 게 읽으면 읽을수록 더 읽고 싶고, 그 뒤에는 무슨 말이 또 튀어나올지 궁금하다는 거다. 대체 저건 누구한테 하는 말일까? 편지일까, 아니면 이 팍팍하다 못해 퍽퍽한 한양물산 놈들에게 하는 암호 같은 욕일까. 욕이면 더 좋긴 한데. 둘 다 재밌을 거 같다. 어쨌거나 기이하게 미쓰 리 언니의 이상한 낙서를 보고 있으면 선은 그런 상상이 자꾸만 발동했다.

미쓰 리 언니.

그러게, 사무직이든 공장직이든 이름으로 불리지 않는 이곳에서 여자들에게 이름은 없다. 하지만 이름 대신 어떤 가오랄까, 분위기랄까. 그러니까 유독 도드라지는 그런 거 말이다. 그런 것이 이 언니에겐 분명히 있다. 선이 이곳에 취직한 첫날, 미쓰 리 언니는 미쓰 김, 미쓰 윤, 미쓰 최 언니 중 유일하게 선에게 이런 말을 했었다.

안 웃어서 다행이에요. 여기서 웃으면 딱 두 꼴이거든요. 임신 아니면 낙태.

섬뜩한 말을 웃지도 않고 내뱉던 미쓰 리 언니를 보고 선은 이 언니가 자신을 도와줄 사람인지 아닌지 처음엔 반신반의했었다. 여자의 적은 여자라는 말을 사람들은 뭐가 뭔지도 모르고 달고 살았고 심지어 그렇게 되기 위해 따라 하는 것처럼 보였으니까. 혹시 이 언니도 나를 적으로 보는 건가, 선은 뭐가 맞는지 어려웠다. 하지만 그다음 달이 되고 나서야 미쓰 리 언니의 말이 진실임을 깨달을 수 있었다.

미쓰 김 언니가 갑작스레 회사를 나오지 않았다. 선은 어리둥절했다. 웃지도 않느냐고, 여자애가 그리 애교가 없어서 어쩌냐고 쑥맥 같다고 욕을 먹던 선과는 달리 미쓰 김 언니는 항상 웃는 얼굴로 부장과 사이가 제일 좋았다. 부장은 회식할 때면 꼭 미쓰 김 언니를 옆에 앉혔던 사람이다. 그런데 갑자기 미쓰 김 언니가 그만두다니? 회사에 가장 오래 있을 거 같은 사람이었는데……. 하지만 미쓰 윤도 미쓰 최도 모두 미쓰 김 언니의 행방에 대해 궁금해하지 않았다. 도리어 당연하다는 눈치였고 이젠 누가 부장 옆에 앉게 될지 걱정하는 듯 어딘지 설레는 듯 알 수 없는 긴장감을 나누는 것이 우선인 눈치였다. 그들을 바라보던 선은 그날도 걱정하는 대신 낙서를 쓰고 있는 미쓰 리 언니에게 슬쩍 보리차를 가져다주며 선견지명을 다시 한번 들어볼 작정을 했다.

언니.

왜요.

미쓰 김 언니 결혼하시는 거예요? 왜 그만둔 거예요?

결혼하면 자동 퇴사니까 그게 제일 적당해 보여서 물은 거였는데 미쓰 리 언니는 심드렁하게 말했다.

잘 웃었잖아요.

네?

임신.

결혼하신 거예요?

아니, 임신이요.

그니까 결혼하신다는 것인지…….

결혼 전 임신하면 망신인 세상이었으니까 선은 그리 물었는데 미쓰 리 언니는 낙서를 멈추고 선을 바라보며 한 자 한 자 또박또박 말해주었다.

낙태하라고 부장이 돈 줬을 거라고요.

미쓰 리 언니는 그러면서 사무실을 한 번 훑었다. 미쓰 윤 언니와 미쓰 최 언니가 미쓰 리 언니와 이야기하는 선을 안 보는 척 힐긋거리고 있었다. 그들은 미쓰 리 언니를 어려워했다. 항상 선에게 미쓰 리 언니가 무슨 말을 했냐고 묻곤 했다. 그러면 선은 입을 다물었다. 왠지 그게 의리 같아서. 그 의리를 아는 걸까, 미쓰 리 언니는 그러고는 선을 향해 이전보다도 힘을 주는 말투로 물었다.

미쓰 박은 나중에 뭐가 되고 싶어요?

선은 갑작스러운 미쓰 리 언니의 질문에 이상하게도 어깨가 들썩일 정도로 놀랐다. 뭐가 되고 싶냐, 하는 질문 자체를 받아 본 적이 없었다. 선은 충청도 어느 시골 마을에서 9녀 1남 중 다섯 번째로 태어난 딸이었다. 아이구, 또 딸이야? 산파가 이 한마디를 남기고 휙 던졌다는 이야기만 들었었다. 선이라는 이름은 멀쩡해 보이지만 사실 자(子) 자조차도 붙이기 귀찮았던 아버지의 마지막 선택이었다. 그나마 호적에 올려준 게 다행이라고 할머니는 유일한 1남인 손자가 사고를 칠 때마다 손녀들을 세워두고 호되게 머리를 쥐어박곤 했다. 장손 머리는 쥐어박을 수 없으니 여자애들을 세워놓고 때린 거였다. 뭐가 되고 싶냐, 보다는 어떻게 먹은 쌀을 갚아낼 거냐는 말을 듣고 자랐다. 첫째 딸이 서울 공장에서 팔이 잘렸는데도 딸들을 줄줄이 올려 보낸 집안이었다. 큰언니가 연락이 안 되는 게 집안 살림에는 다행이라고들 하면서……. 선이 그 여가수의 노래를 듣는 걸 알고도 집안은 뒤집어졌었다. 애가 배때기가 불러서 그런 거나 듣고 있다는 거였다. 그 노래를 듣는 게 얼마나 마음에 평안을 주는데, 선이 그렇게 말하자마자 그걸 들으면 쌀이 나오냐고 묻는 게 이 집 어른, 아니 인간들이었다.

미쓰 박 되고 싶은 거 없어요?

선은 다시 되돌아왔다. 미쓰 리 언니가 자신을 말똥히 올려다보고 있었다. 막상 이렇게 자세히 미쓰 리 언니 얼굴을 본 것은 처음이라 선은 좀 쑥스러운 기분이 되었다. 미쓰 리 언니의 눈동자가 너무나 또렷해서 거기에 자신이 비춰지는 게 신비로웠을 수도 있었다. 저렇게…… 사람의 눈이 무섭지 않고 맑을 수가 있구나……. 하여간 처음 느끼는 기분과 질문이었지만 선은 가만히 그 질문을 따라가보기로 했다.

저는…… 주판을 좀 잘하는 사람이요.

겨우 생각해낸 거였다. 하지만 진짜였다. 직업 고등학교를 다닐 때 수학을 곧잘 해서 칭찬받던 선이었다. 주판도 1등이었고 그 덕에 담임이 추천서를 써줘서 일찌감치 이런저런 공장 경리로 들어갈 수 있었다. 그땐 나이를 속이느라 지금보다 더 못 받았지만. 그래도 주판을 더 잘해서 언젠가 광화문에서 본 정장 입은 여자들처럼 되고 싶…… 그런 생각을 하던 선은 고개를 크게 저었다. 어쩌다 이런 상상을, 미쓰 리 언니가 자신을 얼마나 비웃을까 싶었는데 미쓰 리 언니는 선을 가만히 보더니 이렇게 답했다.

그러면 정말 웃지 마요, 끝까지 이 회사에 남아야죠.

선은 그 말에 도리어 말문이 막혔다. '니가 뭐라고, 시집이나 가라.' 선이 그런 말을 하면 대부분 이런 답이 돌아오곤 했었다. 선의 말이 잘못되지 않았다고, 선이 그렇다면 그게 맞다고 해준 건 미쓰 리 언니가 처음이었다. 그러나 선이 뭐라고 하기 전에 부장이 들어와 미쓰 윤 언니를 불렀다. 얼굴은 우는 표정이면서도 미쓰 윤 언니의 입가에는 미소가 들키지 않게 꾹꾹 숨겨져 있었다. 미쓰 윤이 들어가자마자 미쓰 최가 쌍욕을 날렸다. 아 씨발, 저게 팔자 펴는 거 아니겠지? 미쓰 윤이 불려가는 모습을 보며 선은 미쓰 리 언니의 등에 대고 고개를 크게 끄덕였다.

네, 안 웃을게요. 꼭 그럴게요.

저는 제 자신으로 먹고살게요. 선은 그 말까지는 소리 내어 하지 못했다.

그 뒤에 미쓰 리 언니와 딱히 무슨 이야기를 계속한 건 아니었다. 하지만 선에게 있어서 그 여가수 다음으로 신비롭고 대단해 보이는 건 역시 미쓰 리 언니가 분명했다. 미쓰 리 언니는 아무것도 안 했다. 말 그대로 회사에 출근해서 시키는 일만 하고 그 어떤 말도, 웃음도, 분노도 보여주지 않았다. 어느 날엔가 다른 여직원들과 달리 커다란 미쓰 리 언니의 가방을 슬쩍 보니 소설책과 카세트테이프 플레이어가 들어 있었다. 혹시 이 언니도 그 여가수를 좋아하나, 물어보진 못했다. 왠지 취향이 대단할 것 같아서. 어른들한테도 그 여가수 이름을 말하면서 그 여가수가 뭘 그리 잘못했냐고, 하여간 여자가 멋지고 잘나고 재능 있으면 안 되는 거냐고 고래고래 소리를 질러보던 선이었는데, 미쓰 리 언니 앞에선 쑥스러웠다. 뭔지 몰라도 하여간 멋있다, 선은 저도 모르게 그런 말을 중얼거리기도 했다. 그러니까, 세상 다른 것 말고.

미쓰 리.

대체 언제부터 멋졌던가?

출근하면 부장과 주임, 계장과 신입 남자 직원들의 보리차부터 시원하게 챙겨두는 선과 달리 미쓰 리 언니는 웃음기 없는 표정으로 자기 자리부터 박박 닦는다. 보리차도 본인부터 부장 컵으로 한 컵 시원하게 넘긴다. 이게 제일 비싼 거 알죠? 선에게도 쓰라는 듯 속삭여주었다. 물론 선은 물이 코로 넘어갈 것 같아서 절대 그러지 못했다. 깨지기라도 하면 어떡하나, 코펜하겐인가 뭔가 그런 외제라던데 말이다. 커피값이 60원이라면 선의 시급은 고작 138원이었다. 그나마 사무직이니까 그랬지, 공장에 있는 애들은 50원도 못 받는다고 들었다. 그런 와중에 저 컵이라도 깼다가는……. 선은 그런 상상만으로도 소름이 오소소 돋았다. 몇십 년 동안 이곳에서 노예처럼 일해야 할지도 몰랐다. 미쓰 리 언니가 아무리 멋있어도 선은 자신은 그렇게 못 될 거라는 생각이 들었다. 아니, 미쓰 리 언니도 이곳에선 최하체다. 왜냐면 여자고 흔해빠진 공장 경리니까. 동물원의 최하체로 취급받는, 왕궁의 무수리급으로 대우받는, 병원의 1인실도 아닌 다인실의 장기 입원 환자 같은 신세 말이다. 작은 일 하나라도 잘못했다간 더 큰 짐을 짊어져야 하는 사람들. 목욕탕에서 탕의 끝자락도 아닌 샤워부스만 지켜야 하는 그런 존재. 뭐가 되고 싶은지 물어봐준 것은 고맙지만 과연 정말…… 벗어날 수 있을까.

한번은 이런 일이 있었다.

다 죽여버리자!

올림픽 개최 때문에 대기업 주문이 밀려들어서 몇 주째 일요일 출근이 이어지던 날이었을 거다. 공장 노동직인 미쓰 정 언니가 별안간 사무실로 달려들었다. 손톱은 다 깨져 있고 더위에 얼굴이 벌게진 채로 주먹을 불끈 쥐고 있었다. 하지만 아무도 두려워하지 않은 건 당연했다.

앉아. 주판 두드리는데 정신 사나워.

주임은 저 한마디를 남겼고, 부장은 좀 더 하이레벨의 진언을 남겼다.

미쓰 리. 아니다. 미쓰 윤인가? 아무튼 너 선 김에 커피 타 와.

아무도 그 사람의 이름을 몰랐기 때문에 모두가 아무 말도 할 수 없었다. 미쓰 정이라고 불리는 그 언니의 본명이 무언지, 언니가 주먹을 불끈 쥔 채 그대로 걸어 나갈 때까지 듣지 못했다.

사실 가끔은 선도 자신의 이름을 까먹는다. 선은 이곳에서 미쓰 박으로 불린다. 여긴 많은 미쓰들이 있다. 언제나 대체 가능한 미쓰들.

미래는 사실 상상해본 적이 없다. 텔레비전 드라마에서 본 사람들처럼 되고 싶다고 생각할 뿐.

그래, 그게 벌써 1년 전의 선이었다. 상상이라는 걸 하는 데 돈이 드는 것도 아닌데 한 번도 안 해봐서 못 했던 박 선이 있던 시절.

하지만 지금, 그러니까 남영동에 다녀온 뒤 여성 독서 모임에 들어가면서부터 선은 바뀌었다. 지금의 선이라면 아마 이런 상상을 할 것이다.

성공한 박 선에게 누군가가 찾아온다.

안녕하세요, 박 선 님. 당신을 대상으로 드라마를 쓰고 싶습니다.

이를테면 〈구남매〉 같은 드라마죠.

그 말을 들은 상상의 선이 발끈한다.

어째서 〈구남매〉예요!

하, 거기 식모가 나오거든요.

아니, 뭐라고요? 저도 대하드라마 주인공 하고 싶어요!

불가능합니다.

어째서죠?

성공하긴 글렀으니까요.

아니, 왜요?!

왜요라뇨, 당신 여자잖아요. 지금은 80년대라고요! 30년 후라면 몰라도 80년대요!

불량 나무젓가락을 꺼냈을 때처럼 한껏 기대가 어그러지는 상상. 그래도 상상이라도 한다, 이제 박 선은. 다만 누군가 성공한 여성의 일과 사랑에 대해 쓴다고 하면 적어도 이 시대는 실격이다. 여자는 항상 집안의 구박데기 정도의 배역을 하다가 남자에게 버림받고서야 각성하는 역할이다.

게다가 사랑이라니……? 삼십대가 되기 전 시집가라는 소리를 귀에 딱지가 앉게 듣고서 선 몇 번 본 뒤 결혼이다. 도통 사랑하기 쉽지 않으니까. 게다가 대도시는 서울 하나인데 지방에서 올라온 여성들은 대부분 선과 같은 처지다. 집안이 어려운 장녀라든가, 아들 낳으려고 줄줄이 뽑아낸 머릿수 채우기용 딸과 같은 선의 처지. 가끔 사람들은 여자끼리의 싸움을 부추기는 것도 같았다. 그래봤자 물론 결론은 그저 그런 상대와의 결혼. 미쓰 리 언니처럼 멋진 사람은…… 세상에 없을 테니까. 저도 모르게 미쓰 리 언니와 손을 맞잡고 결혼행진곡 사이를 유유히 걷는 상상을 하던 선은 누가 보는 것도 아닌데 소스라치며 고개를 저었다. 하지만 역시 연애를 한다면 정말 그런 사람과 하고 싶은 선이었다. 상상이니 해도 되지 않을까, 내 처지라도……. 선은 그러면서 자신의 처지를 다시 되새겨 보았다.

전 한양물산 경리.

하지만 역시나, 선은 조금 달라졌다. 왜냐면 선의 처지에 하나가 더 추가되었기 때문이다.

현 여성 노동자 독서 모임 〈아카시아〉의 일원.

선은 거기까지 하고 상상을 멈췄다. 선이 여기까지 온 건 모두 미쓰 리 언니로부터다. 그러니까 그날, 다시 문래동 골목길에서 붙들렸던 그 시간으로 가보면 그곳엔 미쓰 리 언니가 있었다. 남영동 형사 놈들은 처음부터 미쓰 리 언니를 붙잡으려 선을 잡아넣은 거였다.

이름을 모른다는 게 말이 돼!

형사들은 선이 1년 넘도록 대화를 나눈 미쓰 리 언니의 본명을 모른다는 걸 믿지 않았다. 점심도 같이 먹고 믹스커피도, 보리차도 타 마셨다면서 이름을 모른다니. 심지어 조직적으로 뭉쳐서 부장의 컵을 써놓고도 모른다고! 너희는 부장의 컵으로 암호를 주고받은 거야! 선은 사실 그 순간 어이가 없어서 웃음이 터져버렸고 그 덕에 안 맞아도 될 뺨을 맞았다. 하지만 이거 원, 어이가 없어서. 빨갱이 만들기도 가지각색이었다, 참. 독재자가 죽고 난 뒤 나타난 독재자는 더한 놈이었던 거다. 빨갱이에 미친 놈. 진성 빨갱이 바라기. 전 국민을 빨갱이로 만들 기세였다. 뭐, 생각해보면 1년간 이야기한 사람 이름을 모른다는 게 남자들에게는 의아한 일일 수도 있었다. 선이 자신을 남자라고 가정하고 생각해보면 웃기긴 했는데, 사실 여성 노동자들에겐 이름 따위는 없었다.

그게, 그 언니도 제 이름을 모를걸요?

거기까지 가고 보니 선은 몸에서 영혼이 빠져나간 사람이 된 듯했다. 평소라면 할 수 없는 말이 줄줄 새어 나왔다.

선은 그 언니에 대해 아는 것이 없었다, 그러고 보니. 오히려 형사들을 통해 알게 된 사실이 있었으니, 그 언니가 무슨 여성노동자연대 대표라는 거였고 그 전에는 야간 전문대학도 잠시나마 다니던 사람이었다는 거였다. 아, 그런데 그 언니 집안이야말로 가난해서 일찌감치 대학을 그만둘 수밖에 없었다는 것도. 선은 이미 두려움에 체념해버렸기 때문에 오히려 말이 술술 나왔다.

아저씨, 그게 말이 돼요? 아무리 야간대라고 해도 대학 다니던 사람이 뭣 하러 그런 이상한 공장에를 다녀요? 거긴 동물원 같은 데예요.

하, 요거 봐라. 그년이랑 어울려 다녀 그런가 멋들어진 말을 다 써대네.

남영동 놈들은 선의 이마를 툭툭 치며 그렇게 말을 돌렸다. 선은 잠시나마 그 새끼들 싸대기를 갈기고 침을 뱉어주는 상상을 했다. 인간으로 태어나 뭐가 모자라 독재자 따까리나 하세요, 이 잘난 남자 놈들아. 하지만 아무리 선이 두려움에 체념했다 한들 그런 말은 못 했다. 선은 대신 진짜 궁금한 것을 물어봤다.

그러면, 그 언니가 쓰던 게 대체 뭐예요? 삐라 같은 거예요?

선의 질문에 형사들은 선의 뒤통수를 한 대 크게 갈겼다. 우리가 어떻게 알아, 그걸 알아내려고 이러는 건데 쌍년이!

선은 뒤통수를 맞고 나서 다시 한번 영혼이 빠져나가는 걸 느꼈다. 사실 그 뒤엔 별 기억이 없었다. 며칠 후 풀려났고 공장에서 잘렸다는 거밖엔. 선을 풀어주면서 막내 형사로 보이는 앳된 얼굴이 그런 말을 했던 것도 몇 없는 기억 중에 하나였다.

그 미쓰 리란 사람하고 독서 모임 같은 거 안 갔어요? 여성 노동자 독서 모임이라고 있는데. 아카시아니 뭐니 그 이름도 다 암호예요. 아카시아 질긴 뿌리가 다 빨갱이 암호라고요. 그런 데 혹시라도 다시 가지 마요. 시골에 계신 늙은 부모들 아작 나요.

하, 아쉽다. 아카시아 뿌리가 뭐……? 무슨 국어 선생 나셨다. 나 팔아먹고 언니 팔아먹은 부모라는 연놈들 치울 수 있는 기회였는데……. 선이 그런 말을 하자 그 형사는 한숨을 내쉬었다. 저 착한 얼굴도 나중엔 선을 때린 그놈처럼 바뀔 거였다. 하긴, 나쁜 놈들은 뭘 해도 잘 사니 그러나저러나 상관 없었다. 왜냐. 선은 남영동에 있으면서 하나는 똑바로 알게 되었다. 자신이 미쓰 리 언니 생각뿐이라는 걸. 선은 미쓰 리 언니가 자신에게 인생을 가르쳐줬구나 싶었다.

여성 노동자 독서 모임. 〈아카시아〉.

우리 같은 사람도 책을 읽는단 말인가. 선은 그 단어들이 왜인지 자신에게 걸어와 박히는 기분이었다. 문래동 집으로 돌아가자마자 선은 벽지를 뜯어내 미쓰 리 언니가 선에게 신신당부했던 종이 뭉치를 꺼냈다. 그 이상한 낙서 같은 것들 말이다. 이게 무슨 빨갱이 서신이란 말인가? 여성 해방을 부르짖는 빨갱이 차라리 만나보고나 싶었다.

미쓰 리 언니, 그리고 서울 누아르. 여성들은 다 죽어 나간다는 그 서울의 이야기들.

언니, 미쓰 리 언니. 그러면 여기에는 성공한 여자들은 안 나와요?

성공? 여자의 성공이 뭔데요?

음. 내가 생각하기에 뭐 좋은 남자 만나서 집도 있고 애도 뭐 서울대 보내고 그러면…….

〈영자의 전성시대〉 영자처럼?

뭐, 그렇죠.

그건 여자가 성공한 게 아니고 여자 남편이 성공한 거죠.

네? 남편의 성공이 내 성공이고 아들의 성공이 내…….

미쓰 박, 잘 들으세요.

네?

그런 이야기는 없어요. 〈영자의 전성시대〉 영화 말고 원작 소설 결말이 뭔지 알아요? 영자 죽어요. 남자 주인공 말고 영자만 불타 죽어요.

네? 그럼 영화는 왜?

남자와 여자가 결혼해서 애 낳고 나라를 위한 일꾼 만들기. 독재자의 계획이죠. 여자가 성공하는 소설? 이야기? 그런 장르? 앞으로는 몰라도 지금은 없어요.

장르? 장르가 뭐예요?

주제요. 여자가 성공하는 장르가 있다고 하면 나는 그걸 세상엔 없는 이야기, 환상 소설이라고 하겠어요.

선은 다소 화나 보이는 미쓰 리 언니에게 딱히 답을 하지 못했었다. 어릴 때부터 그런 말을 귀에 못이 박히도록 들었던 선이다. 자고로 여자란 남자에게 시집을 잘 가야 팔자가 편다는 말. 그게 바로 여자의 성공이란 말. 서울로 가는 것도 농사짓는 남자보단 공장이라도 다니는 남자를 만나야 하기 때문이라고들 했었다. 선은 그때까지만 해도 미쓰 리 언니는 진짜 신기한 사람이라고만 생각했다. 대체 왜 저렇게 화가 많이 났을까 싶었다. 어차피 군대도 못 가서 나라를 위해 죽을 수도 없는 여자들인데 우리는. 어릴 때부터 그리 배웠으니 이런 생각을 했던 거다. 하지만 미쓰 리 언니와 알게 된 후, 선의 눈에도 너무 많은 것이 보이기 시작했다. 손톱이 다 빠지도록 일을 하는 여성 노동자들, 픽픽 쓰러져서 어디론가 업혀 나가면 다신 못 돌아오는 사람들. 딸이라서 호적에 오르지 못해 병원 진료도 못 받고 떠돌았다는 이야기들, 그러다가 먹고살 일 막막해 어느 섬으로 팔려 갔다는 이야기들. 대체할 딸들은 세상에 여전히 많았으니까. 한양물산 2층도 여전했다. 부장 방으로 수많은 미쓰들이 자주 들락거렸다. 부장의 큰아버지가 대통령과 가까운 사이라던가. 그래서 이 회사도 만들어줬다던가. 그런 말들은 부장의 명령을 거부하지 못하게 하는 족쇄가 되었다. 부장 방으로 불려 들어간 미쓰 언니들은 하나같이 배가 불러 회사를 나갔다. 그 언니들은 다 어디로 간 걸까. 그 아이들은? 가끔 선은 그런 생각을 했다. 더불어…… 여자가 일과 사랑에서 성공하는 그런 소설은 없을 거라던 미쓰 리 언니의 말도. 그럼 미쓰 리 언니는 또 어디로 간 걸까.

저기, 미쓰 박. 저 이것만 좀 맡아줘요.

미쓰 리 언니가 사라지던 날이었다. 선은 혼자 잔업을 처리하고 있었다. 잔업이라 해봤자 다음 날 있을 한양물산 체육대회의 비품을 정리하는 일이었다. 아무도 없는 사무실에서 해방감을 느낀 탓일까. 선은 평소라면 절대 하지 않을 행동을 했다. 부장이 그리 아끼던 카세트에 그 여가수의 테이프를 걸었다. 지금은 어디에서 행복할까! 이 가사가 나오는 시점엔 선도 대걸레 막대를 붙들고 온 힘을 다해 노래를 불러젖혔다. 어쩌다 한 번쯤은 생각해줄까아. 선은 잠시나마 그 여가수가 다시 재기에 성공하여 돌아와 무대에 함께 선 기분을 느꼈다. 그런 삶은 대체 어떨까. 주인공이 되는 삶. 내일 죽어도 좋겠지? 선은 그런 생각을 하다가 하마터면 정말 단명할 뻔했다. 언제 들어왔는지 미쓰 리 언니가 자신을 빤히 바라보고 있었기 때문이다. 선은 너무 놀라 숨이 다 가빠왔다. 얼른 카세트를 끄는 선을 보던 미쓰 리 언니는 담담하게 손에 들고 있던 종이 뭉치를 잠시 내려두고 천천히 박수를 쳤다.

사무실이 아니라 무대 위에 있으셔야 할 분이었네요. 저도 그 가수 너무 좋아해요.

미쓰 리 언니가 나와 같은 노래를 좋아하다니……. 그래도 이건 수습해야 했다. 선은 그게 아니고, 제가 일부러 카세트를 만진 건 아니고…… 둘러대다 문득 이야기를 돌릴 좋은 이야깃거리를 발견했다. 종이 뭉치. 평소 미쓰 리 언니가 애지중지하던 것이었다. 소설인가가 쓰여 있다는.

이미 퇴근하신 거 아니었어요? 저기, 그건 뭐예요?

미쓰 리 언니는 별 표정 변화 없이 선과 종이 뭉치를 잠시 번갈아 보더니 이내 선에게 부탁 하나만 하고 싶다고 말했다. 짧은 순간이었지만 선은 미쓰 리 언니가 이전엔 보여준 적 없는 간절한 눈빛을 하고 있다고 느꼈다.

이것만 좀 맡아주세요. 미쓰 박. 이렇게 불러서 죄송하네요. 마지막까지요.

선은 문득 마지막이라는 말에 미쓰 리 언니를 바라봤다. 그러고 보니 평소 옷차림이 아니었다. 야구모자를 잔뜩 눌러써서 앞머리가 눌려 있었다. 청바지는 앞부분이 조금 뜯겨 있었는데 유행하는 그런 게 아니었다. 누군가를 피해 달리기라도 했던 걸까. 분명 어딘가에 걸려서 찢어진 모양새였으니까. 다친 건 아니죠? 선이 자신을 관찰하고 있다고 느꼈는지 미쓰 리는 제발, 부탁해요, 내용은 보지 마세요, 그러면 위험하니까요, 그냥 어디 안 보이는 데 아무 데나 두셔요, 반복해서 말하고는 미안하다고 했다. 그 순간 왜였을까. 선은 문득 그걸 숨겨주고 싶었다. 그 여가수처럼 사라질 수도 있겠지만 그래도 누군가의 무대에 잠깐 주인공이 될 수도 있을 것 같다는 느낌이 들기도 했으니까. 이런 드라마 같은 일이 자신에게 벌어졌다는 게 조금은 놀랍기도 무섭기도 그리고 신기하기도 하였으니까. 무엇보다 그 무대의 공동 주연이 미쓰 리 언니라면 기꺼이.

네, 걱정 마세요.

하지만 곧 찾으러 온다던 미쓰 리 언니는 두 번 다시 나타나지 않았다. 아니, 나타나지 못하고 있는 건지도 몰랐다. 누군가의 말처럼 정말 남영동 시체 더미에 내던져진 건지도…….

선은 남영동에서 나온 후 서대문형무소 앞을 자주 서성였다. 미쓰 리 언니가 혹시 그곳에 있을까 했지만 소식이 없었다. 선은 얼마간의 시간이 흐르고 그 소설을 읽어보았다.

여자를 때리고 구박하는 남자들이 일으킨 전쟁 때문에 이 세상이 망할 거라는 내용이 처음엔 이해가 되지 않았다. 특히 그런 남성들에 대항해서 최고의 여성 킬러가 등장한다는 언니의 소설은 너무나 현실성이 없어 보였다. 그저 그런 남자와의 사랑에 기대는 순간 여성들도 끝이라는 주장도 이해가 안 갔다. 주인공이 마지막엔 시집 잘 가는 결말로 끝날 줄 알았는데……. 하지만 왜일까. 자꾸 보다 보니 주인공이 구박당하는 모습에서 문득 스스로가 보였고, 그 여성이 남자들처럼 총을 능숙하게 다루며 자신을 부당하게 괴롭히던 사람들을 처리하는 장면에서 쾌감을 느꼈다. 시집 같은 거 안 가도, 남자와의 연애담 없이도 재밌기만 했다. 주인공이 경찰의 지목을 피해 일본으로 안전하게 도피하는 엔딩에선 소리까지 질렀다. 그 소설의 말미엔 미쓰 리 언니 자신이 왜 이런 소설을 썼는지 이유가 적혀 있었다. 이 세상은 강한 자만이 살아남는데 그 강한 자들은 모두 남성 권력자들이라는 거였다.

로맨스가 아니에요, 이 세상은.

여자에게야말로 누아르 장르가 필요해요.

누아르는 여성 장르여야 해요.

미쓰 리 언니가 써놓은 문장이었다. 누아르가 뭐지? 내가 본 게 누아르인가? 선은 누아르가 뭔지 찾느라 한참이나 또 시간을 보내야 했다. 한참 후에야 홍콩이란 데서 인기가 많은 〈영웅본색〉 같은 영화를 그렇게 부른다는 사실을 알게 되었다. 주윤발은 선도 들어본 적 있는 영화배우였다. 하지만 신문을 보니 그 영화는 남자 일색이었다. 여자가 주인공이라면 어떨까. 그럼 무조건 죽이는 결말은 아닐 텐데……. 선은 자신도 모르게 그런 생각을 했다. 사실 드라마야 시간만 맞추면 텔레비전에서 볼 수 있다지만 영화관 같은 델 가본 적은 없었다. 스포츠 신문에 실린 연재 소설이라는 것은 보통 남자 위인이 등장하는 역사 소설이거나 남자끼리 치고받는 무협지가 대부분이었다. 여자가 로맨스만 좋아하는 게 아니고 세상이 그렇게 몰아가는 것 같았다. 도통 재미를 붙이기 어려웠다. 사실 그래서 선은 자신이 읽기에는 소질이 없다 생각했었다. 하지만 미쓰 리 언니의 소설을 보니 아니었다. 선은 다 읽은 원고를 뒤집어보았다. 글쓴이 이성희. 이성희. 선은 그제야 미쓰 리 언니의 이름을 알았다.

많은 미쓰들이 사라져가는 동안에도 텔레비전 드라마에서는 남자를 못 만나 안달하는 여자들이 등장했다. 선은 점점 미쓰 리, 아니, 이성희 언니, 아니, 이성희 작가가 말했던 '누아르가 필요하다'는 그 말이 뭔지 알 것 같았다. 물론 전부 이해한 건 아니었다. 남자들과 같이 선의 외모 지적을 했던 언니들은? 선의 엄마는? 하지만 이제 그럼에도…….

누아르 아니면 안 되겠어요.

선은 어느 날 자신도 모르게 그런 말을 중얼거렸다. 이성희 작가가 알려준 장르잖아요. 우리도 총을 들어야 한다고. 근데 내 말, 미쓰 리 언니, 이성희 작가가 듣고 있으려나…….

미쓰 리 언니는 여전히 선의 이름을 모르고 미쓰 박으로 알 것이다. 그 언니가 살아 있다면…….

미쓰 리 언니, 나 솔직히 아직 모든 여자가 진짜 불쌍한 건지 아닌지 잘 모르겠어요. 무조건 여자의 권리를 찾아야 한다는 언니 말, 아직도 다 안 믿겨요. 이상한 여자도 세상에 많잖아요. 솔직히 자청해서 부장님 방에 들어간 여자도 많잖아요. 우리 어머니만 봐도 이상하거든요. 같은 여잔데. 나를 왜 그리 구박하나요? 그래서 언니 말이 다 맞는지는 아직 잘 모르겠어요.

선은 마음속으로 가만히 그리 중얼거렸다. 모두 진심이었다. 사람들도 모두 여자의 적은 여자라 하지 않던가. 하지만…… 혹시 그 여자들도 예전의 선처럼 그냥 그게 옳다고 배워서 그런 거라면? 먹고사느라 그런 걸 생각할 기회조차 없었다면? 선은 어렴풋이 미쓰 리 언니가 자신에게 새로운 세계를 열어준 것 같다고 느꼈다. 거기에 아마 진실이 있을 거 같은…….

언니, 나도 소설 좀 읽어볼래요. 언니가 좋아하는 게 뭔지, 그 세계가 뭔지 언니를 따라 나도 가볼래요. 거기에 답이 있을 거 같아요.

선은 가만히 시선을 돌리다가 눈앞에 나타난 다방 건물을 바라봤다. 을지로3가. 을지다방. 분명 이곳에서 여성 노동자 독서 모임이 열린다고 했다. 원고 속에 메모지들을 선은 일일이 다리미로 다려서 보관해두었다. 언니도 살아 있으면 이곳에 오겠죠.

그러면 내 이름을 불러주고, 내 글을 읽어주겠죠. 선은 마치 자신이 오래전부터 이곳에 오기로 예정되어 있던 사람처럼 느껴졌다. 오늘 이곳에서 여성 노동자들은 이경자 소설가의 『할미소에서 생긴 일』을 읽을 거라고 했다. 여성 소설가도 있구나, 선의 마음이 부풀었다. 이유는 모를 일이었다.

선은 오늘 자기소개 시간에 성공한 도시 여성의 일과 사랑을 다루는 소설을 1990년대에는 보고 싶다고 말할 참이었다. 그게 아마 미쓰 리 언니가 항상 말하고 싶었던 이야기일 테니. 물론 자신도 못 쓸 수도 있다. 하지만 걱정 없다. 알고 있다, 선은.

#서울 누아르 후기

내 이야기 어때요? 이거 이야기 되겠죠?

선은 자신이 보고 있는 것이 미래라는 것을 직감한다. 이 소설을 쓰고 있는 작가에게 말을 걸어본다. 이 작가는 여성사와 퀴어사를 주로 썼으니까 이것도 이야기가 되겠지, 이제는 거의 와해된 여성 노동자 독서 모임에 찾아온 이 작가. 한정현이라고 했던가……? 선은 생각한다. 지금 이 소설을 쓰고 있는 작가가 먼 훗날 그것에 대한 이야기를 지금 이 소설이 아닌 다른 소설에서 본격적으로 할 것이라는 걸 말이다.

하아, 그런데 어떻게 하죠?

아니, 왜요?

그래도 칙릿은 무리예요. 성공한 여자의 일과 사랑이라뇨. 그게 현실에 존재하려나요? 아이만 낳아도 경력 단절인데.

그때도 없어요?

네, 겉으로 보면 있을 법한데요. 에. 모르겠다. 안 되겠어요. 그냥 저는 누아르 할게요. 환상 소설로 하거나요.

제목은 그럼…….

저는 러브 누아르요.

사랑도 힘든 건가요?

힘들죠. 저희 세대는 더 힘들대요. 마음에 안 드실까요? 이성희 작가님. 아니, 박 선 님.

내가 누군지…… 말했던가? 놀란 선은 까무룩 잠에서 깬 뒤 주변을 둘러보았다. 여전히 1987년 사람들은 매캐한 연기를 피해 비닐봉지를 쓰고 다닌다. 최루탄 냄새가 흘러넘치는 이곳, 서울에서 말이다.

참고 문헌

홍세미 · 이호연 · 유해정 · 박희정 · 강곤, 『말의 세계에 감금된 것들—여성 서사로 본 국가보안법』, 오월의봄, 2020.

유정숙 · 신순애 · 김한영 · 이승숙 · 유옥순 · 박육남 · 조분순 · 성훈화 · 김덕종, 『나, 여성노동자 1』, 유경순 엮음, 그린비, 2011.

이희주

횡단보도에서 수호천사를 만나 사랑에 빠진 이야기

[사랑] 아침에 조금 더 빨리 눈을 뜨게 만드는 일.

누나에게

벌써 5월도 끝을 향해 가네요. 연약한 초록이 무성해지는 계절. 도쿄의 봄은 노란 고양이를 닮았습니다. 날카로운 발톱을 세우며 지나가려는 계절을 붙잡으려고 하지만 기세 좋게 밀려오는 여름을 막을 수는 없습니다. 오늘 아침 방송에서도 열사병에 주의하라더군요. 그러나 짐만 될 걸 알면서 아직은 일교차가 크다고 외투를 집어 든 건 다른 누가 아닌 스스로가 봄을 떠나보내기 아쉬워하고 있기 때문인지 모르겠습니다.

여름이 가장 좋은 계절이라고 누나는 말했지요. 해가 길어진 만큼 시간을 버는 기분이라 좋다고. 교토 사람이 여름을 사랑한다는 건 고통을 사랑한다는 것과 같은 말인데. 그걸 증명하듯 누나는 이런 날씨일수록 품위를 지키라는 엄마의 말을 순종적으로 따랐습니다. 찜통 같은 8월의 더위에도 허리를 꼿꼿이 세우고 앉았습니다. 기껏해야 동그랗게 젖은 겨드랑이에 부채질을 할 뿐인 아이. 콧등에 주근깨처럼 맺힌 땀을 문지르는 게 전부였던 아이. 그런 누나를 떠올리면 우리가 한배에서 나온 사실이 신기하기도 하고, 무섭기도 하고.

자전거를 타던 일 기억하세요? 매일 아침 식구들 먹을 달걀을 사러 갔었잖아요. 해가 뜰 무렵 새벽빛을 받은 창백한 유리창과 부지런히 젖빛 입김을 내뱉으며 아침 운동을 하는 사람들을 제치고 호즈강 변을 따라 달리면 조그만 벌레들이 빛처럼 달라붙었습니다. 내가 인상을 찌푸리고 퉤퉤, 침 뱉는 시늉을 하면 누나는 소라 짱이 백 배는 커, 라며 내 얼굴을 아무렇지 않게 털어냈는데. 다정한 건지, 무심한 건지 헷갈리는 그 손길에 안심이 되곤 했습니다. 그렇게 얻은 따끈한 알로 만든 아침 식사는 왜 그렇게 맛있었을까. 흰 쌀밥에 된장국, 샐러드, 오렌지처럼 샛노란 노른자가 찰랑거리는 서니사이드업과 햄 몇 장을 우걱우걱 삼키다가 한 그릇 더! 소라 짱은 2미터까지 클 거니까, 라고 자신만만하게 외치면 웃음을 터뜨리던 누나의 얼굴. 왜 내가 한 음식에선 그 맛이 안 날까요? 역시 도쿄의 물이 나쁜 탓일까? 그래도 저는 잘 지내고 있어요, 누나. 너무 걱정은 마세요.

*

누나가 기억하는 처음은 언제예요? 아, 말을 고칠게요. 누나에게 중요한 첫 순간은 언제인가요? 저는 다섯 살 때⋯⋯ 예. 큰 지진이 일어난 그날이요. 그런데 정말 기억하는 게 맞나 싶네. 딱 한 장뿐인 선명한 인상으로 그날의 일들을 떠올리자니 가느다란 실 하나로 물고기를 낚은 기분입니다. 그래놓고서 물고기가 아닌 바다를 낚았다고 우기는 기분이지만, 그래도 용기 내어 이야기해보겠습니다.

지진이구나. 생각할 틈도 없이 굳은 나를 누나가 끌어안았고 모든 것이 흔들렸습니다. 삐, 하고 길게 이어지는 이명. 종이 뱀처럼 구겨진 도로. 젖은 골판지처럼 너덜너덜해진 마을의 풍경은 나중에 미디어를 통해 학습한 거고 옥상에서 떨어진 사람의 만(卍) 모양으로 뒤틀린 팔다리, 그리고 누나의 노란 티셔츠에 묻은 추락한 사람의 핏자국을 케첩 얼룩 같다고 느낀 것이 그날 기억의 전부입니다. 엄마 아빠는 무척 놀라셨어요. 우리의 어딘가에 금이 갔을까 두려워하셨죠. 걱정과는 달리 한동안은 괜찮았습니다만, 누나도 아는 것처럼 잠깐의 안심이 무색하게 얼마 뒤 내게 '그것'들이 보이기 시작했습니다.

처음 그것을 본 건 집 근처 어린이공원에서였습니다. 보도블록 위에 농구공 모양의 열쇠고리가 떨어져 있어 주웠습니다. 주위를 둘러보니 고등학생쯤 되어 보이는 남자가 있어 이거 떨어졌어요, 라며 손을 내밀었는데, 남자는 대꾸도 없이 눈을 가늘게 흡뜨더니 공원 밖으로 걸어 나갔습니다. 민망함에 멍청히 등을 보고 있는데, 근처 편의점에 물류를 배송하던 커다란 트럭이 그 남자를 머뭇거림 없이 치었습니다. 놀라 비명을 꿱 하고 질렀어요. 그러나 무슨 일이냐며 다가온 엄마 앞에서 차마 입을 뗄 수 없었던 건 분명 박살이 났어야 할 남자가 내 앞에 그대로 서 있기 때문이었습니다. 남자는 무슨 일이 벌어진 건지 스스로도 알지 못하겠다는 어리둥절한 표정으로 다시 공원 밖으로 향했습니다. 나가려다가 실패하고, 또 실패하고…… 반복하는 그의 뒤통수에서 검붉은 뇌수가 질질 흐르고 있었습니다.

그런 일이…… 무자비할 정도로 반복되었습니다. 이웃한 담벼락의 푸른색 수국 사이로 잘린 머리통이 쑥 하고 고개를 내밀었습니다. 두 주택 사이의 응달진 곳, 곰팡내를 풍기는 이끼 낀 좁은 골목 사이에 쪼그려 앉은 어린애의 코에서 핑크색 젤리 같은 게 뚝뚝 떨어져 망울망울 웅덩이를 이뤘습니다. 유령은 창백한 그림자라고 하지만 그들은 달랐어요. 적어도 보라색 안개를 뚫고 내 방 창에 손자국을 남길 수 있는 정도의 존재감은 있는 탓에 한동안 통원 치료가 필요했죠. *애들은 그럴 수가 있어요…… 자라면서 나아질 겁니다*……. 엄마 아빠는 의사의 조언을 철석같이 믿었습니다. 소라는 나아질 수 있어. 치료받으면 정상으로 돌아올 거야. 그 말을 하며 빛나던 눈동자. 때때로 흔들리던 믿음이 현실이 된 건 내가 자란 덕이 아닌 멀쩡한 척을 하는 데 익숙해졌기 때문이었고요.

그런 상황에서 오로지 누나만은 제가 여전히 그것들을 본다는 사실을 알고 있었습니다. 한밤중 목이 말라 내려간 부엌에서 꼼짝 못 한 채 얼어 있으면 나를 감싸주었습니다. 소라. 또 그걸 보고 있는 거야? 괜찮아. 다 괜찮아. 겁을 먹어 웅크린 탓에 과일처럼 둥글어진 내 등뼈를 누나는 조용히 쓸어주었습니다. 두 팔의 뜨거움. 자다 깬 누나의 달큼한 입김. 땀에 젖은 누나의 머리카락이 내 뺨에 붙어 방으로 따라 들어오면 그제야 나는 그걸 밧줄처럼 잡고 겨우 무서운 꿈으로 끌려 들어가지 않을 수 있었습니다. 아, 누나. 누나가 없었다면 나는 얼마나 많은 밤을 불면으로 새웠을까요? 그때는 나 혼자의 서러움에 빠져 몰랐는데 이젠 신기하기만 해요. 누나. 누나는 어떻게 그럴 수 있었어요? 어떻게 안기는 사람이 아닌 안아주는 사람이 될 수 있었어요? 누나도 어린애였는데. 고작 나보다 세 시간 먼저 태어난 아이였는데 말이에요.

내가 보는 세상이 의심투성이라는 점에는 변함이 없었습니다. 무엇이 나에게만 보이는지 알 수 없었으므로 실수하지 않기 위해서라도 말수가 줄었습니다. 그래도 중학생 때까진 친구 사귀는 데 어려움은 없었습니다. 고등학생 때 그 사건이 일어난 뒤론 모두와 멀어져 졸업식에선 사진 찍을 사람 하나 없게 되었지만요.

…….

아뇨, 지금 와서 이런 고백을 하는 건 어리광을 부리는 게 아니라 누나에게 솔직해지고 싶어서입니다. 왜냐면 누나, 나…… 좋아하는 사람이 생겼거든요. 깜짝 놀랐나요? 누나는 언제, 어디에 있든 나의 가장 소중한 친구니까 처음 고백한다면 누나라는 생각이 들었어요. 그리고 내가 누나의 첫사랑을 아는 것처럼, 누나에게 이 말을 함으로써 저울을 공평하게 하고 싶었어요.

누나, 보아요. 나의 비밀을 얹어둘게요. 이제 무게가 같아졌으니 아무것도 계산하지 않고 이야기할게요.

그 애와는 지난달에 만났습니다. 벚꽃 봉오리가 막 올라오던 날이었어요. 새벽까지 내리던 비가 개어 공기가 유난히 맑고 깨끗해서 수업 내내 창밖을 바라보는데 이상하게 가슴이 뛰었어요. 꼭 무슨 일이 일어날 것만 같은 예감. 나무토막 같은 나루세가 들뜨는 일은 드문데 금요일이어서 그런가? 그렇다고 내일이 휴일인 걸 핑계 삼아 밤늦도록 어울릴 사람도, 가고 싶은 장소도 없었기에 여느 때처럼 혼자 도서관에서 얼쩡대다 집으로 향했습니다. 저녁으로 먹을 애플파이를 사고, 냉장고에 녹차가 남았던가…… 기억을 되짚으며 횡단보도 앞에 서서 신호를 기다리는데,

퍽.

바람이 불고, 차 한 대가 인도를 들이받았습니다. 순식간에 공기가 뒤바뀌었습니다. 무섭도록 부드러운 봄바람에 비명소리가 뒤섞여 들리고 타이어 고무 타는 냄새가 났습니다. 그건 여든을 넘은 고령의 운전자가 만 한 살도 되지 않은 유아와 보호자를 치어 죽인 사건으로 저녁 뉴스에서 밝혀지며 화제가 됩니다만, 현장에서 나는 그저 사고가 일어났다는 사실만으로 굳었습니다. 내가 도쿄까지 도망쳐 온 이유, 교토에서는 뗄 수 없던 꼬리표가 떠올랐기 때문이에요. 죽음을 부르는 *나루세 군*……. 발밑에서 어두운 뿌리가 뻗어나갔습니다. 내 의지와는 상관없이, 뱀처럼 굵은 줄기들이 사람들의 발목을 붙잡고 끌어당겼습니다. 사거리의 소음. 클랙슨. 압도하는 핏빛하늘. 네 탓이다. 네 탓이야, 라고 귓속의 벌레들이 소란스레 날갯짓했습니다. 나는 천천히 바닥으로 가라앉았습니다. 뻴

같은 불행 속으로 돌이킬 수 없이 깊게 잠기려는 찰나, 낯선 목소리가 내 귀를 잡아챘습니다.

"우와, 최악이다. 이런 만남은 싫은데."

그렇게 말한 건 얼핏 내 또래 같은 남자아이였습니다. '얼핏 또래 같은 남자아이'라니. 이상한 표현이라고 생각할지 모르지만 그렇게밖에 설명할 수 없습니다. 깊고 차가운 강바닥의 조약돌을 닮은 흰 얼굴. 덜 익은 열매처럼 단단한 이마와 여름 뙤약볕에 익어 터져버린 것 같은 붉은 두 뺨. 나도 가끔은 중학생이냐고 오해받지만 단순히 어려 보이는 것과는 달랐어요. 뭐랄까, 바니타스 회화 속 죽음을 앞둔 노인과 아기 천사가 한 몸에 공존한다면 믿으시겠어요? 빗방울처럼, 총탄처럼 사방에서 뚝뚝 떨어지는 세월에 한 방울도 젖지 않은 그 모습은 열일곱 살로도 천칠백 살로도 보였습니다만, 기이한 인상보다 내 눈을 사로잡은 건 그 애의 발이었습니다. 창백한 맨발이 허공에 3센티 정도 둥둥 떠 있었거든요.

머리 위에서 예의 낯선 목소리가 들렸습니다.

"요즘 사람들은 발을 잘 안 보는데."

좁은 거리감에 흠칫 놀라 고개를 들었다가 눈이 마주쳤습니다. 검은 눈. 빽빽한 속눈썹 사이로 자리 잡은 우물 같은 눈동자가 바닥없는 것처럼 깊었습니다.

"발을 보는 건 딱 두 사람이지. 신발을 새로 산 사람이랑 신발을 새로 사야 하는 사람."

"……."

"너는 둘 다 아니네."

빙긋 웃으며 하는 소리에 오싹하고 소름이 돋았습니다. 이 애는 그것이다. 모르는 척해야 했는데 보아버렸구나. 늦었지만 눈동자의 초점을 흐리고, 사고 현장에 모여드는 사람들을 거슬러 굴다리로 들어갔습니다. 등 뒤에서 쫓아오는 목소리가 왕왕 울렸습니다.

"이봐."

"……."

"봤는데 모르는 척하는 건 실례지."

"……."

"에, 어디 보자. 나루세 군? 아오이?"

반사적으로 뒤를 돈 건 누나의 이름이 불렸기 때문이었습니다. 울컥, 나답지 않은 용기가 뱃속에서 터져 나왔습니다.

"남의 이름을 함부로 부르지 마."

"미안, 미안."

그것은 넉살 좋게 웃으며 말을 돌렸습니다.

"그나저나 너 혼자 살지? 나 오늘 잘 곳이 필요한데."

예상치 못한 말에 어리둥절해 있는 사이 그것이 뻔뻔하다고까지 할 수 있는 느긋한 태도로 말했습니다.

"아니, 일교차가 크잖아. 감기 걸리고 싶진 않아서."

감기에 걸리는 괴이라니. 들어본 적 없는 황당한 이야기지만 더 황당했던 건 나의 반응이었습니다. 모르는 척할 수도 있었을 텐데, 뭐랄까, 그것이 너무 당연하게 말을 붙인 바람에 그래, 가자 하고 우리 집으로 초대해버린 거지요. 말을 뱉고서 어리석은 스스로에게 뜨악했습니다. 아무리 거절을 못 해도 그렇지…….

집에 들어가자마자 습관처럼 티브이를 틀었습니다. 평소 이 시간에 하던 정규 프로그램 대신 방금 전 교통사고가 속보로 흘러나오고 있었습니다. 이때 처음 사건 정황을 알게 되었어요. 어른 하나, 유아 하나가 그 자리에서 사망했다는 자막을 보자 퍽 하고 껍질이 단단한 과일이 으깨지는 듯한 소음이 재생되고, 역한 피비린내가 갈고리처럼 코를 꿰었습니다. 거대한 생선 뱃속에 머리통을 집어넣은 기분. 메스꺼워서 화장실로 뛰어 들어가는데 그것이 문가에 따라와 섰습니다.

"괜찮아, 나루세 군? 등 못 두들겨줘서 미안."

그리고선 한다는 말이,

"내 손이 네 배를 통과하는 걸 보고 싶다면 해줄 수야 있지만 지금은 서커스 할 때가 아닌 거 같네."

농담 따먹기나 하는 그것에게 갑자기 분노가 치솟아, 나는 침과 눈물을 변기에 뚝뚝 흘리며 물었습니다.

"최악이라니 그게 무슨 소리야?"

"응?"

"아까 거기서 그랬잖아. 최악이라고. 그 사고, 네가 일으킨 거야?"

"그런 오해를 산 거야? 나, 그렇게 심술궂진 않은데."

충분한 대답은 아니었지요. 눈에 눈물이 가득 고인 채 죽어라 노려보는 나를 그것이 빤히 보았습니다. 장난이 아니라는 걸 알았는지 자세를 고쳐 혼나는 어린애처럼 얌전히 두 손을 모았습니다.

"정말 알고 싶어?"

"……."

"내일 따라오면 보여줄게."

그렇게 말하며 웃는 그것의 속을 알 수가 없었습니다. 한 박자 늦게 그것을 초대한 것이 큰 잘못은 아니었을까, 싶어 겁이 났습니다. 겉보기엔 착한 남자아이 같아도 그 속에 뭐가 들어있는지 알 수 없다고요.

오싹 돋은 소름을 문지르며 침대에 숨듯이 기어 들어갔습니다. 일단 오늘은 두고, 내일 무슨 일인지 확인한 다음 내쫓자. 그렇게 마음먹고 이불을 머리 꼭대기까지 뒤집어썼습니다. 벌써 자려고? 물음에 대꾸하지 않고 잠든 체하자 그것이 허락을 구하는 꼴로 천천히 발치에 눕는 게 느껴졌습니다. 힐끗 보니 몸을 동그랗게 말고 눈을 감는 모습이 커다란 개 같아, 나는 저런 거 키운 적 없는데 투덜대다가 새벽이 되어서야 까무룩 잠이 들었습니다.

*

다음 날 눈을 떴을 때도 그것은 여전히 내 방에 있었습니다. 그것이 인간이 아니라는 걸 알고 있음에도 늘 혼자이던 자취방에 누군가와 함께 있자니 기분이 묘하더군요. 어제의 일도 있어 무시하려다 2인분의 아침 식사를 차렸습니다.

"와서 먹어."

무심한 척 던진 말에 그것은 잠시 놀란 눈치더니 금세 화색이 되어 둥둥 날아왔습니다.

“와, 따뜻한 음식이다.”

“먹을 순 있어?”

내가 차려놓고 참 우스운 질문이라고 생각하는데 그것은 성의껏 대답했습니다.

“기운을 먹는 거야. 흠향한다고 하나.”

그 말을 들으니 잘 구운 애플파이가 어쩐지 잿빛으로 바랜 듯한 기분이었습니다. 그것이 만족스럽다는 듯 식탁을 떠나고, 남은 음식을 버린 뒤 설거지를 마쳤습니다. 외출 준비를 하고 현관에 앉아 신발 끈을 묶는데 그것이 덤덤한 표정으로 말했습니다.

“어제 거기로 다시 가면 돼.”

멍하니 있다가 어젯밤, 자기가 하는 일이 뭔지 알려주겠다고 했던 것이 떠올랐습니다. 사실은 도서관에 갈 생각이었는데. 뭐에 홀린 건지 그것을 내쫓을 두 번째 기회를 날리고 뒤를 따랐습니다.

해가 높이 뜬 화창한 봄날이었습니다. 사고 현장에 도착하니 덜 치워진 파편과 바닥에 그어진 흰 선이 눈에 들어왔습니다.

“혹시나 했는데 역시나네.”

그것이 중얼댔습니다.

“다 먹고 남은 게 별로 없어……. 아, 있다, 여기. 아주 약간.”

그것이 무릎을 굽히고 아직 핏물이 남은 아스팔트에 검지를 찔러 넣었습니다. 쑥 들어간 손가락이 낚시라도 하듯 여기저기 배회하더니, 잠시 뒤 갈고리처럼 굽은 손가락이 바닥을 통과해 달걀노른자만 한 작은 핏덩어리를 낚았습니다.

"됐다."

그것은 조금 진지한 얼굴로 입을 맞추듯 얇은 막을 찢어 그 안에 농축된 즙을 음미하며 빨아들였습니다. 내가 그것에게 차려준 아침을 먹은 방식과는 달리 손에서 입으로, 입에서 목구멍으로 무언가 꿀떡, 하고 넘어갔습니다. 도대체 무슨 일을 한 거냐고 묻기도 전에 그것이 조금 붉어진 입술로 답했습니다.

"죽은 사람의 욕망. 그걸 먹어치우는 거야. 아니면 악질이 되어 인간에게 들러붙거나 죽은 자리에 붙박거든. 도시 미감상 좋은 건 아니라서."

한마디로 그것은 이 도시의 청소부였습니다. 하는 일은 죽은 사람의 욕망을 처리하는 일. 생전에 품었지만 미처 해소하지 못하고 남긴 욕망을 먹어치우는 게 그것의 업이었습니다.

그것은 욕망이 무엇인지에 따라 맛이 다르다는, 이제껏 들어본 적도 없는 순환계의 논리를 차근히 설명해주었습니다. 자신이 방금 먹은 건 갓난아이의 욕망으로, 그 나이대의 욕망이란 자고 싶다거나, 먹고 싶다거나, 싸고 싶다 정도가 전부이기에 매우 단순하고 순수한 맛이라고 하였습니다. 비유하자면 최소한의 소금 간을 한 삶은 양배추 맛이라나요.

욕망은 부정하면 부정할수록 커지기에, 아기의 욕망은 스스로에게 솔직한 만큼 크기가 작다고 하였습니다.

"반대로 어른의 욕망은 사람에 따라 크기도 천차만별이고, 소화시키는 것도 어려워. 어떤 건 거의 그 사람만큼 크다니까?"

이를테면 죽은 어머니의 경우, 자고 싶은 마음, 단걸 먹고 싶은 마음, 사회로의 복귀를 희망하는 마음, 돈을 원하는 마음, 아이가 건강하게 자랐으면 하는 마음, 그만 울고 죽었으면 하는 마음, 사랑하는 마음, 도로 뱃속으로 집어넣고 싶은 마음, 결혼 전처럼 다시 여자로서 주목받고 싶은 마음 등 단어 하나만으로는 설명할 수 없는 마음이 커다란 솥에 온갖 재료를 쏟아부은 수프처럼 끓고 있었을 거라고 했습니다. 그러나 바닥에 남은 핏자국과 달리 욕망은 흔적 없이 깨끗하게 치워진 걸 보면 '짝'이 제대로 일을 완수한 거라고 했습니다.

"짝?"

"응. 그 사람을 곁에서 지켜보고 욕망이 뭔지 아는 존재가 거둬 가는 거야."

그럼 너도, 라고 묻기도 전에 그것이 설레설레 고개를 저었습니다.

"난 혼자야."

"왜?"

묻지도 않은 질문을 알아챌 땐 언제고 그것은 대꾸 없이 웃기만 했습니다. 그러더니 하는 말이 욕망 따위보다 단게 낫다나요.

"그게 훨씬 맛이 좋거든."

캐러멜시럽을 듬뿍 뿌린 푸딩, 설탕을 넣은 폭신한 달걀말이, 바닐라아이스크림을 한 스쿱 얹은 애플파이……. 그렇지만 산 사람 음식은 대접받지 않는 이상에야 손댈 수는 없고, 남들과 욕망을 두고 다투는 성격도 아니라 정 배가 고플 땐 오래된 사건 현장으로 간다고 했습니다. 시간이 지나 끈적하게 더께가 쌓인 묵은 욕망. 못 먹을 건 아닌데 대부분은 차라리 굶는 걸 택할 끔찍한 맛의 욕망을, 어떤 면에서 괴식 선호파인 그것은 먹어치운다고 했습니다.

밝은 낮의 공원에는 가족 단위의 방문객이 많았습니다. 나는 이동 트럭에서 사 온 병조림 체리로 장식한 초콜릿과 아몬드가 듬뿍 뿌려진 아이스크림선데이를 벤치 위에 올려두며 물었습니다.

"너 같은 존재들이 먹어치우면…… 성불하는 거야?"

그것은 집중한 얼굴로 선데이의 영혼을 핥으며 답했습니다.

"모르지. 넌 이제껏 네가 먹어치운 고등어의 영혼이 어디로 가는지 생각한 적이 있어?"

요나를 삼킨 고래가 이렇게 말했을까요? 거대한 이를 가진 존재에게 산 채로 짓씹히는 기분이었습니다. 저도 모르게 표정을 구기자 그것이 순진해서 잔혹한 아이 같은 표정으로 빙글빙글 웃었습니다.

"그러니까 거울을 잘 봐야 해. 자기 욕망을 안다는 건 자기 얼굴을 아는 것부터 시작하거든."

비유인지 뭔지. 허망할 정도로 아무 의미 없는 소리에 손에 힘이 풀렸습니다. 플라스틱 컵 바깥에 맺힌 물방울. 녹기 시작한 선데이 위로 체리 알갱이가 비치볼처럼 덩그러니 떠 있는 것을 보다, 달콤한 유백색 액체로 꼬이는 개미 떼를 보다, 바닥의 선뜩한 냉기에 끈적한 두 손을 비비며 중얼댔습니다.

"너에게도 짝이 있던 적이 있어?"

"음……."

갑작스러운 질문도 아니었는데 그것이 예상치 못했다는 듯 느리게 답했습니다.

"30년쯤 전에."

그러더니 보이지 않는 건반을 허공에서 두드리는 양 유령 흉내를 냈습니다.

"가끔 영감(靈感)이 있는 아이들이 있거든. 꿈에서 본 일이 현실이 된다든지, 보이지 않아야 할 것이 보인다든지, 전생을 기억하는 아이들도 있고……."

"전생 따위 있을 리가 없잖아. 특별해지고 싶어서 거짓말을 하는 거야."

생각보다 거칠게 나온 말투에 나 자신도 놀랐는데 그것은 킬킬댈 뿐이었습니다.

"뭐, 거짓말하는 애도 분명 있지. 그렇지만 개중엔 진짜로 보이는 애도 있거든…… 너처럼."

페르마타. 그것이 멈춤 신호를 받은 듯 손을 내리며 부드럽게 미소를 지었습니다.

"착한 애였어."

어째서 과거형인 걸까? 이번에도 묻지 않고 대답을 들을 수 있을까 했지만 그것은 나뭇잎 사이로 비치는 햇빛이 자신의 두 손을 통과하는 모습을 신기하다는 듯 보며 딴청을 피울 뿐이었습니다. 나 역시 부스러지는 햇빛에 눈이 부신 척 찡그린 미간을 문질렀습니다. 충동적으로 입이 열린 건, 처음으로 답을 해줄 누군가를 찾았다는 확신이 들었기 때문이었습니다.

"정체가 뭐야?"

아주 오래전부터 궁금했던, 그러나 단 한 번도 묻지 못한 질문이었습니다. 긴장에 어깨가 딱딱하게 굳었습니다. 그것은 뭐라고 답해야 할지 모르겠다는 듯 머리를 긁적이다가 아, 하고 내뱉었습니다.

"말하자면 저런 거야."

그것이 가리킨 건 누군가 버리고 간 어린이 애니메이션 캐릭터 카드의 포장지였습니다.

"포켓몬?"

황당하다는 듯이 묻자 그것이 고개를 젓히고 웃었습니다.

"이름이 그거야? 그럼 포켓몬이라고 불러줘."

"넘어갈 생각하지 말고 진지하게 말해줘."

목소리가 뒤집혀 나왔습니다. 나도 모르게 힘을 주어 꼭 쥔 주먹을 바들바들 떠는데, 잎맥처럼 곤두선 핏줄 위로 선뜩하니 차가운 물 같은 게 닿았습니다. 놀라 아래를 내려다보기도 전에 그것의 손이 아무 일 없었다는 듯 내 손등에서 가볍게 떨어졌습니다.

"그러면 천사라고 해줘. 죽었지, 떠다니지, 그리고 사랑스럽잖아."

희미하게 남은 감촉을 의뭉스러운 태도와 장난기 어린 표정으로 뭉개며 그것이 자리에서 일어났습니다.

"그래서 말인데, 혹시 갈 곳 없는 천사를 하룻밤만 더 재워줄 수 있어?"

함께 있으며 알게 된 것. 천사 역시—이런 말이 가능한지 모르겠지만—도쿄 출신이 아니었습니다. 혹은 단순한 길치거나요. 아침에 나가면 둥둥 내 뒤를 잘도 쫓아오는 듯싶다가도 뒤돌아보면 엉뚱한 방향으로 가고 있거나 어느 날은 자신감 있게 앞서 걷다가 어라? 잠시만, 하고 출발점까지 되돌아오는 일이 왕왕 있었습니다. 단순히 오래된 동네의 골목길이 복잡하기 때문인지도 모르겠습니다만, 보다 보니 이렇게 헐렁한 괴이가 있어도 되나, 주제넘은 걱정을 하게 될 정도였지요.

주제넘은 걱정. 이제 와서 보니 그게 원인이었다는 생각이 드네요. 천사의 뒤를 쫓아다닌 것, 천사가 내 뒤를 쫓아다니게 내버려둔 것.

그땐 몰랐지만 난 천사가 걱정되었습니다. 분명 나보다 오랜 시간을, 어쩌면 수백 년도 더 살았을지 모르는 그가 줄이 끊어진 풍선처럼 안쓰러웠습니다. 그래서 손이 쑥 통과할 걸 알면서 떨어져 걷는 천사를 내 쪽으로 끌어당겼습니다. 환한 낮에도 왼팔이 젖는 느낌을 받으며 바투 붙어 걸었습니다. 그 생경한 감촉. 소름 끼치는 건지, 간지러운 건지, 팔을 빼고 싶은 건지, 맞닿고 싶은 건지, 이대로 걷는 길이 끝나길 원하는 건지, 아닌지. 혼란 속에서 천사의 옆얼굴을 볼 때면 나도 모르게 손을 댈까 봐 두려웠습니다.

그런 한편 떨어져 있을 땐 꼭 개를 풀어놓은 기분이었어요. 강의실의 맨 뒷자리에 앉아 수업을 듣는 둥 마는 둥 안절부절. 애완도 반려도 되지 못하는 천사에게 방치라는 이름의 낡은 목줄을 걸어둔 주제에 그가 줄을 끊고 도망갈까 겁을 냈습니다. 수업이 끝났을 때 교정에 천사가 없으면 없는 대로, 있으면 있는 대로 곤란하다고 생각하다가 문밖에 쪼그려 앉은 천사를 볼 때면 불쾌하고 짜증이 났습니다. 넌 왜 그러고 있어? 어차피 나만 볼 수 있는데. 왜 거기서 나를 기다리느냔 말이야. 그러나 천사는 강바닥의 돌이 매 순간 강물과 시간에 씻기듯 물비린내 따윈 풍기지 않는 깨끗한 얼굴로 웃으며 물었습니다.

"안녕? 하루만 더 재워줄 수 있어?"

누나. 우리 어릴 때 했던 엉뚱한 퀴즈들 기억나요? 무인도에 가져갈 물건 세 가지를 고른다면? 평생 한 가지 음식만 먹을 수 있다면? 일어나지도 않을 일들로 조그만 머리통을 맞대고 고민했잖아요. 그때의 질문 다시 한번 할게요. 만일 먹지 않아도 살 수 있게 해주는 알약이 있으면 드시겠어요?

천사는 미련 없이 예스라고 할 거 같았습니다. 잠깐만, 하고 움푹 팬 가드레일 앞에서, 시든 꽃이 꽂힌 유리병 앞에서 코를 킁킁대다가 그것을 향해 손을 뻗는 천사는 남은 음식을 의무적으로 먹어치우는 얼굴이었습니다. 개똥 같은 욕망. 싸고 남은 찌꺼기를 수거하는 덤덤한 꼴이었습니다. 어쩌면 전부 나의 착각일 수 있습니다. 천사의 장기는 인간과 반대 방향인지 모릅니다. 간은 왼쪽에, 위장은 오른쪽에, 심장이 있는 자리는 텅 비어 있어 천사의 굶주림이란 인간의 굶주림과는 다르고, 허기라는 건 고통이 아닌 평온인지도요.

그러나 나는 점차 나 좋을 대로 생각하게 되었습니다. 괴식

가인 그는 단지 살기 위해 사람의 욕망을 빨아들일 뿐이라고. 그래서 내가 인간이라는 사실, 그를 위해 단것을 식탁에 올려 둘 수 있는 존재라는 것이 마치 어마어마한 일이라도 되는 양, 그런 일을 할 수 있는 건 오직 나뿐인 듯 안심했습니다.

스푼을 하나 더 놓는 일이 좋았어요. 두 개의 푸딩. 두 개의 크림빵. 두 개의 초콜릿아이스크림과 에클레르를 샀고 커피를 마실 땐 공물 바치듯 각설탕으로 탑을 쌓았습니다. 마주한 빈자리에 포크를 두는 나를 점원이 의아하게 여겨도 참을 수 있었습니다. 천사의 웃는 얼굴. 내게만 보이는 그 얼굴에 기쁨이 묻어 있는 것만으로 어미 새처럼 배가 불렀습니다. 그리고…… 쑥스럽지만 말해야겠죠, 누나. 우리 제일 친한 사이니까.

기이한 미식 투어를 마치고 집에 돌아와 여느 때처럼 씻었습니다. 잘 준비를 마친 천사가 자연스레 발치에 자리를 잡으며 동그랗게 몸을 웅크리는데, 그 모습이 조그맣게 보였습니다. 분명 나보다 큰데 무척 가여웠습니다. 이불을 걷고 충동적으로 불렀습니다.

"이리 와."

"……."

"올라와서 같이 자자고."

천사는 의중을 알 수 없는 눈빛으로 나를 빤히 보았습니다. 연민이 순식간에 사라지고 짜증이 부글부글 끓어넘쳤습니다. 그 팔을 잡아당길 수 없다는 사실이 화가 날 정도로 괴로웠습니다. 손을 마구 휘저어 안개처럼 흩뜨리고 싶었는데, 뜻대로 되지 않아 코끝이 시큰했습니다. 싫으면 말아. 쏘아붙이고 돌아눕는데 조금 있으니 슬며시 등 뒤가 시려왔습니다. 어떠한 무게도 없이 그저 차가웠습니다. 힐끗 보니 천사는 이불도 덮지 않은 채 가만히 마네킹처럼 누웠을 뿐이었습니다.

"이불 덮지 않아도 돼?"

"개라고 생각해."

"개는 너처럼 차갑지 않아. 너는 너무 축축해."

그 말에 일어나려는 천사를, 잡히지 않는 손을 붙잡았습니다.

"그러지 마, 제발."

단지 허공을 가를 뿐인 내 손을 천사는 어떻게 받아들였을까요. 뜨겁고 건조했을까? 자기의 몸을 기화시키는 불덩어리처럼 느꼈을까? 그래요, 불. 그건 실은 내가 천사의 눈동자에서 본 것이었습니다. 그는 집요함을 숨길 생각을 하지 않았으니까요. 누나. 착각이 아니었어요. 먼저 닿고 싶어 한 건 분명 내가 아닌 그였어요. 그 눈이, 부정할 수 없이 솔직한 눈빛이 수백 년을 쌓아온 말보다 더 많은 걸 말했거든요.

괜찮냐고, 천사는 묻지 않았습니다. 그런 건 말하기 전에 아는 일이니까. 다만 그는 내가 만져진다는 듯 조심스레 손을 뻗었습니다. 그의 손이 움직이는 방향대로 나의 손도 따라 움직였습니다. 그러나 나는 알았습니다. 내 몸에 닿는 것, 사랑스럽다는 듯이 매만지는 건 분명 그의 손임을. 목덜미에 우수수 돋는 소름. 천천히 쓸어내리는 그의 손길을 느끼며 들어오는 그의 혀가 어린 짐승 같다고 생각하며, 한여름에 차가운 얼음물을 삼키다 녹은 얼음 하나가 쑥 들어오듯, 그렇게 미끄러져 들어온 그를 완전히 녹여버리고 싶었습니다.

나란히 누워 옆모습을 보며 강의실 앞에서 기다리지 말라고, 그냥 안에 들어와 있으라고 하니 천사가 고개를 저었습니다. 왜냐고 물으니 이런 답이 돌아왔습니다.

"출석할 때 이름을 부르잖아. 그 명단에 들어 있지 않으니까."

그 말을 듣고 오래 품고 있던 약간의 위화감이 질문으로 바뀌었습니다.

"너는 이름이 없어? 아니, 있었던 적은 있어?"

천사가 희미하게 미소를 지었습니다.

"있었구나."

나의 말에 그가 대꾸했습니다.

"지금은 사라졌어. 불러주는 사람이 없어서 나도 잊었어."

이름을 불러준 게 30년 전 그의 짝일 거라는 확신이 들었습니다. 제 표정이 나빴나 봐요. 천사가 웃으며 내 콧등을 툭 쳤습니다. 차가운 젤을 바른 듯 배가 움찔하고 떨렸습니다.

"그럼 네가 다시 지어줘."

지어달라니, 이름을? 그건 불가능하죠. 난 순종적인 개를 키우는 게 아니었는걸요. 지독한 폭군도 꺾이지 않는 충신을 사랑하고, 어린아이도 인형이 제멋대로 살아 숨 쉬길 원하는데 나라고 다를 바가 있겠어요? 난 천사가 그냥…… 천사이길 원했어요. 우리가 서로의 노예나 주인이 아닌 채 순전히 자신의 의지로 서로를 사랑하길 원했어요. 내가, '멀쩡'하지 않은 나루세 군이, 너무 외로운 나머지 미쳐서 나만을 사랑해줄 환상을 만들어낸 게 아니라는 걸 확인받고 싶었어요.

왜 지어줄 수 없냐는 물음에 나는 답하지 않았습니다. 다시 무심하게 뜨거워지고 만 내 목덜미를 만지며 내가 지은 이름으로 널 부르면 네가 정말 나만의 환상이 될 거 같아서 그렇다는 말을 삼켰습니다. 천사는 내 속도 모르고 그저 웃을 뿐이었습니다.

"아니야. 지어줘. 기다릴게."

왜 그렇게 고집이 센 걸까요. 나는 알 수 없는 설움에 뺨을 타고 흐르는 눈물을 내버려두며 잠든 척을 했습니다. 작게 코를 훌쩍이면서 등 뒤에 천사도 잠들지 못하고 나를 빤히 보고 있다는 걸 알면서도 눈치채지 못한 척했습니다.

여기까지 왔네요, 누나. 이제 절반쯤 왔어요. 남은 이야기는 누나가 아는 대로지만, 이젠 괴로운 결말만이 남았을 뿐이지만 그래도 다시 시작해보겠습니다.

그날, 천사와 밤을 보낸 것이 어떤 계기라도 된 듯 사람들의 발이 눈에 띄기 시작했습니다. 신호를 기다릴 때, 승강장 사이가 넓은 지하철에 올라탈 때, 훌쩍 뛰어오르는 누군가의 발이 공중에 떠 있는 걸 보는 일이 점차 늘었습니다. 횡단보도의 흰 줄만 밟는 장난을 치는 그것. 어린아이의 뒤를 따라 인도와 차도 사이의 조그만 턱 위를 둥둥 떠다니는 그것. 그전에도 살아 있지 않은 이들을 자주 보곤 했습니다만, 경우가 달랐어요. 역시 대도시는 대도시라고, 많은 사람들이 모이는 만큼 욕망도, 사건 사고도 많다고 생각하며 내게 보이는 것들을 못 본 체하고 넘겼습니다.

외출은 점점 줄었어요. 두려워서냐고요? 아니요, 내가 원하지 않았기 때문이에요. 문 닫힌 방 안에서 몸이 달아올랐다 식었다가 반복하며 천사와 둘만의 시간을 보냈습니다. 세상 따윈 필요 없이 진공의 방에서 시간이 흐르는 줄 모르고 지내는 것이 즐거웠습니다. 그러다가 우리 둘 다 단게 먹고 싶어지면 한 번씩 밖으로 나갔고 그것만으로 충분했습니다.

하늘은 매일 변하잖아요, 누나. 누나와 자전거를 타고 호즈강 변을 자전거로 달릴 때, 매일 그 강을 보며 질리지 않았던 건 오로지 날씨 덕분이었던 것처럼, 별 볼 일 없는 도쿄 한구석의 좁은 골목길이 내게는 매번 새로웠습니다. 앞서 걷는 천사를 통과해 쏟아지는 빛은 어떻게 그렇게 아름다울 수 있었을까. 나를 찌르지 않는 빛. 두렵지 않은 빛. 낱낱이 드러내는 대신 부드럽게 감싸안는 그 빛을 온몸으로 쬐며 걸을 땐 이대로 영원히 멈추지 않을 수 있길 바랐어요. 그게 내가 바라는 유일한 것이었죠. 그러나 그런 시간은 오래갈 수 없었습니다. 나는 인간이고 인간이 먹고살기 위해서는 돈이 필요했으니까.

…….

누나, 나 정직해지기로 했으니 다 말할게요.

사실 두려워서 그런 시간을 등진 거예요. 이대로라면 평생 '멀쩡한' 인간이 될 수 없을 거라는 예감이 들었으니까.

밀봉되었던 방문을 여닫을 때마다 바깥세상의 공기가 내 방에 침입했습니다. 나는 거기 오염되고, 물들며 빠르게 썩었습니다. 우스운 얘기지만 나는 천사와 있는 것이 너무 행복해서 불안했어요. 회사 가기 싫다, 수업 듣기 싫다, 아르바이트

빼먹고 싶다…… 그렇게 불평불만을 하는 평범한 사람이 되어 '남들처럼' 살아간다는 안심에 내 몸을 맡기고 싶었습니다. 다섯 살에 부모님의 손을 잡고 간 병원에서 자라면 멀쩡해질 거라는 저주가 내려진 뒤로 나는 줄곧 그랬습니다. 남들에게 멀쩡해 보이는 것만큼 내게 중요한 일은 없었습니다. 천사와 있을 땐 세상을 전부 잊은 것 같다가도 혼자 떠드는 것처럼 보이는 나를 힐끔대고 지나가는 사람을 보고 입을 꾹 다물 때면 생각이 났습니다. 내가 나라는 거. 죽음을 부르는 나루세 군, 이라는 나 스스로가 말예요.

점점 말수가 줄어드는 나를 천사는 가만히 보기만 했습니다. 조바심도 없이. 남의 집 개처럼.

아르바이트 면접을 보기 위해 오랜만에 간 시부야역은 무서울 정도로 인파가 많았습니다. 스크램블 교차로에 섰을 때는 어지러움에 제정신을 차리지 못할 정도였습니다. 쓸려 가듯 수많은 사람들과, 그들에게 달라붙은 그것들과, 눈덩이 같은 적갈색의 욕망이 차도며 인도를 가릴 것 없이 쌓여 있는 걸 보니 속이 울렁거렸습니다. 얼른 일만 보고 가자, 마음먹고 다음 신호를 기다리던 참이었습니다. 거대한 광고판에서 초침이 움직이듯 똑딱똑딱, 울려 퍼지는 소음과 함께 길을 건너려다 앞에 있던 사람과 부딪쳤습니다.

"죄송합니다."

반사적으로 고개를 숙이자마자 깨달았습니다. 온몸에서 뜨거운 숨이 새어 나오는 그 존재가 뒤를 돌아보기 전에 눈치챘습니다. 이것은 인간이 아니구나. 거대한 욕망이 마치 터지기 직전의 물풍선처럼 느껴졌습니다. 전염되듯, 곁에 선 것만으로 내 피부로 달라붙는 게 느껴졌습니다. 잡아먹힌다. 헤드라이트 앞의 짐승처럼 꼼짝할 수 없었습니다. 눈을 감지도 못한 채, 온몸에 그걸 뒤집어쓴다고 생각하는 순간…….

그 일이 일어났습니다. 창백하다지마는, 둥둥 떠 있다지마는 내게는 이제 완전한 소년이기만 하던 천사가 빠르게 움직이더니 내 앞에 선 존재의 등으로 손을 집어넣었습니다. 새어 나오는 비명을 틀어막으며 천사의 손이 등에서 검붉은 덩어리를 서서히 끄집어내는 장면을 보았습니다. 문득 처음 만난 날 천사가 한 말이 떠올랐습니다.

욕망은 부정할수록 커진다.

그렇다면 그 사람은 살아생전 얼마나 자기 자신을 들여다보지 않은 걸까요?

내 눈에만 보이는 피. 내 눈에만 보이는 살아서 펄떡대는 내장. 그 날것을, 달콤한 걸 좋아한다고 말한 천사는 선물받은 케이크를 맨손으로 파 먹는 아이처럼, 나와 함께 단것만 먹은 시간을 보상하기라도 하듯, 손가락과 팔목까지 떨어지는 것을 쫍쫍 핥으며 먹어치웠습니다. 인간이 고래를 집어삼키듯 불가능한 것 같은 일을 보는 것만으로 현기증이 났습니다.

스크램블 교차로의 신호가 몇 번이나 바뀌었을까요? 돌아본 천사는 피투성이. 새삼 발견한 날카로운 송곳니를 따라 끈적한 검은 피가 뚝뚝 떨어지고 있었습니다.

“괜찮아요?”

누군가 내게 말을 걸었습니다. 정신을 차려보니 어느새 나는 바닥에 주저앉아 넋을 놓고 있었습니다.

"병원에 가볼래요?"

친절한 이가 손을 잡아 일으켜주며 묻는 동안 천사는 그저 떨어진 곳에서 내 얼굴을 보고 있었습니다. 입 모양이 동그랗게 모아졌다가 벌어졌습니다. 소라. 소란스러움에 귀가 멀어 속을 알 수 없는 표정의 천사가 부른 게 내 이름이라는 걸 뒤늦게 알았습니다.

"소라."

그것이 천사가 마지막으로 성이 아닌 내 이름을 부른 일이었습니다.

"가고 싶은 곳이 있는데. 함께 가줄 수 있어?"

시부야에 다녀온 뒤로 한동안 데면데면하게 지내던 천사가 부탁한 건 우연찮게도 내가 스무 살이 되던 날 아침이었습니다. 천사가 지도에서 가리킨 곳은 오다큐선을 타고도 한 시간 반 이상 걸리는 곳에 있는 관광지였습니다.

"하코네?"

되묻자 그는 말없이 고개를 끄덕이고 덧붙였습니다.

"그리고 한 가지 더. 옷장에 있는 그거 입어줘."

"……."

"뭔지 알잖아."

빤히 보는 눈에 조종당했습니다. 나는 옷장 깊숙이 넣어둔 누나의 교복을 꺼냈습니다. 떨리는 손으로 팔을 꿰고 치마의 지퍼를 올리고 단추를 채웠습니다. 거울 앞에 서지 않아도 알았습니다. 남의 옷은 남의 옷. 내게 달라붙지 않고 겉돈다는 걸요. 이상하다고 벗으려는 나를 그가 말렸습니다.

"괜찮아. 잘 어울리는걸."

"네 기준에나 그런 거야."

"그럼 됐지. 다른 사람이랑 가는 게 아니라 나랑 가는 거잖아. 정 부끄러우면 가져가서 갈아입어줘. 그 정도는 해줄 수 있잖아."

그의 고집을 꺾지 못하고 옷을 챙겨 출발했습니다. 신주쿠에서 출발하는 로망스카에 타자 심장이 두근거려, 꼭 경찰에 쫓기는 도망자나 집안의 반대를 무릅쓴 연인이 된 기분이었습니다. 우리는 어쩐지 평소보다 조금 들뜬 기분으로 여행을 즐겼습니다. 샌드위치를 나누어 먹고, 프랑스식 정원을 구경하고, 흔들리는 케이블카에 올라타 유황협곡으로 향했습니다. 도착하기 전부터 지독한 냄새가 풍기더니 어느 순간 발밑에 지옥까지 닿을 거 같은 깊은 골짜기가 보였습니다. 와아. 함께 탄 관광객들은 환호성을 터뜨렸지만, 나는 어쩐지 아무 말도 할 수 없었습니다. 교토에서도, 도쿄에서도 볼 수 없던 낯선 풍경을 보니 여행을 온 게 실감이 났습니다. 내가 있던 곳에서 꽤 멀리 떨어졌다는 사실이 가슴에 묵직하게 와닿았습니다.

관광객과 수학여행을 온 학생들을 따라 점심으로 먹을 검은 달걀을 샀습니다. 왁자지껄하게 떠드는 교복 무리를 보며 한 알 먹으면 수명이 7년은 는다는 삶은 달걀 껍데기를 천천히 벗겨 옆에 두었지만 천사는 손을 대지 않았습니다.

"안 먹어?"

"딱히 수명이 변하는 건 아니라서."

"지겹고 끝내고 싶어?"

가만 보면 표현이 극단적이야, 라며 그는 웃었습니다.

"꼭 그런 것만은 아냐. 사는 재미는 본인이 찾기 마련이니까."

"찾았어?"

"뭘?"

"재미."

"응."

"그게 뭔데?"

"음, 이것저것 아는 게 많아진다는 거."

"이를테면?"

"이를테면 기다리는 게 나쁘지만은 않다는 것도 알게 되고."

무얼, 이냐고 묻지 않은 건 답을 듣지 못할 것 같은 예감이 들었기 때문입니다. 서운함보다 그가 살아왔을 세월, 앞으로 살아가야 하는 세월의 막막함이 더 크게 느껴졌습니다. 그러나 그는 그저 이를 드러내고 아이처럼 히히, 웃을 뿐이었습니다. 모르겠어요. 몇백 년 혹은 몇천 년을 살았을지도 모르는데 어떻게 그렇게 웃을 수 있을까. 잠들 때마다 망각의 베개를 베지 않는다면 결코 지을 수 없는 표정이었어요. 매일 새로 태어나는 아기들의 얼굴을 하나씩 훔쳐 오는 것처럼 티끌 없는 미소였어요. 나는 달걀을 톡 깨뜨려 흠집 하나 없이 희고 깨끗한 속살을 입에 넣었습니다. 목이 메었지만 꾸역꾸역 삼켰습니다.

달걀을 다 먹은 교복 무리들은 영원히 살 것처럼 기세등등하게 아이스크림을 먹으러 가자고 깍깍. 와! 하는 소리에 옆을 돌아보니 어느새 구름이 걷히고 후지산이 선명하게 보였습니다. 셔터 소리를 피해 다시 협곡 쪽으로 걸어갔습니다. 솟아오르는 연기. 울타리를 넘어 둥둥 떠서 협곡 아래를 바라보고 있는 그를 보자니 이곳의 별칭이 지옥계곡이라는 것이 두렵게 느껴졌습니다. 나는 끊어진 실을 당기듯 허망하게 쥔 주먹을 당겼습니다. 내 마음을 읽었는지 그가 다시 내 앞으로 천천히 날아왔습니다.

"여긴 변함이 없네."

중얼거린 말에 전에 와본 적 있냐고 물으니 그는 대답 대신 아이스크림 가게에 줄을 선 학생들을 가리켰습니다.

"난 저 무리 중 하나였을 나루세 군을 생각하고 있었어. 고등학생인 나루세 군."

엉뚱한 소리지만 충분히 답변이 되었습니다. 아마 30년 전에도 그는 지금과 똑같은 얼굴이었을 테지요. 영원히 죽지도, 늙지도 않는 그와 30년 전 유행하던 스타일로 꾸민 촌스러운 얼굴을 한 그의 짝이 나란히 있는 장면이 그려졌습니다. 괜한 질투심에 물었습니다.

"그 애는 친구가 있었어?"

"이곳을 구경할 땐 우리 둘이었어. 그 전에는 비슷한 애들끼리 어울려 다녔지만, 고등학생이 되고도 보이는 건 그 애뿐이었거든."

눈앞에 익히 아는 그림이 그려졌습니다. 유치한 거짓말이

받아들여지는 건 중학생 때까지. 그 이후로도 '보이는' 사람은 인기인이 아닌 따돌림의 대상이 되는 건 뻔한 일이죠. 결말을 알 것 같지만 물었습니다.

"그 애는 어떻게 됐어?"

곤란하다는 얼굴의 그를 보고 확신했습니다. 둘의 시간은 30년 전의 어느 순간에 멈췄다는 거. 그리고 천사가 기다리고 있는 존재도요.

"여기 다시 오자고 했어."

혼잣말 같은 그 말에 그래? 하고 대꾸하니 천사가 말했습니다.

"응. 달걀을 먹고 난 다음에, 늘어난 수명만큼 시간이 지난 뒤에 오자고 했어."

"30년 전에."

"응. 30년 전에."

천사가 웃으며 덧붙였습니다.

"다 자란 그 애를 보고 싶었거든."

그러나 볼 수 없던 이유가 있었겠지요. 그 애가 무슨 생각을 했던 건지, 그 애의 선택을, 묻지 않아도 충분히 알 것 같았습니다. 다르다는 건 벌을 받는 것과 같은 일. 왜 그래? 이상해. 무슨 소리 하는지 모르겠어. 그런 말들로부터 벗어나는 방법엔 여러 가지가 있으니까요. 그 애는 그중 돌이킬 수 없는 하나를 선택한 것이고요. 누나가 없었다면 나도 그 길을 골랐을지 모르죠. 그렇지만 난 입을 다무는 길을 선택했습니다. 적어도 거짓말하는 건 아니라고, 그런 식으로 나 자신을 속였습니다. 그렇게 하루하루를, 말수는 적어도 평범한 아이로 살다가 그 일과 맞닥뜨린 거예요, 누나.

그날, 이른 아침 가장 먼저 교실의 문을 연 나는 천장에 대롱대롱 목을 매단 시체를 보고 놀라 주저앉았습니다. 그리고 잠시 뒤, 혀를 차는 것으로 가벼운 분노를 억누르며 바닥에서 일어났습니다. 또 괴이의 징그러운 장난이구나. 아무도 없어 내가 놀랐다는 사실을 들키지 않아 다행이라고 생각하며, 그것에 져서는 안 된다는 생각으로 책상에 앉아 노트를 펼쳤습니다. 바람이 불 때면 눈앞에서 흔들리는 두 다리를 무시하며, 내가 무시하고 있다는 걸 보여주기 위해 아무 일도 없다는 듯 수학 문제에 집중했습니다. 그날따라 집중이 잘됐어요. 거의 신들린 것처럼 문제를 풀어나갔죠. 모든 물음이 하나의 답으로 해체되고 반복되는 풀이가 명징함에 도달하려는 그때 누군가 문을 열고 들어왔습니다. 안녕, 하고 고개를 들어 눈인사를 하기도 전에 그 애는 기절했습니다. 반에서 목을 매고 있던 건 괴이가 아니라 인간이었던 거예요. 나는 그걸 무시한 채 수학 문제를 풀고 있었던 거고요.

죽음은 철저하게 자살이었습니다. 법률적으로 내가 추궁받을 일은 없었지만, 윤리의 인민 재판에선 개정이 선포될 필요도 없이 빠르게 결론이 내려졌습니다. 상종하지 못할 존재. 죽음을 부르는 나루세 군. 그런 평가를 뭐라고 하는 건 아닙니다. 왜냐면 누나, 누나를 빼고는 아무도 나를 모르니까. 보인다는 거. 다른 사람이랑 다르다는 거. 그 사실을 이해하는 건 세상에 누나와 나뿐이었으니까요. 걔들의 눈에는 내가 얼마나…… 얼마나 잔혹해 보였겠어요.

다시 케이블카에 올라탔습니다. 울창한 나무들을 지나 물결이 은접시처럼 반짝반짝 빛나는 호수로 향했습니다. 역과 가까운 항구로 가기 위해 배에 올라타 선글라스를 쓴 관광객들을 피해 구석의 조금 외진 자리에 섰습니다. 일정을 마치고 돌아가는 사람들의 얼굴에는 개운한 아쉬움과 피로가 묻어 있었습니다. 모두 오늘의 여행에 만족하며 역까지 실어다줄 버스에 줄지어 올라탔지만, 천사는 마지막으로 한 군데만 더 들르자고 했습니다. 나는 말없이 그의 뒤를 따라 줄을 벗어났습니다.

서서히 땅거미가 내리기 시작한 길에 돌아다니는 사람은 없었습니다. 잃을 것도 두려울 것도 없는데 가슴이 빠르게 뛰었습니다. 앞서가던 천사는 온천 여관이 모여 있는 근처 공용 화장실 앞에서 발을 멈췄습니다.

"옷 갈아입어줘."

어쩐지 무력함을 느끼며 칸 안으로 들어갔습니다. 군말 없이 다리에 치마를 꿰었지만 겨드랑이에서부터 힘이 쭉 빠져나가는 기분이 들었습니다. 왠지…… 걸을 수가 없었어요. 간신히 옷을 다 갈아입고 변기에 주저앉자 그가 한쪽 무릎을 꿇은 채 나를 올려다보았습니다. 조용히 내 손 위에 얹은 손은 차가웠지만 부드러웠습니다. 그가 무게 없는 왼손으로 내 허벅지를 짚었습니다. 오른손이 뺨을 향해 닿았고, 떨리는 눈꺼풀을 지나 귀로 도착했습니다. 아기 새를 대하듯 조심스레 내 귀를 만지작대던 그가 머리카락을 넘겨주었습니다.

"나루세 군. 머리카락, 많이 길었네."

나는 웃었습니다. 그가 부르는 내 이름이 마치 누나의 이름처럼 들렸습니다.

"역시 이런 머리가 잘 어울려."

"……."

"가자."

그 말을 듣고서야 오래 기다리던 주인이 온 개처럼 발을 뗄 수 있었습니다. 가로등이 켜지기 직전. 가장 어두운 시간에 우리가 도착한 곳은 유명한 온천 여관이었습니다. 고풍스러운 정문 앞에서 묘하게 기가 죽어 망설이는데 천사는 애초에 거기로 들어갈 생각은 없었다는 듯 자갈돌이 깔린 길옆으로 난 종업원 출입구로 나를 인도했습니다.

구불구불한 나무 울타리는 뒤뜰에 다다르자 뚝 끊겼습니다. 공들여 가꾼 나무들은 바로 오늘 아침에 가지치기를 한 듯 덜 아문 상처에서 풋내를 풍기고 있었고 잉어 두 마리가 이끼 하나 없는 연못에 정물처럼 떠 있었습니다. 장지문 너머로 환한 불을 밝힌 실내의 십자 모양 나무살 사이로 그림자 연극처럼 종종걸음으로 움직이는 사람이 보였습니다. 심장이 쾅쾅 뛰어, 심장 박동이 망치가 되어 못을 박는 것처럼 발이 바닥에 붙었습니다. 오도 가도 못하고 서 있는데 안쪽에서 움직이던 인영 하나가 무릎을 꿇고 앉았습니다. 채 몸을 숨기기도 전에 문이 휙 열리고, 실내등이 내 온몸으로 흠뻑 쏟아졌습니다. 뾰족한 빛. 살을 벗기는 빛. 양동이의 물을 버리려던 남자와 눈이 마주쳤습니다. 마치 벽장에 숨어 있다 들킨 어린아이처럼 무어라 입을 떼기 전, 남자가 공손한 자세로 고개를 숙였습니다.

"손님용 출입구는 저쪽입니다."

그 남자가 누구였는지 누나, 누나도 아시겠지요. 누나가 남긴 편지—미안해, 나 그거 다 읽었어, 그런데 읽기 전부터 알았어요—에 적혀 있었잖아요. 그 남자가 고향으로 도망친 일. 그 사람이잖아요, 누나. 누나의 첫사랑. 달걀을 담아주던 사람. 우리 둘이 심부름을 가면 언제나 그 사람은 내가 아닌 누나의 손에 봉투를 쥐여주며 여자아이처럼 예쁘다고 그랬어요. 대수롭지 않게 넘긴 그 말이, 누나에겐 무엇보다 중요하다는 걸 누나보다 내가 먼저 알았는지 몰라요. 어느 순간 나를 따돌리고 혼자 가던 누나의 얼굴이 환했으니까. 떠오르는 아침 해보다 더. 매일이 변화무쌍하게 빛나고 있었으니까. 다만 내가 알지 못한 건 그런 거예요, 누나. 고작 세 시간 차이인데 누나는 언제 사랑에 대해 알게 된 거예요? 사랑에 목숨을 거는 건 아이의 짓이에요, 어른의 짓이에요? 또 나는 이런 것도 알지 못해요. 나는 무얼 원해서 그 남자를 보러 온 걸까요? 하코네라는 지명을 들었을 때부터 알았으면서, 아무것도 모르는 척 뛰는 심장을 억누르며 여기까지 온 걸까? 아오이, 미안해. 그렇게 말하면서 주저앉는 그 사람을 보고 싶었던 걸까요? 아무리 중학생처럼 보일 때가 있다고 하더라도 여자 옷을 입은 스무 살 남자는 좀 징그러워 보인다는 걸 알면서, 그렇기에 그 차림으로 간 걸까? 그 남자가 버리고 간 걸 보여주려고?

그런데요, 누나. 누나랑 똑같이 생긴 내가 찾아갔는데도 그 사람은 표정조차 변하지 않더라고요. 기억하지도 못했어요. 아니, 두려워했어. 내 얼굴은 제대로 보지도 않은 채, 누가 오기라도 할 것처럼 주위를 둘러보면서, 여자 옷을 입은 남자를 보았다는 사실 자체에 두려워했어. 그 사람 앞에서 나는 유령이 되었어요. 쫓아내고 싶은 존재가. 그날의 여행에서 제일 후회되는 게 그거예요. 삶은 달걀. 다 먹지 말았어야 했는데. 그거라도 던졌어야 하는데.

누나. 왜 그렇게 잔인한 사람을 사랑했어요? 마음은 어쩔 수 없는 일이니까? 실은 그렇지만도 않은 거 알잖아요. 사랑해줄 사람을 사랑하는 법을 우린 알고 있잖아요. 그런데 왜 아이처럼 그랬어요? 왜 영원히 아이인 채로 멈춘 거예요? 조금만 더 기다리지 그랬어. 내가 어른이 될 때까지. 그럼 이번에는 내가 누나를 안아줄 수 있었을 텐데. 누나가 그랬던 것처럼 다 괜찮다고 했을 텐데. 이제 이렇게 편지를 썼으니 누나는 알아줄까? 아니요. 누나는 영원히 모를 거예요. 편지라는 건 상대를 향하는 듯하지만 실은 자신에게 쓰는 글이니까. 누나는 이 사실을 언제 알았어요? 그 남자를 향해 남긴 편지를, 몇 개쯤 쓰다 깨달았어요? 나는 이 글을 시작하자마자 알았는데. 누나에게, 라고 적는 순간 바로 알았는데.

역사에 앉아 막차가 오길 기다렸습니다. 선로를 통과한 밤바람이 머리카락을 쓸어 넘겼습니다. 호리병에 숨을 불어넣는 듯한 산비둘기 울음소리만 들리는 고요한 밤. 가만히 앉아만 있어도 땀이 맺히는 밤. 누나가 죽은 여름이 어느새 다가와 있었습니다. 눈앞의 천사는 여전히 3센티 정도 둥둥 뜬 채 나를 바라보고 있었습니다. 숨기는 것 없이 고백하기 더없이 좋은 밤에 나는 입을 열었습니다.

"내가 외톨이가 된 건 시체를 못 본 척해서가 아냐. 죽은 쌍둥이의 시체가 매달려 있는 걸 모른 척했기 때문이지."

"……."

"그리고 아오이는 그 남자를 사랑했어. 겁쟁이인 것까지 합해서 사랑했어. 아오이는 원래 그런 사람이었으니까."

천사가 머리카락을 넘겨주며 이번에는 내 귀 뒤에 달라붙어 있던 붉은 덩어리를 떼었습니다. 누나가 내게 남기고 간 더께가 떨어졌습니다.

"아직 더 남았어."

그 말에 나는 다시 입을 열었습니다. 힘겹게, 그동안 참았던 말을 뱉었습니다.

"아오이는 내게 누나이고 싶어 했어."

"……."

"형이 아니라, 누나라고 불러주길 원했어."

내게 들러붙어 있던 것이 전부 떨어져 나갔습니다. 아주 진하고 붉은 루비 같은 마음이, 서서히 천사의 입에서 목으로, 그리고 위장으로 들어가 천사의 일부가 되었습니다. 모든 과정을 마친 천사가 두 손을 모았습니다. 정갈하게 식사를 마친 자세로 고개를 숙였습니다. 속을 알 수 없는 미소가 희미하게 입가에 떠올랐습니다.

차임이 울리고 막차가 들어왔습니다. 열차 안으로 들어갔지만 그는 따라오지 않았습니다. 왜냐고 묻기 전에 그가 먼저 입을 뗐습니다.

"나루세 군. 이제 헤어질 시간이야."

멍하니 넋을 놓은 내게 그가 어색하게 덧붙였습니다.

"스무 살 된 거 축하해. 어른이 된 나루세를 보고 싶어서 계속 기다렸어. 오랫동안 이 날을 기다렸어. 그래서…… 떠날 타이밍을 놓쳤어. 여름이 온 걸 모른 척했어."

그게 무슨 소리냐고, 무어라 말하기 전에 그는 손가락으로 반대편 문의 유리창을 가리켰습니다. 거기에 비친 내 모습. 그와 함께 있는 동안 마주하지 않았던 내 모습, 죽은 가지처럼 메마른 채 생명의 불꽃이 꺼져가는 조로한 남자가 물속에 빠진 듯 일렁였습니다.

"거울을 보는 일이 중요하다고 했잖아. 그치?"

그는 웃었습니다. 숨겨왔던 비밀을 들킨 사람처럼 민망함을 숨기려 이를 드러냈습니다.

그런데요, 누나. 나 모르고 있지 않았어요. 천사가 붙은 인간은 곧 죽는다는 거. 청소부는 쓰레기가 있는 곳에 있다는 걸 어떻게 모를 수 있겠어요. 그래도 상관없다고, 다시 그를 끌어안았다면 좋았을 텐데. 이상하죠. 나는 손을 뻗지 않았습니다. 그와 함께하길 바라며 이대로 얼어붙어도 괜찮다고 생각하던 밤과 달리 그저 내 팔을 부여잡았습니다. 그 역시 별다른 말을 하지 않았어요. 슬그머니 뒷짐을 진 나를 보고도 어린애처럼 눈을 가늘게 뜨고 여느 때처럼 히히, 소리 내어 웃다가 입을 뗐습니다.

"잘 선택했어, 나루세 군. 이게 최선이야. 얼마 지나면 금방 나를 잊을 거야."

"……."

"나루세 군은 착한 아이야. 살다 보면 좋은 일이 생길 거야. 반드시 행복해질 거야. 그러니까 서른 살이 되고 마흔 살이 되어야 해. 이번엔 끝까지, 후회 없이 살아야 해."

문이 닫히려는 듯 차임이 울렸습니다. 부러뜨린 커터칼 날을 삼킨 듯 목이 아팠습니다. 무언가에 억눌린 듯 눈물조차 나오지 않았습니다. 묻고 싶은 것도 따지고 싶은 것도 많았지만 내가 할 수 있는 거라곤 하나뿐이었습니다. 때릴 수도, 잡아끌 수도, 끌어안을 수도 없는 천사를 향해 말을 하는 것 뿐이었습니다.

"네 이름은 말야……."

이것이 나의 첫사랑의 전말. 비겁하고 나약한 고백입니다.

물에 손을 오래 담그고 있으면 쪼글쪼글해지는 것과 같은 걸까요. 한동안 누나의 욕망을 달고 산 덕인지 누나의 옷을 입고 거울을 보는 일이 늘었습니다. 그런다고 누나가 되는 것도 아니고, 누군가 나에게 예쁘다고 하는 일도 없는데 방 안에서 그냥 나 자신을 빤히 보고 있습니다. 아직도 그날을 떠올리면 나의 연약함이, 천사를 그냥 보낸 나 자신이 원망스럽지만, 그도 내게 거짓말을 했으니 용서받을 수 있겠죠? 그는 내가 자신을 잊을 거라고 했지만 나는 여전히 기억하고 있으니까요. 신도 운명도 어쩔 수 없는 단 하나의 마음을, 날개도 없고, 흰 옷을 입지도 않고, 예언에 실패하는 천사에게. 나는 주었고, 그 텅 빈 자리에 모든 걸 적어놓았으니까요.

그리하여 어른이 된 나는 즐겁습니다. 그를 그리워하는 마음, 만지고 싶은 마음을 참으면서 억누르는 방식으로 키우고 있습니다. 이렇게 커버렸다니, 라고 그가 놀랄 정도로 아주 크게 내 마음을 키워서, 그가 나를 온전히 느끼며 고통스럽게 삼켜주길 바라고 있습니다. 그건 아마 지난 삶을 다시 살듯 익숙하고 그리운 감각일 거예요. 이미 어느 정도는 그 고통을 알고 있기도 하고요. 그와 이별하는 순간 뱃속이 다 뜯겼거든요. 텅 빈 껍질만 남아 죽어가는 풍선처럼 다리를 질질 끌며 살고 있거든요.

아, 누나. 도대체 언제가 될까요? 오래전 한 시인의 말처럼 나의 청춘의 분수대가 물 대신 뿜어내는 피를 그가 마시러 오는 날이. 새도, 개도, 동전을 던지러 오는 관광객도 아닌 오로지 그의 목을 적시는 날이. 금방은 아니더라도 멀지만 않았으면 좋겠어요. 너무 오래 기다리게 하지 않았으면 좋겠어요.

내일도 나는 이 세계에서 눈을 뜨겠지요. 그도, 누나도 없는 이곳에서 밤이면 꿈을 꾸고, 아침이면 일어나선 이렇게 편지를 쓰겠지요. 꿈도 기억도 점점 희미해진다는 것이 서럽지만 한편으론 안심도 됩니다. 떠올리려 한다는 것은 잊지 않으려 노력한다는 뜻도 되니까요. 언젠가 누나를 만나게 되면 내가 사랑한 이름을 말씀드릴 수 있겠지요. 그러니까…… 그 전까진 살아볼게요, 누나. 눈을 감으면 아른거리는 맨발이 내 앞에 쑥 하고 나타날 날을 기다리면서.

살아 있다면 언젠가 다시 횡단보도에서 수호천사를 만날 수 있을 거라고 믿으면서.

이선진

빛처럼 비지처럼

[사랑] 뭉근한 온기로 서로의 마음과 마음 사이가

몽글몽글해지는 것.

내가 제일 작고 환했을 때 산타는 낮이고 밤이고 시도 때도 없이 울어젖히던 내게 자전거 한 대를 선물로 줬다. 산타는 아빠로 밝혀졌고 자전거는 삼천리였나 알톤이었나? 아무렴 손잡이에 앙증맞은 거북이 스티커가 붙은 자전거를 타다가 내리막길에서 자빠진 탓에 나는 떡니에 커다랗게 금이 가버렸다. 울면 안 돼, 울면 안 돼, 노래를 부르면서 울었다. 그때 너무 많이 울어서인지 이제 나는 웬만한 일 갖고는 잘 울지 않는다. 비상계단에서 뒤로 자빠진 아빠가 두부 손상으로 세상을 등졌을 때도, 회사로부터 하루아침에 해고 통보를 받았을 때도, 지금처럼 겨울 햇빛이 너무 눈부실 때도 눈 하나 끔뻑 안 한다.

예수가 십자가에 못 박혀 죽었듯이 이제 그 모델은 세상에 없고, 내가 제일 작고 환했을 때부터 나는 단종을 멸종이라고 부르는 걸 좋아했다. 지금 내 앞자리에 탄 채 자전거 페달을 구르는 옹순모가 조금만 더 가면 진짜 니뽕할 수 있다니까! 하면서 입봉을 니뽕이라 부르는 것과 비슷했다. 발음을 살짝 달리하는 것만으로도 간절히 바라던 목표가, 목표에서 자꾸 미끄러지는 데서 비롯되는 절망의 무게가 한결 가벼워지는 것 같다나. 벌써 9년째 영화판에 몸담고 있는 옹순모는 이제 그 판의 가장자리에, 끄트머리 중의 끄트머리에 가까스로 몸을 걸치고 있는 신세였다. '더도 말고 덜도 말고 1인분만 하자'가 가훈인 4대째 손두붓집 장남이 돼서는 1인분은커녕 0.5인분도 못 했다.

근데 사람이 꼭 1인분을 해야 되나?

내가 물었고 옹순모는 입 다물었다. 가업은 안 물려받고 헛물만 켠다는 점에서 우리는 일견 비슷한 처지였지만 그래도 옹순모보다야 내 상황이 좀 더 낫긴 했다. 갓 만든 두부가 금세 상해버릴 정도로 날이 고약하게 푹푹 쪘던 지난여름, 엄마는 자기 자식이 남자를 좋아하는 남자라는 사실을 알고부터 오빠를 사람 취급도 안 했으니까.

근데 나 김치 싸대기는 봤어도 두부 싸대기는 처음 봤잖아.

나도 처음이야.

근데 두부에 맞으면 어떤 기분이야?

두부에 맞은 기분. 몽글몽글하게 아픈 기분.

근데 두부에 맞았는데 어떻게 입술이 터지지? 신기하다.

모란아.

응?

다음은 네 차례야.

다음번의 일은 늘 다음으로 미뤄두고서 우리는 차마 스스로를 죽이지 못해 시간을 죽이러 가곤 했다. 아라뱃길은 본래 화물 운송을 위해 만들어진 인공 운하였고 조금도 그렇게 쓰이지 않는다는 점에서 분명 실패한 사업이었지만 그래서인지 더 마음이 갔다. 마음이 가니까 몸도 갔다. 자전거 뿌셔. 아라뱃길 뿌셔. 겨울 뿌셔. 꼭 직접 핸들을 쥐고 페달을 구르지 않더라도 자전거를 타면 어디론가 나아가는 기분이고, 나아감이 꼭 나아짐을 보장하지는 않아도 거기엔 어떤 전환이 있었다. 말하자면 기분이라는 게 서리태콩이나 민들레꽃이나 열 손가락처럼 손에 쥘 수 있는 무엇처럼 느껴졌다. 쥐고서 마구 부수고 싶었다.

너랑 있으면 꼭 내가 막다른 사람이 되는 기분이야.

지난 목요일에는 유정과 함께 밥을 먹고 산책을 하고 벽돌길 틈새에 핀 민들레 쪽으로 호, 바람을 불다가 그런 말을 들었다. 꽃도 홀씨도 씨방도 없이 줄기만 달랑 있는데 어떻게 민들레인 줄 알았냐면 그냥 느낌이 그랬다. 한때 같은 회사에 몸담았던 유정이 이쪽이라는 걸 단번에 알아본 것처럼. 전국 각지의 고장 난 엘리베이터 안에서 걸려오는 긴급 호출 전화를 받는 게 우리 일이었고, 열에 아홉은 단순 착오로 인한 콜이거나 장난 전화이긴 해도 세상에 나 말고도 어디엔가 꼼짝없이 갇혀 있는 사람이 이렇게나 많다는 사실은 묵직한 위로가 되어주곤 했다. 목요일 새벽 4시마다 찌꺼기 같은 년이라고 나를 몰아붙이는 수화기 너머의 목소리도 기꺼이 참아낼 수 있을 만큼.

나는 민들레를 꺾어 만든 반지를 손가락에 끼웠다 뺀 다음 바람에 날려 보냈다. 그런 뒤 유정의 손을 쥐려고 팔을 뻗었는데 유정은 한 걸음 물러나며 만지지 마, 했다.

근데 왜 만지면 안 돼?

나 민들레 알레르기 있잖아.

옹모란 알레르기가 아니라?

그것도 있긴 해.

이런 찌꺼기 같은 년이.

있잖아, 그래도 아직 내가 해사해.

나도 아직 해사해.

해사해. 우리 둘 이름의 획을 그을 때마다 사랑해사랑해사랑해를 외쳐 얻어낸 값. 첫 애인이랑은 랑랑해였고 두 번째 애인이랑은 해랑해였는데 이번에는 해사해, 적어도 말이 되는 조합이라 말 못 하게 기뻤다. 얼굴이 곱지도 웃음소리가 깨끗하지도 차림새가 멀끔하지도 않았지만 우리는 오늘 너무 해사해요 유정 씨, 아니 모란 씨가 더 해사하죠, 매일같이 주고받았다. 물론 밤낮이 바뀌고 여름이 겨울이 되듯 사람도 변하기 마련이었다. 일교차만큼 인교차가 심했다.

12월은 자전거를 타기에 좋은 때는 아니었지만 아라뱃길은 자전거를 타기에 좋은 데였다. 막힘없이 뻥 뚫려 있고 햇옥수수랑 술빵 파는 트럭도 간간이 불 밝히고 있으니까. 그렇게 트럭 앞에 멈춰 선 오빠와 나. 우리는 김이 모락모락 피어오르는 옥수수와 술빵을 샀고, 공평하게 반씩 나눈 그것들을 손에서 손으로 건네는 대신 벤치에 툭 던져두었다.

버리는 거니까 먹어.

버려줘서 고마워.

천만의 옥수수 만만의 술빵.

버려진 옥수수로 하모니카 불고 버려진 술빵으로 건배하기. 그렇게 벤치에 죽치고 앉아 시간을 죽이다 보면 색색의 타이즈를 빼입은 빨주노초 사람들이 지나갈게요! 비키세요! 우리를 향해 소리쳤다. 이윽고 열두 대의 자전거와 자전거를 탄 열두 사람이 닿을 듯 말 듯 나를 스쳐 지나갈 때 순간적으로 나를 둘러싼 시간이 오목해졌다가 확 쪼그라들었다가 씨앗보다 작은 크기로 아득하게 반짝였다가 언제 그랬냐는 듯이 도로 팽팽해졌다. 손에 쥘 수는 없어도 느낄 수는 있었다.

근데 이유가 뭐야?

뭐가?

니뽕이 코앞이었는데 이제 와 엎자는 이유가 뭐래?

그냥 처음부터 가망이 없었는데 미리 말을 못 해줘서 미안하대. 이렇게 점점 더 가망이 없어질 줄은 꿈에도 몰랐대.

가망이 없어지느라 아주 고생했네.

계양을 지나 김포 공장 단지를 지나 한참을 더 나아가면 한강이 있었고 우리는 한 번도 한강까지 가본 적이 없었다. 어디 갈 데까지 가보자. 그렇게 마음먹어놓고 단 한 번도 갈 수 있는 데까지 가지 않았다. 돌아오는 길을 잃어버리면 어떡하지. 불의의 사고로 꼼짝없이 고립되면 어떡하지. 가다가 더 이상 가고 싶지 않아지면 어떡하지. 많고 많은 만약의 경우를 생각하다 보면 일직선으로 쭉 뻗은 길을 달리고 있는데도 같은 곳을 맴돌고 있는 기분이 들었다.

완전히 시간 가는 줄 알겠네. 오빠의 등허리를 너무 세지도 약하지도 않게 끌어안으며 나는 생각했다. 분명 옛날에는 자전거를 탈 줄 알았는데 왜 지금은 아닌지도 생각했다. 몸이 기억해서 못 타려야 못 탈 수가 없다던데. 이런 걸 보면 사람은 진화가 아닌 퇴행의 동물에 가까웠다. 하긴 어렸을 때부터 나는 앞구르기보다 뒤구르기에 소질이 있었다. 뒤로, 뒤로, 또 뒤로. 앞으로는 못 가도 뒤로는 내 맘대로 마음껏 갈 수 있었다. 그렇게 여기까지 올 수 있었다.

자정이 되기 직전 우리는 왔던 길을 되돌아갔다. 〈바람이 분다〉와 〈바람아 멈추어다오〉와 〈바람 바람 바람〉 같은 노래를 듣고 부르는 사이 어느새 김포였고 초승달이 꼭 손톱 같아 달톱이다 달톱, 하는 사이 어느새 계양이었고 고가다리 난간에 붙은 자살의 반대는 살자입니다, 문구를 째려보며 우리는 모순옹 란모옹 아니고 옹순모 옹모란인데, 하는 사이 어느새 집이었다. 뭐 하느라 이렇게 늦게 들어온디야? 불 꺼진 거실 너머에서 엄마가 소리쳤고 나는 그냥, 하고 대답했다. 오빠는 질문을 받지 못했으므로 아무 대답도 하지 않았다. 그 대신 지지대가 떨어져 나간 자전거를 현관에 기대어놓으면서, 난데없이 다음 주 토요일 오후에 어딜 좀 같이 가줄 수 있냐고 물었다. 다음 주 토요일이면 12월 24일, 성탄 전날이었다.

그날 가긴 어딜 가?

애인 만나러.

어플로 연락해서 한 번도 만나본 적 없다며.

그래도 있는 건 있는 거지.

어디로 가는데?

한강으로.

한강은 왜?

애인 만나러.

참 나. 오빠의 제안을 단호히 거절한 뒤 방에 들어와 이에 낀 옥수수 알갱이와 콩 조각을 빼내면서 나는 생각했다. 성탄 전날이면 마침 토요일이라 아침부터 가게에 손님이 미어터질 텐데 여기 순두부에 산수유 막걸리 한 되! 소리가 쏟아져 나올 텐데 가만있으면 최소한 중간은 가는 거 굳이 밖을 싸다니면 엄마가 우릴 죽이려 들 텐데 심지어 오빠가 남자를 만나러 간다는 걸 알면 또 두부 싸대기를 갈길 게 분명한데 두부는 완전식품이고 완전식품은 그렇게 버려지기엔 아까운데 애인은 무슨 얼어죽을 놈의 애인. 그러나 어째서인지 침대에 누워 뒤구르기를 하다 말고 나는 생각의 노선을 정반대로 바꿔 오빠에게 알겠다는 톡을 보냈다.

—대신 유정이도 같이 가는 거다

*

한강 운운하기에 공항철도를 타고 가는 줄 알았는데 오빠는 자전거를 타고 갈 거라고 했다. 시간 되면 와. 유정에게는 그렇게 말했고 유정은 굳이 시간을 내서 왔다. 접었다 폈다가 가능한 미니벨로를 타고 왔다. 손 시리고 목마르면 큰일이라며 기능성 장갑과 스테인리스 보온병도 챙겨 왔다. 나는 딱 몸만 갔다.

못 본 사이 유정은 어디가 조금 달라져 있었다. 거북목이 심해지고 어깨가 왼쪽으로 미세하게 기울고 키도 살짝 작아지고. 기분 탓이겠거니 하는데 오빠는 기어이 입을 열었다.

사랑하면 닮는다는 게 진짜 맞나 봐.

네? 왜요?

못 본 사이 너한테서 모란이가 보이네.

근데 저 모란이 안 사랑하는데.

그럼?

해사해요, 아직은.

정오였고, 약속 시간까지는 꽤 여유로웠다. 그래도 가는 길에 갑자기 무슨 일이 생길지도 모른다며 오빠는 분주히 몸을 움직였다. 갑자기. 엘리베이터에 갇힌 상황에서 사람들이 욕 다음으로 많이 내뱉는 말도 갑자기였다. 좀 전까지는 아무 문제 없었는데 갑자기 이렇게 됐어요. 저 이제 죽는 건가요? 그러나 사실 그건 갑자기가 아니었다. 그 전부터 어떤 문제가 도사리고 있었는데 아무렇지 않은 척 덮여 있다가 하필 그 순간 수면 위로 드러난 것뿐이었다. 순모 니 갑자기 왜 이래 됐나. 얼마 전 마감 뒷정리를 하다 말고 손님이 남기고 간 막걸리 한 되를 원샷한 엄마는 희고 넓적한 접시에 들러붙은, 숟가락으로 어찌나 꾹꾹 눌러댔는지 이미 으깨질 대로 으깨진 두부를 더 으깨뜨리며 오빠에게 그렇게 말했고, 나는 길을 가다가도 밥을 먹다가도 숨을 쉬다가도 그 말이 마음에 걸려 자주 넘어졌다. 넘어지는 게 습관이 되고 넘어진 자세가 몸에 배고 그렇게 막다른 사람이, 이렇게 시도 때도 없이 속이 허한 사람이 되어버렸다.

…… 모르겠고 일단 밥부터 뿌수자.

계양 쪽에서 잠깐 옆으로 빠져 벚꽃 없는 벚나무 길을 따라가보니 이런 데 식당이 다 있어? 하는 생각이 드는 곳에 재래식 손두부 전문점이 있었다. 오빠는 느티나무 숲으로 둘러싸인 가게 초입에 자전거를 세우고는 여기 두면 누가 훔쳐 가려나? 하고 물었다. 나는 이걸 굳이? 누가? 이 고물을 왜? 그리고 누가 훔쳐 가면 그냥 버리는 셈 치면 되지, 하고 말했다.

오빠는 안심한 건지 실망한 건지 알 수 없는 얼굴로 담장 외벽에 자전거를 기대어두었다. 가게에 들어가 창가 쪽 테이블에 자리를 잡으려는데 주인아줌마는 이거 미안해서 어떡하나, 하고는 가마솥에 담뱃재가 섞여 들어가는 바람에 지금 손님상에 두부를 올릴 수가 없다고 했다. 그래서 우리는 하는 수 없이 콩가스를 시켰다. 콩가스는 콩으로 만든 돈가스고 콩으로 돼지고기 맛을 낸다는 건 신박하긴 해도 엄연히 가짜였다. 오빠를 가짜 사람 취급했던 엄마라면 노발대발하면서 이렇게 말할지도 몰랐다. 시방 콩이라면 응당 콩이 갈 길을 가야지 왜 돼지처럼 돼지의 길을 가는가. 선두 주자는 못 될망정 왜 후발대를 자처하는가. 명품은 못 돼도 진품은 돼야 하거늘 왜 꿀꿀꿀 가품의 삶을 좇는가.

근데 뭔가 수상하지 않아요? 유정이 오빠를 향해 물었다.

수상하긴 뭐가? 콩가스가? 내가 되물었다.

아니, 오빠 말이야. 지금까지 계속 카톡도 아니고 어플로만 연락했다잖아.

아하. 근데 이 나물 이름이 뭐지?

왜, 맛있어? 뚱채나물이잖아. 상추 줄기.

아니, 이참에 잘 알아두고 평생 피해 가려고. 맛없어.

내 말을 듣던 유정은 다시 오빠에게 물었다.

근데 그럼 오빠는 얼굴도 이름도 전화번호도 모르는 거네요?

이름이랑 얼굴은 알지. 윤세중. 오빠가 답했다.

잠깐만 기다려봐.

나는 네모난 티슈에 두 사람 이름을 적고 속으로 사랑해사랑해사랑해를 외치다가 말했다.

해랑사네, 해랑사. 못쓰겠네 이거.

근데 요즘 사진 그거 믿을 거 못 되는데. 보정도 장난 아니고 도용도 많고. 구글 이미지 검색은 해보셨어요?

유정이 묻자 오빠는 그런 게 다 있냐는 순진한 소리나 해댔다. 그런데 내가 생각하는 오빠는 순진한 사람이라기보다는 속이 시커먼 사람이었다. 속이 시커멓다는 건 때가 탔다는 거고 때가 탔다는 건 불순 유구하다는 거였다. 왜 그러냐면 스스로에게 자신이 없기 때문이고 왜 자신이 없냐면 그거야 나 같은 사람이니까. 나는 아니어도 나 같으니까.

몇 해 전 겨울, 오빠가 나한테 먼저 커밍아웃을 했을 때 나는 오빠 너 지금 잘못 알고 있는 거야, 하고 쏘아붙였다. 왜 옛날에 엄마가 계란 껍데기를 음식물쓰레기에 잘못 버렸는데 누가 신고해서 벌금 왕창 물었잖아. 오빠 너도 그런 거야. 엄마처럼 일반쓰레기를 잠깐 음식물쓰레기로 착각한 거야. 나는 몰라도 너까지 그럼 진짜 안 되는 거야. 사실 그때는 오빠를 이해하지 못한 척한 거라면 지금은 이해가 갈 듯 안 갔다. 한강이면 공항철도도 뚫려 있겠다 자전거도로도 깔려 있겠다 진즉 만나서 크로플을, 독립영화를, 커플 자전거를 뿌수면 될 걸 왜 이제야 접선을 도모하는지. 것도 나랑 유정까지 껴서 사자대면으로.

이거 하나 먹어도 돼요?

'점심때는 손님이 많으니 분할 계산을 지향해주세요'라고 쓰여 있기에 각자 분할 계산을 한 뒤, 카운터 유리병에 담긴 흰 박하사탕을 가리키며 물었다. 주인아줌마는 갑자기 정색하더니 미안하지만 그건 곤란하다고 했다.

절대로 안 돼. 두 개 이상 먹어.

나는 사탕을 한 움큼 쥐어서는 하나는 내가 먹고 하나는 주머니에 넣고 두 개는 버렸다. 유정과 오빠 입속으로 공평하게 하나씩 버렸다.

배는 찼어도 마음은 아직 허해서 우리는 식당 뒤편에 설치된 퍼걸러에 잠깐 자리를 잡았다. 지붕에 종횡으로 짜인 부재덕에 빛이 격자무늬로 비쳐들고 있었고, 아래로 길게 늘어진 인조 등나무꽃에서는 희미하게 지난여름의 냄새가 풍겼다. 나는 그늘이 질 대로 진 얼굴에 해가 내리쬐는 게 싫어 고개를 최대한 푹 수그렸다. 고개 좀 들고 다녀. 한때 그 말을 귀가 닳도록 듣던 시기가 있었다. 랑랑하다는 말을 가뭄에 콩 나듯 해줬던 전 애인이었나, 수리기사한테 전화 연결 하나 제대로 못한다며 상소리를 남발하던 계 팀장이었나, 아님 둘 다였나. 그땐 그 말이 듣기 싫어서 의식적으로 고개를 빳빳이 들고 다니려고 애썼는데 그래봐야 들려오는 말은 똑같았다. 옹모란 너는 자세가 왜 그래. 안색이 왜 그래. 사람이 왜 그래.

씨발 너는 진짜 나한테 왜 그러는데!

얼마 전 회사에서 나는 속으로만 해야 하는 말을 기어코 밖으로 내뱉고야 말았다. 알람처럼 목요일 새벽 4시마다 걸려오는 전화를 받았다가 찌꺼기 같은 년이 아주 갈 데까지 갔다는 말을, 기계는 고쳐 써도 사람은 고쳐 쓰는 게 아니라는 얼굴 없는 목소리를 들으니 눈앞이 새카매지면서 그만 정신줄을 놔버렸다. 비록 길눈이 어둡고 야맹증이 있긴 해도 나는 눈똑바로 뜨고 살려고 노력했다. 시력 교정 안경도 맞추고 비타민A도 꼬박꼬박 챙겨 먹었다. 오늘도 먹고 나왔고 내일도 먹을 거였다. 문제는 눈앞이 훤해져봐야 앞길이 캄캄하면 결국 이도 저도 아니라는 거였다. 그래서 나는 오빠처럼 될 바에야, 되는 일이 없는데도 자꾸만 뭘 되게 하려고 애쓸 바에야 내 정체성 따위 꽁꽁 숨기고 가업을 이어받을 거였다. 엄마가 그토록 원하는 5대째 손두붓집 간판은 못 달아주겠지만.

느티나무 숲 쪽으로 느릿느릿 걷다 보니 작은 개울이 나왔다. 물녘의 땅과 돌은 단단하게 얼어 있었고 물은 가장자리에 뿌연 빛살무늬로 살얼음이 맺혀 있을 뿐 유유히 흐르고 있었다. 딱 빠져 죽지 않을 정도로 수심이 깊어 보였다. 열 길 물속을 들여다보는데 유정이 지금 딱 역광이다, 사진 찍어줄까?

하고 물었고 나는 됐다고 했다. 그러나 됐다고 말했을 땐 이미 찍힌 뒤였다.

잘 나왔는데 너처럼 안 나왔어.

좋아, 그럼. 맘에 들어.

보지도 않고?

응. 여기 사진 맛집이네.

늦지 않으려면 슬슬 가야 하지 않나, 생각하던 참에 오빠는 몸을 숙인 뒤 돌멩이를 쥐고서 강 쪽을 향해 크게 팔을 휘둘렀다. 동작만 컸지 실속은 없었다. 이십대 초반의 오빠는 나름 노선을 잘 타서 성공 가도를 달렸다. 〈박진감 넘치는 빛〉이라는 대학교 졸업 작품은 전혀 박진감 넘치는 내용이 아니었는데도 오사카의 단편영화제에서 상까지 받았다. 어느 폐건물 비상계단에 나란히 앉은 두 남자아이에게 드리운 빛의 경과를 롱테이크로 담아낸 무성영화로, 마침내 두 남자애가 서로의 눈을 마주하려는 순간 'ㅁ'의 일부가 지워져 '눈을 꼭 닫아주세요'라고 적힌 문이 쾅, 그러나 소리 없이 닫힌다. 대사가 일절 없지만 결코 침묵하지 않는 작품으로 오빠는 잠시나마 빛을 봤고, 9년간의 암흑기를 거쳐 이제 다시 빛을 보나 했는데 주연 배우가 개봉을 앞두고 음주 운전으로 인한 인명 사고를 냈다. 배우를 교체해 전면 재촬영을 감행하느냐 손해를 감수하고 영화를 엎느냐. 제작사와 투자사는 어느 노선을 따라도 가망이 없다는 이유로 후자를 택했고, 그렇게 또 언제 올지 모를 기회가 완전히 물 건너간 오빠는 돌멩이를 쥔 손을 허공 높이 치켜든 채 그대로 멈춰 있었다. 던지지도 놓지도 못했다.

하여간 바보 같기는. 나는 돌멩이 하나를 쥔 다음 나로부터 최대한 멀리 던졌다. 물수제비를 뜰 작정이었는데 돌멩이는 작은 파문을 일으켰을 뿐 금세 가라앉아버렸다. 그래도 할 줄 알았다가 못 하게 된 것보다는 아예 할 줄 모르는 게 나았다. 쓸 데 있는 사람인 줄 알았는데 쓸모없는 사람으로 밝혀지는 것보다는 애초에 쓸모없는 사람인 게 나았다. 바닥을 치는 것보다야 바닥으로 사는 삶이 백번 나았다.

사람이 돌에 맞으면 무슨 소리가 날까. 퐁당 소리가 날까. 나는 손에 쥐기 맞춤한 크기의 돌멩이를 강물이 아닌 오빠 쪽으로 힘껏 던졌다. 아. 빗나가서 아쉽게 됐다.

*

무슨 자신감인지 오빠는 윤세중을 한눈에 알아볼 수 있을 거라고 했다. 단 한 번도 실제로 만난 적 없지만 분명 그럴 수 있을 거라고 자신했다. 그러나 약속 시간이 다 되도록 오빠와 동갑인 34세로 키 177센티미터에 몸무게 67킬로그램, 알랭 레네의 〈밤과 안개〉와 파솔리니의 〈사랑의 집회〉를 좋아한다는 윤세중은 코빼기도 모습을 드러내지 않았다. 오고 있냐는 오빠의 메시지에도 답이 요원했다. 나는 오빠와 유정 사이에 자리 잡고는 호호 입김을 불며 인도에 사람이, 차도에 차가, 자전거도로에 자전거가 지나가는 모습을 바라보았다. 희뿌연 입김 너머로 종종 자전거가 인도를, 사람이 차도를 가로지르기도 했다. 제각기 다른 방향과 속도와 힘으로 박진감 넘쳤고 그건 여기 말없이 서 있는 우리도 마찬가지일 거였다.

기다리는 사람으로서 오빠가 한자리에 붙박여 있는 동안 나는 자전거도로와 인도 경계에 놓인 연석에 발을 걸쳐두고 몸을 앞뒤로 움직였다. 몸에 힘을 빼면 한쪽으로 기우뚱 무게 중심이 쏠리고 까딱했다가는 연석 밑으로 거꾸러질지도 몰랐다. 어렸을 때 나와 오빠가 발명한 믿음 놀이로, 한쪽이 넘어지려는 순간 남은 한쪽이 상대를 뒤에서 꽉 붙들거나 붙들지 않는 게 유일한 규칙이었다.

어, 넘어진다, 넘어져.

나는 유정이 나를 붙들까 봐 겁났다.

사람들은 종종 1분 1초가 1년 같다고 말하지만 1분 1초는 더도 말고 덜도 말고 1분 1초 같았다. 그리고 내가 넘어지는 1초 동안, 내가 바라던 대로 유정은 나를 붙들지 않았고, 오빠가 바라던 대로 어쩌면 바라지 않은 대로 윤세중은 약속 장소에 나타났다. 제때 오지는 않았지만 제대로 왔다.

구레나룻이 덥수룩하게 자라난 투블럭컷에 무지 회색 후드에 잔스포츠 백팩. 한눈에 봐도 윤세중은 34세라기엔 너무 앳돼 보였다. 그래 보이기만 한 게 아니라 진짜 어렸다. 사실 저 멀리, 인파를 헤치고 이쪽으로 걸어오는 윤세중을 나는 한눈에 알아볼 수 있었다. 엄밀히 말해 윤세중을 알아봤다기보다는 윤세중의 그늘을, 오래 묵은 밀주나 취두부 같은 그늘을 알아보았다. 나는 나 같은 사람은 눈 감고도 알아볼 수 있었다.

저…… 전데요.

처음에 윤세중은 오빠를 그냥 지나쳤다가 이내 되돌아와

말했다. 사실관계를 따질 것도 없이 윤세중은 오빠가 보여준 어플 속 사람과 동일 인물이 아니었다. 다소 비만한 체형에 여드름 흉터가 가득한 뺨에, 속은 몰라도 일단 겉만 봐서는 영 딴판이었다. 그런데도 윤세중은 자꾸만 뻔뻔하게 제가 전데요, 저 맞는데요, 했다. 오빠는 별로 놀라거나 당황한 눈치도 아니었다. 놀랐다 해도 윤세중이 가짜여서라기보다 진짜 약속 장소에 나타났다는 사실 때문인 것 같았다.

하여간 척척박사 납셨네.

어렸을 때부터 나는 오빠를 그렇게 불렀다. 뭐든 척척 대답해서가 아니라 뭐든 척을 해서 그랬다. 어디서 얻어맞고 안 맞은 척, 축구나 발야구 같은 구기 종목을 좋아하는 척, 남자를 좋아하지 않는 척, 지금처럼 아무런 척하지 않는 척…….

저기, 외적으로는 다소간 다른 부분이 있긴 하지만 저는 제가 맞거든요. 외면보다는 내면이 중요한 세상이기도 하고. 왜 껍데기는 가라. 그런 말도 있지 않습니까?

정작 당사자인 오빠는 아무렇지 않아 하는데 애어른 같은 말투를 구사하는 윤세중의 뻔뻔한 태도에 기가 찬 유정은 너 몇 살이냐는 말로 시작해 부모님이 이러고 다니는 거 아냐는 말까지 온갖 날 선 질문들을 퍼부었다. 머리에 피도 안 마른 게 어디서 남의 사진을 도용하냐고, 이건 엄연한 범죄라고 쏘아붙였다. 아무 대꾸 없이 가만히 있으면 가만히 있는다는 이유로, 가만히 있지 않으면 가만히 있지 않는다는 이유로 윤세중을 가만두지 않았다. 내가 회사에서 온갖 욕을 먹으며 잘렸을 때는 한 발짝도 안 나서더니 마치 자기 일처럼 마음을 썼다. 여분의 마음이 있는 것처럼 굴었다.

그러니까 어쨌든 속인 건 속인 거잖아.

굳이 따지자면 그렇긴 합니다.

완전 가짜인 거잖아.

완전까지는 아니지만 그렇긴 합니다.

이름은 진짜 맞아?

그건 완전히 진짜인데요. 가운데 중(中)에 세상 세(世), 세상의 중심으로 가라고 아빠가 죽기 전에 지어주셨거든요.

아빠가 죽었어?

네. 내일 돌아가셨어요.

내일? 그게 뭔 소리야. 내일 죽긴 어떻게 죽어.

아, 크리스마스에 돌아가셨다는 말입니다. 엘리베이터 추락 사고로.

어째서인지 마음이 급격히 어두워진 나는 그런 내 마음을 나 몰라라 할 수 없어서 저 멀리 환하게 불 밝힌 초대형 트리를 바라봤다. 기분 탓인지 트리는 좀 전보다 밝기가 더 세진 것 같았다. 아님 주변이 어두워졌거나.

저, 제가 뭔가를 아주아주 많이 잘못한 걸까요?

어느새 고개를 푹 떨군 윤세중은 주먹으로 자기 머리통을 툭, 툭, 내리쳤다. 스스로 때리고 맞는 타이밍마다 입으로 툭, 툭, 바람 빠지는 소리를 내는 게 어딘가 우습기도 기괴하기도 안쓰럽기도 했다. 유정이 너 지금 뭐 하는 거야, 하면서 팔을 붙든 것과 별개로 나는 어디 언제까지 그러나 보자, 어디까지 가나 보자, 하는 마음이었다. 윤세중은 제 주먹질에 못 이겨

휘청 중심을 잃더니 자긴 지금 너무 부끄러워서 어디 숨고 싶은 기분이라고 했다.

나뭇잎을 숨기려면 숲으로, 시체를 숨기려면 전쟁터로 가라던데 저는 지금 저를 숨기고 싶지 말입니다. 이럴 땐 어디로 숨으러 가야 되는지도 모르겠고 진짜.

가요.

오빠가 말했다.

추운데 밥이나 먹고 가.

엄밀히 말해 추위와 밥이 무슨 상관인가 싶었지만 우리는 오빠 말대로 밥을 먹으러 갔다. 어디로 갈지도, 가면서 무슨 말을 해야 될지도 모르지만 일단 갔다. 그렇게 걷다 보니 추위가 가셨고 신호등 빨간불에 걸려 걸음을 멈추면 언제 그랬냐는 듯이 도로 추워졌다. 자전거와 발을 질질 끌면서 앞으로 걸으면 조금 견딜 만하고 가만히 서 있으면 못 견디도록 몸과 마음이 쌀쌀했다.

저, 왜 사람은 셋인데 자전거는 두 대뿐인가요?

윤세중은 질문을 던져놓고서는 내가 답하기도 전에 아, 누나는 자전거를 못 타시는군요, 했다. 오늘 처음 봤고 앞으로 다시 볼 일 없는 애한테 간파당한 내가 대체 어딜 봐서 그러냐고 묻자 윤세중은 그냥 그래 보인다고 했다. 엄마가 오빠의 처음이자 마지막 영화를 보고 오빠의 정체성을 눈치채지 못할 만큼 보는 눈이 없었다면 윤세중은 보는 눈이 있어도 아주 있었다. 그리고 나는 문득 이런 게 궁금했다. 왜 사람한테는 한 명이라고 할까. 한 개도 한 떨기도 한 자밤도 아니고, 왜 하필 한 명일까. 내가 한 개나 한 떨기나 한 자밤의 사람이었다면 마음이 지금보다 덜 시렸을까. 아주 조금은 덜 부스러질 수 있었을까.

오빠가 이 근처에 괜찮은 뷔페가 있다고 해서 우리는 그리로 향했다. 옛날에 촬영장 케이터링 밥차 끌던 선배가 운영하던 곳인데 최근에 다른 사람이 가게를 넘겨받았다고 했다. 그때는 맛이 괜찮았는데 지금도 괜찮을지 모르겠다고도 했다. 그때는 그때고 지금은 지금이니까. 오빠는 본인이 위치를 똑똑히 기억한다며 앞장섰고, 어째서인지 오빠를 따라 걸으면 걸을수록 똑같은 곳을 계속 맴도는 기분이었다. 지금 일부러 그러는 거지? 나는 그렇게 묻는 대신 핸드폰 지도 앱을 켜 목적지를 찍었다. 알고 보니 코앞이었던 식당은 역 뒷길의 어느 노후한 건물 지하에 있었다. 이런 데 식당이 있어? 하는 곳에 어김없이 식당과 음식과 밥을 먹는 사람들이 있었다. 우리는 엘리베이터를 탈까 말까 잠시 고민하다가 계단으로 향했다.

식당은 이미 만석인 데다가 대기까지 해야 했다. 그렇다고 또 다른 곳을 찾아 헤매고 싶은 마음일랑 추호도 없었다. 날은 너무 추웠고 나는 날이 갈수록 시간이 흐를수록 지쳐만 갔다. 춥지? 금방 자리 나요. 그 말을 곧이곧대로 믿은 건 아니었지만 우리는 버리는 시간인 셈 치고 아주 조금만 기다려보기로 했다.

형, 밝은 데서 보니까 입술이 터지셨네요.

그냥, 자전거 타다가 자빠졌어.

누구한테 맞은 건 아니고요?

아니야, 이번에는.

저는 며칠 전에 아빠한테 뺨 세 대나 맞았는데도 완전 멀쩡합니다. 신기하죠?

아깐 아빠 없다며. 너 진짜 죽을래?

유정이 끼어들자 윤세중은 아, 새아빠요 새아빠, 했다. 이번에 몰래 영화과 넣은 걸 들켰다가 원서 수만큼 뺨을 맞았다고도 덧붙였다.

사실 아빠가 때린 건 아니고요. 아빠는 마음이 무르고 약해서 차마 직접 때리진 못하거든요. 그래서 제가 아빠 주먹을 잡고 저한테 이렇게, 이렇게 휘두른 건데요. 아빠는 제가 맞는 걸 보면서 막 눈물 콧물 다 짜내고.

윤세중은 좀 아까 제 머리통을 미친 듯이 가격했던 게 무색하게 스스로 때리고 맞은 이야기를 하면서 세상 쾌활하게 굴었다. 누구처럼 자꾸만 척을 하려 들었다.

그건 마음이 약한 게 아니라 고약한 거 아닌가?

그게 그거죠 뭐. 근데 제가 안 맞지는 못해도 안 아프게 맞는 데에는 전문가거든요. 혹시 궁금하시면 나중에 슬쩍 알려드리겠습니다.

나중이라는 건 결코 없을 텐데도 오빠는 윤세중의 말에 묵묵히 고개를 끄덕였다.

기다림이 점점 넓고 깊어지는 동안 자리는 나지 않았다. 딱 네 사람이 앉을 4인석만 있으면 되는데 2인석 자리만 나서 우리보다 늦게 온 두 사람이 우리보다 빨리 들어갔다. 어쩔 수 없는 일이었는데도 어쩔 도리 없이 기분이 어두워졌다. 그렇게 네 명의 사람이 불 꺼진 전구처럼 간직한 네 개의 기다림.

우리 지금이라도 다른 데 갈까?

유정의 말에 나는 지금까지 기다린 게 아깝지 않냐고 했고 오빠는 눈 감고 귀 닫고 조용히 침묵을 지켰고 윤세중은 너무 늦지 않았을까요? 했다. 비록 끝이 어딘지는 끝까지 가보기 전까지 알 수 없지만 우리는 끝까지 기다려보기로 했고, 다행히 오래지 않아 주인은 아이고 오래 기다리셨어, 하면서 우리를 안쪽으로 안내했다. 남기지만 말고 마음껏 먹으라며 하얗고 둥글고 기스가 잔뜩 난 접시까지 손수 건네줬다. 그런데 이상하지. 기다리는 동안에는 배가 등에 붙을 지경이었는데 막상 코앞에 음식이 있으니 앞으로 뭘 어떻게 먹고살지 하는 생각에 밥 생각이 쏙 들어갔다. 뷔페면 뽕을 뽑아야 하는데 분주히 수저를 놀려야 하는데 1인분은커녕 0.5인분도 못 먹었다. 반면 윤세중은 아주 잘 먹었다. 메인인 고기는 안 먹고 주로 채소류를, 고들빼기와 숙주와 명이나물을 접시가 넘치도록 담아 왔다. 영양소를 골고루 섭취하지 않고 편식하는 게 꼭 누구 같았다.

근데 있잖아, 너 좋아하는 걸 잘해야 된다.

내 말에 윤세중은 되새김질하듯 한참 동안 입을 우물거리다가 네? 뭘 말입니까, 하고 대꾸했다.

좋아해도 될 만한 걸 좋아하라고. 그래야 돈도 굳고 시간도 굳고 마음도 굳어. 이렇게 고기 말고 풀떼기 같은 거, 영화로 치면 알랭 레네랑 파솔리니 같은 거 좋아하면 큰일 난다? 뭣도 모를 땐 저도 모르게 마음이 갈 수 있는데 한시라도 빨리 정신 차리고 돌아와야 돼. 안 그럼 누구처럼 지망생에서 망생되는 거 한순간이야. 그 한강에 괴물 나오는 영화 있잖아, 제목이 뭐더라 그거?

〈괴물〉요?

그래 그거, 〈괴물〉. 이왕 좋아할 거면 그런 걸 좋아해. 천만 명이 좋아서 환장하는 거. 〈괴물〉 같은 거.

내가 사람 잡아먹는 괴물 흉내를 내자 오빠는 밥 먹을 땐 조용히 밥만 먹자며 테이블 위에 숟가락을 탁, 하고 내려놨다. 그러기가 무섭게 근데 모란이 너 혹시 그때 기억해? 하고 말을 걸어왔다. 밥 먹을 땐 조용히 밥만 먹지? 나는 조금 전 오빠가 그랬던 것처럼 테이블 위에 숟가락을 탁, 하고 내려놨고 그러거나 말거나 오빠는 별로 기억하고 싶지도 않은 이야기를 혼자서 마구 쏟아냈다.

왜 옛날에 우리 어릴 때 방앗간에서 고추 빻는 걸 지키고 서 있었잖아. 제대로 감시하지 않으면 주인이 고춧가루를 바꿔치기할지도 모른다고, 엄마가 식당에서 일하는 동안 눈 똑바로 뜨고 잘 지켜보라고 신신당부했잖아. 근데 처음부터 끝까지 눈을 뗀 적이 없는데 한눈팔기는커녕 화장실 가고 싶은 것까지 꾹 참았는데 엄마는 이거 색깔이 왜 이렇게 덜 빨가냐고, 바꿔치기당한 게 아니냐고, 순모 너는 이거 하나 제대로 못 지키냐고 막 쏘아붙였잖아. 그때는 아무것도 몰랐는데 내가 뭔가 단단히 잘못해서 이렇게 깨지는구나 싶었는데 지금 생각해보면 애초에 우리가 지키고 있던 게 가짜였던 것 같아. 국산이 중국산이 된 게 아니라 원래부터 중국산이었던 것 같아.

그걸 이제 알았어? 그렇게 대답하는 대신 나는 그런 일이 있었냐고, 정말 아무것도 기억이 안 난다고 거짓말했다. 실은 나는 그때도 지금도 잘 알고 있었다. 엄마는 보는 눈이 없는 게 아니라 보는 눈이 있어도 아주 있는 사람이라는 걸.

우리는 사이좋게 입 다물고 밥을 먹었다. 내가 먹어도 먹은 것 같지 않았다면 오빠는 아주 잘 먹었다. 아까 콩가스는 거의 그대로 남기더니 이번에는 남기기는커녕 제대로 씹지도 않고 끊임없이 음식물을 쑤셔 넣고 삼키고 다시 욱여넣었다. 채 소화되지 않은 음식들이 캄캄한 뱃속에 쌓이고 쌓이고 또 쌓이는 모습을 상상하니 없던 입맛이 더 없어졌다. 더구나 오빠는 고기엔 손도 안 대고 명이나물만 못해도 열 번 넘게 가져다 먹어서 주인에게 한 소리를 듣기까지 했다.

손님, 그럼 못써.

오빠는 붉은색과 녹색 실로 짜인 니트 때문에 마치 거대 크리스마스트리처럼 보이는 주인을 올려다봤고 주인은 그런 오빠를 내려다보면서 미안한데 손님, 그럼 못써, 했다. 암만 뷔페긴 해도 이렇게 혼자 음식을 다 독차지해버리면 다른 사람들이 먹을 음식이 부족해지니 미안하지만 조금만 적당히 먹어달라는 거였다.

네네, 죄송합니다.

제 버릇 남 못 준다고, 나는 수화기를 들자마자 자동으로 죄송을 외칠 때처럼 이 상황을 적당히 무마하려고 했다. 어렵게 가지 않아도 될 일을 어렵게 가지 않으려 했다. 하는 일도 일하는 시간대도 응대 매뉴얼도 전부 똑같은데 유정이 아주 물건이라며 총애를 받았다면 나는 어렵지 않은 일을 어렵게 만든다는 이유로 눈총을 받았다. 그리고 핏줄 아니랄까 봐 일을 어렵게 만든다는 점에서 나를 쏙 빼닮은 오빠는 자기가 왜 죄송하냐고, 하나도 죄송하지 않다고 했다.

저기요, 여기 뷔페잖아요. 뷔페니까 제가 먹고 싶은 만큼 마음대로 먹을 수 있는 거잖아요. 남기지 말고 마음껏 드세요, 라고 저기 써 있잖아요. 그러니까 남기지만 않으면 저것들을, 고들빼기랑 숙주랑 명이나물을 적당히 먹지 않아도 되는 거잖아요. 마음껏 먹으라고 해놓고 이제 와서 딴말하는 건 진짜 아니잖아요, 진짜.

오빠의 죄송 없음에 한참을 시달린 끝에야 주인은 돈 안 받을 테니까 그냥 가요, 가, 했다. 밥을 먹었는데 밥값을 안 받는다고 하면 돈이 굳고 그럼 콧노래가 절로 나왔다. 그런데 나는 돈보다 마음이 굳기를 바라는 사람이지. 빨리 타, 이제 가자, 하고 말하면서 엘리베이터 화살표 버튼을 누르자 붉은 불이 들어왔고 이윽고 문이 열렸고 그와 별개로 나는 소리 소문 없이 마음을 닫고 싶었다. 마음을 닫으면 마음이 굳고 마음이 밖으로 새어 나갈까 봐 어디론가 모조리 흘러가버릴까 봐 마음 쓰지 않아도 되니까. 문을 지키는 사람이 문지기 묘를 지키는 사람이 묘지기 모름을 지키는 사람이 모름지기라면 나는 이렇게나마 내 마음을 지키고 싶은 마음지기.

지하 1층에서 지상 1층으로. 우리는 고작 한 층을 올라가기 위해 엘리베이터를 탔다. 이 대목에서 엘리베이터가 멈추면 진짜 영화가 따로 없겠네. 그렇게 생각하기가 무섭게 엘리베이터가 멈췄고 조명이 꺼졌다. 개연성이 없어도 너무 없었다. 조금도 일어날 법하지 않았다. 오빠와 내가 꽁꽁 숨기고 가라앉혀 둔 것들이 엄마에게 절대 일어나서는 안 되는 일인 것처럼.

이럴 땐 어떻게 한담. 엘리베이터에 갇힌 사람이 전화를 걸어왔을 때 대응하는 법은 빠삭했지만 막상 내가 갇히니 어떻게 해야 하는지 잘 생각이 안 났다. 사실 생각은 났는데 이런 말들은 아무런 쓸모조차 없었다. 불안해하지 않으셔도 되고요. 갇힌다고 죽는 것도 아니니까 걱정하지 않으셔도 되고요, 억지로 문 열려 하지 마시고 차분히 기다려주시면 되세요.

나는 되긴 뭐가 돼, 하는 마음으로 긴급 호출 버튼을 눌렀다.

저기요. 갑자기 엘리베이터가 멈췄는데요. 좀 전까지는 아무 이상 없었는데 불도 꺼지고 여기 꼼짝없이 갇혀 있는데요. 저…… 이제 죽는 건가요?

내 말에 불 꺼진 사무실에서 벽을 마주하고 앉아 전화를 받고 있을 누군가는 불안해하지 않아도 되고 갇힌다고 죽는 것도 아니니까 걱정하지 않아도 되고 억지로 문을 열려고 하지 말고 차분히 기다려달라고 했다.

그런 말은 나도 하겠네.

속으로 대답하다 문득 언젠가 폐소공포증을 앓는 여자에게 걸려온 전화가 떠올랐다. 여자는 누가 같이 있으면 그나마 괜찮은데 혼자 있어서 그런지 숨이 잘 안 쉬어진다고 했다. 그럼 폐소공포증이랑 둘이 같이 있다고 생각해보세요. 내가 말했고, 여자는 지금 농담할 상황 아니거든요, 하고 화를 냈다. 농담 반 진담 반이었기에 나는 조금 억울했지만 재차 말했다. 음, 그럼 제가 옆에 있다고 한번 생각해보시겠어요? 이번에는 진담 반 진담 반이었다.

근데 형 누나들은 스포일러 좋아하시나요?

어둠 속에서 윤세중이 물어왔고, 나는 그런 거 좋아하는 사람이 어딨어, 하고 퉁명스레 대꾸했다.

여기 있어요, 저는 영화 볼 때 늘 미리 엔딩을 찾아봐야 직성이 풀리거든요. 꼭 스포를 당해야 살겠는 사람이라고나 할까요. 그래서 말인데, 저희는 어떻게 될까요? 살까요, 죽을까요? 오늘 집에는 갈 수 있을까요? 사실 별로 안 가고 싶긴 합니다만.

지하 1층에서 추락해봐야 지하 1층인데 죽긴 뭘 죽어, 하면서 유정은 웃었다. 그렇게 우리는 딱딱하고 차갑고 네모난 네 개의 벽에 각자 등을 기대고 앉아 시간을 죽이기로 했다. 시간이라도 죽이지 않으면 내가 죽겠으니까. 윤세중은 이러다 화장실에 가고 싶어지면 어떡하냐면서도 자꾸만 갈증이 난다고 했다. 듣다 못한 유정이 이럴 줄 알고 마실 걸 챙겨 왔다면서 가방에서 보온병을 꺼내 들었다. 몸이 으슬으슬한 참에 잘됐다 싶었는데 보리차가 담긴 컵을 건네받은 윤세중이 윽, 이거 왜 이래요? 왜 이렇게 차요? 호들갑을 떨자 유정은 원래 이런 거라고 했다. 뜨거웠던 것이 식은 게 아니라 차가웠던 것이 처음부터 끝까지 차가운 거라고.

어두워서 잘 보이지 않는 유정의 옆얼굴을 바라보는데 유정이 뭘 봐, 하면서 내게 찬 보리차가 담긴 컵을 건넸다. 나는 딱히 줄 게 없어서 주머니에서 먼지 범벅이 된 박하사탕을 윤세중에게 건넸고 윤세중은 오빠에게 자기 손을 건넸고 오빠는 윤세중이 내민 하얗고 텅 빈 손을 잡지 않았다. 대신 극장에서 영화가 시작되기 전에 비상구 위치를 왜 알려주는지 아냐고 따지듯 물어왔다. 솔직히 별로 알고 싶지 않았는데 오빠는 기어이 입을 열었다.

나처럼 망한 영화 만든 감독들 보라고 그러는 거야. 미리 잘 알아두고 무슨 일이 터져도, 천장이 무너지고 불이 나도 절대 그리로 빠져나가지 말라는 거야. 그냥 거기서 꼼짝 말고 죽으라는 거야.

그러면서 오빠는 주연 배우가 술 먹고 차로 사람을 쳤을 때 차라리 잘됐다 싶었다고 했다. 어차피 가망도 없었는데 본인 눈에도 망작인데 아주 제대로 폭망했는데 남들 눈에는 어떨지 안 봐도 비디오라고 했다. 그래서 제작사가 그냥 없던 일로 하자고, 이미 몇 년 동안이나 해오던 걸 엎자고 먼저 제안했을 때 내심 기뻤다고도 했다. 그럼 적어도 자기 때문에 영화가 폭망한 건 아니게 되니까.

형, 그럴 땐 퐁망, 해보시는 건 어떤가요.

윤세중이 말했다.

폭망 말고 퐁망, 해보시라고요. 그럼 발음이 귀여워서 조금 덜 망한 것처럼 느껴지거든요.

이게 무슨 말도 안 되는 소리인가. 퐁당퐁당도 아니고 퐁망퐁망은 애초에 말이 안 됐지만 우리는 한참을 퐁망거리다 일

제히 입을 닫았다. 분위기가 싸해지고 서로의 숨소리가 너무 크게 들릴 때쯤 윤세중은 핸드폰으로 음악을 틀었다. 이 상황에 음악이 귀로 들어가냐. 나는 그렇게 말하려다가 말았다. 오빠가 엄마한테 두부 싸대기를 맞고도 입으로 음식을 잘 넣었듯이 노래를 들으면 기분이 조금 나아질지도 모르니까. 〈말 달리자〉와 〈도망가자〉와 〈내꺼하자〉. 아무런 말 없이 네 사람이 네 면의 벽에 기대앉은 채 청유형으로 끝나는 노래를 듣고 있자니 흥이 난다기보다는 땀이 났고 땀이 나는데 덥지 않고 추웠다. 땀이 식으면서 몸의 열을 빼앗아 가니까. 이제 그만 들으면 안 돼? 그렇게 말하고 싶었는데 한번 시작한 걸 끝내는 건 생각보다 어려운 일이었다. 나는 윤세중에게 도대체 너는 노래 취향이 왜 이 모양이냐고, 아까 내가 한 말은 뭐로 들은 거냐고 마구 쏘아붙였다. 이런 거 말고 좋아해도 될 만한 걸, 마음껏 좋아해도 아무도 뭐라고 안 하는 걸 좋아하라고 했다.

간주가 흐르는 동안 윤세중은 뜬금없이 제가 진짜 죄송합니다, 가짜라서, 하고 말했다.

근데 넌 가짜 아니야.

그럼 뭘까요? 저는.

나는 질문을 던져놓고 대답을 들을 생각일랑 없는 윤세중에게 네가 그렇게까지 가짜는 아니라고 말해주고 싶었다. 안에 계세요? 마침 바깥에서 누군가 엘리베이터 문을 두드리며 물어왔고, 나는 여기 사람이 갇혀 있다고 있는 힘껏 소리치는 대신 이렇게 말했다.

…… 너는 짜가야.

시간이 벌써 이렇게 됐는데도 밤이 이렇게나 깊었는데도 한강 둔치는 여전히 자전거 타는 사람들로 붐볐다. 지나갈게요! 비키세요! 멀리서 누군가 나를 향해 소리쳤고 나는 한 발짝도 비켜나지 않았다. 그랬더니 알아서 나를 비켜 갔다. 문제는 다른 사람들은 나를 비켜날 수 있어도, 나는 죽었다 깨나도 나 자신을 비켜날 수 없다는 거였다. 브레이크가 안 듣는 자전거를 타고 내리막을 내달릴 때처럼 속도가 감당 못 할 만큼 빨라지는데 이 세상 모든 나쁨이 내게 길을 터주는데 삶이 막다른 길목으로 접어드는데 나는 내 삶에서 도저히 중도 하차할 수가 없었다. 버리는 시간 버리는 마음 버리는 삶인 셈 칠 수 없었다.

나는 휠라이트에서 뿜어져 나오는 빛 때문에 눈을 질끈 감았고, 자전거를 탄 누군가 삑삑 불어대는 호루라기 소리 때문에 귀를 막았다. 눈부심과 시끄러움이 어느 정도 잦아들 무렵 유정은 나를 바라보며 휘파람을 불었지만 나는 휘파람을 불 줄 몰랐다. 너는 그것도 못하냐. 유정의 말에 나는 응, 나는 이것도 못해, 대꾸하며 고개를 푹 숙였다.

나 보고 따라 해봐.

나는 유정을 보지 않으려고 애쓰며 유정을 따라 했다. 따라 하면 할수록 동그랗게 오므린 입술 사이로 입김과 함께 휘휘 바람 빠진 소리만 새어 나왔다. 바람은 공기의 이동이라던데 내 몸 안의 바람은 언제 어느 정도 깊이에 얼마나 고여 있다 이렇게 세상 밖으로 흘러나오는 걸까. 그러던 중 윤세중은 꼭 새 같지 않아요? 찌르레기나 해오라기 같지 않아요? 하고 다짜고짜 물어왔다.

뭐가 뭐 같다고?

호루라기요. 꼭 새 이름 같지 않아요?

그럼 나는?

네?

나는 뭐 같냐고.

*

곧 크리스마스였고, 돌아가는 길에 옥수수랑 술빵을 사달라고 하니까 오빠는 좋아 기분이다, 하면서 사줬다. 정확히는 옥수수와 술빵을 두당 한 개씩 사서 물티슈로 깨끗이 닦은 벤치에 툭 버려두었다. 버려줘서 고마워. 내가 말하자 천만의 옥수수 만만의 술빵, 했다.

술빵을 먹고 취하기라도 했는지 오빠는 이제 나는 돈도 없고 좆도 없고 아무것도 없어, 하면서 세상 심각하게 굴었다. 심지어 아까 엘리베이터에 갇혀 있다 건물 밖으로 나왔을 땐 아무도 자전거를 안 훔쳐 갔다면서 아쉬워하기까지 했다.

어느새 눈이 내리기 시작했고 우리는 눈을 맞으며 새들새들 걸었다. 유정이 나를 따라나선 반면 오빠는 눈이 살짝 쌓인 벤치에 묵묵히 자리를 잡았다. 가만있으면 중간은 간다는 걸 이제야 알았다.

좀 아까 윤세중은 사실 집에 가기가 죽기보다 싫다며 눈으로는 눈물을 코로는 콧물을 짜냈다. 뚝 그치라고 위로하는 유정이나 고개를 돌려버린 오빠와 달리 나는 어째서인지 잔뜩 화가 나서는 제발 애처럼 굴지 말라며 성을 냈다. 그럼 뭐처럼 굴어야 되는데요, 누나? 네? 윤세중의 물음에 나는 나처럼만 아니면 된다고 말하려다가 아무 말도 하지 못했다. 나는 내가 윤세중에게 말할 수 있었던 것들을 홀로 중얼거렸다. 빛처럼, 비지처럼, 흰 눈 사이로 머지않아 다가올 크리스마스처럼, 죽이려 들수록 살아나는 1분 1초처럼.

근데 유정이 너 잠깐 눈 좀 감아봐.

왜?

그냥 감아봐.

감았어.

그리고 걸어봐.

왜?

그냥 걸어봐.

뭐야, 그게.

이게 눈 감고 제자리에서 몇 초만 걸으면 몸이 어느 쪽으로 틀어졌는지 알 수 있대. 걸음걸이도 주인을 닮아서 지금껏 자기가 살아온 방향으로 삐뚤어지는 거래.

그렇게 우리는 눈을 감은 채 제자리에서 걸음을 옮겼고 조금 뒤 다시 눈을 떠보니 내 몸은 유정 쪽으로, 유정의 몸은 내 쪽으로 미세하게 틀어져 있었다. 닿을 듯 말 듯 가까워서 조심해야 했다. 방심하다가 함부로 안심하지 않도록 더 많이 조심해야 했다.

넌 내 쪽으로 틀어졌네.

넌 내 쪽으로 틀어졌고.

따라 하지 마.

따라 하지 마.

너 그러다 나처럼 된다.

내가 말하기가 무섭게 유정이 미안 그만할게, 하면서 휙 뒤돌았다. 이 찌꺼기 같은 년이. 나는 유정의 뒤통수에 대고 돌을 던지려다가 강물 쪽으로 방향을 틀었다. 기분 탓인지 이번에는 물수제비를 뜰 수 있을 것 같았는데 퐁당퐁당은커녕 퐁 소리만 났다. 이상하게 내가 잘하고 싶은 것들은 다 잘 안되고 내가 좋아하는 사람들도 다 망했다. 그래서 나는 유정이 좋았다. 더 깊이 좋아하고 싶었다.

근데 돌멩이 입장에서는 얼마나 어이없고 슬플까? 난데없이 다른 돌멩이들이랑 생이별당하는 거잖아.

유정이 내 쪽을 돌아보며 말했다.

너 혹시 전생에 돌멩이였니?

뭐래, 갑자기 얘가.

아님 이담에 돌멩이로 태어날 예정이니?

너 같으면 또 태어나고 싶겠니?

근데 왜 네가 굳이 돌멩이 입장에서 생각해. 넌 너만 생각해.

네가 그렇게 무서운 얼굴 하고 돌 던지니까 그렇지. 우리 계팀장한테 귀가 닳도록 듣던 말이 그거였잖아. 이상한 사람들이 전화해서 진상 부려도 꾹 참고 고개 수그리랬잖아. 나보다 남을 먼저 이롭게 하랬잖아.

이제 우리가 아니라 너겠지.

미안.

나는 순간적으로 유정의 얼굴이 촛농처럼 굳는 걸, 굳은 얼굴로 조용히 고개를 떨구는 걸 바라보았다. 언젠가 유정이 어떻게 자기가 이쪽인 걸 알아봤냐고 물었을 때 나는 그냥, 하고 대답을 얼버무렸다. 이제야 고백하자면 그건 유정이 고개 숙이는 사람이었기 때문이었다. 눈앞에 마주하고 있는 건 새하얀 파티션 벽뿐인데 수화기 너머의 누군가가 우릴 지켜보고 있는 것도 아닌데 유정은 죄송하다고만 하면 될 걸 꼭 깊이 고개를 숙였다. 아래쪽이라기보다는 자기 자신 쪽으로. 그래서 나는 유정을 알아볼 수 있었다. 나는 나 같은 사람은 눈 감고도 알아볼 수 있었다.

유정아, 미안해하지 말고 그냥 해사해.

해사하기만 해서 미안해.

미안하면 다야? 그렇게 대답하려다 나는 근데 여기 민들레 엄청 많다, 민들레 맛집, 하고 말했다. 나 때문인지 요새 부쩍 거북목이 심해지고 어깨가 왼쪽으로 미세하게 기울고 키도 살짝 작아진 유정이 한자리에 붙박여 있는 동안 나는 강변에 피어 있는 민들레꽃을 꺾어다가 오빠 쪽으로 뛰었다. 발에 얼굴에 마음에 뭐가 걸려도 중간에 멈추지 않고 계속 뛰었다. 그러곤 바람에 날려 어느새 꽃도 홀씨도 씨방도 없이 줄기만 달랑 남은 민들레를 오빠에게 건넸다. 버리거나 잃어버리거나 쥐고서 마구 부서뜨리지 않고 손에서 손으로 건넸다.

자, 이제 있어.

고요하고 거룩하고 달이 구름 뒤에 동그랗게 숨은 밤, 갑자기 무슨 바람이 불었는지 나는 자전거를 타보겠다고 했다. 몸이 기억 못 하면 마음으로라도 기억해보려 했다. 삼천 리는커녕 삼 리도 못 갈 것 같은 오빠의 삼천리 자전거에 올라타며 어느 쪽이 더 나쁜지 생각했다. 아라뱃길이 나쁜가 한강이 나쁜가. 자살이 나쁜가 살자가 나쁜가. 돈가스가 나쁜가 콩가스가 나쁜가. 짝짝이가 나쁜가 짝짜꿍이 나쁜가. 사랑해가 나쁜가 해랑사가 나쁜가. 성탄 전야가 나쁜가 성탄이 나쁜가. 아님 이래저래 그냥 내가 다 나쁜가.

그런데 자신 있어?

이미 답을 알고 있을 오빠가 물었고, 나는 먹고 죽을래도 없어, 하고 대답했다.

없으면 어떡해.

왜, 그렇게 없어 보여?

그래도 있는 셈 치자.

놓으면 안 된다.

안 놔.

믿는다, 진짜.

이제 가라 좀 진짜.

진짜 다 뿌수러 간다, 내가.

좋아, 잘 뿌수고 있어.

그 목소리는 바로 뒤에서 들려오는 것 같기도, 저만치 앞에서 들려오는 것 같기도 했다.

이상하지. 자전거를 타면 기분이 좋고 박진감 넘치고 이미

갈 데까지 가버린 내가 얼마나 더 갈 수 있을지 궁금해졌다. 지나갈게요! 나는 그렇게 외치는 대신 입으로 호루라기 소리를 냈다. 아깐 그냥 흘려들었는데 생각하면 할수록 호루라기는 꼭 새 이름 같고 휘휘 불면 불수록 내게서 나는 소리는 모름지기 내 것 같았다. 아주아주 진짜로 정말 많이, 그래야만 했다.

김지연

지나가는 것들

[사랑] 기꺼이 모험하고 싶게 하는 마음.

영경은 모든 것이 한차례 지나가고 난 다음에 나타났다. 우리가 처음 만난 것은 데이트 어플을 통해서였다. 어플로 사람을 만나는 일은 지난한 과정이었다. 있는 용기와 없는 용기를 다 쥐어짜내 몇 번이나 시도해봤지만 채팅하는 동안 별안간 연락 두절이 되거나 약속 장소에 나타나지 않는 사람이 대다수였다. 도대체 왜 이런 인간들만 걸리는지 물어보고 싶어도 이 촌구석에서 아는 레즈라고는 어플 같은 건 깔아본 적도 없이 '자만추'에 성공해 장기 연애 중인 친구 커플과 고등학생 때부터 3년을 사귀었는데 별안간 잠수 이별을 시전한 전 여친 재영뿐이었다. 그마저도 셋 다 이 촌구석에서는 미래가 안 보인다며 서울로 떠나버렸다.

미래라니, 어떤 미래? 미래는 원래 보이지 않는 게 아닌가? 보이면 점쟁이지 그게. 그렇게 떠나버리면 나는 누구랑 노냐며 바짓가랑이를 붙들어보았지만 어림없었다. 그래서 애인을, 하물며 친구라도 좀 더 만들어보자고 시도 때도 없이 어플을 돌렸는데 인구밀도가 점점 낮아지고 있는 촌구석이라 그런지 제일 근처에 사는 사람도 수십 킬로미터는 멀리 떨어져 있었다. 꾸역꾸역 고속버스를 타고 옆 도시로 원정을 갔지만 아무도 만나지 못하고 다시 버스를 타고 되돌아오는 날이 더 많았다. 그러던 차에 같은 도시에 사는 사람이 나타나자 나는 웬만큼 미친 사람만 아니라면 잘 지내보자고 다짐했다.

영경을 만나기 전에 나를 휩쓸고 지나간 것은 이런 것들이다. 엄마의 재혼, 할머니의 장례식, 아빠의 필리핀 이민, 조카의 탄생, 학사 경고, 도피성 휴학, 절친들의 상경, 잠수 이별. 온갖 관혼상제와 난생처음 겪는 이벤트들이 성인이 되자마자 2년 남짓한 시간 동안 후루룩 지나가버렸고 나는 그야말로 낙동강 오리알이 된 심정이었다. 명절이라고 찾아갈 피붙이도 다 멀어지고 우정도 사랑도 기댈 만하지 않았다. 고깃집 알바를 마치고 집으로 돌아가는 새벽이면 무척 쓸쓸한 기분이었다. 모두가 버리고 간 서늘한 빈집에 들어가 불을 켤 때면 오롯이 혼자인 걸 들키는 기분이 들어 더 외로워지곤 했다. 하지만 그 모든 걸 겪어냈으므로 다음으로 무엇이 와도 크게 놀라지 않을 자신이 조금 붙었다. 그럼에도 영경은 내게 꽤 충격적인 사건이었다.

영경과 만나기로 약속한 주말에 나는 영경이 지도에 찍어준 좌표를 보고 찾아갔다. 영경의 동네와 우리 동네 중간쯤에 있는 놀이터였다. 한 번에 가는 버스가 없어서 천천히 걸어가기로 했다. 지도 어플에 따르면 30분 정도면 충분했다. 5월 초입치고는 꽤 더워지긴 했으나 못 걸을 정도는 아니었다. 무엇보다 약속 시간까지 충분히 마음의 준비를 하고 싶기도 했다. 약속 장소가 가까워지자 오래 걸었기 때문인지 기대에 차서인지 점점 심장이 빠르게 뛰기 시작했다.

영경은 혼자 시소에 앉아 있었다. 나는 놀이터의 입구를 찾아 회양목을 심어놓은 테두리를 빙 둘러 걸으면서 영경을 흘긋거렸다. 영경은 발을 굴러 땅을 밀어내며 오르락내리락거렸다. 시소의 맞은편이 바닥에 닿을 때마다 영경의 다리는 땅에 닿지 않고 공중에 붕 떴다. 구조물들에 가려 영경의 모습이 보였다가 보이지 않았다가 했다. 영경은 펌도 염색도 하지 않은 새카만 단발머리에 생각보다 키가 작고 마른 체형이었다. 전혀 내 취향이 아니었고 그래서 몰래 돌아가고 싶은 마음이 생겼다. 하지만 그동안 나와 만나기로 했다가 나타나지 않았던 사람들이 떠올랐다. 그들도 먼발치에서 나를 발견하고 영 구미가 당기지 않아 돌아섰을지도 모를 일이라고 생각하니 선뜻 발이 떨어지지 않았다.

나는 그저 지나가는 사람인 것처럼 놀이터 바깥을 걸으며 영경의 모습을 계속 훔쳐보았다. 어느 순간 영경은 멈춰 서 두 손을 모으고 있었다. 기도하는 모습 같기도 했는데 저렇게 간절히 염원하는 것이라면 나도 같이 빌어주고 싶었다. 어찌 보면 두 손을 꼭 모은 자세가 사마귀처럼 보이기도 했다. 길고 가느다란 팔다리와 초록빛 셔츠가 더 그렇게 느껴지게 했는지도 몰랐다. 나라면 절대 고르지 않았을 것 같은 눈에 튀는, 누가 저런 걸 사나 싶은 그런 색깔의 셔츠였다. 그래도 데이트 상대를 고르려는 것이 아니라 동네 친구를 만들려고 했었고 나도 대단히 옷을 잘 입는 사람은 아니었으므로, 지나왔던 길을 돌아 입구로 들어가 시소에 앉아 있는 영경에게 다가가서 말을 붙였다.

"저……."

"오. 바람맞는 줄 알았는데."

"네?"

"아니. 박미수 맞지? 그네 좀 타다 갈래?"

문자를 나누며 반말을 하기로 하긴 했었다. 막상 얼굴을 보니 선뜻 입이 안 떨어지는 나와 달리 영경은 거리낌이 없었다. 나는 엉덩이를 털고 일어나 그네 쪽으로 향하는 영경을 뒤따랐다. 가까이 서서 걸으니 멀리서 훔쳐보며 짐작했던 것보다는 키가 컸다. 나란히 그네에 앉아 한동안 말없이, 간간이 쑥스럽다는 듯 웃기나 하면서 그네를 탔다. 그러다 어느새 무섭도록 높이 올라간 영경의 뒤통수를 보다가 잠깐 재영을 떠올렸다. 우리가 아직 헤어지지 않은 건 아닐까 하는 터무니없는 생각을 했다. 그러니까 인스타에 서울 생활에 대해 올리는 걸 보면 거의 매일 새로 만난 사람들과 술을 마시러 다니고 다른 친구들과도 연락을 잘 주고받고 있는 것 같았지만, 아직 카톡도 인스타도 나를 차단하지는 않았으니까. 헤어지자고 분명히 말했던 것은 아니었으니까. 마지막으로 만났을 때 들었던 말이 뭐였더라. 같이 서울에 가자, 여기서 더는 못 살겠어, 였나. 내가 했던 말은 뭐였더라. 조금만 기다려줘, 였던 것 같고 재영도 알겠다고 했었다. 그런데 얼마 뒤 혼자 서울로 가버리더니 연락을 끊었다.

멀리까지 올라갔던 영경이 다시 내려왔다. 운동화와 바닥을 세게 마찰시키며 그네를 세우더니 나를 획 돌아보며 물었다.

"너 아직 전 여친 못 잊었지?"

"뭐?"

전 연애에 대해서는 말한 적이 없었던 데다 마침 그에 대한 생각을 하고 있었기 때문에 나는 정말 깜짝 놀랐다. 영경은 내 반응을 보고 만족스럽다는 듯한 미소를 지으며 다시 그네를 앞뒤로 살살 흔들기 시작했다.

"실은 내가 촉이 좀 좋아."

"뭐?"

나는 계속 놀라고만 있었다.

"그냥 뭐든 좀 빨리 알아채. 실은 지금도……."

"지금도?"

"느껴지네, 미래가……."

—사기꾼 아냐?

—컨셉충인 듯

별거 없이 저녁으로 마라탕을 먹고 맥줏집으로 자리를 옮겨 가볍게 한 잔씩 하고 핸드폰 번호도 교환한 다음에 한 주 뒤 주말에 또 만나기로 하고 헤어진 후에야 나는 미심쩍기 시작했다. 영경은 아주 이상하지는 않았지만 뭔가 조금씩 이상한 데가 있었다. 이 좁아터진 동네에서 나고 자란 토박이에 내 동갑내기였고 심지어 같은 고등학교 출신이었다는데 이름도 얼굴도 아주 낯설었다.

그날 밤 영경과 헤어져 집으로 돌아와 서현 언니와 수아와의 단톡방에 영경에 대해 설명했다. 두 사람은 이상할 것도 참 많다고 했다.

—근데 진짜 술친구 수집 중이야?

—그럴 거면 데이트 어플 지우고 맛집 어플이나 깔아

두 사람은 아마 같은 침대에 누워 있을 것이고, 각자의 핸드폰으로 내게 카톡을 보내면서도 입으로는 다른 말을 하며 두 사람만의 대화를 따로 하고 있을지도 몰랐다. 서울로 이사 간 뒤로 자주 만나지는 못했지만 거의 매일 카톡을 주고받았다.

—그래서 어떤 미래를 느꼈대?

—그건 얘기 안 해주던데요

—왜? 부정 탄대?

—너무 취향이 아니라서 친구로 남을 게 보였나 보다

*

물론 어떤 미래가 느껴지느냐고 물어보긴 했었다. 미래는 느낄 수 있는 것일까? 한때 타로점을 열심히 보러 다닌 적이 있다. 내가 고른 카드를 한 장씩 짚어가며 풀어놓는 그 모든 두루뭉술한 해석들이 나를 안심시켜줬으므로 일종의 심리 상담이었던 것도 같다. 전공이 적성에 맞지 않아 한창 불안했던 시기였으므로 무슨 말을 들어도 솔깃했을 것이다. 악담을 퍼부은 사람도 있었다. 내가 바랐던 일들이 모두 잘 안 풀릴 것이고 이루어진다고 해도 끝에 가서야 겨우 조금 될까 말까 한다고.

돈을 내고 그런 소리를 듣고 앉아 있자니 조금 억울했다.

"어떤 미래가 느껴지는데?"

영경은 잠깐 골똘한 표정으로 나를 보았다. 나는 내 미래가 여기서 모두 까발려지면 어쩌나, 지지리도 재미없다는 게 판명 나서 더 플레이할 마음이 아예 사라지면 어쩌나 걱정했다. 하지만 예언은 대개 은유니까. 애매모호하고 뉘앙스만 풍기니까. 정확한 예언을 들었다 하더라도 그 구체적인 모습은 상상 밖일지도 모른다.

"함부로 떠들고 다니면 치러야 할 것들이 더 많아지니까."

영경은 적당히 면피하고는 한참 그네를 탔다.

"마라탕 먹으러 갈까?"

영경이 그네를 멈춰 세우며 말했다. 나는 곧장 고개를 끄덕였다. 데이트 시장에서 내가 잘 안 팔리는 이유가 살이 많이 쪄서인 것 같아 한창 식단 조절을 하고 있었는데 그 때문인지 마라탕 생각만 해도 입안에 침이 고였다.

"나 마라탕 엄청 좋아해."

"그럴 줄 알았어."

"뭐? 어떻게 알아?"

"하하. 요새 유행이잖아."

"그런 것도 다 보이는 줄 알았네. 근처에 아는 데 있어?"

영경이 아는 곳이 있다고 했다. 그네에서 일어나 놀이터를 빠져나가려는데 입구에서 영경이 뭔가 놀라운 걸 발견한 사람처럼 가벼운 탄성을 지르더니 상체를 숙였다.

"이거 좀 봐."

회양목 위에 작은 사마귀 한 마리가 있었다.

"사마귀네."

별 대단한 것은 아니니 잠깐 보고 말 줄 알았는데 영경은 한참 동안이나 사마귀를 보았다. 사마귀를 닮았다고 생각했던 사람과 함께 사마귀를 보다니 뭔가 징조 같았다. 물론 그런 건 전혀 아니었지만 그러자고 마음먹고 보면 세상은 온갖 사인으로 가득한 곳일 수도 있었다. 이래서 음모론자들이 판치는 지도.

"사마귀는 왜 이리 느릴까?"

나는 그 말을 하는 영경의 얼굴을 돌아보았다. 사마귀를 조금도 닮지 않은 귀여운 얼굴이었다. 하지만 무릎을 살짝 구부린 엉거주춤한 자세는 어쩐지 사마귀 같았다. 사마귀를 이렇게 오래 관찰해본 적도 사마귀가 느리다고 생각해본 적도 없어서 내가 아무 말도 하지 않자 영경이 말을 이었다.

"사마귀는 죽을 것 같으면 죽은 척을 한대. 정말 죽을지도 모르는 위기 상황인데, 진짜 죽기는 싫은 거야. 그래서 먼저 죽은 척을 하는 거지."

그러면서 흙바닥에 떨어져 있던 나뭇가지로 사마귀를 공격하기 시작했다. 사마귀에게 죽음을 주려는 사람처럼 마구 찔러댔다. 사마귀는 자신이 영경을 이길 수 있으리라는 듯 당당한 자세로, 터무니없이 느린 속도로 맞섰다. 용감해 보이기도 했고 무모해 보이기도 했다. 크게 다른 말은 아니었다. 어느 순간 시소에 앉아 있던 영경이 그랬듯 기도하는 자세처럼 보였다. 생사의 갈림길에서 자신의 명운을 비는 사람처럼.

"어떻게 보면 기도하는 모습이랑 닮지 않았어?"

그러니까 너를 보고 사마귀를 떠올린 건 생김새 때문이 아니라 어떤 포즈 때문이야, 하고 속으로 변명처럼 덧붙이며 물어보았다.

"실제로 외국에서는 기도하는 사마귀라고도 부르니까."

"어떻게 이렇게 사마귀에 대해 잘 알아? 사마귀세요?"

영경은 내 질문이 어이없다는 듯 크게 웃었다. 고개가 뒤로 젖혀질 정도로 과장된 그 웃음을 보니 갑자기 확 가까워진 기분이었다.

"그냥 어렸을 때부터 백과사전 같은 거 보는 걸 좋아했어. 그중에도 곤충이랑 식물 파트를 특히 좋아했거든."

영경은 나뭇가지를 풀숲을 향해 집어 던지고 무릎을 폈다.

"이만 가자."

영경이 가자고 한 마왕마라탕은 30분 넘게 걸어야 했지만 영경도 걷는 걸 좋아한다고 해서 그냥 걸어가기로 했다. 길은 영경이 안다기에 어플을 들여다보지 않았다. 일단 주택가 골목을 가로질러 상가들이 모여 있는 큰길로 나가기만 하면 금방 찾을 수 있을 것이라고 했다. 우리는 급할 것도 없는 사람들이어서 천천히 걷기 시작했다.

20세기에 지어졌을 붉은 벽돌집들과 수차례 아스팔트를 덧바른 흔적이 남은 좁은 골목을 나란히 걸으면서 미처 나누지 못했던 정보들을 나누었다. 영경과 나는 비슷한 점이 많았다. 둘 다 이 도시에서 나고 자랐고 언니가 하나 있고 부모님이 이혼했다. 휴학생이었고 영화관에 가는 걸 좋아했고 한 번도 해외여행을 가본 적이 없었다. 마라탕을 좋아했고 술은 맥주만 조금 마셨다. 다른 점이 물론 훨씬 더 많았다. 우리는 같은 사람이 아니었으니까. 나는 축구 경기 보는 걸 좋아했지만 영경은 운동이라면 하는 것도 보는 것도 좋아하지 않았다. 영경은 해외여행을 간다면 일본에 가고 싶어 했지만 내게는 가장 흥미가 없는 나라가 일본이었다. 우리는 서로에 대한 이야기를 나누면서도 주변 풍경을 공유했다. 저기 저 꽃 좀 봐. 어느 집에서 내놓은 화분에는 튤립과 수선화가 자라고 있었고 어느 집 담장에는 장미가 만발해 있었다. 맑은 하늘에 적당히 해를 가린 구름 때문에 볕이 따갑지 않아서인지 모든 것들이 선명히 잘 보였다.

"넌 언제 알았어?"

"이쪽인 거?"

"응."

영경이 그렇게 물었을 때 나는 우리 사이가 오래가지 못하겠다는 예감을 했다. 만나면 으레 할 수 있는 사소한 질문인 것 같으면서도 이상하게도 첫 만남에서 언제 처음 성정체성을 깨달았느냐는 질문을 하는 사람과는 몇 번 만남을 이어가다가도 어느새 연락이 끊겨버렸다. 명쾌한 인과가 있는 것은 아니었지만 늘 그렇게 되고 말았기 때문에 경험상 영경과도 그렇게 될 확률이 높다고 생각했다.

내게는 그 질문을 받을 때마다 떠올리는 몇 가지 장면과 한 사람이 있었다. 아직 골목을 다 빠져나가지 못한 우리에게는 이야깃거리가 더 필요했으므로 나는 입을 열었다.

"딱 떠오르는 장면이 하나 있거든. 초등학교에 막 입학했던가 입학하기 전인가 할 텐데. 놀이터에서 놀고 있을 때였어."

드물게 모래가 있는 놀이터였다. 나는 친구들과 모여 모래를 파헤치고 있었다. 언제부턴지 교복을 입은 중학생들이 예닐곱 정도 몰려와 떠들어댔다. 남자와 여자가 거의 반반이었다. 뺑뺑이 혹은 지구본이라고 불렀던 놀이기구 근처에 모여 있었다. 왁자한 웃음이 여러 번 터졌고 별안간 조용해졌다가 다시 탄성이 터져 나왔을 때 나는 그쪽을 돌아보았다. 뱅글뱅글 돌아가는 지구본 안에는 언니 두 명이 서서 입을 맞추고 있었다. 나는 내가 본 게 잘못된 건가 싶어 자리에서 벌떡 일어나 한참을 보았다. 되는구나. 여자끼리 뽀뽀해도 되는 거구나. 그 생각만으로도 무척 행복해졌다. 얼마 지나지 않아 그들이 왕게임 중이었으며 그녀들이 일종의 벌칙을 수행하고 있었다는 것을 깨달았지만. 그 기억은 당시에는 내게 흐뭇한 감정 이상의 뚜렷한 무언가를 만들어내지는 않았던 것 같다.

내 이야기가 끝나고 자연히 영경의 이야기도 들을 수 있을 것이라고 생각했는데 아니었다. 영경은 그게 전부냐며 또 다른 이야기는 없느냐고 물었다. 나는 지희 이모 이야기를 꺼냈다.

*

지희 이모는 내가 초등학교 고학년일 때 우리 집에서 하숙했던 사람이었다. 우리 집에는 큰방 하나와 작은방 두 개가 있었고 엄마와 아빠, 외삼촌, 언니 그리고 내가 살고 있었다. 외삼촌이 직장을 얻어 집을 나가고 난 다음 나는 그 방이 내 방이 될 거라 기대했다. 내게도 혼자 있을 공간이 필요했다. 하지만 외삼촌이 짐을 뺀 바로 다음 날에 지희 이모가 나타났다. 아빠가 일하던 공장에 새로 들어온 도장공이라고 했다. 나보다는 스무 살 가까이 나이가 많았고 처음엔 삼촌인가 싶을 정도로 남자 같은 차림새였다. 그게 무척 인상적이었다. 아빠가 앞으로 하숙할 사람이라고 소개하면서 언니라고 부르라 했을 때 지희 이모는 나이 차이도 많이 나는데 무슨 언니냐며 차라리 이모라고 부르라 했다.

지희 이모는 아빠처럼 쥐색 작업복을 입고 다녔고 오토바이를 타고 출퇴근했으며 시너 냄새와 담배 냄새를, 어떤 날은 술 냄새를 풍기며 집으로 돌아왔다. 술은 몰라도 담배는 엄마가 혐오하는 품목이었지만 엄마가 이모를 싫어하는 것 같지는 않았다. 이모는 누구에게나 싹싹했고, 씩씩하기도 했다. 엄마, 아빠와 함께 술상을 차려 밤늦도록 떠드는 일도 종종 있었다. 아빠를 반장님, 엄마를 형수님이라고 깍듯이 부르면서 술을 따르고 냉장고에 남아 있는 것들을 털어 소시지야채볶음이나 홍합탕 같은 안주를 뚝딱 차려 왔다. 엄마는 여자한테 형수님이라는 소릴 듣는 게 이상하다면서도 다른 호칭을 찾지 못해 그냥 형수님이라고 부르게 두었다. 술을 주거니 받거니 하다가 엄마가 하품을 하기 시작하면 이모는 엄마와 아빠를 먼저 방으로 밀어 넣고 설거지까지 깨끗하게 마친 다음 잠자리에 들었다. 주말이면 오전 내 잠들어 있는 아빠와 달리 일찌감치 일어나 아빠 대신 집 안팎의 부서진 곳을 손보기도 했다.

엄마는 어디에 전등이 나갔는지 어느 방의 문고리가 고장 났는지 화분을 어디로 옮겨야 할지를 이모에게 고했고 그 일을 묵묵히 해내는 이모의 뒤통수를 흐뭇하게 바라보곤 했다.

한번은 집에 바퀴벌레가 나온 적이 있었다. 평소 엄마는 앞장서서 용감하게 바퀴벌레를 잡는 사람이었는데 그날은 비명을 지르며 지희 이모의 등 뒤에 숨어 모든 걸 이모에게 떠넘겨버렸다. 이모는 엄마를 달래며 바퀴벌레를 잡았다. 엄마가 그러지 말라고 말렸지만 나와 언니에게 종종 용돈을 쥐여주기도 했다. 엄마는 이모의 그런 바지런함과 깍듯함을 칭찬하듯 지인들한테 늘어놓는 걸 즐겼지만 어떤 건 빼놓기도 했다. 바퀴벌레를 대신 잡아주는 일 같은 것을 말하는 걸 본 적은 없다.

지희 이모는 우리 집에서 3년을 살았다. 이모가 우리 집에 머물렀던 마지막 해에 나와 여섯 살 터울이었던 언니는 고3이었고 학원을 다니느라 자정을 넘겨 집에 돌아오곤 했다. 수능 날짜가 다가오자 언니는 점점 예민해졌고 나와 같은 방을 써야 하는 처지를 못마땅해했다. 우리가 이모와 친해지지 못한 이유도 어쩌면 그 점 때문이었다. 이모만 아니었으면 우리는 각자의 방을 하나씩 차지할 수 있었을 텐데. 내게 용돈을 쥐여줄 때면 그런 기분이 사라졌다가도 이모가 자신의 방으로 들어가 문을 꼭 닫을 때면 다시 슬그머니 언제 방을 뺄지 궁금해졌다. 원래는 1년만 살기로 한 것 같았는데 계속 한 해 한 해 더 추가되었고 엄마도 반대하지 않았다. 회사에서 직원 숙소가 제공되는 것 같았지만 대부분 남직원이고 혼자서 쓸 수 있는 방은 없어 우리 집에 들어오게 된 듯했다. 언니는 가능하면 집에서 먼 곳에 있는 대학교에 장학금을 받고 가기 위해서 더 필사적으로 공부했다.

하루는 언니가 방문을 열고 들어온 기척에 잠에서 깼다. 이미 자정을 넘긴 시각이었고 언니는 다음 날 또 일찌감치 등교해야 했지만 침대에 누워서도 쉽사리 잠들지 못하고 한참을 이리저리 뒤척였다.

"언니, 잠이 안 와?"

침대가 삐걱거리는 소리에 다시 잠이 들었다 깨고 또 잠이 들었다가 깨어 언니에게 물었다. 제발 좀 자라는 투정을 섞은 질문이었다. 언니는 약간 얼빠진 목소리로 중얼거렸다.

"지희 이모 말이야."

"으응."

나는 반쯤은 잠에 취한 채로 언니가 하는 말을 듣는 둥 마는 둥 추임새만 넣었다.

"집 앞에서 어떤 여자랑 싸우더라."

"으응."

"자?"

언니는 내 반응이 영 성에 안 차는지 소리를 높였지만 내가 대꾸하지 않자 더는 말을 붙이지 않고 한숨만 푹푹 내쉬더니 누군가와 속삭이며 통화하기 시작했다.

"아니, 둘이 껴안았다가 소릴 지르다가 별짓을 다 하더라. 자세히는 못 봤는데, 키스도 하는 것 같았다니까. 있어. 우리 집에 사는 이상한 여자."

나는 그 장면을 내가 봤으면 좋았을 텐데, 하고 잠결에 생각했다.

*

식당에 도착해서 마라탕과 꿔바로우가 나왔을 때도 영경은 자신의 이야기는 하지 않았다. 말없이 푸주만 집어 먹다가 맥주 한잔하겠느냐고 물은 다음에 내가 고개를 끄덕이기 무섭게 직원을 불러 칭따오를 한 병 주문했다.

"그래서 너는 언제였는데?"

결국 나는 못 참고 영경에게 물었다. 영경은 직원이 건넨 맥주를 받아 들고 병뚜껑을 따려고 힘을 주면서 고개를 갸웃했다.

"내가 할게."

"사실 난 아직 잘 모르겠어."

오, 씨발. 나는 그대로 일어나서 집으로 가고 싶은 마음이 되었지만 아직 손도 안 댄 꿔바로우가 눈앞에 있었다.

—그럼 바이인가? 헤테로는 의심도 안 하잖아

—퀴어지망생일지도

—그걸 왜 지망해

—헤테로들은 언제 알아챌까요? 본인이 이성애자라는 걸

—알 게 뭐야

—그런데 넌 아직도 지희 이야기 하고 다녀?

—죄송해요

—죄송할 것까진 없지

오래전 지희 이모와 함께 있던 그 사람이 바로 서현 언니였다. 두 사람은 헤어졌고 지희 이모는 결혼했다.

*

서현 언니가 내게 말을 걸어온 건 지희 이모에게 남자친구가 생겼다는 이야기를 듣고서 한 달쯤 뒤였다. 언니는 아파트 입구로 들어서는 나를 발견하고 다가왔다.

"혹시 말이야. 김지희 알아요?"

"저희 집에 하숙하는 이몬데요."

나는 곧이곧대로 말했다.

"미수 맞지? 지희한테 이거 좀 전해줄래요?"

언니는 내 이름을 알고 있었다. 나는 건네받은 종이가방을 들고 언니가 멀어지는 뒷모습을 보고 서 있었다. 그런데 언니는 다시 돌아와서는 종이와 펜이 있느냐고 물었다. 내가 느릿느릿 책가방을 뒤적거리자 조급증이 났는지 자신의 지갑에서 카페 쿠폰을 꺼내 내가 펜을 건네주기만을 기다리고 있었다. 그러고는 펜을 받자마자 곧장 거기에 전화번호를 써주었다.

"혹시 나한테 뭔가 할 말이 있다고 하면 이리로 연락하라고 해요."

나는 그 쿠폰을 종이가방 속에 넣을까 하다가 바지 주머니에 넣었다. 현관에 들어서자 엄마가 내가 손에 든 것을 눈짓하며 물었다.

"그거 뭐야?"

"누가 지희 이모한테 좀 전해달래."

"누가?"

"어떤 여자가."

"이리 줘."

엄마는 종이가방을 받아 들고 속을 흘깃 들여다보는 듯하다가 이내 흥미를 잃었는지, 남의 물건을 함부로 건들면 안 된다는 생각이 뒤미처 들었는지 그냥 주방 식탁 위에 올려두었다.

"처음 보는 사람이었어?"

"응."

내가 씻고 나왔을 때 종이가방은 식탁 위에서 사라져 있었다.

지희 이모에게 남자를 소개해준 사람은 아빠였다. 같은 회사에서 일하고 있는 두 사람을 오랫동안 눈여겨보다가 짝지어줘야겠다고 오지랖을 부린 것이다. 후에 이모와 결혼한 그 남자는 조선소에서 일하는 용접공으로 정규직이었다. 이모보다는 한 살이 많았고 고아라고 했다. 이모는 홀어머니 아래서 자랐고 오래전 친가와도 연이 끊어졌기 때문에 가족사진을 찍을 때는 단상이 좀 허전했다. 잘 차려입고 뻣뻣한 미소로 하객들에게 인사하고 있는 남편은 생각보다 노안이어서 이모와 나이 차이가 많이 나 보였다. 그래도 꽤 미남이었다.

"축하드려요."

신부 대기실에서 가만히 앉아 있던 지희 이모에게 어색한 말투로 그렇게 말했을 때 이모는 고맙다며 내게 웃어주었다. 흰 드레스가 잘 어울렸고 붙임머리도 원래 이모의 것처럼 자연스러웠다. 화장한 것은 처음 봐서 조금 어색하게 느껴지기도 했지만 눈 코 입이 오밀조밀 들어 있는 작은 얼굴이 예뻤다. 그때 꼭 맞잡아주었던 손이 무척이나 뜨거웠던 것도 생생히 기억난다. 나는 그날 종이가방을 이모가 전해 받았을지 궁금했다. 하지만 한 번도 물어보지 못했다. 그 안에 들었던 것이 무엇인지 알게 된 것은 몇 년 뒤였다.

지희 이모 부부는 결혼 후에도 종종 우리 집에 놀러 왔다. 주로 명절을 앞두고서였다. 이모는 결혼 후 한두 해 더 회사를 다니다가 그만두고 아들을 둘 낳았다.

"지희 첫째가 벌써 초등학교엘 들어간다네. 가방이라도 하나 해줄까?"

"벌써 그렇게 됐나?"

아빠의 말에 엄마는 지나간 시간을 헤아리며 놀랐다. 그로부터 얼마 후에 지희 이모는 남편을 따라 나이지리아로 가서 소식이 뜸해졌다.

결국 지희 이모와 가까워지지도 못했고 이모가 어떤 사람인지도 정확히 알 수 없었지만 이모와 함께 사는 내내 나는 나도 모르게 내가 바라는 미래의 형태를 자주 그려봤던 것 같다. 모든 것이 규범적인 시골 동네에서 이모는 상상력이 부족한 내가 쉽사리 그리지 못했던 모습을 하고 있었다. 쇼트커트, 워커화, 오토바이, 술, 담배, 문신, 도장공. 유달리 특별하지 않은 것들이지만 고만고만한 삶의 형태를 지키며 살아가는 사람들이 대다수인 동네에서 그 전까지는 한 번도 그런 사람을 본 적이 없었다. 이모를 보면서 그런 생각을 많이 했다. 되는구나.

되는구나. 되는구나. 모든 불가능했던 것들이 가능해지는 기분이었다. 그 모든 것을 하면서도 우리 집에 들어올 수 있었다는 것이 의아하기도 했다.

아빠는 지희 이모가 일 잘하고 책임감 강한 딱한 여자애라고만 했다. 나와 언니에게는 천국과 지옥을 들먹이며 무서울 정도로 도덕성을 강조하는 엄마도 이모에게는 관대한 편이었다. 어차피 남이기 때문이었을까? 아빠와 엄마의 기존 사고 체계에 쉽사리 포섭되지 않는 유형의 사람이었기 때문이라는 생각도 했다. 그 당시 우리가 가진 세계는 무척 한정적이어서 겨우 그 정도로도 열외가 되었다. 남자 대하듯 해야 할지 여자 대하듯 해야 할지 때로는 갈피를 못 잡는 느낌이었다. 옷차림은 남자애 같아서 애 대하듯 하고 싶은데 또 하는 짓은 다 자란 어른 같아서 함부로 뭐라 할 수는 없고. 뭐든 솔선수범하며 회사에서도 일을 아주 잘한다고 했으니 행동거지에 흠잡을 데가 없는 사람이었을 것이다. 나는 분명 이모가 동성애자일 거라고 생각했기 때문에 이모가 남자친구를 소개했을 때도 결혼을 알렸을 때도 깜짝 놀랐다. 아마 바이섹슈얼이었으리라고 짐작했고 누군가에게 이모에 대해 이야기할 일이 있을 때는 그 부분은 생략해버리곤 했다. 영경에게도 이 이야기는 하지 않았다.

그날 우리는 맥줏집으로 자리를 옮겨 술을 몇 잔 더 나누다가 헤어졌다. 서로 데려다주겠다고 잠깐 실랑이를 하다가 그냥 각자 알아서 잘 걸어가기로 했다. 자정이 가까워 있었다. 봄밤의 공기가 피부를 파고드는 느낌이 무척 좋았다. 혼자 걸으며 영경과 좀 더 걸어도 좋았겠다는 생각을 했다. 내가 가졌던 첫 느낌이 틀렸으면 좋겠다는 생각도. 영경이 어딘가 좀 방어적으로 군다는 생각도 했다. 하지만 서현 언니나 수아 말대로 이상할 것 없는 사람이기도 했다.

—전혀 이상할 거 없어

—새로운 사람 만나기 겁나서 방어 중인 거 아냐?

—그런 걸까요?

—그냥 누구든 좀 만나, 이러나 저러나 시간은 흘러가

—그래, 나도 상담 선생님 졸업 좀 하자

—안 돼요…

—언제 사람 되니

—저 사람 못 돼요…

나는 내가 여러 사람과 한데 만나는 것을 어색해한다는 것을 최근에 깨달았다. 한 명만 만나는 것은 괜찮았다. 그건 내가 상대의 눈치를 봐가며 나에 대한 정보를 오픈하는 정도를 달리했기 때문이었다. 세상 사람들이 다 제정신이 아닌 것 같다고 늘 욕하고 다녔지만 사실 내가 제일 돌아 있는지도 모른다. 왜 이렇게 피곤하게 살까 나는. 나에 대한 정보를 가장 많이 알고 있는 사람은 어쩌면 심야의 택시기사 아저씨 아니면 미용실 직원인지도 모른다. 예전에는 거짓된 정보를 제공하기도 했다. 어차피 또 만날 사람은 아니라는 생각에. 남자친구 있으세요? 네네, 한 2년 만났어요. 무슨 일 하세요? 레크리에이션 강사예요. 좋아하는 가수 있어요? 저 성시경 좋아해요.

아무런 죄악감도 반성도 없이 최근 본 매체에서 나온 정보들을 짜깁기한 아무 말이나 뱉어냈다. 다시는 안 만나겠지, 다른 데로 옮겨야지…… 하는 마음이었다. 하지만 미용실을 계속 옮겨대는 것도 한계가 있어서 나중에는 에라 모르겠다, 저는 거짓을 모릅니다, 라는 심정이 되어 모든 질문에 진실만으로 일관했다. 여자친구가 있었는데 잠수 이별 당했어요. 휴학했어요. 레드벨벳 좋아해요. 이 정도도 감당 못 하면서 뭘 그렇게 남의 사생활을 꼬치꼬치 캐묻냐 싶어 더 구구절절 털어놓기도 했다. 갑자기 입을 꾹 닫아버리는 사람이 있는가 하면(그런 사람이 가위를 들고 있어서 좀 무서웠다) 요즘 세상에 뭐 어떠냐며 다짜고짜 응원하는 사람도 있었다. 한 다리 건너면 아는 사이인 좁아터진 동네에서 자칫 잘못하면 가족의 귀에 내 진짜 신상이 들어갈 수도 있다는 생각에 조마조마하기도 했지만 왠지 모를 해방감이 있었다. 독실한 기독교도인 엄마가 늘 읊조리는 삶의 통전성을 지켜야 한다는 것은 이런 걸 일컫는 게 아닐까? 그보다는 차라리 그런 식으로라도 들키기를 바라는 수동태의 삶을 살아왔기 때문인지도 모르겠다. 정말이지 조용히 살고 싶다는 마음과 될 대로 되라는 마음이 자주 충돌해서 점점 더 이도 저도 아닌 삶을 살고 있는 것 같았다. 나는 왜 살지. 이럴 거면 이렇게 살 거면 내가 아닌 채로 살 거면 왜 살지? 나는 누구의 삶을 대신 살고 있는 거지? 그럴 때마다 나름의 해방구가 되어주는 것이 서현 언니와 수아가 있는 그 단톡방이었다. 두 사람은 내가 무슨 한풀이를 해도 곧잘 들어주고 대꾸해주었다.

—그래서 걔는 계속 만나볼 거야?

—일단 다음 주에도 만나기로 하긴 했어요

—많이 외롭구나

—네…

—속일 줄을 모르네

—여기서 속여서 뭐 해…

*

고등학생이 되고 좋아하는 여자애가 생겼을 때 도무지 상담할 데가 없어 그날 받은 핸드폰 번호로 전화를 걸었다. 어디 버리지 않고 잘 간직하고 있다가 '지희이모친구'라고 핸드폰에 저장해두었었는데 문득 그 이름이 떠올랐다. 문자를 보낼까 하다가 그냥 다짜고짜 전화를 걸었다. 학원을 마치고 집으로 돌아가던 길이었다.

"안녕하세요. 저 미수인데 기억하세요?"

"누구?"

그런 대화가 몇 번쯤 오간 다음에 서현 언니는 나를 기억해냈다.

서현 언니는 가족들에게는 커밍아웃하지 말라고 했다. 적어도 스무 살이 되기 전까지는. 물론 가족 분위기가 어떤지 알 수 없으니 여러 경우의 수가 있겠지만, 오래전 지희한테 들은 게 있는데 너희 엄마는 그렇게 호락호락한 사람이 아니라고 했다. 기독교도라는 것도 대단한 감점 요인이었다. 그리고 대학은 가능한 한 멀리 갈 것. 지금 좋아한다는 그 여자애랑도 그냥 친구처럼만 잘 지내라고 했다. 되도록 숨기고 스무 살까지는 조용히 살라고 했다. 조용히 잘. 내가 아닌 것처럼. 자아를 둘로 쪼개서.

하나같이 내가 원하던 방향의 대답은 아니었다. 그냥 연애 상담이나 좀 해달라는 건데 하지 말라는 소리만 해대니까 들을수록 부아가 치밀었다. 이러니까 다들 조용히 돌아 있는 거지. 데이트를 할 때마다 여자들은 왜 이렇게 다 제정신이 아닌가? 레즈비언들만 이런가? 남자들은 좀 멀쩡할까? 별의별 생각을 다 했다. 아니면 내가 제정신이 아닌 여자들한테 끌리는 걸까? 같은 생각도. 돌이켜보면 학창 시절에도 제일 멀쩡했던 친구는 남자애였다. 안 보이는 데서는 어떤 식으로 돌아 있을지 또 알 수 없지만 대외적으로는 아주 반듯했다. 옆집에 살았는데, 엄마만 기독교도인 우리 집과는 달리 그 남자애 집안은 모두가 다 착실한 신자여서 엄마는 늘 그 집을 부러워했다. 공부도 잘하고 얼굴도 반반하고 예의도 발랐다. 위로 형이 하나 있었는데 형도 똑같았다. 하나같이 재미가 없었다.

"언니는 학교 다닐 때 조용히 잘 살았어요?"

"난 조용히 안 살았지. 그래서 충고하는 거예요. 내 꼴 나지 말라고."

"언니 꼴이 어떤데요?"

"왜 자꾸 언니래."

"그럼 뭐라 불러요?"

"부를 일이 또 있을까? 예전에 지희가 나한테 뭐라고 했는지 알아요?"

"뭐라고 했는데요?"

"너한테는 인생에서 사랑이 제일 중요하니? 나한테는 그 정도까진 아냐."

"지희 이모가 그렇게 말했다고요?"

"어쩌면 그 말이 맞는지도 모르지."

그날 전화는 그렇게 끊어졌다. 무척 매정한 사람이라고 생각했다. 어른이면 자신이 어렸을 때와 비슷한 고민을 하고 있는 나를 조금쯤은 봐줄 수 있지 않나?

몇 달 뒤 서현 언니는 내게 다시 전화를 걸어왔다. 그리고 그날의 통화를 사과했다. 그때는 이런저런 일들이 다 제대로 안 풀려 화가 날 대로 나 있던 상황이었고 살면서 다시는 떠올리기 싫은 사람과 관련 있는 사람이란 생각에 더 날 선 말을 쏟아냈던 것 같다고 말이다. 그사이 나는 그 여자애에게 고백했고 우리는 비밀 연애 같은 걸 즐기고 있다고 말했다. 서현 언니는 한숨을 내쉬더니 말했다.

"잘됐네. 근데 그런 건 금방 다 그냥 지나가요."

"네? 지금도 기분이 안 좋으신 건 아니죠?"

서로에 대해 별로 아는 건 없었지만 우리는 그 뒤로도 종종 통화를 하고 카톡을 주고받기도 했다. 언니가 여전히 우리 도시에 살고 있다고 해서 여자친구와 함께 만난 적도 있었다. 서현 언니는 지희 이모보다 여덟 살이 어렸으니 나와는 딱 열 살 차이였다. 하지만 초등학생일 때 처음 봤던 때와는 달리 나와 그리 나이 차이가 많이 나지 않는 것 같은 기분이었다. 그래도 열 살이 많다는 이유로 언니는 내게 많은 것을 거저 주었다.

서현 언니는 서울로 올라간 지 얼마 지나지 않아 금세 단골이 된 한 바에서 수아를 만났다고 했다. 나도 그런 자만추를 꿈꿨다고 했더니 언니는 요즘 같은 세상에 어플로 만나는 것 정도는 다 자만추라고 했다. 자만추라는 건 그런 게 아니에요. 연애할 의도 없이 만나서 알고 지낸 사람과 사귀게 되는 거예요. 그런 시커먼 속내를 가지고 만나서는 자만추라고 할 수 없어요. 내가 그렇게 반박했지만 언니는 시커먼 속내가 뭐가 문제냐고 했다. 속이라는 건 말이야. 빛이 안 통하게 꽁꽁 싸매져 있잖아. 그래서 누구나 다 시커멀 수밖에 없어.

"그런데 그때요. 봉투에 뭐가 들어 있었어요?"

시커먼 누군가의 속내를 생각하다 보니 그날의 그 종이가방이 떠올라 언니에게 물어보았다.

"뭐였더라. 별거 아니었어. 지희가 우리 집에 두고 간 옷들. 지희한테 선물받은 거. 커플템 같은 거."

"그냥 다 버리지 그랬어요."

"그럴까 하다가 지희한테 떠넘기고 싶었어. 그걸 다 쓰레기통에 쑤셔 넣는 일은 지희가 해야 할 것 같았어."

*

다음 주말에 영경과 또 그 놀이터에서 만났다. 근처에 조용한 카페가 있다고 해서 거기서 차를 마시고 영화를 보러 가기로 했다. 아이스아메리카노와 당근케이크를 시키고 마주 앉았다.

"나를 본 적이 없는 것 같다고 그랬지? 나 고등학교 1학년 때 자퇴하고 검정고시 봤거든. 아마 그래서 그럴 거야."

"왜 자퇴했는지 물어봐도 돼?"

"안 돼."

"아, 넵."

"하하 농담이고, 그냥 학교랑 잘 안 맞았어. 뭐 물론 학교랑 잘 맞는 사람이 있는 것도 아니고 다들 참으면서 다니는 거겠지만."

사실 나는 학교랑 잘 맞았다. 아무런 자유가 주어지지 않는 그 꽉 막힌 생활과 기가 막힐 정도로 궁합이 좋았다. 별로 어렵지도 않았다. 그때는 말도 안 되는 걸 시키는 것도 아니라고 생각했으니까. 가끔 국어 같은 너무 졸린 수업을 들을 때면 잠이 쏟아져서 난감했지만 대체로 아무 생각이 없었다. 꼴까닥 죽은 채로 이 시간을 보내버리고 싶다……. 그러나 진짜로 죽고 싶지는 않고…… 그냥 돌이 되고 싶다……. 그런 한심한 생각이나 하면서 학창 시절을 보냈다. 책상 앞에 앉아 잠이 들락 말락 하는 순간에는 누가 나 대신 인생을 살아주면 좋겠다고 생각하다가 오, 씨발, 누가 그따위 걸 원할까? 하는 깨달음으로 잠에서 퍼뜩 깨어나곤 했다. 말도 안 되는 자학으로 시간을 낭비했고 입을 열기가 싫어서 모든 것에 대해 다 모르는 척했다.

"근데 별로 안 힘들었지?"

"나?"

"응."

"확실히 뭔가 좀 보이긴 보이나 보네."

영경은 또 웃었다. 웃을 때면 희미하게 인디언 보조개가 생겼다. 아주 가까이서 보지 않으면 잘 알아차리지 못할 작고 희미한 자국이었다.

"다음에 우리 집에 놀러 올래?"

"혼자 살아?"

"아니."

"근데 오라고?"

"고양이 한 마리랑."

"갈게."

우리는 영화를 보러 가기로 했던 건 취소하고 그냥 오늘 당장 영경의 집으로 가서 넷플릭스를 보기로 했다. 이번에도 걸어서 갔다. 어딜 가든 걸어서 30분 정도였고 그쯤은 못 걸을 이유도 없었으며 버스를 기다리자면 시간이 더 오래 걸렸기 때문이다. 영경과 함께 나란히 걸으며 서로에 대해 알아가는 그 시간이 좋기도 했다. 이제는 할 말이 아주 없지도 않았다. 할 말이 없을 때에도 오히려 긴장된 기분이 들어 설렜다. 영경이 좋은지는 아직 애매했지만. 내 머릿속으로는 아마츄어 증폭기의 〈룸비니〉 가사가 떠올라서 실은 내가 이미 영경을 좋아하고 있는 게 아닐까? 생각했다. 그건 사실 지희 이모가 자주 듣던 노래였다. 이모가 방에서 틀어놓은 노래를 엿듣고 어린 내가 놀면서 영어 부분 가사를 크게 따라 부르자 엄마는 기겁했다. 오, 주여. 그래도 이모에게 뭐라고 하지는 않았고, 나에게 'sex'를 'dance'라고 고쳐 부르라고 해서 그렇게 했다. 행복한 시간 아무것도 없는 거리 그 거리를 둘이 걷고 있다. 너무나 가슴 떨려서 할 말은 하지 못하고 손만 잡고서 세계 끝까지 걷기만 했네. 세계 끝까지 걸어 나가자. I wanna *dance* with you in bed. But I'm just walking walking. 가사를 곱씹다가 영경의 손을 덥석 잡고 싶어지기도 했다. 언제 알아차릴 수 있는 것일까. 누군가를 좋아한다는 것은. 언제 분명해지는 것일까. 영경이 무어라 계속 말을 걸었는데 침을 제대로 삼키기도 힘들었다.

"너 방금 침 삼켰지?"

"어?"

"나도 그래. 여기 근처 지날 때마다 오리고깃집 냄새 장난 아니거든. 맛도 좋아. 다음에 같이 가보자."

영경은 자신의 집으로 가는 길에 있는 것들을 소개해주었다. 저긴 새로 개업한 카펜데 옛날에 한약방 하던 데를 리모델링했어. 그래선지 전통차 같은 걸 팔아. 대추차가 맛있어. 이 근처에 내가 다녔던 피아노 학원이 있어. 새로운 사람을 만나는 건 세계가 전보다 더 넓고 선명해지는 일이라는 걸 늘 깨닫게 된다. 우리 집에서 지척이지만 한 번도 걸어본 적 없는 동네의 골목길을 걸으면서 내가 가진 지도에서 흑백이었던 영역에도 색이 생기는 기분이었다.

영경의 집은 우리 집보다 좋았다. 고양이 방이라고 보여준 방이 내 방보다 컸다.

"여기서 혼자 산다고? 다른 가족은?"

"일 때문에 해외에 있어."

"혼자 지내는 건 어때?"

"심심하지."

어쩌면 영경은 여자친구가 아니라 그냥 친구를 찾으려는 거 아니냐고 수아가 말했었다. 나도 그게 맞을지도 모른다고 생각했다. 정말 그럴지도 모르지. 그것도 나쁘지 않았다. 나도 심심했고 친구가 필요했으니까. 영경의 고양이 우유는 누가 오든 말든 관심 없어 보였다. 우리는 거실 소파에 나란히 앉았다. 영경은 넷플릭스로 뭔가를 보려고 리모컨으로 이것저것 고르다가 내게 선택권을 넘겨주었다. 나는 뭐가 좋을지를 따져보는 척 영경의 지난 취향들을 훑어보았는데 영경이 리모컨을 쥔 내 손을 붙들고는 얼굴을 빤히 보더니 덮쳐 왔다. 아니, 잠깐만. 영경을 밀어내려다가 그냥 그대로 키스했다.

제정신으로 돌아오고 보니 거실 한편에 놓인 캣타워 꼭대기에 앉은 우유가 약간 심통 난 얼굴로 우리를 내려다보고 있었다.

—야, 너보다 낫다

—속 시원하네

두 사람은 당분간 내가 한심한 소리를 늘어놓는 것에 일일이 답변하지 않아도 된다고 생각했는지 갑작스러운 진도에 반가워했다.

—근데 잘 모르겠어요

—쟤 또 저런다

—할 거 다 해놓고 모르긴 뭘 몰라

하지만 정말 알 수 없는 기분이었다. 모든 게 갑작스럽기만 했다. 재영과는 모든 순간이 두근거렸고 모든 게 더 불타올랐었는데 영경과는 어쩐지 모든 게 다 미적지근했다. 그날도 그랬다. 한순간은 무척 설렌다고 생각할 때도 있었지만 다음 순간엔 그냥 오랜 친구처럼 편하기만 했다. 섹스를 할 때도 영경은 적극적이지 않았고 집에 돌아가야겠다고 했을 때에도 나를 붙잡지 않았다. 배웅하며 현관에 서서 잠깐 손을 흔들어주고 말 뿐이었다. 포옹도 작별 키스도 없었다.

그럼에도 나는 주말마다 영경의 집에 갔다. 영경도 나처럼 미적지근한지 궁금해하면서. 이렇게 시작되는 사랑도 있고 저렇게 시작되는 사랑도 있으니까 미지근하게 시작해서 점점 더 불타오를 수도 있지 않을까. 게다가 영경과는 점점 더 죽이 잘 맞았다. 대화도 잘 통했고 취미도 비슷했고 유머 코드도 맞았다. 영경의 보조개도 눈 밑에 난 작은 점도 마음에 들었고 가느다랗고 긴 손가락도 하늘거리는 머릿결도 좋았다. 산책할 때마다 발견한 것들에 대해 이상한 백과사전 지식을 뽐낼 때의 영경도 마음에 들기 시작했다.

"이건 버드나무 꽃가루가 아니라 씨앗입니다. 그리고 썩은 버드나무는 밤에 빛이 난다고 합니다."

인공지능처럼 목소리를 변조해 오래전 자퇴하고 방에 갇혀 백과사전만 읽을 때 알게 된 것들을 내게 전해주었다. 나는 때때로 놀라면서도 그걸 아는 게 사는 데 무슨 도움이 되느냐는 심정이었는데 나중에는 내가 영경을 만나러 갈 때마다 지나는 이 산책로에 또 어떤 이상한 이야기가 있을까 궁금해졌다.

영경에 대해서도 점점 더 궁금한 게 많아졌다. 모든 걸 깡그리 다 알고 싶었다. 그렇게 우리는 세 계절을 함께 보냈다. 초봄에서 가을까지. 나뭇잎이 점점 더 커가는 것처럼 영경을 좋아하는 내 마음도 커졌다. 영경도 나와 같은 마음이었을 거라는 걸 의심하지도 않았다.

*

가을에는 영경이 복학해서 자주 만나지 못했다. 평일에 영경은 우리 동네에서 거의 두 시간쯤 떨어진 도시에 있는 대학에 있었다. 가능하면 조기 졸업을 하고 싶다고 했고 그래서인지 빡빡하게 수업을 들었다. 영경이 집 비밀번호를 알려주며 우유랑 같이 놀아주라고 했지만 우유는 나를 별로 안 좋아하는 것 같았다. 처음 만난 날 엉덩이까지 다 보여준 게 실수였을까. 내가 아무리 격렬하게 카샤카샤를 흔들어대도 츄르로 유혹해도 아무런 일도 없다는 듯이 눈을 내리감았고 영경이 흔들어줄 때에만 겨우 몸을 일으켜 거실 이쪽저쪽을 뛰어다녔다.

그러던 어느 날 혼자 집에 있기 싫어 이리저리 산책하다가 영경의 집에 가기로 했다. 영경에게 너네 집에 가 있겠다고 문자를 보냈다. 답은 오지 않았지만 천천히 걸어서 영경의 집으로 갔다. 캣타워 꼭대기에서 졸고 있던 우유는 누군가 현관문을 열고 들어오는 낌새가 느껴지자 고개를 한 번 치들었지만 그 사람이 나라는 사실을 확인하고는 흥미를 잃었는지 다시 원래의 자세로 돌아갔다. 그래도 나는 우유에게 걸어가서 말을 걸었다. 우유야, 안녕. 머리통도 좀 쓰다듬으려고 했는데 우유가 물려고 해서 그러지는 못했다. 이제는 영경의 집에도 내 흔적이 많았다. 자고 가는 날도 많아 거의 같이 사는 거나 다름없었다. 하지만 집으로 돌아가는 날도 많았고 우리 집에서 자는 날도 있었다.

우리는 산책 데이트를 가장 좋아했다. 가끔은 서로의 집까지 한 시간씩 걷기도 했다. 세계 끝까지 걸어 나가자. 함께 〈룸비니〉를 듣기도 했다. 이별 노래 아냐? 내가 함께 산책할 때 듣고 싶은 노래라며 들려주었는데 영경이 마지막 부분 가사에 의아해하며 물었다. 저기 저 멀리 아침 해가 떠오르네요. 우리 이제 그만 헤어지기로 해요. 그런가? 하지만 행복한 시간 아무것도 없는 거리를 둘이 걸었으므로, 그것도 세계 끝까지 걸어 나갈 마음으로 걸었으므로 충분한 것 같다고 영경이 말했었다. 그런 다음 우리는 손을 잡고 세계의 끝에 대해 이야기하면서 걸었다.

세계 끝의 풍경에 대해서 우리는 의견의 일치를 보지 못했다. 영경은 제목이 '룸비니'인 것을 들며 이 노래가 불교 사상에 기대고 있을 거라고 말했다. 어떤? 하지만 영경은 불교에 대해서는 인생은 고통이라는 것과 윤회 사상, 열반에 이르면 윤회에서 해방되어 그 고통을 끊을 수 있는 것이라는 정도밖에 알지 못한다고 했다. 그러니까 얘네는 헤어지고 나서도 다시 또 만나서 계속계속 세계 끝까지 걸어 나갈 것이라고 했다. 그게 고통이라도? 고통이야말로 짜릿하지. 변태 같은 소릴 하네……. 나는 그보다는 현실적으로 해석했다. 네팔의 룸비니는 지평선을 볼 수 있는 잘 알려진 평야 지대라고 한다. 그렇다면 세계의 끝 같은 기분을 느끼면서 무한히 걸어 나갈 수 있을 것이다. 이건 룸비니에 가본 사람이 쓴 가사라고 생각했다. 룸비니에서 처음 만난 두 사람이 서로에 대해 알아가는 과정에서 그곳의 평야 지대를 밤새워 걸으며 이야기하다가 멀리 지평선에서 해가 떠오르는 것을 보고서야 시간이 그만큼이나 흐른 것을 깨달은 것이다. 그리고 조금이라도 잠에 들기 위해 잠깐 헤어져 있기로 하자고 말하는 것일 거라 생각했다. 하지만 영경은 나의 해석이 더 비현실적이라고 했다.

할 일이 없어서 넷플릭스를 보려다가 당기는 게 없어서 유튜브를 보다가 그것도 재미가 없어져서 그냥 소파에 누워 있었다. 소파 옆 협탁에는 영경의 아이패드가 놓여 있었다. 누운 채로 별생각 없이 그걸 열었다가 영경이 실시간으로 친구와 나누고 있는 카톡을 봐버렸다. 영경에게는 남자친구가 있었다.

처음에는 커밍아웃하지 않은 친구에게 나를 남자친구라고 소개하고 있는 걸지도 모른다고 생각했다. 누군가를 만나고 있는 걸 들켜버렸는데 사실대로 말하지 못하고 남자친구가 생겼다고 얼버무린 것일지도 모른다고 말이다. 그 정도는 이해할 수 있었다. 하지만 영경의 친구가 너희 커플 찍은 거라면서 영경에게 사진을 보냈다. 거기에는 영경과 웬 남자가 함께 웃고 있었다. 사진 속 영경은 무척이나 여자 같았다. 아니, 물론 영경은 여자니까 여자 같은 게 당연하지만 내가 아는 지금의 영경과는 분위기가 꽤 달랐다. 고작 사진 한 장이었지만.

아주 공들여 화장한 게 티가 났고 남자친구의 어깨에 살짝 기댄 포즈도 뭔가 다르게만 느껴졌다. 사람이 앞과 뒤가 같아야…… 겉과 속이 같아야…… 통전성을 지향해야……. 엄마가 잔소리할 때마다 하던 말이 떠올랐다. 하지만 나는 전혀 그렇게 살고 있지 않아서 머리가 빠개질 것 같았다. 영경도 나와 마찬가지였다. 나는 참지 못하고 영경과 친구의 카톡방에 이게 뭐야? 하고 메시지를 남겼다. 얼마 지나지 않아 카톡에서 로그아웃되었다. 그길로 나는 곧장 집으로 돌아왔다. 한참을 멍하니 앉아만 있다가, 멍하니 앉아만 있는 게 어쩐지 좀 오싹해져 단톡방에 내게 일어난 일을 모두 고했다.

—헐

—헐

—백 퍼센트 실화랍니다

—헐

*

서현 언니가 그냥 서울에 와서 며칠 지내다 가라고 했다. 혼자서 속앓이할 것이 염려되었던 듯하다. 수아와 서현 언니는 투룸에서 동거하고 있었다. 조금 난잡하긴 하지만 서재 방을 정리해서 내줄 수 있다고 했다. 나는 사양했다. 영경에게서는 계속 카톡과 문자와 전화가 왔지만 하루 동안 받지 않았다. 나는 내가 어떤 실험 대상이 되었던 것이라고 생각했다. 영경이 뭘 알아보고 싶었던 건지는 모르지만.

이틀째에 이미 마음이 누그러졌던 것을 보면 영경을 그다지 좋아했던 것은 아니었는지도 몰랐다. 그래도 세 계절을 함께 보냈으니까 3주, 못해도 3일 정도는 시간이 필요하지 않을까 싶었는데 아니었던 모양이다. 나는 이틀째 저녁에 영경에게 전화를 걸어 집으로 가겠다고 했다. 영경의 집으로 향하는 길은 이제 아주 익숙했다. 고소한 고기 냄새가 나는 오리고깃집, 달짝지근한 향이 나는 카페, 서툰 피아노 소리…… 그리고 익숙한 나무들도. 벚나무와 철쭉, 봄에 씨앗을 풀풀 날리는 썩지 않은 버드나무.

웬일로 우유가 달려와 나를 맞이해주었다. 우리는 처음 영경의 집에 왔을 때처럼 소파에 나란히 앉았다. 영경은 내가 본 것을 부정하지 않았다. 하지만 그 밖에 다른 숨긴 것은 없다고 했다.

"그걸 숨긴 게 문제인 거지."

"걔랑은 진작에 끝이 났거든. 아직 친구가 몰랐던 거뿐이야. 거의 연락도 안 하고 지내는 애인데 오랜만에 연락 와서는 옛날에 찍어놓은 사진이 있다고 보내준 거야. 걔랑은 이제 진짜 뭣도 없거든."

하필 타이밍이 왜 그랬을까. 그건 온 우주의 힘이 우리 사이가 잘 안되기를 바라고 있기 때문이지 않았을까. 말도 안 되는 타이밍을 맞닥뜨릴 때면 그런 정신 나간 생각에 빠져들곤 했다. 그게 아니고서야. 왜 하필. 그 시간 그 순간에. 나는 영경을 향한 마음이 대충 정리가 되었다고 생각했었는데 별것도 아닌 그 뻔한 대답들에 마음이 또 흔들렸다. 당황해하며 땀을 삘삘 흘리면서 최선을 다해 변명하고 내 마음을 돌리려 애쓰는 그 모습에. 그저 상황을 모면하기 위해 준비된 가장 그럴듯한 대답이었던 것이었을지도 모르는데.

나는 언젠가 하다 만 이야기를, 지희 이모에 대한 이야기를 꺼냈다. 이모가 여자친구와 헤어지고 남자와 결혼했다는 이야기를. 지금은 아들을 둘 낳고 아주 잘 살고 있다는 이야기를. 어쩌면 그게 내게도 트라우마처럼 남아 있는지도 모르겠다는 이야기를 했다. 그래서 그 사진을 본 순간 무척이나 두려웠다고 고백했다. 그것이 과거 사진인데도 내게 곧 닥칠 미래처럼 느껴졌다고 말이다. 그래서 더 큰 확신이 필요했다.

"나를 사랑해?"

"지금 그런 말이 듣고 싶어? 이런 상황에서 무마하듯 말하는 것도 난 마음에 안 들고."

"나는 사랑해."

"뭐?"

"첫눈에 반했었어."

그건 사실이 아니었지만, 그때는 그저 사마귀 같다고만 생각했었지만. 언제 영경에게 빠진 것인지 알 수 없는 이상 그걸 맨 처음이었다고 해도 좋을 것 같았다. 그 사마귀 같은 포즈를 봤을 때부터 거기에 사로잡혀 빠져나올 수가 없었다고. 무언가를 기도하듯 웅크리고 있던 어깨가 잊히질 않았다고. 무엇을 염원하든 그쪽 방향으로 함께 빌고 싶었다고.

"너는 거짓말하면 티가 나. 어깨를 쭉 펴거든. 말할 때 힘이 들어가나 봐."

"정말이야. 네가 느끼는 미래에 나도 같이 있었으면 좋겠다고 생각했어."

"여전히?"

어딘가 간절함이 묻어나는 영경의 물음에 나는 쉽사리 대답하지 못했다. 마음은 당연히 그렇다는 대답 쪽에 기울었지만 어째선지 그 말이 입 밖으로 나오지는 않았다.

"아무래도 시간이 필요할 것 같아."

사랑한다고 말할 수 있는 사람은 영경이 아니라 나였고 우리 관계의 행방을 결정할 수 있는 권한도 내게 있었다. 내가 집에 가겠다고 하자 영경이 데려다주겠다고 일어섰지만 혼자 걸으면서 생각을 좀 해야겠다고 거절했다.

"그럼 밥이라도 먹고 가."

나는 우리가 헤어진다면 친구가 될 수 있을까 따져보았다. 그럴 수 있을 것 같기도 했는데 그러고 싶지 않았다. 영경은 내가 뭐라 대답하기도 전에 밥을 차려주겠다고 먹고 가라고 했다. 김치찌개를 끓여주겠다고 했다. 이 상황에서도 끼니 걱정을 하는 영경이 조금 웃겼다. 영경은 부엌에서 분주히 움직였고 나는 소파에 멍하니 앉아 있었다.

밖에서 부아앙 오토바이가 지나가는 소리가 들렸다. 또다시 지희 이모가 떠올랐다. 오래전 하교하던 길에 이모를 만난 적이 있었다. 집에 가니? 태워줄까? 오토바이를 끌고 지나가다가 나를 발견하고 멈춰 서서 그렇게 물었다. 이모 뒤에는 누군가 타고 있었는데 그가 오토바이에서 내리며 물었다. 아는 애야? 반장님 딸이잖아. 이모가 대답하며 내게 재차 물었다. 집까지 태워줄까? 내가 고개를 끄덕이자 오토바이에서 내린 남자가 자신이 쓰고 있던 노란 안전모를 벗어서는 내게 씌워주며 중얼거렸다. 너무 큰데. 그러자 이모는 자신의 헬멧을 내게 씌우고 안전모를 자신이 썼다. 헬멧에서는 민트 향기가 났다. 이모는 어린애를 다루듯 조심스럽게 나를 앞에 앉히려다가 다른 어른들처럼 뒤에 앉게 했다. 꼭 붙잡아. 그리고 한참 집 쪽으로 달리다가 사거리에서 신호에 걸려 멈춰 선 틈에 물었다. 어디 가고 싶은 데 있어? 내가 아무 대답도 하지 않자 또 물었다. 바다에 갈까? 이번에도 나는 대답하지 않았지만 이모는 마음의 결정을 내렸다는 듯 말했다. 바다에 가자. 나는 그게 어쩐지 마음에 들어서 얼른 도착했으면 하는 마음으로 이모의 허리를 더욱 꼭 붙들었다. 그날 우리가 함께 바다에 갔으면 어땠을까? 조금 더 친해질 수 있었을까? 바다로 향하는 길에 갑자기 비가 쏟아져 핸들을 돌려 서둘러 집으로 돌아갈 수밖에 없었다. 이모는 다음에 가자고 말했지만 왠지 다음은 없을 것 같았고 정말로 그랬다. 이상하게도 내가 이모와 가까워졌다면 서현 언니와 이모가 헤어지지 않았을 거라는 생각을 종종 했다. 내가 이모를 보며 내가 누구인지를 알았다는 이야기를 했더라면. 이모의 행복을 줄곧 빌고 있다고 말했더라면. 아직 세상 물정 모르는 어린애를 보면서 이모가 자신의 미래를 다시 그려보았을지도 모른다는 생각을 했다. 이상하게도.

김치찌개가 끓으며 방 안의 온도가 조금 올라가는 것이 느껴졌다. 해가 지며 방이 어두워지기 시작했는데 영경은 불을 켜지 않았다. 나는 눈을 감았다 떴다 했고 아무 걱정도 고민도 없는 사람처럼 잠깐 졸았다가 냄새로 집 안이 부풀어 오를 지경이 되었을 때 잠에서 깼다. 방은 더 어두워져 있었고 조금 서늘해져 있었다. 내 옆에 영경도 앉아 졸고 있었다. 나는 잠든 영경의 얼굴을 보았다. 두 손을 올려 턱을 괴고 있는 폼이 역시 사마귀 같았다. 나는 영경의 볼을 쿡 찔렀다. 죽었니, 살았니. 영경은 잠깐 움찔했지만 깨어나지 않았다.

나는 내가 죽었는지 살았는지 도대체 누구인지를 확인하는 시간이 너무 지겨웠기 때문에, 자기가 누군지 헷갈리는 사람과는 만나지 않으려고 했었다. 하지만 그 사람이 영경이라면. 영경의 그 시간을 함께 있어주고 싶었다. 자신의 마음을 확인한 영경이 나를 떠나버리게 된다고 하더라도. 왜 그런 최악의 경우만 먼저 떠올리는지는 모르겠다. 어쩌면 진짜로 닥칠지도 모를 일이 너무 무서워서 미리 예방주사를 놓는 건지도. 어차피 이 모든 시간은 지나가버릴 것이고 다가올 일들을 미리 당겨 걱정할 필요는 없다. 지나가기 전에는, 지금은 함께 있고 싶었다.

내가 골똘히 영경의 꺾인 손목을 보고 있을 때 영경이 눈을 떴다. 어쩌면 잠깐 눈만 감고 있었을지도 모른다는 생각이 들 정도로 눈이 맑았다. 사마귀 같은 여자애를 좋아하게 되리라고는 생각해본 적이 없었는데. 그 말도 안 되는 순간에도 영경을 좋아하고 있다는 것을 깨달았다. 그러자 느껴졌다, 미래가.

예소연

어느 순간을
가리키자면

[사랑] 하지 않아도 되는 일을 자꾸 하게 만듦.

40명이 가득 찬 교실 안에는 무더위가 기승을 부리고 있었다. 천장에서 선풍기 몇 대만이 탈탈거리며 돌아가고 있었고 아이들은 저마다 교복 상의를 풀어 헤친 채 부채를 부치며 이러다 죽겠다고 죽어버리는 게 차라리 낫겠다고 아우성이었다. 나는 책상에 엎드려서 잠에 들까 말까 한 상태였는데 관자놀이에 맺힌 땀이 신경 쓰여 쉬이 잠에 들지 못하고 있었다. 엠피스리에서 흘러나오는 노래는 더 이상 나에게 어떤 감흥도 주지 못했으며 나는 속절없이 더위에 절여지고 있었다.

그때 그 시절 우리는 무언가를 아주 절실히 참고 견뎌내고 있었는데, 그 무언가가 도대체 무엇인지는 아무도 알지 못했다. 그 무엇은 더위처럼 아주 기승을 부렸고 극성이었으며 말 그대로 지랄 맞았다. 다들 마음에 그런 것을 꾹꾹 눌러 담은 채로 모여 있었다. 그러니까, 모여 있는 게 문제였다는 뜻이다. 그렇게 모인 고등학생들은 정말이지 절제하는 법을 몰랐고 미쳐 날뛰었으며 악마에게 자신의 몸을 내어준 사람처럼 굴었다.

특히 명태준이 그런 아이였다. 말과 행동을 조심하는 법이 없었다. 생각하는 대로 행동했고 행동하는 대로 생각했다. 반 아이들 전부 명태준을 두려워했다. 우리는 등하교 시 교복을 입어야 하는 규칙이 있었는데, 명태준은 그 규칙을 어기고 늘 체육복을 입고 등교했다. 머리는 항상 빨갛게 염색했고 체육 선생님과 아침마다 대거리를 했다. 아, 왜요. 엄마가 해줬어요. 엄마가 해준 거라니까요? 선생님이 엄마랑 전화해보시든가요.

뒷문 쪽에서 조금씩 언성이 높아지고 시끄러운 소리가 들리기 시작할 무렵, 나는 자리에서 일어나 슬그머니 뒤를 돌아봤는데 아니나 다를까, 명태준이 이석진에게 시비를 걸고 있었다. 요지는 이런 것이었다. 언젠가 명태준이 이석진에게 5천 원을 빌려주었는데 갚지 않았다는 것이다. 이석진은 당연히 그런 적이 없다고 딱 잘라 말했고 명태준은 계속 우겼다. 이석진이 일관된 태도로 나오자 명태준은 슬슬 열이 받기 시작했는지 이석진의 뺨을 건드렸다.

"야, 야."

"왜."

"내 말이 좆같아?"

"아니."

"좆같잖아."

"아니라고."

그러자 명태준이 이석진의 뺨을 조금 세게 때렸다. 그리고 다시 말했다.

"좆같다고 대답해."

"안 좆같아."

이번에는 교실이 울릴 정도로 반대쪽 뺨을 세차게 때렸다.

"대답하라고."

이석진은 끔찍한 모멸감에 가득 차 귀까지 빨개진 상태로 잠시 주저하더니 대답했다.

"좆같아."

"그럼 너도 때려."

그러면서 명태준은 슬며시 자신의 뺨을 이석진에게 내어주었는데 그 태도가 너무도 뻔뻔하고 다부져서 알 수 없는 힘이 느껴졌다. 이석진은 망설이다가 명태준의 뺨을 있는 힘껏, 아주 세게 때렸다. 교실은 몹시도 조용해서 뺨 때리는 소리밖에 나지 않았다. 이석진의 눈에는 눈물이 가득 차 있었고 그런 이석진을 바라보는 명태준의 얼굴은 몹시 밝았다. 그 얼굴로 이렇게 물었다.

"그럼 이제 5천 원 줄 수 있어?"

결국 이석진은 명태준에게 5천 원을 내어주었다. 그렇게 사건은 일단락되었다. 명태준은 원하는 걸 꼭 얻어내는 애였다. 나는 그런 명태준을 보고 있으면 깊은 분노가 끓어오르다가도 크나큰 공포감이 엄습했다. 그래서 아무것도 하지 못하고 제자리에 앉아 있을 수밖에 없었다. 명태준은 당분간 이석진을 괴롭힐 것이다. 타깃이 되었으니까. 명태준에게는 일정한 패턴이 있었다. 타깃이 된 아이는 어떻게든 명태준에게 바칠

담배나 돈을 구해 와야 했다. 때로는 그의 아는 형과 누나들에게까지 붙잡혀 온갖 조리돌림을 당했고 명태준이 심심해할 때면 함께 노래방에 가서 명태준이 부르는 노래에 맞춰 억지로 춤까지 춰야 했다. 아이들이 애걸복걸하며 자신을 놔달라고 애원하는 그 모습을 명태준은 가장 바라고 있었다. 선생님도 포기한 또라이 새끼. 그게 명태준이었다.

*

나는 등굣길보다 하굣길을 더 좋아했는데, 천천히 보고 싶은 것들을 볼 수 있기 때문이었다. 슈퍼 앞에 누워 있는 늙은 푸들을 쓰다듬고 복숭아나무에 열린 작은 복숭아 냄새를 오래도록 맡았다. 작은 개천을 바라보며 비가 오기를 기도하고 해를 뚫어져라 노려보며 무더위를 힐난했다. 집으로 돌아가면 엄마가 얼려놓은 밥을 데워 라면과 함께 먹고 컴퓨터 게임을 할 예정이었다. 그러고 있다 보면 어린이집에 갔던 동생이 셔틀버스를 타고 돌아오겠지. 나의 부모는 맞벌이 부부였고 심지어 아빠는 여기로부터 멀리 떨어진 다른 도시에서 일하며 주말에만 간간이 들르곤 했다. 그러다 보니 동생을 돌보는 건 자연스럽게 나의 몫이 되었다.

그렇게 한참 딴짓을 하며 집에 걸어가고 있는데 뒤에서 기척이 느껴졌다. 어쩐지 부끄러운 마음이 되어 돌아봤는데, 이석진이 서 있었다. 대다수의 아이들은 정문 근처에 있는 아파트 단지에 살았고 이석진도 거기에 사는 걸로 알고 있었다. 나는 우뚝 서서 이석진을 바라보았다. 이석진이 고개를 푹 떨구고 헛기침을 했다. 오늘 있었던 일이 생각나 괜히 이석진에게 안쓰러운 마음이 들어서 먼저 말을 걸었다.

"괜찮아?"

"응."

그리고 침묵. 나는 더 이상의 침묵을 견디기 어려워 잘 가라, 인사한 다음 부러 힘차게 앞으로 걸어갔다. 이석진은 또 따라왔다. 나는 조금 짜증이 난 상태로 돌아봤다. 이석진이 쭈뼛거리며 말했다.

"서동미, 미안한데."

"어."

"나 돈이 없는데."

"없는데?"

"명태준이 자꾸 돈을 달래."

"너네 집 존나 부자잖아."

"엄마가 뚜렷한 경제관념이 생기기 전까지 현금은 주지 않겠대."

"그럼?"

"주식으로 주셔."

"아, 씨발."

나는 어처구니가 없어 발걸음을 돌렸다. 그런데 내가 걸을 때마다 이석진이 따라오는 것이 느껴졌다. 그냥 계속 가려다가 자꾸 뒤따라오는 게 짜증이 나서 개천 옆에 있는 정자에 가 앉았다. 이석진이 망설이다가 다가왔다. 나는 가방 앞주머니를 뒤져 만 원을 꺼내 내밀었다. 이석진이 하얀 손으로 그 돈을 받아 들었다.

"고마워."

"그냥은 안 돼."

"응?"

"그냥은 안 된다고."

이석진은 내 옆에 가만히 쪼그려 앉았다. 그리고 물었다.

"그럼 어떻게 해야 되는데?"

그 물음이 너무 순진해서 온 힘을 실어 명태준의 뺨을 때린 그 애가 맞나 싶을 정도였다. 나는 부러 어른스러운 표정을 지으며 내게 돈을 받았으니 감당해야 할 것들이 있다고 일러주었다.

"감당해야 할 것들……."

이석진이 중얼거렸다. 순간 매미가 사방을 깨우듯 맴맴 울었다. 나는 오히려 이것이 내게 좋은 기회가 될지도 모른다고 생각했다.

*

정말이지, 이석진은 할 줄 아는 게 아무것도 없었다. 청소기를 작동시키는 법도 몰랐고 세탁기를 어떻게 돌리는지도 몰랐으며 심지어 라면을 끓일 줄도 몰랐다. 하나하나 내가 다 알려주어야 했다. 가스레인지 불은 켤 줄 안다고 하기에 하는 모양을 가만히 지켜보았는데, 밸브를 열지도 않은 채 자꾸 노브만 돌려댔다. 타타타타, 점화가 안 되는 화구를 빤히 보며 어라 이상하네, 하는 이석진이 얼마나 한심한지 나는 깊은 한숨을 쉬고 말았다.

"너는 도대체 집에서 뭐 해?"

"테레비 보고 공부하는데."

"엄마가 이런 거 안 시켜?"

"응."

"그럼 엄마가 집에서 뭐 하는지 안 궁금해?"

"응."

한껏 열이 받아 이석진의 이마를 세게 쥐어박았다. 이석진이 붉어진 이마를 매만지며 속없는 얼굴로 웃어 보였다. 그런 이석진에게 가스 밸브를 열고 불을 켜는 법을 알려준 뒤, 라면을 끓여 오라고 시켰다. 이석진은 군말 없이 냄비에 물을 받아 불 위에 올려놓았고 물이 끓어오르기를 기다렸다.

나는 시간을 확인한 뒤 이석진을 내버려둔 채로 얼른 대문을 열고 1층으로 내려갔다. 내가 사는 집은 1층에 막걸릿집이 자리 잡고 있는 2층짜리 상가 주택이었는데 그래서 늘 고성방가가 일어나고 바퀴벌레가 곳곳에서 출몰하며 심지어 겨울에는 온수도 제대로 나오지 않는 곳이었다. 엄마는 우리 집을 한마디로 표현했다. 쓰레기 같은 집.

밖으로 나가니 어린이집 셔틀버스가 벌써 도착해 있었다. 나는 선생님의 손을 잡고 조심조심 차에서 내리는 송미의 모습을 가만히 바라보았다. 차렷, 인사! 선생님이 큰 소리로 외치자 송미는 선생님을 향해 힘차게 배꼽인사를 했다. 나는 인사를 마친 송미의 손을 잡고 아주 천천히 쓰레기 같은 집으로 향하는 계단을 올랐다. 다리가 짧은 송미는 거의 기어오르듯 올랐다. 현관에 쪼그려 앉아 작은 신발 두 짝을 벗기자마자 송미는 튀어 오르듯 집 안으로 달려 들어갔고 이내 가스레인지 앞에 서 있는 이석진과 마주쳤다. 이석진은 자기 허리께에도 미치지 않는 조그만 송미를 내려다보다 어색한 얼굴로 인사했다. 안녕? 그러자 송미가 반듯하게 배꼽인사를 했다.

"라면이나 끓여."

그렇게 말하고 나는 자연스럽게 텔레비전을 틀어 13번으로 채널을 돌렸다. 송미는 조르르 달려와 소파에 폴짝 뛰어 앉은 뒤 집중해서 〈도라도라 영어나라〉를 시청하기 시작했다. 그사이 이석진은 라면이 다 되었다고 했고 나는 그것을 그릇에 담은 뒤 내 방으로 가져와 컴퓨터 책상 앞에 놓았다. 컴퓨터 전원 버튼을 누른 다음 내 방 문 앞에 멀거니 서 있는 이석진에게 말했다.

"송미도 라면 끓여줘. 너도 배고프면 같이 먹고."

그러자 이석진은 군말 없이 부엌으로 갔다. 이윽고 가스 불 켜는 소리가 들렸다. 나는 서든어택을 켜고 웨어하우스 맵에 입장한 뒤 적군을 만날 때마다 내가 가지고 있는 라이플로 난사했다. 상대방은 피 대신 솜을 튀기며 순식간에 쓰러졌다. 피였으면 더 좋았을 텐데. 그런 생각을 하며 다음 적군을 조용히 기다렸다. 컨테이너 구석에 가만히 몸을 숨기고 적군을 기다리는 시간. 현실에서는 대상을 찾지 못해 의미 없이 부유하기만 하던 분노가 조용히 명중하길 기다리는 시간. 나는 그 시간을 참 좋아했다.

"언니, 나 마녀 책 찾아줘."

송미가 슬쩍 문을 열고 내게 말했다. 갑자기 웬 마녀 책? 불쑥 짜증이 치솟았다. 그새 게임 속 나는 누군가에게 발각되어 사망한 다음이었다. 마지못해 자리에서 일어나 거실로 향했다. 송미가 말하는 마녀 책이 무슨 책인지 알고 있었다. 책의 원제목은 『마녀 냄비』이지만 송미는 그냥 마녀 책이라고 불렀다.

거실에 나왔는데 이미 식사를 마친 듯 자리는 깨끗했다. 텔레비전은 꺼져 있고 대신 거실에 온갖 장난감이 널브러져 있었다. 그 중심에는 이석진이 있었다. 이석진은 형형색색의 애벌레 인형을 만지작거리다 말고 나를 바라보며 환하게 웃었다. 송미가 내 손을 잡아채지 않았더라면 나는 그 얼굴을 정말이지 아주 오래도록 보고 있을 뻔했다.

*

그렇게 며칠간 이석진은 방과 후 하루도 빠짐없이 우리 집을 들락거렸지만 학교에서 이석진과 나는 알은체도 하지 않았다. 자리도 멀리 떨어져 있을뿐더러 쉬는 시간마다 명태준이 이석진의 자리로 가 지속적으로 괴롭혔기 때문에 서로 대화를 나눌 시간조차 없었다. 아니, 시간이 있었다고 하더라도 우리는 구태여 이야기를 나누지는 않았을 것이다. 괜히 오해를 사고 싶지는 않았기 때문에. 그 시절 아이들은 여자애와 남자애가 대화만 나눠도 아주 쉽게 오해했으며 그 오해는 얼마 지나지 않아 기정사실화되어 아이들은 우리를 그렇고 그런 사이로 치부했을 것이다.

"너 무슨 이상한 냄새 나는 것 같은데?"

명태준이 이석진의 어깨 근처에 코를 박고 킁킁대며 말했다. 그러더니 몸 구석구석을 훑기 시작했다. 바짓단으로 내려가서야 코를 막고 다시 올라온 명태준은 무릎을 치더니 부러 목소리를 높여 외쳤다.

"씨발, 알았다. 음식 썩은 냄새가 존나 나네. 너네 집 무슨 장사 하지."

나는 얼굴이 순식간에 달아올랐는데, 그 냄새가 다름 아닌 우리 집 냄새일 거라고 생각했기 때문이었다. 우리 집에서 나는 냄새가 이석준의 교복에 배었을지도 몰랐다. 1층의 막걸릿집에서는 온갖 전을 부쳤고 엄마는 그곳에서 올라오는 기름 냄새가 너무 역해서 잠을 잘 수가 없다며 늘 앓는 소리를 했다. 게다가 음식물쓰레기 처리장이 따로 없는 상가 주택이라 매번 우리 집 대문 옆에 있는 전신주 밑에다 쓰레기를 버리는 통에 가게 사장과 아빠가 대거리를 한 적도 몇 번이나 있었다.

이석진과 함께 하굣길을 걸으면서 단 한 번도 이석진에게서 이상한 냄새가 난다는 생각을 해본 적이 없었다. 그렇다면 이석진에게 난다는 냄새는 우리 집에서 나는 냄새일 것이고 그 냄새는 나에게도 나는 냄새일 것이다. 내가 제일 불쾌했던 건 그 냄새가 어떤 냄새인지 나는 전혀 모른다는 점이었다. 그러니까 나는 결코 모르지만 남들은 아는 나의 냄새일 것이고 이 냄새는 내가 그 집에 사는 동안, 아니 살아가는 동안 영영 없어지지 않을 수도 있다는 것이다.

"……더러운 새끼가."

그렇게 말한 것은 다름 아닌 이석진이었다. 아주 나직이, 기어들어 가는 목소리로.

"뭐라고? 다시 말해봐."

명태준의 말에 이석진이 분명하게 말했다.

"너한테서는 악취가 나."

명태준은 쭈그려 앉은 채로 이석진의 머리채를 잡았다. 그리고 세차게 흔들었다.

"너 정신 나갔냐? 진짜 죽고 싶지."

그런 다음 일어나 주먹으로 이석진의 배 정중앙을 가격했다. 이석진은 신음도 내지 못하고 허리를 푹 숙였다.

나는 거기까지 보고 책상에 엎드린 뒤 이어폰을 양쪽 귀에 꽂았다. 명태준이 어느 순간 죽어버리기를 바라면서. 하지만 그런 일은 일어나지 않겠지. 나는 우리가 왜 이런 수모를 당해야 하는 건지 이해가 가지 않았다.

이석진이 흠씬 두들겨 맞는 지금 이 순간, 아무것도 하지 않고 그저 엎드리고 마는 나의 마음을 도대체 어떤 식으로 이해할 수 있을까. 나는 처절하고 또 슬퍼졌다. 다른 아이들도 나와 같을까? 나는 명태준의 다음 타깃이 내가 되지 않기를 바라는 동시에 이석진이 최대한 덜 아프기를 바랐다. 하지만 그것이 단지 바람으로만 끝나서는 안 된다고도 생각했다.

자세를 바로 한 뒤 공책을 펴 명태준의 타깃이 되었던 아이들의 이름을 전부 적었다. 거의 열 명 가까이 되었다. 나는 그들의 이름을 크게 네모 칸으로 묶은 다음 '피해자'라고 적었다. 그러자 이 상황이 한층 더 명징해진 느낌이 들었다. 그런 다음 내 이름을 적고 명태준이 그 아이들에게 행했던 폭력적인 행동과 언사들에 대해 적어 내려갔다. 그리고 앞자리에 앉은 아이에게 이 공책을 반 아이들에게 돌려달라고 전했다. 그 아이는 공책을 가만히 바라보더니 조용히 공책에 무언가를 적기 시작했다.

정말이지, 그것은 아주 조용히 시작된 일이었다. 아이들은 침묵한 채로 열렬히 적었다. 누군가는 그걸 이른다고 표현할 수도 있겠지만 우리에게 이 일은 명태준을 고발함과 동시에 우리가 겪었던 무언가를 진술하는 행위였고 어쩌면 그 이상의 행동일지도 몰랐다. 그날 내내 공책은 반 아이들 대부분에게 전해졌고 조금이라도 명태준과 친분이 있는 아이에게는 전해지지 않았다. 마지막으로 이석진의 차례가 되었을 때, 이석진은 공책을 꼼꼼히 읽어 내려가더니 이내 아무것도 적지 않고 가방 안에 넣어버렸다.

*

나는 정자에 앉아 흐르는 개울을 보았고 옆에 앉은 이석진은 그런 나를 가만히 바라보았다. 이석진은 내 눈치를 보는 듯 자꾸 자세를 고쳐 앉았는데, 그게 심기를 더 불편하게 만들었다. 나는 주머니에서 5천 원 한 장을 꺼내 이석진에게 주었다.

그리고 오늘은 그만 집에 가라고 했다. 이석진은 돈은 받지 않고 앉은 채로 성큼 더 가까이 다가와 내 얼굴을 자세히 들여다보았다.

"화가 나면 말을 안 하네."

"내가 왜 화가 나."

"그거 되게 좋지 않은 버릇이야."

그렇게 말한 이석진은 가방에서 공책을 꺼내 내게 들이밀었다.

"이거 때문이지?"

나는 아무 말도 하지 않으려다가 좋지 않은 버릇이라는 말이 마음에 걸려 고개를 끄덕였다. 이석진은 픽 웃더니 공책을 배에 얹고 대자로 누워버렸다. 나는 속 편하게 누워 있는 이석진이 괜스레 미워져서 내려다보며 물었다.

"너 쫄아서 그러는 거야?"

"쫄아서?"

"어. 명태준한테 쫄아서 걔가 나중에 해코지할까 봐 그러는 거냐고."

그러자 이석진이 나를 빤히 올려다보았는데 지금 내가 굉장히 못생긴 표정을 짓고 있는 것 같아 민망해졌다. 재빨리 얼굴을 거두고 뒤를 돈 채로 최대한 무심하게 말했다.

"그 공책, 어른들한테 갖다줘."

"무슨 어른?"

"선생님이든, 경찰이든, 부모님이든. 그럼 알아서 해결해줄 거야."

"너 정말 그렇게 생각해?"

"그러면? 우리가 지금 이 상황에서 뭘 할 수 있는데."

"동미야, 어른들은 이 상황을 절대로 바꿀 수 없어. 내가 제일 무서운 게 뭔지 알아? 이 공책을 우리 부모님이 보게 되는 거야."

이석진이 나지막이 중얼거렸다. 나는 그제야 내가 오롯이 '타깃'이 되지 않은 입장에서만 이 상황을 생각해왔단 걸 깨달았다. 나의 부모 또한 그랬다. 그들은 내가 학교에 오가는 행위 자체에 안정감을 느끼고 있었으며, 또래 집단과 고루 어울리고 있을 거라고 멋대로 판단하고 단정 지었다.

"엄마는 내가 학교에서 아주 잘 지내고 있는 줄 알아. 난 그런 엄마를 실망시키고 싶지 않고."

이석진은 그렇게 말하고 공책을 내게 주었다.

"그러니까, 이 공책은 네가 알아서 하도록 해."

내가 공책을 받아 들자 이석진은 가방을 메고 자리에서 일어섰다.

"어디 가?"

내가 묻자 이석진은 태연하게 말했다.

"송미 보러 가지. 오늘은 마녀 책을 읽어주기로 했어."

나는 빠른 걸음으로 저 멀리 먼저 걸어가는 이석진을 따라잡기 위해 종종걸음으로 뛰어갔다. 길 주변에는 짓무른 복숭아들이 바닥에 떨어져 있었다. 그것들은 달큼하고 시큼한 냄새를 풍겼다.

송미가 오기 전에 우리는 얼른 집을 치워놓기로 했다. 이석진은 어느덧 익숙하게 청소기를 돌렸다. 그리고 라면을 끓이는 대신 쌀을 앉혀 전기밥솥으로 밥을 지었다. 나는 아무 말도 하지 않았는데 이석진은 괜히 멋쩍었는지 엄마가 가르쳐주었다며 머리를 긁적였다. 나도 어느 순간부터 이석진이 있을 때는 게임을 하지 않고 함께 시간을 보내게 되었다. 햇살이 가득 들어찬 거실에서 이석진과 텔레비전을 보는 지금 이 순간은 왠지 모르게 몹시 충만하게 느껴졌다. 시시껄렁한 개그 프로그램에 눈을 떼지 못하는 이석진을 곁눈질하다가 넌지시 운을 뗐다.

"있잖아."

"응."

"나한테 말이야."

"응. 너한테 뭐?"

"냄새나?"

"냄새?"

"응. 그냥 여기 주변 환경도 별로 안 좋고 하니까 나한테도 그런 냄새가 날까 싶어서."

"신경 쓰였구나."

"아니. 그런 건 아닌데."

"동미야. 남을 깎아내리려고 안달 난 사람 얘기는 귀담아듣지 말자. 우리 그러지 않기로 하자."

단호한 이석진의 말에 나는 아무 말도 하지 않고 고개를 끄덕였다. 무른 아이인 줄로만 알았는데 생각보다 단단한 구석이 있었다. 이석진은 그렇게 말하고 다시 텔레비전으로 시선을 고정하더니 내게 흘리듯 말을 툭 내뱉었다.

"좋은 냄새 나. 너한테."

이내 흐르는 어색한 침묵. 그렇게 우리는 송미가 오기까지 집중도 되지 않는 텔레비전만 괜히 하염없이 바라보며 시간을 때웠다.

역시나 송미는 집에 도착하자마자 신발을 벗어 던진 채 이석진부터 찾았다. 마녀 책을 들고 거실에 앉아 있는 이석진을 보자 좋아서 어쩔 줄 몰라 방방 뛰고 박수를 쳤다. 그런 다음 자연스레 이석진의 품에 안겼고 이석진은 천천히 책을 읽어 주기 시작했다. 나는 소파에 앉아 아니꼬운 표정으로 그들이 하는 모양을 가만 바라보았다.

『마녀 냄비』는 송미가 특히나 좋아하는 책으로, 숲에 살던 마녀가 하루하루 느낀 감정들을 모아 커다란 냄비에 넣고 끓이는 내용이었다. 친한 노루와 대판 싸우고 돌아와 느낀 분노 한 움큼을 냄비에 탈탈 털어 넣은 뒤 보글보글, 온종일 재밌게 같이 놀다 갑작스럽게 죽어버린 하루살이 때문에 느낀 슬픔도 한 꼬집, 개똥벌레에게 깜짝 선물로 동그란 소똥을 선물받은 다음 느낀 기쁨도 왕창 넣어 보글보글, 그렇게 온갖 것을 냄비에 넣어 끓였더니 결국……!

"펑 하고 터져 마녀의 얼굴이 온통 새까맣게 그을렸답니다."

그러면 송미는 배를 잡고 깔깔 웃었다. 늘 그 대목에서 웃었다. 나는 그게 뭐가 그렇게 웃기니? 하고 물었는데 송미는 대답도 안 하고 계속 배를 잡고 웃었다. 이석진과 나는 숨이 넘어갈 것처럼 웃는 송미의 모습과 서로를 번갈아 바라보며 황당하다는 표정을 짓다가 이내 웃고야 말았다. 이석진은 한층 더 과장해서 두 손을 높이 들고 큰 소리로 송미에게 소리쳤다.

"펑!"

아니나 다를까 송미는 자지러졌다.

"펑!"

나는 애 놀라겠다며 그만 좀 하라고 팔로 이석진의 목을 감싼 뒤 약하게 조이며 말렸다. 이석진은 그런 나를 거의 등에 업다시피 한 채로 또다시 송미에게 장난을 쳤다.

"펑!"

"뭐 하니?"

양손 가득 식료품을 사 온 엄마가 현관에서 우리를 쳐다보고 있었다. 이석진은 자리에서 벌떡 일어나 어색한 얼굴로 엄마에게 인사했고 송미는 조르르 달려가 엄마의 오른 다리에 매달렸다.

"엄마, 펑, 펑, 마녀가 펑 했어."

당황한 나는 엄마에게 대충 이석진을 소개했다.

"우리 반 친구야. 이름은 이석진."

엄마는 이석진을 머리부터 발끝까지 훑으면서 건조하게 말했다.

"그래, 반갑다."

엄마는 무표정한 얼굴로 들어오더니 거실에 부려놓은 장난감을 보며 한숨을 쉬었고 식료품을 천천히 정리하기 시작했다. 나는 이석진을 데리고 도망치듯이 밖으로 나왔다.

*

이미 날은 저물었고 열대야가 아직 가시지 않았지만 미미한 바람이 불어왔다. 바로 집으로 들어가기도 민망한 상황이었던지라 이석진에게 집까지 바래다주겠다고 했다. 이석진은 거절 한번 하지 않고 좋다고 했다. 바람에서 느껴지는 열기 통에 관자놀이에 땀이 송골송골 맺혔다. 이석진이 조금 덥지 않느냐고 물었고 나는 무지 덥다고 했다. 그러자 내게 열심히 손부채질을 해주기 시작했다. 그러는 이석진의 목에서는 땀이 흐르고 있었다.

"그만해, 너도 덥잖아."

"나는 안 더워."

"땀 나는데?"

"땀 난다고 더운 게 아니야."

"그럼?"

"덥다고 생각하면 더운 거야."

"그게 뭐야."

"좋다고 생각하면 좋고."

"밉다고 생각하면 밉고?"

"그렇지."

"명태준은? 미워?"

"아니. 하나도 안 미워."

단호한 얼굴로 이석진이 대답했다.

"나는 미워죽겠는데."

내가 중얼거리자 이석진이 고개를 저었다.

"그러지 마. 그러면 못생겨져."

그러면서 손가락으로 내 미간을 눌렀다. 이석진의 뜨거운 손가락이 미간에 닿자 그 부분이 이상하게 화끈거렸다. 나는 하지 말라고 언성을 높이면서 앞질러 걸어갔다. 그러자 이석진이 내 뒤를 쫓아왔고 나는 그 발걸음 소리가 좋아 웃고야 말았다.

이석진을 아파트 단지 입구까지 데려다주고 집에 가려는데 저 멀리서 화단에 쪼그려 앉아 있는 사람이 보였다. 우리 학교 교복을 입고 있기에 혹시 아는 애일까 싶어 다가갔다. 그런데 자세히 보니 머리가 빨간색이었다. 명태준이라는 걸 알아차리자마자 나는 모른 척 조심스레 돌아가려고 했다. 그런데 언제 나를 알아봤는지 명태준이 먼저 선수를 쳤다.

"나 좀 도와줄 수 있냐? 화단에 떨어진 게 있는데 도무지 찾을 수가 없어."

명태준은 화단 깊숙이까지 들어가 계속 바닥을 살폈다. 나는 잠시 망설이다가 함께 화단으로 들어가 주변을 둘러보았다. 하지만 이렇다 할 물건은 보이지 않아 조심스레 명태준에게 물었다.

"뭘 찾는데?"

"작은 화분."

명태준의 목소리에는 힘이 없었다. 꼭 내가 알던 명태준이 아닌 것만 같았다.

"화분이라면 금방 보일 텐데. 누가 가져간 게 아닐까? 네 거야?"

"할머니 거. 할머니가 아끼던 건데 내가 떨어뜨렸어."

"같이 찾아줄까?"

"네 말이 맞을 것 같네. 누가 가져간 거야. 이제는 찾을 수 없어."

명태준은 그렇게 말하고 긴 다리로 휘적휘적 화단을 나섰다. 나도 명태준의 뒤를 따랐다. 우리는 잠시 아무 말도 하지 않았고 서로를 바라보지도 않았다. 나는 왜 명태준이 할머니가 아끼던 화분을 떨어뜨렸을지 궁금했다. 실수로 떨어뜨리진 않았을 것 같은데. 하지만 그런 것들을 물어볼 수는 없었다. 대신 나는 명태준이 했던 말을 되풀이했다.

"이제는 찾을 수 없어."

"그래."

"정말, 그런 거야."

"고맙다."

그 말을 끝으로 명태준은 인사도 하지 않은 채 아파트 단지로 들어가버렸다. 그 모습이 역시 내가 알던 명태준과 너무 달라서 이상하게 느껴졌다. 학교 바깥에서 명태준은 무엇을 상상하고 무엇을 느끼며 살아갈까. 나는 어쩌면 우리가 같은 지점에서 같은 미래를 상상하며 그 미래를 몹시 두려워하고 있을 수도 있다고 생각했다.

집에 도착해보니 엄마가 거실에 조용히 앉아 있었다. 뭔가 이상한 낌새를 알아차린 나는 조용히 방에 들어가려고 했는데 엄마가 잠시 앉아보라며 불렀다. 자리에 앉자 엄마는 가만히 나를 보다가 내 앞에 무언가를 툭 던졌다. 공책이었다. 오늘 반 아이들과 함께 돌아가면서 명태준과 있었던 일을 아주 상세하게 기록한 그 공책.

“내 가방 뒤졌어?”

“그게 중요한 게 아니잖아.”

“남의 가방을 왜 뒤지는데.”

“엄마가 딸 가방 좀 못 열어봐?”

“엄마가 도대체 엄마로서 어떤 자격이 있는데?”

말이 끝나기가 무섭게 엄마는 한 손으로 내 머리를 세게 때렸다. 얼얼한 통증을 느낄 새도 없이 나는 발악했다. 도대체 뭐가 문제냐고. 학교 끝나자마자 집에 와서 집안일 하고 서송미 밥 차려주고 간식 주고 놀아주고 재워주는데 그거면 된 거 아니냐고. 엄마는 한숨을 푹 쉬더니 무릎 사이에 고개를 파묻었다. 그러고는 이내 등을 들썩거리며 울기 시작했다.

자고 있던 송미는 안방에서 나와 우리를 번갈아 보았다. 그리고 울음을 터뜨렸다.

“엄마…… 언니…… 미안해.”

나는 우는 송미는 달랠 수 있었지만 우는 엄마를 달래진 못했다. 엄마는 금세 고개를 들고 눈물을 닦은 뒤 나에게 물었다.

“아까 왔던 남자애가 이석진이라고 했지?”

“응.”

“그 공책에 쓰인 게 정말이니?”

나는 아무 대답도 하지 않았다. 그러자 엄마가 조금 차가운 목소리로 말했다.

“동미야, 누가 누구를 일방적으로 괴롭히고 그런 일은 절대로 일어나서는 안 돼."

"나도 알아."

"엄마는 너한테 미안한 게 너무 많아서 할 말이 없어. 그런데 그런 일은 결코 일어나지 않도록 해야 해. 그 말은 엄마가 꼭 해주고 싶어."

"일단 선생님한테 말하지는 말아달래."

"누가?"

"이석진이."

"그래. 고민해보자."

엄마는 그제야 좀 편안해진 얼굴로 송미를 품에 안은 채 머리를 쓰다듬었다. 그러더니 수박을 먹자고 했다. 수박 껍질을 처리하는 게 곤란해서 원래 우리 집은 수박을 잘 먹지 않았다. 나는 엄마가 이 일이 일어나기 전에 이미 수박을 사 왔다는 걸 알았지만 꼭 수박을 먹자고 하는 게 나한테 미안해서 그런 것처럼 느껴졌다. 엄마는 부엌으로 가 수박을 먹기 좋은 크기로 숭덩숭덩 자르기 시작했다. 정말 이석진은 명태준이 밉지 않은 걸까. 맨날 맞고 괴롭힘당하면서도 그 사람을 미워하지 않으려는 마음에 대해 생각해보았다. 결코 내가 가닿을 수 없는 마음이었다. 그런 일은 절대로 일어나서는 안 돼. 엄마의 단호한 그 말이 계속 귀에 맴돌았다.

*

지루했던 한문 시간이 끝나고 반 전체가 한차례 떠들썩했다. 종례 시간에 자리를 바꾼다는 소문이 돌았기 때문이었다. 우리는 삼삼오오 모여 누구와 짝이 되면 좋을지 속닥거렸고 최대한 앞자리만은 걸리지 않기를 바랐다. 나는 아이들과 떠들면서도 내심 속으로 생각했다. 이석진의 짝은 누가 될까. 나는 언젠가부터 이석진의 존재를 매 순간 의식하고 있었는데 그건 갑작스러운 일은 아니었고 자연스럽게 내가 눈으로 귀로 이석진을 좇고 있다는 사실을 의식하게 된 것이었다.

이석진이 잠깐 자리를 비운 틈을 타 명태준은 이석진의 자리에 앉아 있었다. 그리고 가방부터 사물함까지 구석구석 이석진의 소지품을 뒤지기 시작했다. 그러더니 갑자기 큰 소리로 박수를 쳤다. 모두의 주목을 받길 바라는 것처럼. 그 모습은 내가 어제 봤던 명태준의 모습이 아니었다. 정말이지, 완전히 다른 사람이었다.

"이것 봐라, 얘들아. 존나 웃긴 게 나왔다."

명태준은 한 손을 번쩍 들었다. 손에는 사각형의 작은 상자가 들려 있었고 명태준이 손을 움직일 때마다 반짝거렸다. 눈을 찌푸리고 그것을 한참 본 후에야 무엇인지 알 수 있었다. 나는 그것이 이석진의 것이라는 것도 믿기지 않았지만 하필 명태준에게 발각되었다는 사실이 끔찍했다.

돌아온 이석진이 무언가 이상한 분위기를 감지하고 뒷문에 멈춰 서서 명태준을 바라봤다. 명태준은 이석진을 보며 활짝 웃었다. 이석진은 명태준이 들고 있는 콘돔 상자를 발견하고는 크게 한숨을 쉬었다. 명태준이 웃음기를 거두고 이석진에게 성큼성큼 다가갔다.

"한숨? 너 한숨도 쉴 줄 알아?"

"내놔."

"너 이거 누구랑 할라고 샀어?"

"산 거 아니야. 그런 것도 아니고."

"난 아는데."

명태준이 이석진의 어깨에 팔을 두른 채 다른 한 손으로 나를 가리켰다.

"나 너네 봤거든. 어제 8단지에서. 너네 했지?"

모든 아이들의 이목이 나에게로 집중되었다. 피가 머리 위로 솟구치는 듯한 느낌과 함께 손끝부터 바들바들 떨리기 시작했다. 나는 그 순간 깨달았다. 명태준의 다음 타깃이 내가 될 거라는 것을. 명태준이 이석진에게 둘렀던 팔을 거두고 내게 다가왔다. 180센티미터가 훌쩍 넘는 명태준은 앞에 서는 것만으로도 위협적이었다. 나는 그 순간 명태준이 다름 아닌 어제의 일 때문에 나에게 위해를 가하고 있다는 것을 깨달았다.

"너 이석진이랑 잤어?"

명태준이 히죽거리며 내게 물었다.

"아니."

"거짓말."

"거짓말 아니야. 그때 이석진 데려다주고 너 만났잖아. 화단에서 할머니 화분 찾는 거 도와달라고 네가 직접 말했잖아."

그렇게 말하자 명태준의 표정은 일순간 차갑게 굳어졌다. 말해서는 안 될 것을 말했다는 그런 표정이었다. 하지만 이내 명태준은 다시 비열한 얼굴을 하고 내게 가까이 다가오며 읊조렸다.

"나도 한 번 주면 안 되냐?"

그 말을 듣는 순간 나는 엄마의 말이 생각났다. 그런 일은 절대로 일어나서는 안 된다는, 그 말. 애석하게도 나는 내가 타깃이 되려 하는 때에서야 그런 생각을 했다. 명태준에게 뭔가를 보여줘야 한다는 생각. 그 생각 말고는 아무것도 떠오르지 않았다. 나는 주변에 있는 책상들을 거칠게 뒤엎었고 그 새끼를 해칠 만한 무언가를 찾았다. 그리고 눈에 보이는 것을 재빠르게 쥔 다음 그 새끼의 목을 찔렀다.

그건 볼펜이었다. 아주 얇은 볼펜. 명태준은 짤막한 신음을 내뱉더니 볼펜을 붙잡고 손을 떨었다.

"야. 씨발, 누가 이것 좀 어떻게 해봐."

명태준은 볼펜을 뽑지 않았다. 본능적으로 볼펜을 뽑으면 더 심각한 상황이 발생할 거라는 것을 아는 듯했다. 명태준을 도와주는 사람은 아무도 없었다. 명태준은 주변을 조용히 둘러보더니 너네 다 두고 봐, 중얼거리며 목에 꽂힌 볼펜을 쥔 채로 서둘러 교실 밖으로 나갔다.

*

명태준이 학교에 나오지 않게 된 이후 나와 이석진을 포함한 반 아이들은 오랜만에 평화로운 나날들을 보내고 있었다. 하지만 나와 이석진은 그날 이후 더 이상 만나지 않았다. 구실이 없어지기도 했고 미묘하게 사이가 어색해진 탓도 있었다.

대놓고 놀리지는 않았지만 나와 이석진을 보는 반 아이들의 시선이 심상치 않았기 때문이었다. 하지만 나는 여전히 이석진이 신경 쓰였다.

그 일이 있고 나서 얼마 지나지 않아 학교폭력대책자치위원회가 열렸다. 하지만 엄마가 증거물로 명태준의 가해 사실이 기록된 공책을 제출하면서 나는 가벼운 징계를 받는 것으로 일단락되었다. 사실상 명태준의 가해 사실이 낱낱이 드러나며 명태준은 강제 전학 조치를 받게 되었으므로 이 사건은 오히려 명태준에게 불리하게 작용했다.

명태준이 학교에 나오지 않는 동안, 명태준 대신 명태준의 할머니가 우리 반에 한 번 찾아왔다. 할머니는 종례 시간에 학생 한 명 한 명에게 빠짐없이 인사하며 데리버거를 돌렸고 콜라는 없었다. 나는 포장지를 까서 우적우적 데리버거를 씹어 삼켰다. 그러다 이석진과 눈이 마주쳤는데 이석진은 나를 보고 몹시 놀란 얼굴이었다. 마치, 그게 가능해? 라고 말하는 것처럼.

방과 후에 할머니는 내가 후문으로 올 것을 알았다는 듯 나를 기다리고 있었다. 혼날 줄 알고 어깨를 잔뜩 움츠렸는데, 할머니는 내 교복의 구겨진 부분을 정성스레 매만져주었다. 나는 멀찍이 뒤에서 따라 걸어오고 있던 이석진을 불렀다. 이석진이 쭈뼛거리며 다가왔다. 그런 이석진을 가리키며 말했다.

"할머니. 얘가 많이 맞았어요."

"얘가 왜 그렇게 사나운지, 정말."

"그러게요."

이석진이 이를 드러내고 웃으며 말했다.

"미안하네, 다들."

"명태준은 괜찮아요?"

이석진이 물었다.

"크게 다친 건 아니라 그냥 쉬고 있어. 집에만 있는 게 좀 힘든가 봐. 혼자 있는 걸 못 견디거든."

그러더니 할머니는 나와 이석진에게 명태준이 전학을 가게 되면 집도 이사해야 하는데, 그럴 만한 돈도 없고 조건도 되지 않는다면서 명태준이 우리를 만나 직접 진심 어린 사과를 전하면 안 되겠느냐고 물었다. 나는 단연코 명태준을 용서할 생각이 없었다. 내가 잠자코 있는 사이 이석진이 말했다.

"만나볼게요."

할머니는 연신 너무 고맙다면서 이석진의 손을 맞잡고 한참이나 허리를 굽혀 인사했다. 나는 그런 이석진의 태도가 이해가 가지 않아서 불퉁한 얼굴로 한참이나 그 둘을 바라만 보고 있었다. 그러다가 문득 할머니에게 말해주고 싶은 게 생각났다.

"화분이요."

"응? 무슨 화분?"

"명태준이 할머니가 아끼던 화분을 떨어뜨렸다고 했어요."

"아, 그거?"

"실수였대요."

"다 실수지. 그맘때는. 근데 어떤 건 돌이킬 수가 없어. 그게 문제야."

그렇게 말하며 할머니는 혀를 찬 뒤 뒤를 돌아 천천히 걸어갔다.

할머니가 돌아간 후 우리 사이에는 정적이 흘렀다. 이석진은 나를 가만히 보다가 중얼거렸다.

"또 화가 났네. 못된 버릇 나왔어."

나는 더 이상 참지 못하고 이석진에게 선언하듯 말했다.

"나는 용서 못 해. 걔가 널 얼마나 괴롭혔는데."

"용서하지 마."

"그럼 난 뭐가 돼?"

"용서 못 한 사람이 되는 거지."

"넌 용서한 사람 되고?"

"나 아직 용서 안 했는데?"

"그러면?"

"그냥 만나만 보는 거야. 물어볼 것도 많고."

이석진이 조용히 말했다. 얘는 도대체 뭐가 그리 물어볼 것도 많고 알아야 될 것도 많을까. 그렇게 생각하다가 어두운 밤 화단에 들어가 바닥을 유심히 살펴보던 명태준을 떠올리고야 말았다. 우리는 한참을 걷다가 여느 때처럼 정자에 앉아 쉬었다. 더위가 한풀 꺾이고 있었다. 풍경을 바라보고 있다가 가방 앞주머니에서 5천 원을 꺼내 이석진에게 내밀었다.

"이제 필요 없어."

"그럼 왜 따라왔어?"

이석진은 아무 말도 하지 않았다. 귀가 조금 붉어진 것 같기도 했다. 아, 맞다. 붉어진 귀를 보고 있자니, 생각나는 게 있었다.

"콘돔은 뭐였어?"

"아, 몰라."

"뭔데."

"있어. 그런 게."

"말해줘."

"싫어."

아니나 다를까, 이석진의 얼굴이 펑 하고 터져버린 것처럼 새빨갛게 달아올라 있었다.

"너 마녀 같아, 펑!"

내가 웃으며 말하자 결국 이석진은 자리에서 벌떡 일어나 송미 보러 갈 거야, 하며 우리 집 쪽을 향해 터벅터벅 걸어갔다. 헐레벌떡 뒤따라가 옆에 서니 이석진이 조용히 속삭였다.

"네 얘기 했더니 엄마가 준 거야. 혹시 모른다고. 나도 싫다고 했는데……. 우리 엄마 원래 좀 극성이잖아."

"나에 대해서 뭐라고 했는데?"

내가 묻자 이석진은 그건 비밀이야! 소리 지르고 저 멀리 달려갔다. 이석진의 묵직한 가방에서 온갖 것들이 부딪치며 요란한 소리를 내었다. 나는 이석진이 그렇게 한참 달려갈 때까지 내버려두었다. 이 장면을 오래도록 기억해야지 다짐하면서. 문득 멈춰 선 이석진이 뒤돌아 내게 손짓했다. 나는 되도록 천천히 아주 천천히 걸었다.

정원에 대하여

[사랑] 가장 수치스럽고 영광스러운 날의 기억.

정원이 떠나던 그날, 우리는 옥상에서 만났다. 그 애는 내게 말했다.

"사실 나도 너를 좋아했어."

나는 믿지 않았다. 좋아하는 마음은 어떻게든 티가 날 수밖에 없는 것 아닌가. 틀어막은 내 마음이 걸핏하면 빛이나 연기처럼 새어 나왔듯이. 게다가 우리는 2년이나 거의 매일 얼굴을 보고 살았다. 내가 정원의 얼굴에서 읽어낸 감정은 대부분 권태 혹은 불안이었고 가끔은 환멸, 또 가끔은 모멸감이었다. 그래서 나는 정원이 마지막으로 나의 체면을 세워주기 위해 예의를 갖추는 것이 아닌가, 하고 의심했다.

"억지로 그렇게 말해줄 것 없어."

내가 말하자 정원은 나를 가만히 노려보다가 쏘아붙였다.

"믿고 싶은 대로 믿어."

믿고 싶은 대로 믿을 수 있다면 나는 이런 것들을 믿고 싶었다. 내가 정원을 떠올리던 순간마다 정원 역시 나를 떠올렸을 거라는 것. 내가 B01호에 내려가 문제집이나 책 따위를 건네던 날, 그 애의 눈동자와 눈썹에 내 눈길이 머물렀듯이 그 애도 찰나의 순간 내 얼굴이나 몸 어딘가에 시선을 두었을 수도 있다는 것. 우리가 주고받은 짧고 사소한 메시지들을 닳도록 읽어 모든 내용을 외워버린 나처럼 그 애도 우리의 대화를 곱씹었을 수도 있다는 것…….

마음속으로 그럴 리 없다 여기면서도 나는 간절한 마음으로 정원에게 물었다.

"언제부터였는데?"

정원은 고개를 떨구고 한참을 머뭇거리다 결국 대답했다.

"처음부터. 그래, 처음부터였어"라고.

*

순미 이모네가 B01호에 이사 오던 날은 1학년 겨울방학이 시작되던 날이었다. 12월 말인데도 신기할 만큼 포근한 날씨였던 터라 엄마는 좋은 징조가 아니겠느냐고 이모에게 웃으며 말했다. 세 사람의 짐은 28인치 캐리어 두 개와 각자의 등에 멘 가방 세 개로 아주 단출했기에 용달을 부르지 않고 경전철을 이용해 의정부까지 왔다고 했다. 이삿짐 옮기는 것을 도와주러 내려온 아빠와 나는 손에 꼈던 목장갑을 슬쩍 벗어 뒷주머니에 넣었다. 처음 나의 시선을 끈 건 정원보다는 정원의 동생 유정이었다. 키가 내 허리까지밖에 안 오는 어린애가 부피감이 느껴지는 큰 가방을 메고 있었기 때문이었다. 거북이 등딱지같이 불룩 튀어나온 가방을 메고 꾸벅 인사하는 모습이 귀여워 보였다. 나는 동생도 없고 고종 사촌들 중에서도 가장 어려서 평소에 애들을 볼 일이 없었다. 그래서인지 대번에 조그마한 그 애를 잘 보살펴주고 싶은 마음이 들었다.

"무겁지 않아? 가방 들어줄까?"

내가 묻자 유정은 한 손으로는 가방끈을 쥐고 한 손은 정원의 손을 그러쥔 채 고개를 도리도리 저었다. 낯을 가리는 모습도 앙증맞아 보여 어른들은 크게 웃음을 터뜨렸고 나도 저절로 웃음이 나왔지만 유정은 몸을 움츠리고 어쩔 줄 몰라 했다. 나를 의식한 듯 정원은 유정의 가방을 벗겨 자신의 어깨에 걸쳤다. 그때 정원과 눈이 처음으로 마주쳤다. 그 애는 눈이 크고 쌍꺼풀이 진했다. 인상이 뭔가 독특하다는 느낌을 받았는데 왜 그런 느낌이 든 건지 그때는 알지 못했다.

순미 이모네가 이사 오기 3주 전, 엄마는 아빠에게 비어 있던 B01호에 들어올 사람이 있으니 도배와 장판 시공을 맡아줄 업자를 빠른 시일 내에 알아보라고 말했다. 상의도 없이 독단적으로 결정한 일이라 아빠는 한동안 기분이 상한 기색이었지만 늘 그래왔듯이 엄마의 고집을 꺾지 못한다는 사실을 빠르게 받아들였다. 하지만 시공을 끝낸 후 엄마가 집세도 받지 않겠다고 선언하자 아빠는 크게 반발했다.

1981년에 지어진 희락빌라는 반지하가 있는 4층짜리 다세대 주택이었으며 건축주는 외할아버지 김희락 씨였고 그가 10년 전 별세한 후 유언장에 따라 하나밖에 없는 딸, 내 엄마

김상희 씨에게로 상속되었다. 희락빌라는 4층은 한 세대가, 지층부터 3층까지는 한 층에 두 세대가 살 수 있도록 설계되었다.

사선으로 기울어진 땅에 건물이 지어진 탓에 B01호는 창문이 도로의 높이보다 낮았고 B02호는 창문이 지상으로 드러난 형태였다. B01호에 마지막으로 살았던 오십대 남자가 1년 넘게 월세를 내지 않고 보증금을 다 까먹은 뒤 말도 없이 사라진 후 엄마는 B01호를 2년간 비워놓고 있었다. 밀린 관리비와 월세, 쓰레기로 뒤덮인 집을 복구한 비용을 받아내려 엄마가 남자에게 명도소송을 걸기도 했는데 남자의 초본을 떼어봐도 다른 주소지로 전입 신고한 기록이 없어 송달되지 않았다. 엄마는 피해를 고스란히 떠안고 만 것이었다.

사실 그간 세입자를 찾으려는 노력을 아예 하지 않은 것은 아니었다. 몇 명이 방을 보고 가긴 했지만 오는 사람마다 집 상태를 흘깃 보고는 월세를 깎아달라거나, 보증금 없이 월세만 내고 살게 해달라거나, 에어컨과 보일러를 전부 바꿔달라는 등의 요구를 했다. 엄마는 까다로운 세입자를 받고 싶지 않아 조건을 수용하지 않았다. 그리고 그즈음 유례없는 폭우로 인해 근방 다세대 주택에 거주하는 지층 사람들이 큰 피해를 입는 일이 있었다. 괜히 악덕 건물주라는 오명을 덮어쓰게 될까 지레 겁먹고 엄마는 공인중개사 사무소에 부탁해 매물 목록에서 B01호를 아예 삭제했다. 이후 희락빌라 B01호는 가족의 창고로 쓰이고 있었다.

엄마와 순미 이모는 여중 여고를 같이 나온 동창이었다. 내가 “엄마 단짝이었어?” 하고 물으니 엄마는 잠깐 망설이다가 “노는 무리가 달랐어” 하고 얼버무렸다. 엄마는 도배와 장판을 새로 했을 뿐만 아니라 아빠와 함께 중고 가전 센터에 들러 쓸 만한 전자레인지와 전기밥솥을 사서 들여놓았다. 냉장고와 가스레인지는 전에 살던 사람이 두고 간 것을 깨끗하게 닦아 놓았고, 이모가 오자마자 바로 쓸 수 있도록 도시가스 전입신고 예약도 미리 해두었다.

“우리 결혼식에도 안 온 사람 아니야? 장인어른 장례식 때도 안 왔지? 친하게 지내던 사이도 아닌 것 같은데 당신, 동창한테 약점 잡힌 거 있어?”

아빠가 빈정거리며 물었을 때, 엄마는 발끈하며 부인했다.

“날 뭘로 보고? 내가 어디 가서 약점 잡힐 사람이야? 그냥, 걔 사는 꼴이 하도 답답하니까 모른 척하기 찝찝해서 그래.”

그게 전부냐고 나와 아빠가 번갈아 가며 묻자 엄마는 자신도 피곤하다는 듯 능청스럽게 말했다.

“그나마 동창 중에 내가 형편이 제일 나은 편이잖아. 이럴 때 나서야지. 좋은 일 한번 하자, 우리.”

엄마는 세 모녀의 기구하고 가련한 사연을 늘어놓았고, 알게 된 이상 아빠도 무작정 반대하기가 껄끄러운 것 같았다. 아빠는 2년간 월세를 받지 않는 대신 무상임대차 계약서를 쓰라고 했고, 엄마 또한 동의했다. 엄마는 순미 이모네가 들어오기 전날 아빠와 내게 여러 번 당부했다.

“비어 있던 방이라고 절대로 말하지 마. 특히 은석. 너 입조심해. 저 위해서 전에 있던 세입자 계약 연장 안 하고 내보냈다고 했단 말이야. 왜긴, 왜야. 남아도는 방 거저 주는 줄 알 거 아니야."

"또 공치사는 하고 싶어서, 저렇게 속이 빤히 보이는 짓을 해요."

아빠는 엄마가 생색을 낸다며 이죽거렸지만 엄마는 아랑곳하지 않았다. 그러니까 내 어머니와 아버지는 원래 그런 식으로 말하는 사람들이었다. 협잡을 꾸미거나 없는 말을 만들어내지는 않지만 뭐랄까, 점잖지 못했고, 심하게 표현하면 경박했다. 어쨌거나 나 또한 자선하는 기분에 흠뻑 빠진 엄마에게 동화되어 있었다. 이사 오는 이들에 의해 조금 성가신 일들이 생길지라도 감안하고 친절을 베풀 마음의 준비를 끝낸 것이다.

*

순미 이모는 B01호의 문을 열고 들어서자마자 엄마의 손을 잡고 눈물을 글썽였다.

"세상에! 상희야. 방이 두 칸이라고는 안 했잖아. 집이 대궐 같다, 얘. 깨끗하고 너무 좋다. 정원아, 유정아, 들어와봐. 작은 방은 정원이 혼자 써도 되겠다. 정원이 소원 성취했네."

나중에 알게 된 사실이지만 순미 이모는 좋은 것도, 나쁜 것도 느끼는 것보다 조금씩 과장해서 말하는 버릇이 있었다. 엄마를 도와 먼지 쌓인 B01호를 함께 쓸고 닦으며 이 집에 들어올 가족이 새 보금자리를 안락하게 느끼기를 바라긴 했어도 이모가 예상보다 더 감격한 듯해 조금 머쓱했다. 아무리 단장해봤자 B01호는 볕도, 바람도 다른 집의 반의반밖에 들어오지 않아 어두침침하고 꿉꿉한 반지하였다. 지금은 티가 나지 않지만 장마철이 되면 구석에서부터 스멀스멀 곰팡이가 번질 것이 분명했다.

쭈뼛거리며 집을 둘러보던 정원이 큰방 모서리에 놓인 원목 책상과 의자를 발견하고 놀란 듯 순미 이모를 바라보았다. 이모는 눈이 휘둥그레져서 엄마에게 물었다.

"저것도 네가 준비한 거야?"

"새거 아니야. 애들 공부할 책상은 있어야 되니까."

살아생전 할아버지가 쓰던 책상이었다. 손때가 묻은 가구라 쉽게 내다 버리지는 못했지만 서재를 반이나 차지하고 있던 책상을 엄마는 '처치 곤란'이라고 표현하곤 했다. 엘리베이터가 없는 탓에 계단으로 옮기느라 나와 아빠가 무척 고생했다. 정원은 우리를 향해 보일 듯 말 듯 고개를 꾸벅 숙여 감사의 마음을 표현했는데 나는 그 순간 가슴이 뿌듯해졌다.

그날 두 가족은 4층에서 엄마가 준비한 저녁을 함께 먹었다. 그 자리에서 순미 이모는 자신의 곤궁한 처지에 대해 솔직히 털어놓으며 우리 가족에게 이해를 구했다.

"정말 감사해요. 염치없게도 제가 궁지에 몰리니까 생각나는 게 상희밖에 없더라고요. 아시겠지만 상희가 원래 그런 게 있잖아요. 공명심, 의협심 같은 거요. 어릴 때부터 동아리 회장 같은 것도 했었고."

치어리딩 동아리와 공명심이 무슨 상관인지 모르겠지만 식사 내내 순미 이모는 엄마를 치켜세웠다. 이모네의 현재 사정이라면 그 자리에 앉아 있는 사람들 모두가(아마 여섯 살 유정이까지) 빤히 알고 있는 사실이었기 때문에 어른들끼리는 터놓고 이야기하는 것이 오히려 마음 편했을지 모르지만 나로서는 곤혹스러운 느낌이었다. 정원 역시 나와 비슷하거나 더 불편한 감정을 느끼는 것 같았다. 밥을 먹는 동안 나는 정원을 몇 번이나 곁눈질했지만 그 애는 줄곧 식탁에만 눈길을 고정하며 새 모이만큼 음식을 먹었다. 그러곤 유정이 반찬을 실수로 흘리면 속삭이듯 타박하며 흘린 반찬을 휴지로 얼른 훔쳤다. 이모네가 집으로 돌아간 후 나는 조금 걱정이 되었다. 정원이 내가 다니는 고등학교로 전학을 오게 되면, 과연 어색하지 않게 잘 지낼 수 있을까 싶었던 것이다.

"엄마, 순미 이모 딸 있잖아."

정원의 이름을 진작 외웠으면서 나는 괜히 그렇게 말했다.

"정원이?"

"응, 걔. 우리 학교로 전학 오지?"

"그게, 원래 안 되는 건데 간신히 전에 다니던 학교 담임한테 부탁해서 출석 일수를 채웠대. 편법이긴 한데 그렇게라도 해야지, 뭐. 애들이 무슨 잘못이야. 아빠가 어지간히 개차반이라야 말이지. 지 아빠한테 쫓겨 다닌다고 작년에는 학교를 글쎄 반년도 못 다녔다는데 진도는 따라가겠어? 그래도 여기가 대학깨나 보내는 명문인데."

"엄마. 여기가 무슨 명문이야. 상기 형 말고는 좋은 대학 간 사람도 없어. 솔직히 우리 학교 애들 다 꼴통이야."

나의 지나치게 냉철한 주제 파악이 불편했는지 엄마는 큰 모욕을 당한 듯 인상을 찌푸렸다. 나에 관한 한 엄마는 과대망상이라고 할 만큼 기대가 크고 너그러운 편이었다.

"꼴통이라니. 그럼 너도 꼴통이니? 말을 해도 꼭. 아무튼, 정원이한테 잘해줘. 애가 얼굴에 그늘이 졌더라. 예쁘장한 애가 눈썹이 그게 뭐야."

"눈썹이 왜?"

"못 봤어? 걔가 스트레스를 받으면 그렇게 눈썹을 뽑는대."

그러고 보니 정원의 얼굴에서 느꼈던 미묘한 위화감은 눈썹의 부재에서 오는 것이었다. 앞머리를 길러 이마를 덮고 있기는 했지만 살짝이라도 이마와 눈썹 뼈가 드러나면 무언가 기이한 느낌이 들었다. 나는 정원에 대해 더욱 궁금증이 일었다. 그러나 캐묻기는 민망해서 관심이 없는 척했다. 시간이 지나면 저절로 알게 되겠거니 싶었다. 그러니까 정원이 좋아하는 건 뭔지, 싫어하는 건 뭔지, 무서워하는 건 뭔지.

하지만 그날의 식사 후로 정원을 볼 일은 거의 없었다. 다른 이웃들과 마찬가지로 작정하지 않고서야 마주칠 일이 없었던 것이다.

나는 겨울방학을 맞아 오전부터 오후까지 학원 특강을 들었다. 그리고 간간이 세 모녀의 일상을 엄마의 입으로 전해 들었다. 순미 이모는 엄마의 지인이 운영하는 감자탕집에서 주 6일씩 일하기 시작했고, 유정은 새해부터 근처 교회에서 운영하는 어린이집에 다니게 되었다. 정원은 순조롭게 고등학교

전학 수속을 마쳤다고 했다. 도움 없이도 새로운 환경에 각자 잘 적응하고 있는 듯해 조금 아쉬운 기분마저 들었다. 어쩌면 나는 그들을 내 지루한 일상에 재미를 더해줄 흥미로운 사건으로 여겼는지 모른다.

방학 내내 학원에서 시간을 보내면서도 그 시간이 유의미하다고 느끼지는 못했다. 2학년 1학기 선행 학습을 겨울방학에 하고, 학기 중에는 2학년 2학기 진도를 나가고, 여름방학에는 3학년 진도를 미리 나갈 게 뻔했다. 매번 삶을 한 템포씩 빠르게 진행하는 것이 과연 무슨 의미가 있는지 솔직히 잘 이해가 되지 않았다. 그렇다고 이 대열을 이탈할 용기가 있는 것도 아니었다. 나는 나의 평범함을 오래전에 인정했고 다만 이 레이스에서 눈에 띄게 낙오되지만 않기를 바랄 뿐이었다.

생활이 지루해질 때 나는 가끔 스트레스를 받으면 눈썹을 뽑는다는 아이를 떠올렸다. 같은 건물에 사는데 어째서 우연으로도 마주치지 않는 건지 의아했다.

*

무료하고 느슨한 겨울방학을 보낸 후 새 학기가 시작되는 날, 우연히 등굣길에 정원을 만났다. 자전거를 타고 가던 중 낯익은 가방이 눈에 들어와 나는 속도를 늦췄다.

"안녕."

정원은 당황스러운 눈으로 나를 돌아보더니 작은 목소리로 안녕, 하고 인사했다. 나는 자전거에서 내려 정원과 보폭을 맞춰 걸었다.

"교복 샀네."

"응."

"우리 학교 어딘지 알아?"

"알아."

"그래? 몇 반인지 확인했어?"

"2학년 3반."

"어? 나돈데. 신기하네."

한 반이라는 소식을 듣자 나는 기분이 무척 들떴다.

"같은 반일 줄은 몰랐네. 잘됐다. 아침 먹고 왔어?"

"아니. 유정이 데려다주고 등교해야 해서 시간이 없었어."

"그렇구나."

정원이 내게 물었다.

"너는 학교에 친구들 많지?"

"이 동네에 학교가 하나뿐이라서 초등학교 친구들이 중학교 친구들이고, 중학교 친구들이 고등학교 친구들이고 그래."

정원은 작게 고개를 끄덕였다. 나는 침묵을 견디기 힘들어 혼자 학교에 대한 설명을 주절거렸다. 네가 서울에서 왔다고 하면 다들 관심을 가질 것이다, 약간 텃세가 있을 수도 있지만 나쁜 애들은 아니다, 급식이 맛없는 편이라 매점 가는 애들이 많다, 국어 쌤은 천사다, 그런 말들.

"도움 필요한 거 있으면 얘기해. 필요하면 교과서나 학원에서 받은 기출 문제집 같은 거 빌려줄 수 있어."

"있으면 좋긴 한데……. 어디서부터 시작해야 할지 모르겠네."

"음…… EBS로 1학년 거부터 들으면 될 거야."

사실 중학교 때부터 출석을 제대로 하지 못했다면 인강을 들어봤자 따라잡기 힘들 거라는 걸 알면서도 나는 그렇게 말했다. 정원은 작은 목소리로 들릴 듯 말 듯 그렇구나, 하고 대답했다.

"은석아."

정원이 내 이름을 불러 조금 놀랐다.

그 애가 나를 똑바로 쳐다보았다. 그때 바람이 불었고 정원의 앞머리가 흩날려 이마가 드러났다. 기분이 이상해져 일부러 눈길을 돌려 정원의 정수리 쪽을 보았다. 정원은 마르고 키가 작은 편이었다. 하얀 피부에 핏기 없는 입술, 눈썹은 죄다 뽑혀 있고, 눈은 신기할 정도로 맑고 컸다.

"부탁 좀 할게. 우리 같은 건물 산다는 거 비밀로 해주라."

당혹스러운 티를 내지 않으려 애쓰며 고개를 끄덕였다.

"당연하지. 원래도 말할 생각 없었어."

"그리고 나에 대해서도 다."

"걱정 마. 비밀로 할게."

"그리고 우리는 오늘 처음 만난 거야. 그렇게 대해주라, 학교에서."

"알았어."

"먼저 가. 난 천천히 갈게."

"응. 이따 보자."

나는 말 잘 듣는 강아지처럼 정원이 하라는 대로 했다. 자전거를 타고 학교로 향하는 길에 연재와 준수와 경환이를 만났다. 어제 학원에서도 만났던 아이들이었다. 연재와는 1학년 때와 마찬가지로 같은 반이 되어 반갑게 인사를 나눴다. 보관소에 자전거를 세워두고 매점에 들러 빵과 우유를 사서 2학년 3반 교실로 들어갔다. 시끌벅적한 아이들 틈에 끼어 떠들면서도 나는 수시로 교실 문을 흘끔거렸다. 종이 치고서야 정원은 담임선생님과 함께 들어왔다.

정원은 아이들의 관심에 무난하게 대응했다. 내가 정원에 대해 오해했음을 금세 깨달았다. 숫기 없이 겉돌다가 혼자 매점에서 점심을 때울 것 같았고, 그때 부담스럽지 않게 다가갈 계획이었다. 혼자 남게 되면 내가 내미는 손을 거절할 여력도 없을 것이고 오히려 고마워하리라고 생각했다. 그러나 정원은 그날 바로 반에서 제일 활달한 여자애들 무리 속에 자연스럽게 섞여 들어갔다. 정원에게는 아이들의 눈길을 끄는 어떤 부분들이 있는 것 같았다.

서울 어디에서 왔어? 혹시 사고 쳐서 강제 전학 온 거야? 너 공부 잘해? 남자친구 있어? SNS 있어? 시시하고 무례한 질문들에 정원은 의연하게 대꾸했다.

"부모님이 작년에 이혼하셨거든. 엄마 고향이 여기라서 온 거야. 나 사고 안 쳤어. 공부는 못하는 편이고. 남친 없어. SNS 안 하는데 조만간 만들려고."

정원은 내가 자신의 얘기에 귀를 쫑긋 세우고 있는 것을 아는지 모르는지 아이들 앞에서 아무렇지도 않게 거짓말을 했다. 작은 불행으로 더 큰 불행을 덮는다는 전략이었을까. 순미 이모가 이 동네로 온 것은 이혼 때문이 아니었다. 이모의 고향이 이곳이라는 것도 사실이 아니었다. 하지만 정원의 대답으로 인해 아이들은 정원을 솔직담백한 아이로 인식하게 되었다.

정원은 이후에도 내 도움을 전혀 필요로 하지 않았다. 점심시간에 같이 급식을 먹으러 가는 무리도 생겼고, 쉬는 시간에는 반에서 여자애들이 정원을 앉혀놓고 고데기로 머리를 펴주거나 화장을 시켜주기도 했다. 얼핏 봐도 공부에는 전혀 흥미가 없어 보였지만 그건 어쩔 수 없는 일이었다.

엄마는 이따금 내게 정원이 학교에 잘 적응하고 있느냐고 물었다. 적당히 잘 지내고 있다고 말하면 엄마는 당부했다.

"정원이 잘 챙겨줘."

"알아서 잘하던데 뭘."

"그럼 다행이고. 애가 참 꾸밀 줄도 모르고, 앙상해서 볼 때마다 마음이 쓰이더라."

나는 정원에게 도움이 될 만한 게 뭐가 있을까 고민하다가 엄마에게 넌지시 물었다.

"그럼 안 쓰는 태블릿 하나 걔 빌려줄까? 인강 들을 때 쓰라고."

엄마는 선선히 그러라고 했다. 나는 태블릿을 가지고 B01호에 내려갔다. 초인종을 누르자 순미 이모가 나왔다. 태블릿을 빌려주려고 왔다고 하자 반색하며 집으로 들어오라고 했는데, 애초에 물건만 주고 가려던 터라 나는 당황했다. 얼떨결에 집 안으로 들어가고도 신발을 벗지도 못한 채 현관에 엉거주춤 서 있었다. 이모가 정원아, 나와봐, 하고 그 애를 불렀다. 가벼운 잠옷 차림으로 있던 정원이 작은 방에서 얼굴을 빼꼼 내밀었다가 나를 보고 흠칫 놀랐다. 잠시 후 그 애가 겉옷을 걸치고 현관으로 나왔다.

"무슨 일이야?"

"밤에 갑자기 미안. 이거 때문에. 내가 안 쓰는 건데 너 빌려주려고. 인강 들을 때 쓰면 좋을 것 같아서."

정원은 좋은 건지 싫은 건지 알 수 없는 심상한 표정으로 태블릿을 받아 들었다. 아마 그때부터였을 것이다. 나는 정원의 그런 표정을 보면 왠지 주눅이 들고 마음이 초조해져 말이 빨라졌다.

"새거가 아니긴 한데, 영상 보는 데는 아무 문제 없어. 혹시 어려운 거 있으면 말해. 알려줄게. 그런데 내가 네 번호가 없더라. 번호 좀 줄 수 있어? 어, 내가 폰을 안 가져왔네. 어떡하지……."

정원은 내가 웅얼대는 동안 가만히 듣고만 있더니 방에서 자기 핸드폰을 가지고 나와 내게 번호를 찍으라고 말했다. 그 애가 내 번호로 전화를 걸었고, 우리는 그렇게 번호를 주고받았다. 정원이 태블릿을 품에 안고 작게 고맙다고 말했다. 그날 나는 처음으로 정원의 얼굴을 똑바로 마주 보았던 것 같다. 앞머리로 가려진 틈 사이로 정원의 눈썹이 민둥민둥한 것이 눈에 들어왔다.

*

우리는 종종 문자를 주고받았다. 주로 내가 문자를 보내면 정원이 대답을 해준 것에 불과했지만 주고받은 건 주고받은 거였다.

5월 17일

확률과 통계 숙제 20페이지까지 맞아? 19:25

응 22:22

고마워 22:23

6월 19일

EBS 강의 들을 만해? 학원에서 우리 학교
기출 문제 뽑아준 거 있는데 스캔해서
파일로 보내줄게 내가 체크한 것만 보면 돼
모르는 거 있으면 물어봐 20:00

고마워 21:22

이게 솔직히 나한테도 어렵긴 해
주말에 스터디 할래? 중간고사
얼마 안 남았으니까 21:23

나는 못 따라갈 것 같아 혼자 해 23:55

모르는 거 있으면 물어봐도 돼! 23:58

어 00:10

6월 20일

정원아 17:00

? 17:10

아이스크림 먹을래? 냉장고에 많아서 17:11

아니 17:13

구슬 아이스크림인데? 17:13

안 먹는다고 17:17

유정이한테도 물어봐 17:18

먹는대 17:20

지금 가져다줄게 네 거랑
이모 거랑 세 개 17:21

대부분 미지근하고 변칙적으로 퉁명스러워지는 정원의 반응에 혼자 애타고 혼자 설레며 봄과 여름을 통과했다. 그즈음 나는 정원을 좋아하고 있다는 사실을 스스로 인정했다. 그 애는 내가 상당히 성가신 것 같았지만 언제부턴가는 원래 오지랖이 넓은 애라 여기고 적당히 상대해주는 것 같았다. 그나마 다행인 건 동생인 유정이 나를 잘 따른다는 것이었다. 과자나 아이스크림을 수시로 사주고 집에 있던 책이나 레고 같은 걸 선물이랍시고 안겨주었기 때문일 것이다. 순미 이모는 학원에서 제공하는 기출 문제집과 유료 동영상 강의 링크를 정원에게 주었다는 사실을 전해 듣고선 (정원의 성적과는 별개로) 내게 몹시 고마워했다. 정원이 나를 좋아할 기미는 전혀 없었지만 유정과 이모가 내게 호감을 보이는 것만으로도 나는 기뺐다. 이런 시간이 계속 이어진다면 언젠가는 자연스럽게 내가 정원의 일상에 스며들 수도 있지 않을까, 그런 기대를 품고 있었던 것 같다.

*

어느 주말 이른 아침, 순미 이모가 우리 집 현관문을 두드렸다. 엄마는 인터폰을 확인하고 무슨 일이냐고 물었는데, 이모는 다급한 목소리로 잠시만 문을 열어달라고 말했다. 문이 열리자마자 이모는 집 안으로 뛰어 들어와 곧장 화장실로 향했다. 볼일을 보고 나온 이모는 멋쩍은 표정을 지으며 집에 변기가 막혔다고 했다.

"막혔으면 뚫어야지."

"며칠 전부터 심상치 않길래, 내가 뚫어뻥으로 뚫었어. 어제는 잘 내려가더니 오늘 또 말썽이네. 실은 우리가 변기를 쓰지 않을 때도 자주 꿀렁거리는 소리가 들려. 물이 가득 찼다가 오수가 역류하기도 하고."

"진작 말하지. 수리기사 불러야겠다."

나는 거실에서 순미 이모와 엄마의 이야기를 들었다.

"고칠 때까지는 애들보고 옆에 있는 교회 가서 일 보라고 하려고."

"한누리교회? 100미터는 가야 되는데. 유정이는 가는 길에 싸겠다. 멀리 갈 거 뭐 있어? 그냥 우리 집 화장실 써. 우리는 안방 화장실 쓰고 너희는 은석이 방 옆에 있는 화장실 쓰면 되겠네. 기사님한테 월요일에 고쳐달라고 말해놓을 테니까 걱정 마."

주말 이틀 동안 순미 이모네 가족은 다섯 번 정도 초인종을 눌렀다. 나중에는 벨 소리가 시끄럽고 번거롭다며 엄마는 내게 현관문을 열어두라고 말했다. 정원은 유정의 손을 잡고 와서 화장실을 썼는데 나는 일부러 정원을 배려해 방에서 나가지 않으려고 했다. 그런데도 거실에서 정원과 두 번이나 마주치고 말았다. 그 애는 나를 발견하고 창피한 듯 고개를 숙였다. 아무렇지 않은 척했지만 나도 민망하긴 마찬가지였다.

다음 날, 학교에 다녀왔을 때 나는 엄마가 수리기사와 약간의 언쟁을 하고 있는 모습을 보았다.

"150만 원이요? 아깐 그런 말씀 없으셨잖아요."

"사모님, 설명드렸잖아요. 이게 쉬운 일이 아니에요. 아래층에서 변기를 쓰지도 않는데 계속 오수가 차오르고 심하면 역류도 한다? 소리를 들어보니까 이건 정화조로 나가는 공동 오수 배관이 막혔다는 거예요. 변기를 다 뜯어내서 청소해야 됩니다. 제가 이 일 하루이틀 한 게 아닌데요. 오수 배관이 막히면 물이 안 내려가고요, 위층에서 변기를 쓰면 낮은 층에서 그 영향을 고스란히 받게 돼요. 지금 안 고치면 위층이야 괜찮겠지만 지층은 언제 오수가 역류할지 모릅니다. 판단 잘 하셔야 돼요."

엄마는 갑작스러운 지출에 당황한 기색이 역력했다.

"괜찮을 때도 있다고 하니까, 일단 저희끼리 해보고 안 되면 다시 연락드릴게요."

"그러세요, 그럼. 일단 석회 분해제 좀 넣어뒀으니까 일시적으로 막힌 건 내려갔을 거예요."

수리기사는 떨떠름한 얼굴로 출장비를 받고 떠났다. 엄마는 집으로 들어가 머리를 싸맸다. 가만히 듣고 있던 아빠는 엄마에게 말했다.

"자꾸 일 벌이지 말고 일단은 그냥 둬. 당장 어떻게 되는 것도 아닌데."

"갑자기 폭발하거나 하진 않겠지? 큰일이네. 돈 들어갈 데도 많은데."

"안 하던 짓을 하니까 그렇지."

정말 아빠가 말한 대로 당장 어떤 일이 일어나지는 않았다. 계속 그렇게 무사 평안 했으면 좋았을 것이다.

며칠 뒤 잠들기 전, 나는 밖에 비가 오는 것을 봤다. 내일 학교에 가기 전까지는 부디 비가 그쳤으면 좋겠다고 생각하며 평소와 다름없이 잠자리에 들었다.

초인종 소리에 눈을 뜬 나는 비몽사몽간에 현관으로 향했다. 인터폰으로 순미 이모를 확인하고 얼른 현관문을 열었다. 그 순간, 나는 구역질이 날 정도로 지독한 하수구 냄새를 맡았다. 이모 등 뒤에는 정원과 유정이 새파랗게 질린 얼굴로 서 있었다.

내가 큰 소리로 엄마와 아빠를 부르자, 두 사람이 안방에서 눈을 비비며 함께 나왔다. 순미 이모는 무척 난처하고 곤혹스러운 낯으로 더듬거리며 말했다.

"상희야. 미안하다. 내가 너무 경황이 없어서 여기로 그냥 쫓아 올라왔어."

"어쩐 일이야, 이 시간에?"

"어쩌면 좋아. 집이 물바다가 됐어. 자다가 축축해서 눈을 떠보니까 그렇게 됐더라고. 밖에서 흘러들어 온 물은 아닌 것 같아서 살펴보니 화장실에 물이 가득 차 있네. 변기에서 역류한 모양이야. 왜 이렇게 됐는지, 도통 알 수가 없어."

순간 허물어지는 엄마의 표정을 나는 보았다. 우리는 세 모녀에게 수건과 따뜻한 차를 내어주었다. 세 사람이 일단 샤워하기를 원해 엄마는 갈아입을 옷을 준비해 안방 욕실로 들여보냈다. 그리고 서재 방에 이부자리를 보았다. 엄마와 아빠는 아니나 다를까 속살거리며 서로에게 책임을 떠넘기기 바빴다.

"이젠 고압 세척까지 해야겠네. 푼돈 아끼려다가 목돈 나가게 생겼어. 이게 뭐야."

"아무 일도 없을 거라며, 당신이."

"내가 언제?"

150만 원은 어느새 푼돈이 되었고 두 사람은 골치 아프게 됐다며 인상을 찡그렸다. 나는 순미 이모와 정원, 유정이 며칠 혹은 몇 주간 어디서 어떻게 지낼지가 걱정이었다. 자신들의 안일한 결정으로 비롯된 일이라는 건 금세 잊은 것인지 아빠는 본인이 사는 집이니 이모가 반 정도는 수리 비용을 감당하게 하는 것이 맞지 않느냐고, 그래야 본인도 우리에게 덜 미안할 것이라고 얘기했고, 엄마는 그 말에 동조했다.

다음 날부터 B01호 공사가 시작되었다. 진작 수리기사의 말을 들었다면 욕실 공사만으로 끝낼 수 있었겠지만 역류로 인해 바닥에 물이 다 스며들어 욕실은 물론이고 장판 전체를 다 뜯어내 고압 세척까지 해야 하는 대공사였다. 보름간 세 모녀는 우리 집에서 살게 되었다.

그날부터였을 것이다. 엄마가 순미 이모네 가족을 성가시다고 인식하게 된 것이. 이모는 우리 중 가장 일찍 일어나 출근 준비를 했는데 새벽 5시부터 주방에서 달그락거리며 아침을 챙겨 먹는다고 엄마는 "순미 때문에 내가 아침형 인간이 됐다니까" 하고 은근히 눈치를 주었다.

정원은 유정이 집 안에서 꽥꽥 소리를 지르거나 (애들은 원래 아무 이유 없이도 꽥꽥 소리를 질렀다) 엄마가 드라마를 보고 있을 때 "나도 티비 볼래, 슈슈 언니 틀어줘" 하고 소리치면 얼른 입을 막기 바빴다. 엄마는 유정을 예뻐하는 편이었지만 몇 시간을 뛰어다녀도 지치지 않는 에너지는 버거워했다. 정원은 거실로 나오지 않고 되도록 동생과 서재에서 시간을 보냈다. 그러다 유정이 징징거리며 답답해하면 바깥에 데리고 나가 몇 시간이고 돌아오지 않았다.

아빠는 대체로 정원과 유정이 집에서 뭘 하든 신경 쓰지 않았는데 지나치게 의식을 하지 않은 나머지 사람이 있는지 없는지 확인도 하지 않고 거실이나 화장실 불을 함부로 껐다. 내가 초등학교를 졸업하기 전에 회사를 그만둔 아빠는 여태껏 이렇다 할 일자리를 구하지 않고 친구들을 만날 때를 제외하고는 집에서 빈둥거렸다. 거실에 드러누워 마음대로 방귀를 뀌거나 트림을 하곤 해 엄마가 눈을 흘기면 자신이 왜 군식구 때문에 눈치를 봐야 하느냐고 유정이 있는 데서 말하기도 했다. 나는 태블릿으로 애니메이션을 틀어 유정에게 보여주며 주의를 돌렸다. 유정은 화면 속으로 빨려 들어갈 듯 애니메이션에 집중했다. 표정만 봐서는 그 애가 아빠의 말을 알아들었는지 알 수 없었다.

또한 엄마는 설명할 수 없는 이유로 (아마도 새로운 식구들의 존재 자체) 자신의 신경이 날카로워질 때마다 괜히 내 핑계를 대며 은석이가 예비 고3인데 집안 분위기가 잡히지 않는 것 같다고 근심하듯 말했다. 순미 이모는 그 얘기를 흘려듣지 않고 "엄마 없을 때는 네가 유정이 잘 챙겨야 하는 거 알지?" 하고 모두가 있는 자리에서 정원에게 당부했다. 그래서인지 정원은 평소에도 곧잘 조잘거리는 유정을 향해 쉿, 하고 주의를 주곤 했다.

예비 고3이라는 얘기를 여러 번 반복하다 보니 스스로 경각심이 생긴 것인지 엄마는 내게 성적을 조금 더 높일 수 있도록 학원이나 과외를 늘리면 어떻겠냐고 물었다.

"꼭 그래야 돼? 지금도 힘든데."

"힘들어도 어떡해. 너 지금 해야지, 고3 돼서 하려고 하면 두 배, 세 배 힘들어."

"그렇긴 하지."

내가 드물게 수긍하는 태도를 보이자 엄마는 반색하며 진짜 하고 싶었던 말을 꺼내놓았다.

"안 그래도 어제 상기 엄마 만났어. 요즘 상기가 고등학생들

대상으로 과외한다고 그러던데, 너도 형이랑 공부해볼래?"

상기 형이라면 작년에 서울대를 갔다고 플래카드가 스무 개 넘게 붙은 내 모교와 이 동네의 자랑이었다. 오래전부터 알고 지낸 이웃이지만 그 형을 생각하면 꺼림칙한 기분이 가시지 않아 엄마의 노력에도 불구하고 가까워질 수 있는 기회를 여러 번 걷어찼다.

"차라리 학원 수업을 좀 더 늘릴게. 나는 일대일로 공부하는 것보다 여럿이서 공부하는 게 잘 맞아."

상기 형을 꺼리는 이유를 내가 솔직히 말하면 그보다 훨씬 장황하게 변호하는 말들이 따라붙을 거라는 예감이 들어 대충 그렇게 둘러댔다. 내 성적 때문에 엉뚱하게 세 모녀에게 불똥이 튈까 봐, 나는 그날로 학원 수업을 늘렸고 집에서도 전보다 더 공부에 집중하는 모습을 보여주었다.

엄마는 처음에는 정원에게 잘해주라더니 같이 살게 된 후로는 사소한 것들을 흠잡기 시작했다. 가장 자주 하는 말은 정원이 너무 애답지 않아서 꺼림칙하다는 것이었다. 내 신경은 언제나 정원을 향해 있었기 때문에 정원이 화장실을 갈 때마다 타이밍을 재며 쩔쩔맨다는 걸 눈치채고 있었다. 나보다 반드시 먼저 일어나 씻는다는 것도, 그 애가 우리 집 냉장고 문을 절대로 열지 않는다는 것 역시. 나는 항상 식탁 위의 물병에 물이 떨어지지 않도록 가득 채워놓았고 꼭 밤에 샤워하고 아침에는 늦잠을 자는 척했다. 사람이 있든 없든 방마다 불을 환하게 켜놓았으며 엄마를 졸라 냉동실에 아이스크림을 채워

두고 과자를 잔뜩 사두었다.

나는 정원을 응원하고 싶을 때마다 유정에게 잘해주었다. 정원에게 과자를 하나 주고 싶으면 유정에게 세 개 주었다. 그게 자연스럽게 정원의 손에 들어갈 수 있도록. 공사가 끝나갈 무렵 내 방에 걸려 있던 패브릭 포스터 중 하나를 떼어서 정원에게 주었다. 정원의 방에는 창문이 없었기 때문에 꽃과 나무가 그려진 그림이 벽에 붙어 있으면 답답함이 조금 덜하지 않을까 싶었다.

“방 정리하다가 남아서. 나는 많거든. 가져갈래?”

조마조마하며 건넸는데 정원은 흔쾌히 받았다. 포스터를 가만히 들여다보던 정원이 물었다.

“무슨 꽃이고 무슨 나무야?”

몇 년이나 벽에 붙어 있던 그림이지만 흔하게 생긴 분홍색 꽃과 빗자루처럼 길쭉한 나무의 이름을 궁금해한 적은 단 한 번도 없었다. 나는 알고 있었는데 깜빡했다고, 기억이 나면 알려주겠다고 둘러댔다. 정원은 대답 없이 그저 고개를 끄덕이며 그 그림을 한참이나 눈에 담았다. 지나다 우연히 우리를 본 엄마가 조용히 주방으로 나를 부르더니 말했다. 엄마는 진심으로 염려하는 표정이었다.

“그러다 오해하겠다.”

“뭘.”

“네가 자기 좋아한다고. 쓸데없이 뭘 자꾸 줘.”

“그런 거 아닌데.”

“아닌 거 아니까 하는 말이야.”

나는 엄마가 괜한 걱정을 하는 거라며 웃으며 그 순간을 모면했다. 잘은 몰라도 내 마음을 밝히는 것이 정원을 지금보다 훨씬 불편하게 하는 것이라는 자각은 있었다.

나는 그날 밤 꽃과 나무의 이름이 무엇인지 찾기 위해 몇 시간이나 이미지를 검색했다. 확실하지는 않지만 꽃은 작약, 나무는 미루나무인 것 같았다. 사실 비슷하게 생긴 꽃과 나무 중에서 가장 마음이 가는 꽃말을 고른 것이었다.

정원아 23:30

꽃이랑 나무 이름 생각났다 23:31

꽃은 작약, 나무는 미루나무 23:35

나는 뿌듯한 마음으로 편하게 잠들었다. 자고 일어나보니 정원에게 답장이 와 있었다.

고마워 1:20

나한테 제일 필요했던 거야 1:25

정원에게 필요했던 것이 패브릭 포스터인지, 꽃과 나무의 의미인지 알 수 없었지만 나는 정원이 꽃과 나무의 꽃말을 검색해보았으리라고 멋대로 생각했다.

집에는 오래된 피아노가 한 대 있었다. 외할아버지만이 집에서 유일하게 피아노를 연주했는데 내가 다섯 살 때쯤 할아버지가 피아노를 쳐주셨던 기억이 어렴풋이 남아 있었다. 살아 계실 때는 한 번씩 조율했던 모양이지만 돌아가신 후에는 1년에 한 번 정도 열어서 엄마가 먼지를 닦는 것이 고작이었다.

피아노는 책이나 내 상패 따위를 올려놓는 용도로 쓰는, 거실 한편을 차지하는 오래된 인테리어 소품이 되었다. 거기에 처음으로 호기심을 가진 건 유정이었다. 유정은 괜히 거실 소파에 앉아 있는 내 주위를 맴돌다가 말했다.

"피아노다."

"응, 피아노야. 쳐볼래?"

유정이 힘차게 고개를 끄덕였다. 내가 피아노 의자에 앉혀주자 유정은 건반 위에 손가락을 올려놓고 도레미파솔라시도를 쳐보더니 〈떴다 떴다 비행기〉와 〈반짝반짝 작은 별〉을 쳤다.

"잘 치네. 다른 것도 칠 수 있어?"

"우리 언니가 잘 쳐."

멀찍이 서서 동생을 지켜보고 있던 정원을 향해 나는 조심스레 물었다.

"피아노 배웠어?"

"조금."

유정이 기다렸다는 듯이 정원을 졸랐다. 언니, 〈엘리제를 위하여〉 쳐봐, 〈미뉴에트〉 쳐봐. 피아노를 배운 적은 없지만 그 정도는 나도 어디선가 들어본 적 있는 곡들이었다. 나 역시 정원의 연주 실력이 궁금했다. 하지만 내가 있으니 유정의 청을 거절하지 않을까 지레짐작했다. 그도 그럴 것이 나와 같은 공간에 있으면 그 애가 불편하고 겸연쩍은 표정을 숨기지 못하고 재빨리 자리를 피해버리는 것을 몇 번이나 목격한 탓이다.

놀랍게도 정원은 피아노로 다가왔다. 그 애는 동생을 제 무릎에 앉힌 채 조심스레 피아노 건반에 두 손을 올렸다. 피아노는 조율한 지 오래되어 음이 동시에 두 개로 들리기도 하고 둔탁한 소리가 났지만, 듣기 싫지는 않았다. 정원은 유정이 주문하는 곡을 차례대로 연주했다.

솔직히 기대하지 않았는데 정원은 내게도 듣고 싶은 곡이 있으면 말해보라고 했다.

"난 그 곡 좋아하는데. 히사이시 조의 〈summer〉."

"아, 알아."

우두커니 서서 연주를 듣던 나는 주방 식탁에서 의자를 끌어와 피아노 옆에 (정원의 곁에) 본격적으로 자리를 잡았다. 정원은 그날 한 시간도 넘게 내가 부탁하는 곡과 유정이 좋아하는 곡을 연주해주었다. 모르는 곡은 악보를 찾아서라도 쳐주었다. 시간이 흐르자 손목과 손가락이 뻐근한지 그 애가 스트레칭 하는 간격이 짧아졌다. 그런데도 그 애는 연주를 멈추지 않았고 오히려 더 듣고 싶은 곡이 없는지 나에게 물어왔다. 그 애가 나를 위해 무언가를 해준 게 처음이라 감격스럽기도 했지만 이상하게 마냥 기쁘지만은 않았다. 그날 밤 침대에 누워 곰곰이 생각해보니, 그날의 정원은 무언가를 갚아나가듯 악착같이 피아노를 쳤다는 느낌이 들었다.

정원은 정원대로 나는 나대로 각자의 눈칫밥을 먹느라 로맨스는 전혀 끼어들 틈이 없었지만 그래도 시간은 흘렀고 B01호의 공사는 순조롭게 끝났다.

*

순미 이모는 엄마에게 진 신세를 자기가 할 수 있는 선에서 최선을 다해 갚으려고 노력했다. 그중 하나가 빌라 청소였다. 원래는 주에 한 번씩 건물을 청소해주던 업체가 있었는데 이모는 괜한 돈 들이지 말라며 직접 하겠다고 나섰다. 말을 뱉은 다음 날 바로 팔을 걷어붙이고 빌라 앞마당과 현관, 외벽을 꼼꼼히 청소했다. 생각보다 솜씨가 좋아서였는지 엄마는 굳이 말리지 않았다.

하지만 토요일 아침에 순미 이모와 정원이 함께 계단 청소하는 걸 목격한 순간, 나는 마음이 덜컹 내려앉는 것 같았다. 청소를 돕지도 말리지도 못한 채 그 계단을 내려왔다. 마음 같아서는 쭈그려 앉아 그 계단에 눌어붙은 껌이나 가래침 같은 것들을 함께 닦아내고 싶었다. 그러나 혹시라도 엄마가 내려오다 그 모습을 보고 나를 (혹은 우리를) 의심스럽게 여기면? 나는 또 지레 겁먹고 그 자리를 피해버렸다. 돌이켜보면 정원을 만난 이래로 나는 내내 그런 태도를 취했다. 엉거주춤하게 친절을 베풀었고 엉성하게 배려하곤 최선이었다 자위했던 것이다.

그 일은 2학년 겨울방학 중에 일어났다. 아주 추운 날이었고, 나는 학원에 다녀오는 길이었다. 골목 끝에서부터 희락빌라 앞에 사람들이 모여 있는 것이 보였다. 가까이 가보니 좁은 골목길에 경찰차 두 대가 서 있고, 열 명도 넘는 이웃들과 엄마, 순미 이모 그리고 정원이 보였다. 그때까지만 해도 나는 심각성을 인지하지 못하고 대수롭지 않게 엄마에게 물었다.

"웬 경찰이야?"

"아유, 몰라. 이게 웬 난린지."

엄마는 고개를 저으며 대답을 피했다. 그제야 나는 아연실색한 정원의 얼굴이 눈에 들어왔다. 나는 순미 이모에게 대신 물었다.

"이모. 무슨 일이에요?"

"글쎄, 얘가 씻고 있는데 어떤 남자가 창문을 열고 훔쳐보고 있었대. 정원이랑 눈이 마주치자마자 달아나버렸다네."

"누군지는 못 봤고요?"

"누군지는 못 봤어."

정원이 대답했다.

"그 사람은 쭈그려 앉아 있었어. 마스크를 하고 뿔테 안경을 쓰고 있었는데, 처음 보는 사람이었어. 나이가 많아 보이진 않았어. 우리 또래 정도."

정원은 담담하게 대답했지만 놀란 기색은 숨기지 못했다.

"CCTV에 찍히지 않았을까?"

"카메라가 현관에만 하나 달려 있어서. 골목 쪽은 수색해봐야 한다네."

이모가 정원의 어깨를 감싸안으며 내게 말했다. 30년 이상 된 구축 빌라들이 즐비한 골목이라 CCTV 각도가 나오지 않는 모양이었다. 그런데 나는 뿔테 안경이라는 단서에 자꾸만 누군가가 떠올랐다. 물론 그것 하나만으로는 증거가 될 수 없겠지만 우리 또래의 뿔테 안경이라면 바로 떠오르는 사람이 한 명 있었던 것이다.

경찰은 주변 빌라의 CCTV와 차량들의 블랙박스를 뒤졌지만 결국 용의자를 특정하지 못했다고 했다. 경찰이 꽤 오랫동안 주변을 탐문하고 몇 차례나 빌라에 방문하자 이웃들은 도둑이 든 것도 아니고 큰 피해를 입은 것도 아닌데 괜히 수선을 피운다며 수군거렸다.

나는 엄마에게 욕실 창문을 훔쳐본 게 혹시 상기 형 아닐까, 하고 물었다. 그러자 엄마는 펄펄 뛰며 그 애가 그럴 리가 있냐고, 어릴 때 한 번 잘못했다고 편견을 가지고 보면 안 된다고 되레 나를 나무랐다. 그 애가 정신 차리고 공부를 얼마나 열심히 했는데, 하고 상기 형을 변호했는데 나는 아무리 생각해도 믿음이 가지 않았다.

4, 5년 전 비슷한 사건이 동네에 있었다. 상기 형은 자신의 집과 2미터도 되지 않는 간격으로 붙어 있는 옆 건물의 화장실 창문을 긴 막대를 이용해 열고 같은 학교에 다니던 여자애가 씻는 모습을 훔쳐보았다. 촬영까지 했다고 들었는데 이 사실은 동네 주민 몇몇 빼고는 알지 못했다. 형은 그 당시에도 특출나게 공부를 잘하는 아이였고, 착하고 모범적이기로 칭찬이 자자했다. 이 일은 금세 묻혔고 피해자인 여자애 가족은 이듬해 동네를 떠나 이사를 갔다. 상기 형이 자신의 치부를 감추고 싶어 하는 건 어쩔 수 없다고 해도 이웃들조차도 한마음으로 쉬쉬한다는 건 나로서는 신기한 일이었다.

증거가 없는 상황 속에서 정원은 혼자 고군분투했다. 자신이 얼굴을 확실히 봤기 때문에 몽타주를 그릴 수 있다고 했는데 그 순간 정원을 말린 것은 경찰이 탐문을 올 때마다 지키고 있던 엄마였다. 정확히 말하면 엄마가 에둘러 순미 이모에게 일을 크게 만들지 말자 했고 엄마의 의중을 읽은 이모가 정원을 말린 것이었다. 엄마는 희락빌라 세입자 때문에 분위기가 어수선해졌다는 식으로 동네 사람들이 불평한다고 했다. 어처구니 없었지만 그 말에 순미 이모는 별것도 아닌 일을 크게 만드는 게 자신도 내키지 않았다고, 정원도 그냥 넘어가기를 원하는 것 같더라고 엄마의 결정을 거들었다.

나는 이 일의 진상을 몇 주 뒤에 알게 되었다. 수업을 늘렸는데도 학원에서 실시하는 모의고사 성적에 드라마틱한 변화가 없자 엄마는 학원을 그만두고 상기 형에게 과외를 받는 게 어떻겠느냐고 다시 나를 부추겼다. 형이 명문대에 진학했다고 해도 가르치는 능력과는 별개라고 생각했고 무엇보다 상기 형에 대한 의심이 해소되지 않은 상황에서 수업을 받는 것이 께름칙해 거절했는데 며칠 후 상기 형이 쓰던 노트와 포트폴리오가 내 책상 위에 올려져 있었다.

"얻어 왔다고?"

"어릴 때 상기 형이 너 귀여워했어. 고3 된다고 하니까 열심히 하라고 주더라."

아무리 내가 눈치가 없어도 그걸 믿을 정도로 바보는 아니었다. 의심은 어느새 확신이 되었고 나는 엄마의 눈을 똑바로 마주 본 채 물었다.

"맞지? 창문 훔쳐본 거, 쀨테 쓴 거, 그거 상기 형이지?"

"무슨 소리 하는 거야?"

"알고도 숨겨준 거야?"

내가 물러서지 않자, 엄마는 더는 시치미 떼는 게 무의미하다고 여겼는지 한숨을 내쉬고는 말했다.

"병이래. 약물치료 받고 있대. 상기네가 부탁하더라. 한 번만 봐달래."

"형이 나 과외해주기로 해서 숨겨준 거야? 그렇게 해서 수능 잘 보면 그걸로 끝이야?"

"그런 거 아니야. 걔네 엄마랑 내가 몇십 년을 알고 지냈는데 어떻게 모른 척하니. 울고불고하기에 젊은 애한테 기회 한 번 주기로 한 거야. 노트는 상기가 너 공부 열심히 하라고 그냥 준 거야. 대가로 받은 건 절대 아니다?"

공교롭게 일이 이렇게 됐지만 이번만큼은 그냥 넘어가자고 적당히 눙치려 하는 엄마 앞에서 나는 노트를 찢고 집을 나왔다.

늦은 밤까지 거리를 헤매다, 놀이터에서 정원에게 문자를 보냈다.

정원아 20:22

? 20:25

정원아 20:25

말을 해 20:29

잠깐 놀이터로 나와줄 수 있어?

해줄 말이 있어서 그래 20:30

추워 그냥 문자로 해 20:35

도망간 범인에 대한 얘기야 내가 아는

사람이고, 우리 엄마가 아는 사람이었어

엄마한테 한 번만 봐달라고 부탁했나 봐

우리 엄마가 덮은 거야 내가 대신 사과할게

미안해 진심이야 이런 말로는 충분하지 않겠지만

20:45

그랬구나 20:48

미안 충격받았지 21:50

화가 좀 나기는 하는데 근데

왜 네가 미안해 22:22

우리 엄마가 그랬으니까

나도 미안하지 22:23

됐다 대리 사과는 거절할게

나 그런 거 싫어

그런 기분 나도 알아서 22:25

그래도 미안해 22:40

그냥 나한테 잘해줘 물론 너는

지금도 잘해주지만 22:50

*

골목길에서 우연히 정원과 유정을 만나 억지로 슈퍼에 데려가 간식거리를 손에 들려준 적이 있었다. 집에 가는 길에 엄마와 순미 이모를 만났는데 우리가 한 손에 아이스크림을 하나씩 들고 나란히 걸어오는 것을 보고 이모가 함박웃음을 지었다. 유정이 해맑게 "오빠가 사줬어요" 하고 자랑하자 이모는 조금 과장되게 "은석이는 다정하기도 하다, 너 같은 아들 한 명 있으면 소원이 없겠어" 하고 내 등을 두드렸다. 분명 엄마를 의식해서 한 칭찬일 텐데 엄마는 기뻐하기는커녕 집에 들어서자마자 험담을 시작했다. 이모가 지나가듯 한 그 말 한마디를 곱씹으며 나를 넘보는 게 가당치도 않다고 코웃음을 쳤다.

그날 엄마는 자발적으로 입을 열었다. 불편과 손해를 감수하며 순미 이모에게 B01호를 내준 이유를 마침내 털어놓은 것이었다.

"걔 남편을 내가 소개시켜줬어. 지금까지 빈털터리로 쫓겨다니는 게 왠지 내 탓도 있는 것 같아서 책임을 좀 져주고 싶었어. 근데 이만하면 나는 할 만큼 했지. 어쨌든 자기가 선택한 건데 알아서 살아야지."

엄마는 상기 형 일을 감춰주었다는 사실을 내게 들킨 후로 이상하게 더 모질어졌다. 순미 이모에게는 B01호를 계약할 선택권도 주지 않은 채 임대차계약 만료 석 달 전 공인중개사 사무소에 매물을 내놓았다. 자신의 얄팍함과 인색함이 내게 까발려진 것에 대한 분풀이를 하는 게 아닌가 싶었다. 그 대상이 왜 내가 아니라 이모와 정원인지는 알 수 없었지만.

평소와 집 구조가 좀 달라졌다고 느낀 날이었다. 거실 한복판에 서서 뭐가 달라졌지? 혼자 중얼거리자 엄마는 소파에 앉아 TV를 보며 거추장스러워서 피아노 팔아버렸어, 하고 아무렇지도 않게 말했다. 유정이 가끔 집에 혼자 놀러 와 "피아노 쳐도 돼요?" 하고 물어보면 엄마는 늦은 저녁이라 안 된다고 하거나 은석 오빠가 공부 중이니 다음에 치라는 식으로 유정을 돌려보냈다. 나는 순미 이모네를 불러들인 자신의 선택을 매 순간 후회하는 엄마를 보는 것이 실망스러웠고, 호시탐탐 그들을 내쫓을 빌미를 만들기 위해 날을 세우는 엄마의 눈에 혹시라도 정원이 걸려들까 조마조마했다.

나는 그사이 수능을 치렀고 예상했던 대학에 합격했다. 자랑할 만한 대학은 아니었지만 아쉽지는 않았다. 정원은 진작 수능을 포기했고 취업 준비를 할 것이라고 했다. 그 애가 기숙사가 있는 지방의 직업학교에 간다고 했을 때 나는 그보다 수도권과 가까운 곳에 있는 전문대학과 직업학교를 추천해주었다. 그 애는 내가 추천한 곳은 별로 고려하지 않는 것 같았다. 세 모녀는, 함께 바다가 있는 지방으로 간다고 했다. 유정이 그곳에서 초등학교에 입학하면 세 사람은 그때부터는 더는 떠돌지 않고 정착할 것이라고도 했다.

세 사람이 떠나는 날이 코앞으로 다가왔는데도 나는 엄마를 원망하거나 후회하며 해이하게 시간을 흘려보냈다. 주춤거리기만 하는 내가 정말 싫었다. 이런 인간이라면 누구라도 좋아할 리 없다고 생각했다.

엄마가 좀 더 좋은 사람이었으면 나는 걔한테 분명히 좋아한다고 말할 수 있었을 거야. 내 부모가 어른다운 사람이었으면, 나도 용기를 내는 사람이었을 거야. 그런 원망으로 아까운 시간을 보냈다.

마침내 세 가족이 이사 가는 날 아침이었다. 거의 밤을 새우고 아침을 맞이했는데 정원에게 문자가 왔다.

은석아 7:08

응? 7:10

일어났으면 옥상으로 와 7:11

지금? 7:12

바로 7:14

세수와 양치를 하고 옥상에 갔는데, 나보다 정원이 먼저 도착해 있었다. 막 먼 곳에서 동이 트고 있었다. 정원이 들고 있는 케이크에 촛불이 켜져 있었다.

"뭐야?"

"너 일주일 후에 생일이잖아."

멍한 기분에 말문이 막혔다. 정원은 작은 목소리로 생일 노래를 불러주었다. 노래가 다 끝난 뒤에 나는 촛불을 껐다. 나는 한 번도 정원의 생일을 챙겨주지 못했다. 사실 챙겨주고 싶었지만 생일을 물어보지도 못했다. 용기가 없어 하지 못한 일들은 이것 말고도 많았다.

"어…… 너무 고마워."

"그동안 잘 챙겨줘서 고마워."

정원이 애써 웃고 있었다. 2년간 정원이 웃는 걸 본 적이 있었던가? 바람이 불어 드러난 정원의 눈썹은 전보다는 조금 자라 있었다. 눈썹이 생기니 전보다 인상이 선명해진 느낌이 들었다. 문득 그 애가 내 앞에 그 어느 때보다도 또렷하게 존재하고 있다는 감격에, 나는 급작스럽게 고백을 하고 말았다.

"내가, 너 많이 좋아했으니까."

역시나 어설프고 굼뜬 고백이었다. 그때쯤 커다랗고 뜨거운 해가 정원의 등 뒤로 환하게 떠올랐다. 한 시간 후면 정원은 바다가 보이는 도시로 떠나게 될 것이었다. 그때 정원이 말했다.

"사실 나도 너를 좋아했어."

우리는 고백하는 순간이 우리가 마주하는 마지막 시간이라는 것을 알았다. 왜 더 일찍 마음을 전하지 못했을까. 소중한 감정을 마치 하찮고 거북한 것인 양 감추기에 급급했다. 사랑이 비루하게 느껴졌던 이유는 우리를 둘러싼 세계가 비천해서였을까. 그럼에도 나는 흐릿한 감동에 머리가 조금 어지러웠다. 내가 이런 소극적인 사랑의 대상이었다는 사실이 믿기지 않았다. 간절한 사랑을 간직해온 사람이 나 하나가 아니었다는 사실을 알게 된 것만으로도 덜 외로워진 기분이었다.

세 모녀는 정해진 시간에 지체 없이 떠났다. B01호는 그들이 이사 왔던 그날의 모습 그대로 깨끗하게 비워져 있었다. 정원의 방을 살펴보다, 그 애가 패브릭 포스터를 그대로 두고 갔다는 걸 발견했다. 차라리 안심이 되었다. 새로운 집에는 분명히 창문이 있을 것이기에. 그 창문으로 햇살이 쏟아져 들어올 것이기에.

정원이 떠난 후에 나는 비로소 정원을 가꿀 수 있게 되었다.

가련하지 않은 정원, 취약하지 않은 정원, 향기로운 정원, 울창한 정원에 대하여.

함윤이

위도와 경도

[사랑] 하고많은 유추와 세 번 이상의 질문.

한밤중이었다. 우주가 잘 보이는 시간대. 우미는 에어백이 터진 차 안에 앉아 있었다. 깨진 차창 너머, 건너편 갓길에 선 두 아이를 보는 중이었다. 위도와 경도였다. 도로변을 따라 선 가로등 불빛이 두 얼굴을 비췄다.

그들은 마주 본 채 말하고 있었다. 우미는 터진 입술을 문질렀다. 피 맛이 났다. 아이들의 입이 무어라 발음하는지 읽으려 했지만 쉽지 않았다. 입술의 모양을 흉내 내도 마찬가지였다. 다만 한 가지는 분명했다. 무엇인가가 시작되고 있었다.

*

두 달 전에 그들은 모두 교외 병원의 특실에 앉아 있었다. 위도와 경도는 병실 한편에 마련해둔 흰색 소파에 나란히 자리를 잡았다. 맞은편에 세 사람이 앉아 있었다. 모두 연구소에서 나온 이들이었다. 채 소장과 기획팀의 주 팀장 그리고 홍보팀 직원 우미.

채 소장이 물었다. 몸은 좀 어떠니?

위도가 답했다. 괜찮아요.

경도도 답했다. 모든 게 좋아요.

주 팀장이 한층 조심스러운 어조로 물었다. 우주정거장에서 사고가 난 순간을 기억해? 경도가 대답했다. 그럼요. 위도도 말했다. 아주 선명하게 기억해요. 팀장은 두 아이를 번갈아 본 다음 물었다. 거기서 무슨 일이 있었는지 말해줄 수 있을까? 왜냐하면…… 팀장이 바닥 타일의 줄무늬를 발로 문지르다가 말했다.

우리가 알기로, 이제 그 사고에 대해 말할 수 있는 사람은 너희밖에 없거든.

둔탁한 소리가 병실을 울렸다. 우미의 디바이스가 바닥에 부딪히는 소리였다. 줄무늬를 가로질러 놓인 스크린에는 병실 안의 대화가 낱낱이 적혀 있었다. 죄송합니다. 우미가 디바이스를 주워 탁자에 올려놓으며 말했다. 위도와 경도는 그를 보다가 다시 팀장에게 눈길을 돌렸다. 얘기해드릴게요, 말하며 고개를 끄덕였다. 그 몸짓조차 느리고 삐걱거렸다. 열일곱 아이보다는 노인의 동작에 더 가까워 보였다.

소장이 말했다.

그리고 너희가 우주 정거장을 탈출한 다음에 겪은 열흘에 관해서도 말해준다면…….

두 아이가 동시에 손을 들었다. 소장이 멈칫하고 물었다. 왜 그러냐? 위도와 경도는 이번에도 동시에 손을 내렸다. 그들은 고개 돌려 서로의 눈을 보았다. 납덩이 같은 두 얼굴 위로 짧은 표정이 스쳤다. 웃음……과 비슷하면서도 울상……에 가까워 보이기도 했다. 위도가 말했다. 열흘이 아니에요. 경도가 말했다. 우린 10년간 머물렀어요. 한 덩어리로 겹친 목소리가 말했다.

우리는 10년간 우주에 있었어요.

두 아이가 맞잡은 손을 탁자 위에 올려놓았다. 서로 닮은 손이었다. 손등 뼈는 툭 불거졌고, 창백한 피부 아래 드러난 파르스름한 핏줄은 먼 하늘에서 내려다본 강줄기 같았다. 두 아이가 겹쳐진 목소리로 말했다.

그래서 우리는 지금 스물일곱 살이에요. 이 사실을 먼저 알아주셨으면 해요.

적막이 그들 사이를 느릿느릿 지나갔다. 소장이 눈가를 누르고, 팀장이 누렇게 뜬 얼굴을 비볐다. 우미는 미동 없이 앉아 있었다. 마주한 디바이스 스크린 위로 두 아이의 말이 빼곡하게 적혔다. 우미는 그 안에 오타 혹은 잘못 받아 적힌 내용이 없는지 확인했다. 그것이 오늘 그가 해야 할 일이었다. 목을 풀고자 고개를 들었을 때, 우미는 자신을 바라보는 경도의 눈과 마주쳤다. 눈의 주인이 말했다.

하고 싶은 말이 있어요.

경도가 덥수룩한 앞머리를 쓸어 넘겼다. 푹 꺼진 눈두덩과 뺨이 드러났다. 우주에 나가기 전에 비하면 몹시 야위었지만, 여전히 앳된 얼굴이었다. 열일곱의 얼굴을 한 경도는 말했다.

우리는 사랑에 빠졌어요. 아주 깊고 짙은 사랑이에요.

스크린 위로 글자들이 나타났다. 사랑이에요, 라는 문장 뒤로 마침표가 찍혔다. 위도의 문장들이 그 뒤를 따랐다. 그러므로 우리에게 중요한 것은 오로지 서로뿐이에요. 그 외의 것은 우리에게서 멀어진 지 오래되었습니다.

*

처음 만났을 때 그들은 열여섯 살이었다.

위도의 신장은 161센티미터, 경도는 173센티미터였다. 또래 평균에 비해 근육량이 많았고 유연성이 뛰어났다. 골밀도나 체지방량 모두 우주에서 생활하기 적합하다고 판정받았다. 내장 기관의 건강 역시 두루 우수했다.

연구소의 모두는 두 아이가 곧 친해질 것이라고 생각했다. 그들은 연구소와 훈련장 내의 유이한 십대였다. 공통점도 많았다. 두 아이는 마을 규모의 공동 육아 시설에서 한평생을 보낸 첫 세대였으며, 자라는 내내 주위로부터 영민하다는 말을 들었고, 연구소의 선발 테스트에서 마지막까지 남은 아이들 중 누구보다 간절한 모습을 보여주었다.

그러나 첫 만남에서 두 아이는 거의 아무런 말도 주고받지 않았다. 사실 첫 만남에서 가장 많은 말을 한 사람은 규였다. 규는 선발 테스트에서 두 아이를 심사한 당사자였으며, 장차 훈련장과 우주정거장에서 두 아이를 보호할 역할을 맡고 있었다. 그는 두 아이를 마주 보고 서게 했다. 그리고 위도의 왼쪽 어깨와 경도의 오른쪽 어깨를 짚었다.

얘들아.

네.

너흰 특별한 동료야.

네.

그러니까 친하게 지내라.

알겠습니다.

아이들은 마주 쥔 손을 흔들며 각자의 이름을 말했다. 당시 둘의 이름은 위도도 경도도 아니었다. 아직 우주에서 쓸 이름을 받기 전이었다.

연구소의 모두가 그들을 위도와 경도로 부르기 시작하고 본격적인 훈련이 시작된 후에도, 그들 사이에는 별다른 소통이 없었다. 두 사람의 훈련 과정을 기록하던 우미는 금세 그 사실을 깨달았다.

그는 먼저 위도에게 물었다.

동갑내기인데 왜 친하게 안 지내?

위도는 경도가 운동부에서 쫓겨난 어설픈 양아치처럼 보여서 싫다고 대답했다. 두피가 보이도록 박박 깎은 머리나 진흙을 바른 듯 까맣게 탄 피부 모두 마음에 들지 않는다고. 반면 경도는 위도가 교실 뒤편에서 큰 소리로 누군가를 욕하던 여자애들 같아서 정이 가지 않는다고 말했다. 식당이나 생활실에서 마주칠 때면 그들은 서로를 짧게 곁눈질했고, 턱짓으로만 인사했다. 우미가 이런 이야기를 전하자 규는 말했다.

십대는 어쩔 수 없어. 저 정도면 양반이지. 우리도 저 때에는 틈만 나면 싸웠잖아.

아냐, 네가 나를 일방적으로 놀린 거지, 난 늘 가만히 있었어.

우미의 말에 규가 눈썹을 찡그리며 웃었다. 그냥 놔둬, 불쌍한 애들이잖아. 우미가 빤히 보자 규는 덧붙였다. 저 나이대 애들은 계속 변해. 지내다 보면 서로한테 정붙일 거야.

규의 말은 수중 훈련이 본격적으로 시작된 날부터 맞아떨어졌다. 그날 위도와 경도는 바짝 긴장해 있었다. 이전에도 다이빙 슈트를 입고 몇 차례 물속에 들어가긴 했지만, 여압복까지 챙겨 입고 수조에 들어가는 것은 처음이었다. 반나절 내내 여압복 차림으로 물속을 돌아다닌 둘은 녹초가 되어 수조 밖으로 나왔다. 양쪽 모두 땀에 흠뻑 절어 있었다.

위도는 새파랗게 질린 얼굴을 한 채, 벽에 기대앉은 경도 앞으로 다가섰다. 자신을 올려다보는 경도에게 위도는 물었다.

물귀신 봤어?

물귀신?

수조 모서리에 어떤 여자가 서 있었는데, 반쯤 투명했어.

물거품을 잘못 본 게 아니고?

아냐. 몸속이 거의 비쳤어. 진짜, 정말이야……. 눈도 마주쳤어.

경도는 눈앞의 얼굴을 유심히 살폈다. 위도는 입술을 꽉 깨물고 있었다. 시선을 내리자 가늘게 떨리는 두 손이 보였다. 경도가 잠시 바닥을 응시하다가 말했다.

본 것도 같아.

정말로?

경도가 고개를 끄덕였다. 확신은 못 하겠지만, 물속에서 낯선 이의 얼굴이 스쳐 갔던 것 같다고.

그날 이후로 두 아이는 상대에게 묻고 답하기 시작했다. 끝나지 않는 수건돌리기처럼, 빙글빙글 이어지는 질의응답이었다. 무중력 훈련을 시작한 날, 경도는 언덕 위에서 직선으로 치솟고 낙하하기를 거듭하는 비행기— 다른 우주인들이 구토 혜성이라고 부르던 기체를 보다가 위도에게 물었다. 너 자이로드롭 잘 타냐? 훈련을 마친 후 속을 게워내는 경도에게 위도는 물었다. 대체 아침에 뭘 먹은 거야?

무중력실에서 침낭을 설치하는 법을 배우던 오후에는 서로가 이전에 쓰던 방에 대해 질문했다. 위도는 6인실, 경도는 4인실에서 매번 방장을 맡았다고 대답했다. 그런 문답은 곧 다른 질문들로 이어졌다. 최악의 룸메이트는 누구였고, 최고의 룸메이트는 누구였는지, 이 프로젝트에 선발된 것을 알았을 때 주변에서 무어라 말했는지 등등. 미처 묻지 못한 것이 생각나면 이튿날 서로의 방문 앞에 찾아가 남은 질문을 이어갔다. 프로젝트가 모두 끝나면 지원금을 어떻게 사용할 것인지, 대학을 갈 계획인지 아니면 곧바로 취직할 생각인지, 서울에서 집을 구할 건지 혹은 지방 살이를 시작하고 싶은지……. 묻고 답할 때마다 그들은 몸속에 켜켜이 쌓여온 시간의 꺼풀이 점차 또렷해짐을 느꼈다.

모든 훈련이 끝나고 그들이 탄 발사체가 우주정거장으로 떠나던 순간, 온몸이 솟구치고 영혼이 안팎으로 흔들리던 그때에 두 사람은 이제껏 겪은 중 가장 선명한 시간의 층이 뱃속에 새겨짐을 느꼈다. 기분이 어때? 궤도에 진입한 후 위도가 물었고, 경도는 한참 뒤에 답했다. 배가 아파.

우주정거장에서도 두 아이는 내내 붙어 다녔다. 살갗을 맞붙이고 다닌 정도는 아니었지만, 시설에서부터 함께 자란 짝꿍인 양 모든 순간을 함께했다. 묻고 답하기 역시 계속되었다. 어떤 질문은 유난히 힘세고 질겨서 그들의 손목과 발목을 한데 붙들어놓기도 했다.

무중력 상태에서는 공중제비를 몇 바퀴나 돌 수 있을까?

위도는 백 번은 너끈히 돌 수 있다고 답했고, 경도는 현기증 때문에 곧 그만두게 될 것이라고 장담했다. 그들은 누가 맞는지 알기 위해 마땅한 장소를 찾아다녔다. 평소에 그들이 지내는 연구소 모듈에서 얼마간 거리가 있는 장소를 찾아야 했다. 할 일은 제쳐두고 공중제비에나 매진하는 모습을 규에게 들킨다면, 한바탕 혼난 다음 학습용 튜브로 끌려갈 게 뻔했다.

다른 우주인들은 두 아이가 우주정거장 곳곳에 죽치고 있는 모습을 너그러이 눈감아주었다. 정거장에 머무는 사람 중 위도와 경도를 모르는 이는 없었다. 떠도는 소문 속 두 아이는 남한 측 연구지원금 사냥의 희생양이었으며, 초국적 기업의 후원을 받기 위해 시작된 엉터리 프로젝트에 휘말린 비련의 고아들이었다. 우주인들은 복도나 공용공간 귀퉁이에서 공중제비를 도는 두 아이를 마주할 때마다 미간을 좁히며 웃어 보였다. 몇 차례 그 눈웃음과 마주한 위도와 경도는 가능한 한 인적이 드문 장소에서 공중제비를 연습하기로 했다.

며칠간 정거장 구석구석을 헤맨 그들은 마침내 적당한 장소를 찾아냈다. 머무는 사람도 찾는 이도 없는 모듈로, 정거장의 폐가라고 부름직한 곳이었다. 본래는 미국 남부의 연구소에서 사용하던 여러 모듈 중 하나였으나, 이전 담당자가 우주에서 죽은 뒤로 한 해 가까이 비어 있었다. 텅 빈 방 한구석에서 마른 백합 한 송이만이 고리로 묶여 한들거렸다.

그들은 백합 앞에서 몇 번이나 공중제비를 돌았다. 회전하지 않을 때면 허공에 떠서 죽은 미국인의 이름이 무엇이었을지, 그가 정말로 심장마비로 세상을 떠났을지 아니면 다른 모종의 이유가 있을지 추리하기도 했다. 소문에 따르면 그는 우주에 나오기 직전 이별한 옛 연인을 잊지 못해 목숨을 끊었다고 했다. 두 사람은 우주의 폐가를 떠다니며 우주에서 가장 기발하게 죽을 수 있는 방법을 셈해보았고, 공중제비를 연달아 연마했으며, 어지러움을 호소하다가 구토하는 시늉도 했다.

사이렌이 울린 날에도 그들은 비슷한 하루를 보내고 있었다. 처음에는 평소 주기적으로 하던 비상 훈련이 갑작스레 시작된 것이라고 여겼다. 그러나 사이렌 소리가 점차 커지고 경고등 불빛이 사방에서 번쩍이면서, 위도와 경도는 무언가 잘못되었음을 알아차렸다. 이내 붉은빛으로 가득 찬 복도 저편에서 거대한 폭발음이 울렸다. 굉음은 평소에도 터널 안처럼 시끄럽던 정거장을 완전히 집어삼켰다. 위도와 경도는 벽에 고정된 고리들을 붙들었다. 선체가 흔들리고 있었다. 멀지 않은 곳에서 철컥 하는 쇳소리가 들렸다.

위도와 경도는 다시 허공을 구르기 시작했다. 이번에는 공중제비를 위해서가 아니었다. 두 아이는 팔다리를 허우적대며 출구로 향했다. 연구소 모듈로 돌아가야 했다. 곧 그들은 아까 들린 쇳소리의 정체를 깨달았다. 출입구가 굳게 잠겨 있었다. 문 옆의 단추를 누르고 수동 개방 장치를 힘껏 당겨도 소용없었다. 래치 안쪽에서 무엇인가 비틀린 듯했다.

그들은 규에게 무전을 했다. 몇 번의 잡음이 지나가고 보호자의 목소리가 흘러나왔다. 규는 지구 측 관제 센터 시스템에 원인 모를 문제가 있었다고, 그리하여 센터와 정거장을 잇는 통신망이 어긋난 사이 외부의 물체가 충돌한 것 같다고 말했다. 그 같은 이야기를 하면서도 규는 여전히 차분했다. 하지만 그토록 믿음직스러운 보호자도 출입구가 망가진 모듈에서 두 아이를 빼낼 수는 없었다.

위도와 경도가 소리를 질렀다. 공중에서 발버둥을 치고 헛구역질했다. 이번에는 시늉이 아닌 진짜였다. 어쩔 수 없었다. 그들은 열일곱 살이었고, 우주는 그들이 헤아릴 수 없을 만큼 늙어 있었다. 도무지 상대할 법한 나이 차가 아니었다. 규 또한 그 사실을 알고 있었다.

그러니까 지금은 너희가 서로를 챙겨야 해. 알았어?

예, 그렇지만…….

말 끊지 말고.

잠시 후 규는 아이들이 갇힌 모듈에 탈출선 한 대가 도킹되어 있다는 사실을 알아냈다. 21세기 후반에 만들어진 구형 모델이었지만, 자가 귀환 프로그램은 내장되어 있었다. 위도와 경도가 또다시 소리쳤다.

우리끼리는 못 해요. 우리한테는 무리예요. 어른이 필요해요.

해야 해. 그것 외엔 방법이 없다.

규가 부드러운 목소리로 말했다. 잠긴 문 너머에서 다시 한 번 폭발음이 들려왔다. 위도와 경도는 눈에 보이게 출렁이는 모듈 속에서 필요한 것을 긁어모았다. 죽은 미국인이 걸쳤을 여압복, 공구통과 물티슈, 배변용 봉투와 건조 식량…… 등을 부여잡은 채 모듈 안쪽으로 향했다. 미처 닦아내지 못한 눈물과 콧물, 침이 동그란 모양으로 흩날렸다. 규가 계속 무어라 떠들었지만, 두 아이는 제대로 듣지 못했다. 도킹 포트 근처에 다다랐을 즈음, 무전 소리는 반쯤 잡음으로 들렸다.

탈출선으로 이어지는 문은 손쉽게 열렸다. 주어진 길은 이것뿐이라는 듯 몹시 산뜻한 개문이었다. 위도와 경도는 엉거주춤하게 떠오른 채 서로를 보았다. 그 순간 그들은 마주한 얼굴이 얼마나 앳되고 또 엉성해 보이는지 깨달았다.

위도가 물었다. 어떻게 해?

경도가 물었다. 다른 방법이 있어?

선내는 차츰 모로 뒤집히고 있었다. 그들은 문턱을 넘어갔다. 누가 먼저랄 것 없이 탈출선에 올라탔고, 조종석에 다다라 시스템을 켰다. 이내 탈출선이 우주정거장 밖으로 떨어져 나왔다. 추락하는 정거장을 등 뒤에 둔 채, 두 사람은 한도 끝도 없는 외계 속으로 떨어져 내렸다.

그렇게 우리만 남게 된 거예요.

두 아이가 말했다. 새하얀 소파에 나란히 앉은 채, 두 손을 꼭 부여잡고. 여전히 느릿한 어투였다. 긴박한 순간을 묘사할 때도 목소리에는 변화가 없었다.

병원의 이중창을 넘어온 석양빛이 두 얼굴 위로 내려앉았다. 우미는 스크린 위로 점점이 찍히는 글자들을 지켜보았다. 고개를 기울이지도 몸을 틀지도 않고 화면만 응시했다. 그러나 단 한 순간, 아이들의 이야기가 우주정거장에서 규와 주고받은 무전에 다다랐을 때, 그는 잠시 눈을 들어 두 사람을 보았다. 무언가 말할 듯 숨을 삼키고 입술을 달싹거리다가 다시 침묵했다.

스크린에 새로운 글자들이 찍히기 시작했다. 위도와 경도는 이제 우주에 대해 말하고 있었다. 규는 더 이상 둘의 이야기에 등장하지 않았다. 남은 것은 두 아이가 머문, 오로지 그들만 아는 우주에 관한 이야기였다. 그것은 동시에 그들이 우주에서 헤맨 열흘, 둘의 말에 따르면 10년에 관한 이야기이기도 했다.

*

두 아이는 자가 귀환 프로그램부터 작동시켰다. 지난 세기에 만들어진 구형 기체였지만, 시스템을 작동하는 방식 자체는 그들이 훈련 때 사용하던 기계들과 별반 다르지 않았다. 코드 키를 입력하자 스크린에 불이 들어왔고, 각국의 언어가 자가 귀환 프로그램이 실행되리라고 알렸다.

그러다가 모든 것이 멈췄다. 화면이 깨졌고, 음성 안내도 더는 들리지 않았다. 위도와 경도는 스크린 곳곳을 두드렸다. 수동 계기판을 열고 설명서에 따라 버튼을 눌렀다. 오토파일럿 모드는 작동 중이었지만, 귀환 프로그램은 계속 먹통이었다. 지구와의 통신 시스템 역시 마찬가지였다. 그들은 넋을 잃고 서서 죽은 이들이 만든 기기가 자신들을 어떤 시간 속으로 데려갈지 가늠해보았다. 창밖으로 무수한 별빛이 스쳐 가고 있었다.

소파에 앉은 위도와 경도가 말했다.

우린 그때부터 시간을 재기 시작했어요.

통신 시스템과 귀환 프로그램을 제외한 우주선의 다른 기능들은 얄미울 정도로 말짱하게 작동했다. 환경 제어 및 생명 유지 시스템은 완벽하게 돌아갔고, 열 제어나 전력 공급도 문제없었다. 벽면에 걸어둔 아날로그 시계조차 알맞게 움직였다. 두 아이는 규에게 받은 손목시계와 벽시계를 번갈아 확인하며 24시간을 기록했다.

24시간을 두세 번가량 기록할 때까지는 희망이 있었다. 두 아이는 탈출선이 그들이 모르는 경로를 통해 지구로 되돌아가고 있다고, 얼마 뒤에는 소리와 산소 그리고 중력 속에 다다를 수 있으리라 믿었다. 실상 믿는 것 외에는 그들이 할 수 있는 일도 없었다. 규를 비롯한 연구소 사람들은 두 아이만 우주에 외따로 버려지는 상황에 대해선 말해주지 않았다. 그것은 본래 '있을 수 없는 일' 혹은 '없다시피 한 가능성'이었다.

그러나 그들은 그곳에, 벌어질 리 없다던 가능성의 세계에 놓여 있었다. 위도와 경도가 그곳에서 할 수 있는 일이라고는 가장 기본적인 수준의 기계 수리와 검사, 그리고 무작정 희망을 품고 기다리는 일 정도였다. 그도 아니면…… 서로를 만지거나.

최초의 신체 접촉이 언제였는지는 두 아이 모두 정확히 기억하지 못했다. 다만 그 순간에 이르기까지 거친 맥락과 상황은 세밀하게 간직하고 있었다.

가령 24시간의 기록이 약 보름치 적혔을 무렵에는 두 사람 모두 돌아갈 수 없는 미래를 서서히 받아들이고 있었다. 매일같이 창밖으로 이어지는 우주는 믿기지 않도록 아름다웠고, 그런 만큼 영영 끝나지 않을 듯했다.

탈출선에 갇힌 지 백 일이 지났을 즈음 두 아이는 자신들의 몸이 변하고 있음을 알아차렸다. 변화는 그들 또래가 겪는 2차 성징과는 사뭇 다른 것이었다. 우주인들이 통상적으로 경험하는 골밀도의 변화와도 달랐다. 그들은 자신의 신체가 무생물…… 혹은 우주……에 조금씩 가까워지는 중이라고 느꼈다. 두 사람은 차츰 갈증도 허기도 거의 느끼지 않게 되었고, 실제로도 아주 조금만 먹었다. 물은 하루에 몇 모금이면 충분했다.

그것은 다른 우주인들이 말하는 '우주 생활에의 적응'과는 분명 다른 현상이었다. 위도와 경도는 여태까지 겪은 세상과 전연 다른 시공간으로 건너가고 있었으며, 그들의 몸은 한층 일찍 그 세계와 맞닿고 있었다.

우리가 외계인이 되고 있나?

어느 날 경도가 물었고, 위도는 곧바로 답했다. 말도 안 되는 소리. 그러나 실은 위도 역시 같은 질문을 곱씹고 있었다. 비슷한 질문이 끊기지 않는 넝쿨처럼 이어질 때면, 그들은 캡슐 한구석에 매달린 모니터를 켰다. 그 기기에는 과거의 지구인들이 만든 책과 영상의 데이터가 수북이 담겨 있었다. 화면 속 활자와 이미지는 지금 그들의 상황과 아무런 상관도 없는 천연덕스러운 얼굴을 한 채 전혀 다른 삶들의 이야기를 들려주었다.

위도와 경도는 그 모든 삶을 분명하게 기억했다. 우주에서의 시간은 뒤죽박죽 섞이거나 흐릿한 기억으로 남았지만, 스크린에서 읽거나 본 이야기들은 두 아이의 몸 구석구석에 선연한 색채로 스며들었다. 승합차에서 먹고 자던 두 도둑의 모험이나 오래된 극장에 머무는 유령과 그 연인, 그리고 수많은 로맨스. 우주에서의 삶은 요원하고 태어난 땅에 발붙인 채 살아가는 것만이 유일한 선택지던 호시절의 이야기들. 어떤 이야기든 결국에는 끝이 났으며 주인공들 역시 집으로 돌아갔다. 그러나 위도와 경도는 아니었다. 그들은 여전히 집에서 먼 곳에 있었다. 땅에 발붙이지 못하고, 늘 바닥에서 조금씩 떠올라 허우적거렸다.

그 무렵 위도와 경도는 서로에게 아무 질문도 하지 않았다. 아무리 묻고 답해도 해결되는 것은 없었다. 몸 안에 차곡차곡 쌓이던 시간의 켜가 하나둘 허물어졌다. 두 아이는 스스로가 폐가 모듈의 죽은 미국인이나 수조 속 유령처럼 투명해지고 있다고 느꼈고, 모든 것을 포기할 가능성을 잦게 논하기 시작했다.

우주에서 사라지는 건 쉬운 일이야. 그들은 말했다. 그냥 바깥으로 나가면 돼. 우주복 없이, 맨몸으로, 그간 배운 훈련 따위 모두 잊은 채. 그렇게 문밖으로 나가 덮쳐오는 우주를 마주

하면 모든 게 끝날 터였다. 몸이 부어오르고 심장은 멈출 것이며, 더는 어떤 모습의 미래도 기다릴 필요가 없었다.

위도와 경도의 말이 우미의 스크린에 쌓였다. 아마 그때, 그 일이 벌어졌을 거예요.

그들의 논의가 종점으로 달려가던 날이었다. 우주에 맨몸으로 나가 맞닥뜨릴 산소 결핍에 대해 말하던 중, 하나의 손이 다른 손을 덮었다. 명확한 이유는 없었다. 위로의 몸짓일 수도 있고, 상상 속 숨 막힘에 대한 두려움을 달래려던 동작이었을지도 모른다. 그 순간 모든 게 바뀌었다. 위도와 경도는 하나로 포개진 손을 물끄러미 내려다보았다. 접촉된 표피에서 무언가 변하고 있었다. 우주를 떠도는 동안 투명해지던 몸이 다시금 뚜렷해졌다. 우주……와도 무생물……과도 다른 무엇으로 그들은 새롭게 변하고 있었다. 맞댄 손바닥에서 그들이 볼 수 없는 무수한 입자가 교환되었고, 새롭게 탄생하거나 사라지며 뒤섞였다. 그것은 분명한 사건이었다. 새로운 시간의 켜가 둘의 몸속에 쌓였다.

위도가 경도의 팔을 붙잡았다. 경도는 위도의 어깨를 어루만졌다. 양손을 들어 서로의 목덜미를 쓰다듬었고, 뺨을 맞댄 후 코를 맞부딪쳤다. 입술이 닿은 순간 그들은 자신들이 영영 문밖으로 나갈 수 없으리란 사실을 알았다.

우리가 일반적인 섹스를 했다는 이야기는 아니에요.

위도가 말했다. 소장이 다시 두 눈을 비볐다. 경도가 말을 이었다.

아시겠지만 우주에서의 성기 삽입은 거의 불가능해요. 포옹이나 입맞춤에도 많은 노력을 들여야 하죠.

물론 그들은 모든 노력을 기울였다. 어차피 그 외에는 노력을 들일 일도 없었다. 그들은 더 이상 자가 귀환 프로그램이 작동하는지 확인하지 않았다. 창밖에서 영원처럼 흘러가는 우주에도 별다른 관심을 두지 않았다. 그들은 상대의 머리카락을 쓰다듬고, 턱끝을 어루만지며, 팔다리로 상대의 몸을 감싼 채 떠다니는 데 집중했다.

다만 벽시계로 지구의 시간을 확인하는 습관은 변하지 않았다. 한 살씩 더 먹었을 때 그들은 창가에 걸터앉아 서로의 눈을 오래 들여다봤고, 스무 살이 되었을 때는 몇 주 만에 건조 식량을 꺼내어 나눠 먹었다. 스물다섯이 넘었을 무렵 그들은 자신들이 더는 자라지 않는다는 사실을 받아들였다. 그것은 위도가 평생 월경을 시작하지 않으리란 뜻이었고—그들은 아주 오래도록 달을 보지 못했다—두 사람이 결코 아이를 낳을 수 없다는 의미였다.

위도와 경도는 몸의 변화처럼 그 사실 또한 겸허히 받아들였다. 간혹 농담으로도 써먹었다. 만일 여기서 아이를 낳으면 진짜배기 외계인이 태어날 텐데…… 세 식구가 함께 지구 침략을 계획할 수도 있었을 거야…… 병실 안의 두 사람은 그 농담을 전하며 웃음을 터뜨렸다. 그들이 지구에 돌아온 후 처음으로 낸 웃음소리였다.

면담은 급작스레 멈췄다. 소장이 벌떡 일어선 탓이었다. 그는 구부정하게 서서 한참을 씨근덕댔다. 널찍한 이마가 병실의 벽처럼 희게 질려 있었다. 그는 위도와 경도를 번갈아보다가 말했다.

저기, 그…… 잠깐 떨어져서 앉아볼래?

아이들은 소장을 물끄러미 보다가 고개를 저었다. 소장은 소파를 반 바퀴 돌아서 아이들 옆에 다가가 섰고, 두 직원의 만류에도 불구하고 위도와 경도의 어깨를 붙잡아 당겼다. 두 아이가 움직이지 않으려 버티자 소장의 이마와 목울대 위로 핏줄이 섰다. 그는 평생의 숙제라도 되는 양 낑낑거리며 두 몸을 서로에게서 떼어냈다.

위도가 먼저 소리를 질렀다. 새되고 가파른 소리였다. 경도의 비명이 뒤를 이었다. 변성기를 채 지나지 않은 목소리가 병실의 벽을 뒤흔들고, 바닥을 출렁이게 했다. 두 사람은 발버둥치고 고개를 흔들었다. 앙상한 팔다리여도 몸부림은 거셌다. 둘 중 하나의 발길질에 맞은 소장이 곤두박질치듯 뒤로 넘어졌다.

팀장이 경도를, 우미가 위도를 붙잡았다. 바닥에 주저앉은 소장이 두 아이를 보았다. 핏빛 열기가 그의 낯을 점령하고 있었다. 위도와 경도의 얼굴도 짙은 붉은색이었다. 눈시울은 축축했으며 갈라진 입술에 핏방울이 맺혔다. 그들은 다시 서로를 붙들었다. 상대의 허리와 어깨를 쥔 손에 어찌나 힘을 주었던지, 손등만 죽은 이처럼 창백했다. 안 돼요. 우리는 떨어질 수 없어요. 둘 중 한 아이가 말했다.

차라리 우리를 돌려보내요.

또 다른 아이가 말했다.

*

연구소로 돌아오는 차 안에서 소장은 말했다. 애들을 저대로 두면 안 돼. 제정신이 아니야. 그는 우선 두 아이를 서로로부터 떨어뜨려야 한다고, 그들이 계속 붙어 있으면 우주에서 함께 쌓은 착각이나 망상 모두 돌이킬 수 없이 깊어질 것이라고 단언했다.

그날 소장은 몇 가지 일을 결심했다. 마침내 퇴원한 위도와 경도가 연구소로 돌아왔을 때, 그는 결심을 하나하나 실행에 옮겼다. 우선 분리 조처가 시작됐다. 위도는 우미를 비롯한 여직원들이 쓰는 기숙사 꼭대기로, 경도는 연구소 맞은편의 생활동 관사 중 하나로 보내졌다.

짐을 옮기는 내내 위도와 경도는 또다시 악을 쓰고 바닥을 굴렀다. 이번에는 별다른 효과가 없었다. 소장이 아예 분리 현장에 나타나지 않은 까닭이었다. 그러나 위도가 그릇과 컵 등 유리로 된 물건을 모조리 깨뜨리고, 경도가 관사 바닥에 누워 제 몸을 쥐어뜯거나 할퀴는 시도를 한다는 보고가 몇 주 내내 이어지자, 소장은 결국 긴급회의를 소집했다.

회의가 끝날 무렵 소장은 아이들을 하루에 한 시간씩 만나게 하는 데 동의했다. 대신 그는 몇 가지 규칙을 내걸었다. 연구소 바깥에서의 만남은 엄격히 금지되었고, 반드시 성인 보호자가 동행해야 했다. 홍보팀 직원 우미가 그 역할을 맡았다.

우미가 보호자 역을 맡게 된 데에는 몇 가지 이유가 있었다. 가장 큰 이유는 위도와 경도가 연구소 관계자 중 가장 덜 경계하는 인물이 우미라는 사실이었다. 분리 조처 이후 그들은 연구복을 입은 사람을 볼 때마다 눈에 띄게 긴장했으나, 우미 앞에서만은 비교적 부드러운 표정을 지었다. 그를 규의 친구로 기억하고 있어서인 듯했다. 덕택에 우미는 매일 오후 2시부터 3시까지 위도와 경도 사이에 앉아 있게 되었다.

그 외에도 몇 가지 업무가 더 주어졌다. 팀장은 우미에게 아이들의 사소한 행위부터 특이점까지 낱낱이 관찰하고 기록해서 보고하라고 지시했다. 동시에 혹여 아이들이 '옳지 못한' 행동을 하면 '성인으로서' 제지하라는 소장의 전언을 덧붙였다. 우미는 슬쩍 웃었다. 말이 좋아 관찰과 보고일 뿐, 결국은 감시 역이었다. 기숙학교의 사감이 된 기분도 들었다. 둘이 엉겨 붙을까 전전긍긍하며 지켜봐야 한다는 점이 특히 그랬다.

그럼에도 우미는 별다른 불만 없이 업무를 받아들였다. 실은 반가운 마음조차 들었다. 우미에게는 궁금한 것이 한 가지 있었다. 실은 궁금하다, 정도의 말로 채 표현할 수 없을 만큼 오랫동안 되새긴 질문이었다. 그 질문에 답해줄 수 있는 사람은 위도와 경도밖에 없었다.

어쩌면 주 선배가 내 마음을 알고 나를 보냈는지도 몰라.

위도와 경도를 만나러 가며 우미는 생각했다. 상사이자 대학 선배인 주 팀장은 규를 제외하면 연구소에서 가장 오래 우미를 보아온 사람이었으며, 그만큼 우미에 관한 많은 것을 알고 있었다.

우주정거장이 추락하고 몇 주가 지났을 때 주 팀장은 물었다. 규와 얼마나 오래 알았다고 했지? 당시 우미는 사고에 대해 무엇도 받아들이지 못한 상태였으므로 외려 건조하게 답할 수 있었다.

태어날 때부터 알았어요. 가족끼리 친해서요.

물론 그보다 더 많은 말을 할 수 있었다. 십대 시절 규는 우미에게 삶에 필요한 것 대부분을 알려준 사람이었다. 자전거와 스케이트보드 등 바퀴 달린 물건을 타는 법부터 또래 애들에게 무시당하지 않을 농담, 동네에서 피해야 할 남자애들……. 막상 규는 그 남자애들과 함께 천변 농구장을 휩쓸고 다녔다. 우미는 시합을 구경한다는 핑계로 규가 가는 곳마다 스케이트보드를 타고 따라다녔다. 규는 농구를 잘했다. 괜찮은 센터가 있다는 소문이 퍼져 옆 동네 학교의 코치가 그를 스카우트하러 온 적도 있었다.

우미는 규의 가족과 함께하는 여행을 기다리느라 밤잠을 설치곤 했다. 매해 눈에 띄게 사라져가는 봄과 가을, 아이들이 방학을 맞으면 두 가족은 해안과 숲으로 함께 떠났다. 우미는 규가 얼마나 능숙하게 텐트를 설치하고 불을 지폈는지 기억했다. 함께 해변에 머물 때 규는 거기 있는 이들 중 가장 많은 별의 이름을 외우는 사람이었다.

그러나 이런 이야기를 상사에게 할 필요는 없었다. 가족이나 친구에게도 말하고 싶지 않았다. 아주 오래도록, 규와의 기억은 우미 자신만의 것이었다. 그러나 위도와 경도에게라면 그 기억을 말할 수 있었다. 말하고 싶은 마음마저 들 정도였다. 물론 그들에게서 듣고 싶은 이야기도 있었다.

세 사람은 연구소 곳곳에서 만났다. 본관 회의실에서, 건물 안쪽의 중앙 정원에서, 경도가 머무는 관사 거실이나 직원 기숙사 1층의 휴게실에 앉아서 한 시간을 보냈다. 주말마다 두 아이를 보러 오는 의사는 그들이 가능한 한 다양한 장소를 겪게 하라고 말했다. 우주선과 다른 형태와 너비의 장소에서 충분한 시간을 보내도록 도와야 한다고.

막상 위도와 경도는 장소에는 아무런 관심도 기울이지 않았다. 그들이 관심을 두는 대상은 서로뿐이었다. 그들은 회의실의 탁자를 사이에 둔 채, 중앙 정원의 조그마한 정자에서 무릎을 맞대고 앉은 채, 관사 거실의 소파에 나란히 기댄 채 서로를 주시했다. 소장은 두 아이의 신체 접촉을 엄격히 금지했지만, 우미는 그들이 손끝을 걸거나 어깨를 붙일 때마다 딴청을 피웠다. 두 아이를 위해서는 아니었다. 단지 그토록 집요하게, 마치 시선만으로 상대를 잡아둘 수 있다는 양 마주 보는 이들을 말릴 엄두가 나지 않았다.

위도와 경도를 만난 의사 또는 상담사들의 진단은 대개 비슷했다. 두 아이가 겪는 망상의 정도가 심하다 해도, 그들의 경험을 고려하면 충분히 이해할 수 있다는 것이었다. 매 주말 찾아오는 의사는 말했다. 대개 청소년은 성인보다 더 느리게 시간을 인식해요. 직접 경험하는 정보 하나하나에 더 큰 무게를 부여하는 만큼 하루의 밀도를 한층 무겁게 느끼죠. 물론 열흘과 10년의 시차는 말도 안 되지요. 그러나 이 애들은 여태 누구도 겪지 못한 경험을 했어요. 우리는 전혀 모르는 종류의 경험 말이에요.

의사는 그 경험의 특수성을 고려하면 두 아이의 상태가 지금보다 훨씬 더 나쁠 수도 있었을 거라 덧붙였다. 오히려 이런 사건을 겪은 후에도 지금처럼 생활하는 일 자체가 놀랍다는 것이었다. 둘 다 굉장히 어른스러워요. 의사는 말했다. 가끔은 그들의 조숙함이 너무 지나쳐서 기묘하게 느껴진다고도 했다.

그 애들 말이 사실일 가능성은 아예 없을까요?

어느 날 우미가 묻자, 주 팀장은 눈살을 찌푸렸다. 아무리 홍보팀이어도 명색이 연구소 직원인데, 그런 말 하면 안 되지. 팀장이 웃어서 우미도 따라 웃었다. 애당초 아주 진지하게 꺼낸 말은 아니었다. 정거장에 머문 기간을 비롯해 우주에서 보낸 수십 일은 아이들의 뼈대를 느슨하게 늘려놓았지만, 그 변화가 그들이 성인이 되었다는 의미는 아니었다. 그들은 그저 무중력 상태에 오래 머물렀을 뿐이었다. 위도는 아직 월경조차 시작하지 않았으며, 경도의 목소리는 최근에야 변성기를 맞아 갈라지기 시작했다.

그런데도 묘한 느낌은 한동안 우미를 떠나지 않았다. 그는 종종 아이들을 보며 생각했다. 혹시 이 애들의 말이 맞으면 어쩌지? 두 아이가 우주에서 정말로 10년을 보낸 것이라면? 많은 경우 위도와 경도는 십대 연인보다 노부부에 더 가까워 보였다. 면회 시간마다 그들은 잃어버린 부품을 되찾은 양 안도의 숨을 내쉬었다. 이미 한평생을 서로의 옆에서 보냈기에, 상대가 없는 삶은 상상조차 못 하는 노인들처럼.

동시에 그들은 아주 어린 연인처럼 굴기도 했다. 그들은 우미가 다른 곳을 볼 때 잽싸게 상대의 어깨를 깨물었다. 등이나 허벅지를 힘껏 맞붙이기도 했다. 우미가 다시 고개를 돌리면 모른 척 물러서서 시선을 맞췄다. 때로 그들은 상대가 여기 있다는 사실 자체에 몹시 놀란 사람처럼, 그리고 그 사실이 기뻐 견딜 수 없는 사람처럼 눈앞의 얼굴을 보았다. 여름 해변이나 천변 농구장에서 규를 바라보던 우미의 시선과 아주 닮은 눈길이었다.

우미는 결국 참지 못하고 말했다.

너희에게 묻고 싶은 게 있어.

위도와 경도가 천천히 고개를 돌려 그를 보았다. 날 선 눈길이었다. 비록 우미에게 상대적으로 너그러운 태도를 보이긴 했으나, 그들은 여전히 둘 사이에 제삼자가 있다는 사실에 성이 나 있었다. 우미가 자신들의 대화에 끼어들 때면 유리창에 비친 그림자가 말을 건 양 소스라치기도 했다. 우미는 숨을 고르고 말했다.

규에 대해 묻고 싶어.

이름을 말한 순간, 열기가 눈시울을 타고 올라왔다. 우미는 더듬거리며 질문을 이어나갔다. 상상한 것보다 더 어려운 일이었다.

우미가 질문하는 내내 위도와 경도는 꿈쩍도 하지 않았다. 눈썹은 빳빳했고, 입술은 일자로 다물었다. 일말의 흔들림도 없는 눈동자는 동물 박제에 넣는 유리알처럼 보였다. 그렇기에 두 아이가 미소 지었을 때, 우미는 깜짝 놀랐다. 죽은 동물이 불현듯 일어나 사람의 탈을 뒤집어쓴 것 같았다.

대답해드릴게요.

경도가 말했다. 아니, 위도였을지도 몰랐다. 경도가 변성기를 겪고 있었음에도 두 아이의 목소리는 거의 똑같이 들렸다.

그렇지만 조건이 있어요.

이번에는 위도가 말했다. 아니, 경도였던가? 곧 우미는 말하는 이를 골라내는 일이 왜 그토록 어려운지 깨달았다. 두 아이는 동시에 입을 움직이고 있었다. 한 사람이 말할 때, 다른 사람 역시 그 말에 정확히 알맞은 모양으로 입을 벙긋댔다. 같은 각본을 받은 배우들처럼 두 개의 입술은 나란히 또 함께 움직였다.

우리가 결혼식을 열 수 있게 도와주세요.

우미는 아무 말도 하지 않고 연이어 움직이는 입술들을 보았다. 두 아이는 막힘없이 말했다. 이 순간을 위해 세운 듯한 계획은 퍽 길고 자세했으며, 연구소의 방침을 빠짐없이 어기고 있었다. 직원을 매수하고—그들은 설득이라고 표현했다—, 연구소를 탈출해서—그들은 잠시 나갔다 온다고 묘사했다—, 그들이 원하는 좌표에 다다른 뒤 식을 올릴 것이었다. 위도와 경도는 목적지의 위도와 경도를 정확히 불렀다. 두 좌표가 겹치는 장소는 두 아이가 몇 달 전 갑작스레 떨어진 자리였다. 불현듯 나타난 유성처럼, 아무도 모르던 두 생존자가 불쑥 지구로 되돌아온 곳.

*

위도와 경도는 우미의 거절에 별다른 반응을 보이지 않았다. 소장이 붙잡은 때처럼 몸부림을 치거나 비명을 지르지도, 분리 조처 때처럼 물건을 부수거나 몸을 쥐어뜯지도 않았다. 아무런 미동이 없는 표정으로 우미를 바라보다가 눈길을 떨어뜨렸을 뿐이었다. 수수깡을 엮어 만든 듯 앙상한 어깨가 축 늘어졌다.

그 모습은 며칠이 지나도 우미의 머릿속을 떠나지 않았다. 밤중이면 더 생생히 떠올랐다. 우미가 규에 대해 묻던 순간 그들의 얼굴에 떠오른 미소 역시 선연했다. 그들은 오래 기다린 손님을 환영하듯 반갑게 웃었다. 그때 그들은 무슨 말을 하려고 했을까? 두 사람이 내놓을 대답 속에 우미가 그토록 찾던 것이 있었을까?

호출 벨 소리가 생각을 멈춰 세웠다. 우미는 벌떡 일어났다. 머리맡에 걸어둔 호출기가 빨간 불빛을 번쩍이며 울리고 있었다. 그는 시계부터 확인했다. 갓 자정을 지난 시각이었다. 호출기에는 위도의 이름이 떠 있었다. 혹시 필요한 일이 생기면 부르라고 호출기를 주긴 했으나, 벨이 울린 적은 처음이었다.

점퍼를 챙기고 복도로 나서자 찬 기운이 겨드랑이 안쪽까지 스몄다. 여름이 끝나자마자 추위는 빠르게 기세를 불리는 중이었다. 우미는 비상계단을 타고 꼭대기 층까지 올라갔다. 관리자 카드로 방문을 열고 들어섰다. 위도가 침대 가장자리에 앉아 있었다. 평소보다 파리한 얼굴이 창밖의 가로등 빛을 받아 둥둥 떠다니는 듯 보였다. 표정은 여전히 침착했다. 위도가 손끝으로 침대 한가운데를 가리켰다. 핏자국이 묻어 있었다. 수십 년 전의 남극 대륙을 닮은 모양이었다.

늦은 시간에 미안해요.

위도가 말했다.

생각보다 피가 많이 나와서 놀랐어요.

우미가 고개를 저었다. 괜찮아. 그가 이불을 정리하는 동안 위도는 몇 발짝 뒤에 서 있었다. 이불보를 적신 피는 맑은 빨간색이었고 몹시 축축했다. 우미는 이불을 돌돌 말면서 물었다. 첫 생리지? 등 뒤에서 위도가 말했다. 네, 죄송해요. 우미가 말했다. 정말 괜찮아. 처음에는 다 놀라. 이게 뭔지 안다고 해도 말이야. 그는 이불을 두 팔에 끌어안고 뒤돌아섰다. 위도가 코앞에 서 있었다. 그의 오른손에 들린 커터칼은 어딘지 눈에 익었다. 부주의한 직원 중 하나가 회의실이나 휴게실에 두고 간 모양이었다.

위도는 긴긴 달리기를 끝낸 사람처럼 헐떡이고 있었다. 호흡은 가빴으나 표정에는 역시 큰 변화가 없었다. 선생님. 위도가 한참이나 시근거리다가 말했다.

저희 부탁 좀 들어주세요.

안 된다고 했잖아.

상황이 바뀌었잖아요. 다시 생각해주세요.

확실히 상황이 바뀌긴 했지. 칼끝은 우미의 목 바로 아래에서 흔들흔들 움직였다. 거뭇한 테이프 자국으로 뒤덮인 칼끝은 무뎌 보였으나, 날 양면에 핏자국이 얼룩져 있었다. 우미의 시선이 칼을 쥔 위도의 손목을 타고 내려가 무릎 부근에서 멈췄다. 위도의 오른 허벅지가 빨갛게 젖어 있었다. 핏자국의 모양대로 젖어 달라붙은 잠옷 바지가 비로소 눈에 들어왔다. 말마따나 상황을 바꾸기 위해 허벅다리를 수차례 긋는 위도의 모습이 눈앞에 그려졌다. 헛웃음이 났다. 규였다면 이 상황에서 무어라 말했을까? 십대들은 역시 어쩔 수 없다고 했을까? 그러나 이 애들의 말대로라면, 이들은 더 이상 십대도 아닌데.

그래, 도와줄게.

위도의 속눈썹이 파르르 떨렸다. 우미가 다시 한번 말했다. 도와줄 테니까 지금 출발하자. 상처만 치료하고. 우미가 이불을 침대에 도로 올려두고 구급상자를 가지러 가는 동안에도 위도는 칼을 힘껏 쥐고 있었다.

상처는 그리 깊지 않았다. 우미는 길쭉한 칼자국들을 소독하고 연고를 바른 뒤 테이프를 붙였다. 우미가 바지를 벗기고 약을 바르는 와중에도 위도는 뻣뻣하게 서 있었다. 시선은 어디로도 가지 못한 채 허공을 향했다. 우미는 칼날을 툭 치고서 말했다.

나가자. 추우니까 따뜻하게 입어.

생활동으로 가는 길은 한적하고 고요했다. 앙상한 가지가 바람에 맞부딪히는 소리만이 간간이 들렸다. 어둑한 거리 저편, 경도가 머무는 관사 유리창이 하얗게 빛나고 있었다. 우미는 다시 관리자 카드를 꺼냈다. 현관문을 열자 텅 빈 거실 귀퉁이에 웅크려 앉은 경도가 보였다. 그는 문이 열린 순간 펄쩍 뛰어올랐고, 곧장 위도에게 달려왔다. 중력이 여전히 익숙지 않은 듯 불안정한 뜀박질이었다. 거의 절뚝대는 듯 보였다.

그와 마주 선 우미는 경도의 허벅지 또한 피범벅임을 알아차렸다. 핏자국에 달라붙은 옷의 형태를 보아하니 위도의 것과 거의 같은 크기의 상처를 낸 듯싶었다.

너희 도대체 왜 그러니?

우미는 관사를 뒤져 구급상자를 찾아냈다. 우미가 소독약과 테이프 그리고 연고를 들고 앞에 앉자, 경도는 잠시 망설이다가 바짓단을 걷어 올렸다. 그의 종아리는 위도의 것보다 단단하고 훨씬 길쭉했다. 그 차이가 새삼스러웠다.

경도의 다리에도 위도의 것과 같은 테이프가 붙고 나서야 세 사람은 출발했다. 감시카메라가 늘어선 중앙 도로 대신 생활동 뒤편의 샛길을 통하여 주차장으로 갔다. 반쯤 얼어붙은 덤불과 풀숲을 헤집어가며 연구동을 가로질렀다. 숨을 쉴 때마다 보얀 입김이 부풀어 올랐다. 우미는 잡초가 무성히 자란 화단에 두 아이를 앉히고 주차장으로 들어갔다. 근거리 출장에 사용하는 하얀 세단이 어둠에 파묻혀 있었다. 우미는 블랙박스의 메모리카드를 꺼낸 다음 시동을 걸었다.

위도와 경도가 뒷좌석에 올라탔다. 우미는 앞 좌석에 앉아 자율 주행 모드를 켰다. 후문의 주차 차단기가 보이기 직전에 차를 세웠다. 차단기를 올리고 그 옆에 달린 카메라에 장갑을 씌웠다. 차로 돌아가는 내내 머릿속이 수선스러웠다. 연구소는 결국 이 일을 알게 될 것이다. 대체 무슨 핑계를 대지, 나 역시 허벅지라도 찔러야 하나. 우미가 마른 입술로 중얼거렸다.

규야.

너는 어떻게 했을까.

지난번 두 아이에게 던진 질문이 떠올랐다. 그 또한 규에 관한 것이었다. 어쩌면 오늘 그 질문에 대한 답을 들을 수 있을지도 몰랐다.

우미가 차에 올라탔다. 뒷좌석에는 다리에 나란히 테이프를 두른 몸들이 앉아 있었다. 위도와 경도는 상대의 목덜미에 코를 파묻었다. 피 묻은 잠옷 대신 큼직한 후드티와 청바지를 걸친 채였다. 그들은 평소보다 더 작아 보였다. 부스스한 머리카락 사이로 드러난 얼굴은 영락없는 십대의 것이었지만, 옷에 푹 파묻힌 모양새와 어울리지 않게 결연한 표정은 스물일곱에 조금 더 가까워 보였다. 마찬가지로 스물일곱 살인 우미가 말했다.

나가기 전에 하나만 얘기할게.

예.

결혼은 아주 큰일이야.

알아요.

우미는 망설이다가 물었다. 정말로 하고 싶어? 열일곱 혹은 스물일곱의 위도와 경도가 웃음을 터뜨렸다. 우주에서의 농담을 재연하던 순간 이후 처음으로 듣는 웃음소리였다. 그들은 기침까지 하며 웃다가 말했다. 우린 하고 싶은 게 이것뿐이에요. 그들은 발을 구르며 소리쳤다. 얼른 나가요.

*

도로는 텅 비어 있었다. 위도와 경도는 서로의 어깨에 기댄 채 창밖을 바라보았다. 차창 너머로 가로등이나 표지판이 지나갈 때마다 몸을 떨었다. 가드레일 안팎의 불빛과 들판, 건물을 비롯한 모든 풍경이 몹시 가까이 있었다. 이곳에선 문을 열고 맨몸으로 나간다 해도 결코 심장이 멈추지 않을 것이었다.

우주정거장에 정착한 지 얼마 되지 않았을 무렵 규는 말했었다. 너희 세대부터는 우주의 풍경에 훨씬 더 익숙해질 거야. 하지만…… 규는 거주 모듈에서 가장 큰 창문을 가리켰다. 가까이 다가가 서자 창문 가장자리에서 아른거리는 푸른 빛이 보였다. 지구로부터 온 것이었다. 규는 저곳에 누가 살았는지 아는 사람, 거기서 자라나는 나무며 굳어져가는 돌의 이름이 무엇인지 아는 사람은 점차 적어지고 있다고 말했다. 언젠가 위도와 경도라는 개념 자체가 희미해질 날이 올 것이라고도 했다. 대륙의 개수나 육도와 해도를 아는 사람 역시 드물어질 터였다.

그럼에도 오늘 그들은 땅 위를 달려서 또 다른 땅으로 가고 있었다. 앞 좌석의 우미가 라디오를 틀었다가 껐다. 오른쪽 창밖으로 한창 철거 중인 아파트 단지가 보였다. 맞은편 농성장의 천막에서 몇 개의 불빛이 번쩍였다. 우주에서 본 것에 비하면 멋쩍을 만큼 미미했으나, 그래도 거기에는 누군가 있었다.

위도가 맞잡은 손을 내려다보았다. 경도의 손은 그가 기억하는 것보다 크고 두꺼웠다. 우주에서는 10년간 머물러도 어떤 변화도 없었는데. 지구에 오자마자 두 사람의 몸은 이때를 기다렸다는 듯 자라기 시작했다. 손톱과 머리카락이 길어지고 몸 여기저기에 털이 났다. 뼈조차 커지는 것 같았다. 우리는 자꾸 변할 거야. 위도는 생각했다. 그만큼 서로 멀어질 거고. 위도가 몸을 돌려 경도와 눈을 맞췄다. 경도 역시 그와 같은 생각을 하는 중이었다. 적어도 아직 그 정도는 느낄 수 있었다.

경도는 왼손을 뻗어 테이프를 붙인 위도의 허벅지를 쓰다듬었다. 테이프에 말라붙은 핏자국을 떠올리며 경도는 또 한 번 깨달았다. 시간이 지나면 위도는 칼을 쓰지 않아도 매달 피를 흘리게 될 것이다. 그것은 위도가 아이를 낳을 수 있다는 뜻이었다. 외계인이 아닌 아이를……. 그 가능성은 평생을 우주에서 떠도는 삶보다 더욱더 꿈 같은 것으로 느껴졌다. 경도는 그 생각을 몇 겹으로 접어 주머니에 넣고 마주 쥔 손을 무릎에 올렸다. 당장은 만난 적 없는 미래를 생각할 필요 없었다. 지금 두 사람은 직접 선택한 장소로 가고 있었다.

있잖아.

위도와 경도가 앞 좌석을 보았다. 룸미러에 우미의 눈이 비쳤다. 그들을 보고 있었다.

지난번 내가 물어본 것 기억나?

두 사람이 무어라 우물거렸다. 우미는 개의치 않고 말을 이었다. 역시 규에 대한 말이었다. 위도와 경도는 귀를 기울였다. 동시에 옆자리의 무릎이나 팔꿈치, 머리카락과 손끝을 어루만지며 상대가 더 자라거나 늙고 있지 않은지 확인했다.

우미의 이야기는 두 사람과 아무런 관계가 없었지만, 영 멀게만 느껴지지는 않았다. 사실 위도와 경도는 아주 주의 깊게 그 이야기를 들었다. 그들이 탄 우주정거장이 왜 추락했으며, 그 안에 어떤 사람들이 타 있었는지 들었던 날보다 더욱 집중했다.

우미는 규에 대해 영원토록 말할 수 있는 사람 같았다. 그는 도심을 통과하는 내내 규가 열대여섯 살에 어떤 변화를 겪었는지 이야기했다. 규는 어느 날 갑자기 엄청나게 자랐다. 턱이 거뭇거뭇해졌으며 땀에 젖은 운동복에서는 고무 냄새가 풍겼다. 열일곱의 규는 매일 바퀴 달린 물건을 타고 다녔고, 그 탓에 팔다리엔 언제나 푸른 멍이 얼룩져 있었다.

매일 걔를 따라다녔어. 같이 보드를 타다가 팔꿈치가 깨졌지.

우미는 오른팔을 번쩍 들어 뒷좌석의 아이들에게 보여주었다. 가무스름하게 물든 자국이 보였다. 위도와 경도는 유심히 상처를 보았다. 우미가 말했다. 너희 상처도 언젠가 이렇게 변할 거야.

차는 점점 좌표에 가까워지고 있었다. 구불구불한 길이 그들의 발 아래로 빨려들었다가 등 뒤로 멀어져갔다. 우미는 계속 말했다. 모두가 자라나면서 그처럼 거무스레하게 물든 자국을 갖게 된다고. 오늘 그들의 허벅지에 생긴 상처 역시 언젠가는 옅어질 것이며, 한때는 몸을 관통한 상처 역시 나중에는 희미한 흉으로 변할 수 있었다. 흉은 결국 무수한 사건의 흔적이자, 시간이 쌓인 자국으로만 남을 것이었다.

사건이 쌓이다 보면 시간도 흘러 있겠지. 너희도 변할 테고.

그걸 알았으면 해.

아이들은 대답하지 않았다. 우미도 말을 멈추지 않았다.

열일곱이든 스물일곱이든, 너희는 앞으로 많이 달라질 거야. 슬픈 일만은 아니야. 그냥 그렇게 되는 거야.

차가 나들목을 지나고 있었다. 두 아이는 여전히 말이 없었다. 윈드실드의 하단에서 두 개의 수치가 연달아 깜빡였다. 현 위치의 위도와 경도였다. 몇 분 후면 두 아이가 말한 좌표 위에 도착할 것이었다. 우미가 돌아보며 물었다.

내 말 무슨 뜻인지 알겠니?

그때 캭 하는 소리가 났다. 이번에는 분명히 구분할 수 있었다. 그것은 위도의 소리였다. 곧이어 비쩍 마른 팔이 우미의 목을 휘감았다. 팔은 위도가 겨누던 커터칼만큼 무뎠으나 끈덕지게 우미의 목을 눌렀다. 조그만 손가락들이 우미의 눈을 찔렀으며, 코를 짓눌렀다. 경도가 소리쳤다. 그만해, 그만해, 그러지 마!

요동치는 차 안에서 두 쌍의 시선이 마주쳤다. 위도와 경도가 입을 벌렸다. 서슬 퍼런 두려움이 목구멍으로 밀려들었다. 서로 다른 행동을 했으며 각자 다른 의견을 냈다는 사실이 그들을 얼어붙게 했다.

두 사람이 겁에 질려 멈춘 동안에도 우미는 계속 몸부림쳤다. 발에 치여 자율 주행 모드가 꺼졌고, 차는 차선 양편을 넘나들기 시작했다. 세 사람의 머리가 천장에 연달아 부딪혔다. 곧 요란한 충돌음과 함께 찾아온 충격이 몸 안팎을 뒤흔들었다.

잠시 후 그들은 눈을 떴다. 경고음이 울리고 있었다. 가드레

일을 들이박은 차 보닛이 마분지처럼 구겨져 있었다. 우미는 터진 에어백에 얼굴을 파묻은 채 숨을 몰아쉬었다.

그는 아주 느리게 고개를 들었다. 바로 앞에 위도가 있었다. 눈썹은 찢어지고 입술이 터진 몰골이었다. 봐요. 위도가 우미의 머리를 가리켰다. 우미는 이마를 더듬었다. 따끔한 통증과 함께 축축한 것이 묻어났다. 피는 맑고 따뜻했다.

제가 그 상처를 만든 거예요. 위도가 말했다. 다 나아도 그걸 잊지 마세요.

경도가 위도의 손을 잡았다. 구겨지지 않은 쪽 문을 열고 내렸다. 도로에는 둘뿐이었다. 양편의 텅 빈 땅에서 찬바람이 불어왔다. 두 사람이 몸을 움츠렸다. 몹시 추웠다. 그러나 숨이 막힐 정도는 아니었다.

한밤중이었다. 우주가 잘 보이는 시간대. 별 대신 밤하늘을 떠다니는 수많은 선체의 불빛이 보였다. 위도와 경도는 도로변을 따라 걸었다. 그들은 우미의 질문, 그들이 끝내 대답하지 않은 그 질문을 생각하고 있었다.

지난번 우미는 물었다. 규가 무슨 이야기를 했어? 마지막 무전 통신에서 말이야. 그들은 우미가 어떤 답을 듣고 싶어 하는지 알았다. 그러나 말할 수 없었다. 실상 규는 우미에 대해 아무런 말도 하지 않았다. 그들도 서로의 마지막 말조차 짐작하지 못할 때가 오겠지, 어쩌면 마지막 순간에는 서로를 생각조차 하지 않을지도 몰랐다.

그들은 계속 걸었다. 본래 목표한 좌표까지는 아직 조금 더 남아 있었다.

두 사람이 정한 좌표에 부서진 땅이 하나 있었다. 싱크홀 직전처럼 안쪽이 푹 팬 땅이었다. 거대한 주먹이 내려친 양 쪼개진 돌과 흙이 사방에서 비죽비죽 튀어나와 있었다. 추락한 우주선은 땅에 지워지지 않을 흔적을 남겼다. 위도와 경도는 흔적을 남긴 좌표를 세심하게 외웠다. 조종석의 스크린이 아무런 예고 없이 켜지고 귀환 프로그램이 가동되던 그 순간, 화면에 떠오른 그 숫자를 몇 번이고 되새겼다. 그날 두 사람은 자신들이 우주로부터 버려지고 있다고 느꼈다.

갈림길 앞에 멈춘 경도가 말했다.

우리 그냥 여기서 하자.

위도가 몸을 돌렸다. 그들은 악수하려는 사람처럼 마주 보고 섰다. 열일곱 혹은 스물일곱의 얼굴을 보았다. 그 얼굴이 서른이나 마흔, 나아가 예순이나 일흔이 된 순간을 그려보았다. 어떤 모습도 떠오르지 않았다. 눈앞을 채우는 것은 지금의 얼굴뿐이었다.

두 사람은 축축한 입술을 맞대고 뺨을 비빈 다음 다시 떨어졌다. 눈물에 젖은 피부가 따끔거렸다. 발은 땅에 묵직하게 붙들려 있었다. 서로 다른 몸, 두 개의 외떨어진 몸이 거기 서 있었다. 그 순간에도 자라는 중이었다.

그들은 한참을 말없이 서 있었다. 둘 다 바삐 머리를 굴렸다. 지금 이 순간 제일 좋은 질문이 무엇인지, 상대는 어떤 질문을 생각 중이며 그에 무어라 답해야 할는지 생각했다. 그것은 아주 기분 좋은 추론이었다. 그러므로 두 사람은 멈추지 않았다. 계속해서 생각했다. 무엇을 묻고 또 답할 것인지. 그러는 동안에도 밤은 차차 깊어졌다. 결혼식이 시작되고 있었다.

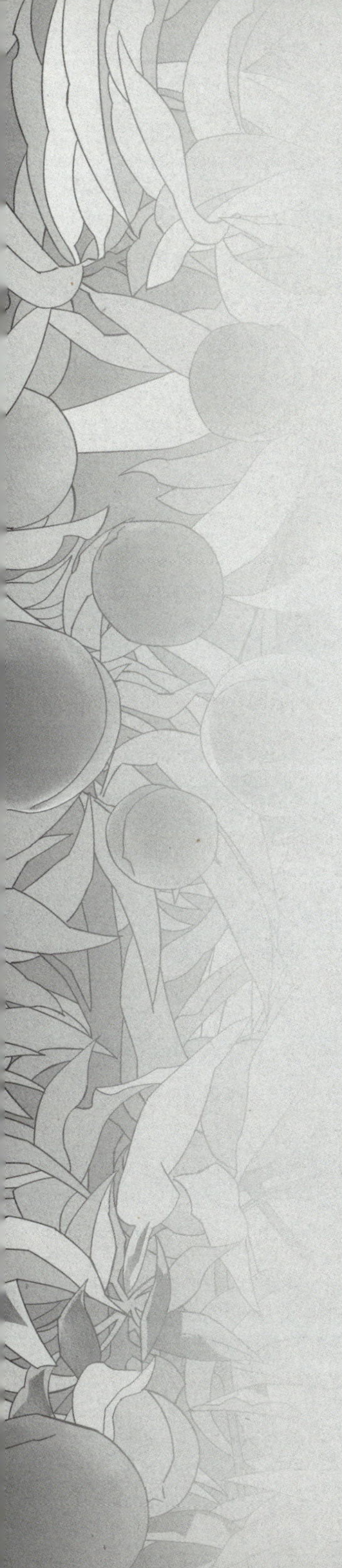

이유리

하트 세이버

[사랑] 서로 다른 둘이 만나 다른 채로 함께 나아가는 것.

우리, 피차 감정 낭비 그만하자.

민재와 헤어지던 날 내가 한 마지막 말이었다. 심하게 다투던 중이었으니 원래부터도 좋은 표정은 아니긴 했지만, 그 말을 들은 민재의 얼굴이 순식간에 딱딱하게 굳는 것을 보았고 왜인지는 모르겠지만 그걸 보며 새삼 깨달았다. 내가 정말로 정확한 말을 했다는 걸. 이윽고 드르륵 의자 끄는 소리를 내며 벌떡 일어난 민재가 카페를 박차고 나가는 뒷모습을 나는 그저 바라보았다. 아마도 이것이 민재의 마지막 모습, 그러니까 이 연애의 마지막 장면일 것이라고 확신하면서. 어쩌면 술에 취한 한쪽이 자니……로 시작하는 구차한 메시지를 보낸 뒤 다음 날 아침 수치심에 비명을 지른다거나, 길을 걷다 우연히 마주쳐 어색하게 고개를 돌리는 일이 생길지 모르지만 그런 일들 역시 너무나 예상 범위 안의 사건들, '연애'라는 패키지 안에 포함된 기본 구성 요소들이다. 그러니 놀랄 것도 신경 쓸 것도 없을 거다. 지겹도록 겪어본 일이니까.

나는 민재가 앉아 있던 자리에 놓인 빈 유리컵을 바라보았다. 컵 안에 얼음이 그대로 남아 있었다. 민재는 카페에 오면 음료를 받자마자 두세 모금 만에 다 마셔버리는 타입의 사람이었다. 그러곤 들썩들썩, 몸을 가만히 두지 못하고 지루해죽겠다는 티를 온몸으로 내곤 했었지. 동네의 모든 카페를 섭렵한 카페 마니아인 나와는 정말이지 안 맞아도 너무 안 맞는 조합이었다. 뭐, 우리가 안 맞는 게 비단 카페에 대한 선호도뿐만은 아니었지만.

그러니 정말 감정 낭비였지 뭐야. 나는 통유리창 너머로 카페 바깥을 흘끔 살폈다. 민재는 아예 가버린 것 같았다. 그러라지. 테이블에 남은 컵과 접시를 정리한 쟁반을 들고 나도 일어섰다. 이윽고 카페를 나서자 문에 달린 유리종이 짤랑, 다시 한번 울렸다. 촬영 종료를 알리는 슬레이트처럼 맑고 경쾌한 소리였다.

도대체 연애란 어떻게 해야 감정 낭비가 아닌 것인가.

그날 밤에는 침대에 누워 그것을 고민했다. 아니, 그 고민보단 지금까지 했던 온갖 낭비에 대해 곱씹으며 아까워 몸부림친 시간이 더 길었던 것도 같지만. 물론 지난 1년 6개월간 민재를 만나면서 즐겁고 행복했던 시간도 분명 있기야 있었으나 그건 냉정히 따지자면 틀림없이 손해 보는 장사였다. 데이트를 하며 들인 만큼의 감정을 다른 곳에 쏟았대도 그 정도의, 혹은 더한 기쁨이 틀림없이 있었을 테니까. 하루걸러 하루를 새벽같이 생화 도매상에 가고 주말에는 원데이 클래스를 운영하느라 정신없는 꽃집 사장으로 살면서도 나는 거의 저녁마다 시간을 쪼개어 민재를 만났다. 분위기 좋은 레스토랑과 볼만한 영화를 찾았고 생일이며 기념일을 챙겼다.

그 정성으로 다른 것, 예를 들어 외국어를 공부했으면 어땠을까. 분명 지금쯤이면 더듬거릴지언정 하고 싶은 말은 할 수 있는 수준에 이르러 있었겠지. 그리고 그건 내 평생의 자산으로 남았을 거다. 헤어지자는 말 한마디에 훌쩍 떠나버리지 않는, 모르던 때보다 못한 사이로 돌아가지 않는 온전한 내 것으로. 외국어뿐만이 아니다. 악기를 배웠다면, 봉사 활동을 다녔다면, 아니 하다못해 친구라도 만났다면. 이제 와 그런 생각을 하니 새삼 지난 시간이 눈물 나게 아깝지 않을 수 없었다. 물론 나도 안다, 누가 강요한 것도 아니고 내가 좋아서 사귄 주제에 이제 와서 계산기를 두드리는 건 구차한 짓이라는 것쯤은. 하지만 그렇게 쿨하게 생각하기엔 매몰 비용이 너무 컸고, 사실 그게 아깝게 느껴진 건 민재와 내가 처음부터 잘 맞지 않는 짝이었기 때문인 탓도 컸다.

사귀고 두세 달이 지나 콩깍지가 슬슬 벗겨지기 시작하는 시기쯤부터 나와 민재는 자주 다퉜다. 가벼운 투닥거림으로 끝날 때도 있었고 심각한 싸움으로 번질 때도 있었지만 어쨌든 주기로 따지면 일주일에 한 번꼴로 무슨 주간 행사처럼 싸워댔다. 거창한 주제로 싸운다면 이해라도 가련만, 우리가 다투는 이유는 대부분 기억도 잘 안 날 만큼 별거 아닌 것들이었다. 말투, 표정, 사소한 생활 습관 같은 것들. 예를 들어 나는 완전히 깜깜한 방에서 아무 소음도 없어야 잠을 청할 수 있는 반면, 민재는 침대에 누우면 지칠 때까지 핸드폰으로 영상을 보거나 게임을 해야만 잠이 온다고 했다. 물론 무음 모드에 밝기는 최저로 낮췄지만 그래도 거슬리긴 매한가지였고 짜증스럽게 뒤척거리는 나를 민재 역시 불편해했다. 아, 그것 좀 끄면 안 돼? 결국 가시 돋친 말투로 타박하고 나면 기어이 싸움이 시작되곤 했다.

매사가 그런 식이었다. 민재는 내가 큰맘 먹고 산 비싼 운동화를 보고 뭉툭하고 못생겼다며 질색했고, 나는 민재가 쓰는 싯누레진 투명 핸드폰 케이스가 정말로 꼴 보기 싫었다. 하지만 민재가 내 생일에 선물한 운동화는 브랜드부터 디자인까지 전혀 내 취향이 아니었고 민재는 내가 사준 핸드폰 케이스가 유치하다며 끝내 바꿔 끼우지 않았다. 안 맞는 이들끼리 그런 식으로 고집만 부리는데 연애가 순탄할 리 없었다. 애초에 맞지 않는 퍼즐 조각을 억지로 끼워놓았으니 아무리 애써도 그림이 완성되지 않는 게 당연했다.

이 빌어먹을 놈의 연애. 나는 쿠션을 끌어안고 뒤척거리며 곱씹었다. 안 하면 그게 제일 마음 편하련만 또 그건 너무 외로울 것 같으니까. 이다음에 또 누군가를 만나게 되리라는 생각은 들었지만 거기엔 어떤 기대도, 설렘도 없었다. 어릴 땐 그런 과정도 재미있고 투닥투닥 지지고 볶는 것도 나름대로 즐거웠던 것 같은데, 이젠 나이가 들어 그런가 마냥 피곤하기만 했다. 그냥 어디 가서 돈 주고 살 수 있으면 좋을 텐데, 서로 맞춰가는 귀찮은 과정 없이 서로 알 거 다 아는 편안한 연인 같은 걸.

내일도 새벽같이 도매상에 가야 했지만 잠이 올 리가 없었다. 결국 멀찍이 떨어뜨려두었던 핸드폰을 도로 집어 들고 말았다. 이별한 사람들이 흔히 밟는 절차, 그러니까 SNS에 올린 함께 찍은 사진들을 삭제하고 메신저 프로필 사진을 정리하는 그런 일들을 하기 위해서였다. 좀 이른가 싶기도 하지만 어차피 언젠간 해야 할 일이니까.

'하트 세이버'의 광고를 본 것은 그런 생각으로 인스타그램에 들어갔을 때였다.

"어머, 그거 완전 강추예요. 제 친구 중에 그걸로 만나 결혼한 애가 두 명이나 있어요."

"그래요? 저는 약간 거부감 들던데, 그래도 너무 신기하더라고요."

"쌤 어제 헤어지셨다니 완전 기회네요. 이번에 한번 해보세요."

"고민 중이에요. 긍정적으로."

나는 꽃가위로 폼폰국화의 가지를 사선으로 잘라내며 대꾸했다. 토요일 저녁 7시, 꽃다발 만들기 원데이 클래스가 한창 진행되는 중이었다. 수강생은 서로 친구라는 여자 셋이었고 신청서에 적힌 정보에 따르면 모두 삼십대 중반이었다. 다년간 원데이 클래스를 진행해온 경험으로 나는 이들이 원하는 것이 무엇일지 잘 알고 있었다. 직접 만든 꽃다발은 물론 만드는 동안 예쁜 공간에서 즐거운 시간을 보내는 것 역시 좋은 후기에 아주 중요한 역할을 했다. 그러기 위해 가장 쉬운 방법은 시시콜콜 사적인 이야기를 조금씩 흘리며 분위기를 풀어주는 거였다. 그런 맥락에서 어제 민재와 헤어진 이야기를 꺼냈고, 그러다 보니 하트 세이버의 광고 이야기까지 나온 참이었다.

"근데 그거 진짤까? 난 좀 말이 안 되는 것 같아서."

"진짜라니까. 완전 찰떡같이 매칭해준대."

"하긴, 요즘 웬만한 만남 어플보단 그게 나을지도 모르겠다."

세 여자가 신문지 위에 쌓아둔 꽃 더미에서 꽃을 고르며 저마다 한마디씩 했다. 이미 꽃다발에서 메인이 될 꽃은 정해져 있었다. 긴 머리 여자는 리시안셔스, 눈썹에 피어싱을 한 여자는 자나장미를, 그리고 쇼트커트를 한 여자는 작약이었다. 주문에 맞추어 준비한 생화들은 벌써 대강 손질이 끝나 있었다. 수업에서 할 일은 곁들일 꽃을 골라 적당히 길이를 맞춰 다발로 묶는 것 정도였다.

"생각해보면 알아간다는 건 듣기에만 좋은 말인 것 같아요. 막상 사귀었는데 별로인 점이 눈에 띄면 진짜 짜증 나잖아요. 진작 알았으면 절대 안 사귀었을 텐데."

피어싱이 내게 말하자 긴 머리가 맞장구쳤다.

"아, 진짜로. 내 전 남친 기억나지? 그렇게 게임에 미쳐 사는 앤 줄 알았으면 절대 안 만났을 거야."

"제 구 남친도 마찬가지예요. 사귀기 전엔 세상 진지한 척하더니 몇 달 만나니까 본색이 드러나더라고요."

"꼭 그렇잖아요. 썸 탈 때는 완전 괜찮은 놈인 줄 알았는데."

여자들이 저마다 입을 비죽거리며 덧붙였다. 다들 비슷하구

나. 나는 미소 지으며 티 나지 않게 시계를 보았다. 슬슬 곁들일 꽃을 손질하기 시작해야 할 때였다.

“자아, 마음에 드는 꽃이 있으세요? 아무거나 고르셔도 되니까요.”

“아, 다 너무 예뻐서 못 고르겠어요. 얘도 예쁘고 쟤도 예쁜 것 같은데 어쩌죠?”

쇼트커트가 애써 골라 쥐고 있던 미니데이지 다발을 꽃 무더기에 도로 내려놓으며 우는소리를 했다. 흔히 있는 일이었다. 꽃다발이라는 게 그냥 예쁜 꽃을 여러 송이 묶어놓으면 다 예쁠 것 같지만, 막상 다양한 색깔과 길이의 꽃들을 조합하자면 한도 끝도 없으니까.

“그럼 제가 좀 도와드릴까요?”

나는 꽃 무더기 앞으로 다가섰다.

“메인으로 작약을 고르셨죠? 작약은 얼굴이 크고 색이 진하니까, 곁들이는 꽃은 얼굴이 작고 색이 옅은 게 어울려요. 꽃보다는 잎이 예쁜 애들도 잘 맞고요. 보세요, 예를 들어 이렇게 하면.”

나는 큼직한 자줏빛 작약 한 송이를 집어 들어 분홍색 리시안셔스 다발과 겹쳐 보였다.

“언뜻 봐선 둘 다 붉은색 계열이라 잘 어울릴 것 같은데, 막상 같이 두니까 별로 안 예쁘죠? 서로 죽이는 색이라 그래요. 반면에 얘는 단독으로 보면 수수해서 눈에 안 띄지만 이렇게 하면 어때요? 생각보다 괜찮죠?”

말하며 연둣빛 부풀리움을 두세 줄기 집어 작약 송이 밑에 더해 보이자 세 여자가 동시에 탄성을 내질렀다.

"와, 정말 그렇네요!"

"메인 꽃을 다양한 꽃에 겹쳐보면서 어떤 조합이 어울리는지 한번 찾아보세요. 나만의 조합을 발견하는 것도 재미있거든요."

고개를 끄덕인 여자들이 사뭇 진지한 얼굴로 꽃 무더기에 달려들었다. 나는 조금 뒤로 물러나 그들이 꽃을 고르는 모습을 지켜보았다.

'나만의 조합' 같은 말을 하긴 했지만, 사실 나는 그들이 결국엔 무엇을 고를지 대강 짐작할 수 있었다. 레이스처럼 섬세한 꽃잎이 매력인 리시안셔스에는 작고 동글동글한 잎이 싱그러운 유칼립투스가, 아기자기한 분홍빛 자나장미에는 톤다운된 분홍과 흰색이 섞인 안개꽃이 가장 잘 어울린다는 걸 나는 이미 오랜 경험으로 알고 있었으니까. 물론 선택지야 많지만 사람의 눈은 결국 다들 비슷하다. 꽃다발을 묶을 기회는 단 한 번, 그러니 무난하게 어울리는 것들을 조합하는 편이 좋은 건 당연하다. 애써 묶어놓은 꽃다발이 못생기고 보기 싫은 건 아무도 원하지 않을 테니.

사는 건 다 비슷하구나. 나는 새로이 깨달은 사실을 마음속으로 궁굴리며 꽃들을 내려다보았다. 이 중에 내 꽃과 꼭 어울리는 건 어떤 꽃일까. 사람은 꽃과 달라 얼핏 보아선 알 수 없겠지만, 아무튼 아름답게 활짝 핀 시기가 찰나에 불과하다는 건 사람이나 꽃이나 마찬가지일 것이다. 그 아까운 시간을 낭비할 필요 없도록 누군가 속 시원히 정해준다면 어떨까. 네게 맞는 사람은 이 사람이라고. 그러니 딴 데 기웃거릴 거 없이 이 사람을 만나라고.

"쌤, 이건 어때요?"

마침 긴 머리가 유칼립투스 줄기를 집어 들며 물었다. 나는 활짝 미소 지으며 대답했다.

"아주 잘 고르셨어요."

당일 택배로 받은 상자는 아주 작고 가벼웠다. 안에서 달그락달그락, 뭔가 흔들리는 소리가 나지 않았다면 빈 상자가 왔다고 생각했을 거였다. 나는 상자를 식탁에 올려놓고 테이프를 뜯었다. 안에 든 것은 두 가지, 작은 원통형의 금색 플라스틱 케이스 하나와 '사용 설명서'라고 적힌 엽서 크기의 종이 한 장뿐이었다. 종이에 쓰인 내용보다 아래에 찍힌 화려한 회사 로고에 먼저 눈길이 갔다. 둥근 시계판 위에 나란히 선 두 사람의 실루엣. 한쪽은 시침을, 다른 한쪽은 분침을 밟고 서 있는 둘은 발레하듯 우아한 자세를 취하고 있었지만 동시에 아주 불안해 보이기도 했다. 조금만 흔들어도 와장창 넘어질 것처럼. 그 아래에 영문으로 쓰인 '하트 세이버'라는 로고를 잠시 바라보다, 나는 종이를 읽었다.

행복한 연애를 꿈꾸시나요? 나에게 꼭 맞는 사람을 찾아 헤매다 지쳤다고요?

더 이상 귀한 시간을 낭비하지 마세요.

자, 생각해봅시다. 누군가는 한겨울에도 반팔 티셔츠를 입는 반면, 누군가는 한여름에도 손발이 얼음장처럼 차갑습니다. 누군가는 매운 것을 못 먹고, 또 누군가는 커피를 한 모금만 마셔도 잠을 못 자지요. 이런 차이는 어디서 오는 걸까요? 당신의 성격, 식성, 취향, 나아가 선호하는 연애 상대까지, 당신을 이루는 것 중 당신이 직접 정한 것은 하나도 없습니다. 모두 타고난 것들이지요. 우리는 이렇듯 사람마다 고유한 기질이 있다는 사실에 주목했습니다. 하트 세이버는 다년간의 연구 끝에 개발한 특수 검사지를 통해, 피 한 방울에서 약 2500가지의 기질적 특징을 찾아내 분석합니다. 그리고 그 특징이 99퍼센트 이상 일치하는 짝을 찾아 매칭해드립니다.

한번 경험해보세요. 오랫동안 찾아 헤매던 당신의 운명의 상대, 지금 하트 세이버가 연결해드립니다.

사용 방법 : 케이스에서 채혈 키트를 꺼내 손가락 끝을 조금 찔러 피를 냅니다. 작은 한 방울이면 충분합니다. 시험지에 핏방울을 묻히고 스며들 때까지 잠시 기다린 후, 케이스에 넣어 택배 박스에 다시 포장하여 하트 세이버 본사로 보냅니다.

※택배는 착불로 보내주세요.

※택배 수령 후 데이터 분석 결과가 나오기까지는 열흘 정도 소요됩니다. 본격적인 매칭은 그 이후부터 시작되며, 매칭이 이루어지는 경우 고객님의 전담 매니저가 직접 전화로 알려드리니 전화를 꼭 받아주세요.

원통 모양의 케이스를 돌려 열자, 멸균 포장된 주삿바늘과 꼭 리트머스 종이처럼 생긴 작은 시험지가 나타났다. 친절하게도 시험지 끝에 빨간색으로 동그라미가 그려져 있었다. 여기에 핏방울을 적시라는 거겠지. 하루에도 여러 번 꽃 가시에 찔리는 게 직업이다 보니 피를 내는 건 무섭지 않았지만, 어쩐지 나는 주삿바늘을 선뜻 찌르지 못하고 한동안 손아귀에서 도로록도로록 굴리고만 있었다. 어젯밤까지만 해도 해보지 뭐, 하고 가볍게 생각했는데 막상 실제로 하려니 심정이 좀 복잡해진 탓이었다. 헤어진 지 얼마나 됐다고 또 연애를 하고 싶어서 이런 짓까지 하고 있다니, 그깟 연애가 뭐가 그렇게 중하다고.

생각해보면 그랬다. 연애라면 대학 새내기 때 처음 시작해 지금까지 대여섯 번을 했지만 사람만 바뀌었을 뿐 그것들은 거의 비슷한 모습을 하고 있었다. 같은 과 선배 아니면 동호회 사람, 혹은 너한테 꼭 어울린다는 호들갑과 함께 소개받은 친구의 친구. 처음에는 적당히 세련된 레스토랑에서 밥을 먹은 뒤 분위기 있는 카페에서 커피를 마시고, 그다음 만남에선 새로 개봉한 영화를 본다. 그리하여 단둘이 만나는 세 번째 날에는 어김없이 상대방이 어색하게 고백한다. 어디 무슨 매뉴얼이라도 있는 듯 멘트는 모두 토씨 하나 안 틀리고 '우리 만나볼래요?'다. 장소는 99.9퍼센트로 한강 둔치 아니면 교외로 드라이브를 가는 차 안일 테지. 그리고 서로에 대해 허겁지겁 알아가는 두어 달이 지나면 슬슬 드러나기 시작한다. 이 연애가 무엇으로 인해 끝장나게 될 것인지가.

어떤 남자는 내 월수입이며 가게 월세 같은 것을 묻더니 사실 사귀기 전에 내 집의 등기부등본을 떼어봤다고 아무렇지 않게 말했다. 어떤 남자는 대통령 선거에서 내가 정말 끔찍한 인간이라고 여기는 이에게 투표한 뒤 그것을 SNS에 자랑했고, 또 어떤 남자는 알고 보니 변기 물을 두 번 모아 내리는 지독한 짠돌이였다. 물론 문제는 그런 큼직한 부분만이 아니었다. 식사 후에 물로 입안을 가글한 뒤 그걸 꿀꺽 소리 내어 삼키는 사람, 카페 쿠폰을 두고 와 도장을 못 찍은 것을 종일 툴툴대는 사람, 만나서는 잔뜩 중후한 척하면서 문자로는 아기처럼 혀 짧은 소리를 내는 사람. 사소하지만 곱씹을수록 정이 뚝뚝 떨어지는 부분은 꼭 있었다.

그럴 때마다 나는 외면하려 애썼다. 그래, 나도 100퍼센트 완벽한 사람은 아니니까. 사람이 어떻게 모든 면이 다 잘 맞겠어. 어쨌든 나쁜 사람은 아니잖아. 다른 좋은 점도 많고……. 하지만 그건 생각처럼 잘되지 않았다. 한번 거슬리기 시작한 단점들은 여간해선 잊히지도, 다른 것으로 덮이지도 않았으니까. 그것들은 운동화 속에 든 뾰족한 돌멩이처럼 관계의 속도를 내보려는 순간마다 어김없이 발바닥을 쿡쿡 찌르곤 했다. 이 사람은 내게 맞는 짝이 아니라는 생각, 분명 어느 다른 곳엔 이 사람보다 훨씬 더 나와 잘 맞는 사람이 있을 것이며 지금 이 연애는 그 사람을 만나기 위한 연습에 불과하다는 감각. 그런 생각을 하고 있으니 연애가 마냥 즐거울 리가 없었다. 수없이 크고 작은 싸움을 반복하다 결국 지쳐 나가떨어지고 나면 남은 건 상처투성이 마음뿐이었다.

그러니까, 어쩌면 이번에는 정말로.

나는 멸균 포장된 주삿바늘을 뜯었다. 바늘 위에 씌워진 플라스틱 캡을 벗기자 퐁, 하고 경쾌한 소리가 났다. 심호흡을 한 번 한 뒤, 왼손 검지 끝에 바늘을 갖다 댔다. 자, 마음먹었으니 단숨에 해버리자.

바늘을 쥔 오른손에 천천히 힘을 주며 내가 떠올린 것은 어렸을 때 읽었던 어느 동화 이야기였다. 분명 그런 이야기가 있었지, 물레 바늘에 찔려 영원한 잠이 드는 공주의 이야기. 분명 그 이야기의 결말은 왕자가 찾아와 키스로 공주의 잠을 깨워주는 거였다. 그런데 그 다음엔 어떻게 됐더라. 그 왕자는 공주와 꼭 맞는 짝이었을까. 그래서 두 사람은 평생 한 번도 다투지 않고 영영 행복하게 살았을까.

이윽고 시험지에 번져나가는 빨간 핏방울을 보며, 나는 생각에 잠긴 채 한참 그대로 앉아 있었다.

내가 우리 동네의 한 카페 구석 자리에 앉아 초조함에 손톱을 물어뜯게 된 것은 그로부터 반년이나 지난 뒤의 일이었다.

매칭에 시간이 오래 걸릴 수 있다는 건 이미 사전에 여러 차례 안내받은 사항이긴 했다. 뭐 급한 일도 아닌 데다 나와 데이터가 맞는 사람이 나타나야 매칭이 가능하니 당연한 일이었으므로 그런가 보다 했었지만 이렇게나 오래 걸릴 줄은 몰랐고, 그렇게 시간이 유야무야 흐르다 보니 내가 하트 세이버에 검사지를 보냈던 사실조차 잊고 지내던 터였다. 그러다 갑자기 어느 날 아침 전화를 받은 거였다. 매칭에 성공했다고.

전화를 걸어온 담당 매니저라는 사람은 반년이면 매칭이 빨리 이루어진 편이라며 축하한다고 말했다. 정말 두 분이 만날 운명이셨나 봐요, 하면서. 분명 신청은 내가 했지만 막상 매칭되었다는 사실이 신기하고 놀라서 멍하니 있는 사이 매니저는 간단한 안내 사항을 이야기했다. 혹시 그사이 새 애인이 생겼다면 매칭은 없던 일로 해도 좋으며, 하트 세이버의 역할은 서로의 동의하에 연락처를 교환해주는 것까지라 그 뒤의 일은 두 사람이 하기 나름이라는 것 등등. 만남이 잘 안 되면 어쩌죠, 하고 바보같이 묻자 매니저는 자신만만하게 대답했었다. 그럴 리가 없다고.

정말 그럴 리가 없을까. 그쪽에서 먼저 연락이 왔고, 마침 동네에 새로 생겨 언젠가 가봐야지 하고 별렀던 카페를 약속 장소로 지정했을 때에도 나는 긴가민가했다. 아무리 데이터 분석 결과가 그렇다지만 이름만 겨우 아는 사람을 대뜸 만나는데 잘될 수 있을까 싶어서였다. 뭐 만나봐야 아는 거지, 하며 카페에 나와 책을 펼쳐놓고 앉아 있긴 했지만 별 믿음은 가지 않는 게 사실이었다.

잠시 후, 문을 열고 들어온 남자를 보기 전까지는.

남자는 들어오자마자 나와 눈이 마주쳤고 그 순간 느낄 수 있었다. 저 사람이 바로 내가 오늘 만나기로 했던 그 사람이라는 사실을. 남자는 키가 훌쩍 컸고 청바지에 아이보리색 면 코트를 받쳐 입고 옆구리에는 책 한 권을 끼고 있었다. 한눈에 반할 만큼 잘생긴 얼굴은 아니었지만 흰 피부에 부드러운 눈매가 착해 보였다. 분명히 처음 보는 사람이건만 어쩐지 낯익은 듯 느껴지기도 했다. 눈이 마주쳐서 황급히 시선을 떨어뜨리며 손에 쥔 핸드폰을 보았을 때, 나는 약속 시간이 아직 30분도 넘게 남았다는 것을 깨달았다.

"저, 혹시…… 혜인 씨인가요?"

남자가 내게 다가오며 물었다. 나는 고개를 끄덕이고 어색하게 웃었다.

"재민 씨세요?"

"네, 김재민입니다. 반갑습니다."

남자도 미소 지으며 내게 손을 내밀었다. 나는 그 손을 잡아 악수했다. 분명 바깥은 쌀쌀했는데 그의 큰 손은 깜짝 놀랄 만큼 따뜻했다. 어떻게 된 일일까, 혹시 주머니에 손난로라도 들어 있나.

"약속 시간이 한참 남았는데 일찍 오셨네요."

"재민 씨야말로 일찍 오셨네요. 저는 이 동네 살아서, 책이라도 읽을 겸 좀 일찍 왔거든요."

"하하, 저랑 정확히 같은 생각을 하셨네요."

재민 씨가 옆구리에 끼고 있던 책을 내밀며 말했다. 그 표지를 빤히 보다 나는 피식 웃고 말았다. 그러고는 의아한 얼굴로 나를 내려다보는 재민 씨에게 내 앞에 펼쳐져 있던 책을 뒤집어 표지를 내보였다. 같은 작가의 것이었다.

"……와."

재민 씨가 작게 감탄했다.

"이거 정말 무슨 수작 부리는 말처럼 들리긴 하는데요……. 저 진짜 이 작가 좋아하는 사람 저 말고 처음 보거든요."

"저도 마찬가지예요. 그리고 약속 시간 늦을까 봐 30분씩 먼저 오는 사람도 저 말고 처음 봤고요."

우리는 눈을 마주 보며 웃었다. 이윽고 제 몫의 음료를 주문하고 온 재민 씨가 내 앞에 앉았다. 의자를 소리 나지 않도록 양손으로 살짝 들어 빼내는 조심스러운 습관이 정말로 좋아 보였다. 그 손길에서 직감했다고 말한다면 과장일까, 이 사람과 함께 있으면 기분 좋은 일이 많이 일어날 거라는 것을.

"음, 다시 소개할게요. 저는 김재민이고 올해로 서른아홉 살입니다. 디자인을 전공했고 지금은 제품 디자이너로 일하고 있어요."

"전 안혜인이고요, 이 동네 살아요. 전공은 미술이었는데 지금은 작은 꽃집을 하고 있고요. 아참, 서른다섯 살이에요."

자기소개를 한 뒤엔 살짝 어색한 침묵이 흘렀다. 무슨 말을 해야 좋을까, 지금 내가 느끼는 기분을 이 사람도 느끼고 있을까. 나와 비슷해서 매칭된 사람이니 분명 그럴 확률이야 높겠지만 모르는 거였다. 혹시 나만 홀딱 반한 거면 어쩌지. 선뜻 입을 떼지 못하고 눈만 데굴데굴 굴리는데 마침 카페 점원이 우렁차게 외쳤다.

"오트밀크로 변경한 따뜻한 라떼 한 잔 주문하신 고객님, 음료 나왔습니다."

재민 씨가 일어섰다. 긴 다리로 저벅저벅 픽업대를 향해 걸어가는 뒷모습을 보다 나는 다시 한번 슬쩍 미소 지었다. 나도 오트밀크를 넣은 고구마라떼를 마시고 있었으니까. 아마 그에게도 유당불내증이 있을 것이다. 우유 맛은 좋아하지만 우유 든 걸 먹으면 하루 종일 속이 더부룩하고 불편하겠지, 꼭 내가 그렇듯이. 아무것도 모르고 쟁반에 머그잔을 받쳐 들고 돌아오는 재민 씨를 바라보며 그런 생각을 하다가 문득 깨달았다. 재민 씨와 내 얼굴이 조금 닮아 있다는 사실을. 초면이지만 낯익다고 생각됐던 건 그래서였구나.

이상한 일이었다, 그 사실을 알게 되니 두려움도 어색함도 사르르 녹아 사라졌으니까. 나는 음료를 테이블에 내려놓는 재민 씨에게 툭 물었다. 마치 어제 보고 오늘 또 본 사람처럼.

"그런데 이 책, 어디까지 읽으셨어요?"

정식으로 만나보자느니, 사귀자느니 하는 낯간지러운 말 따위는 없었다. 만난 지 사흘도 채 되지 않아 우리는 그야말로 완전한, 서로의 마음을 확인할 필요도 없을 만큼 확실하고 뜨거운 사랑에 빠졌으니까.

책 이야기로 시작된 첫 만남의 대화는 이윽고 서로의 공통점을 숨 가쁘게 찾아내는 일종의 게임으로 변했다. 어린 시절 기억에 남는 일화는 무엇인지부터 가장 친한 친구는 어떤 스타일인지, 좋아하는 연예인과 싫어하는 연예인은 누구인지. 수없이 많은 일치를 확인하다 나중엔 숫제 말할 것도 없다는 걸 깨달았다. 전부 똑같았으니까. 게다가 신기하게도 겹치는 건 취향뿐만이 아니었다. 우리는 둘 다 이 도시에서 태어났고, 대학에 가느라 잠깐 상경했다가 돌아온 뒤로는 계속 한 동네에서 살았는 데다 심지어 중학교는 같은 곳을 졸업하기까지 했다. 그러니 화제가 끊길 틈이 없는 게 당연했다. 매일 쉬는 시간마다 넘어 다니며 간식거리를 사다 날랐던 학교 뒤편의 야트막한 담장을 이야기하니 재민 씨는 그 담장 밑에 밟기 편한 돌을 놔둔 게 바로 자기라고 했다. 10년쯤 전에 문을 닫은 옆 동네의 롤러스케이트장은 우리 둘 다 생애 첫 데이트를 한 장소였다.

우리는 입이 아프도록 웃고 떠들었다. 이렇게 가까운 곳에 이런 사람을 두고도 몰랐다는 사실을 신기해하면서. 이윽고 점원이 조심스럽게 다가와 카페 문을 닫을 시간이 되었다고 말했을 때는 둘 다 깜짝 놀랐다. 시간이 그렇게 빠르게 흘렀다는 걸 믿을 수 없어서였다.

사실 그때쯤엔 이미 알고 있었다, 우리에게 앞으로 함께할 수 있는 아주 긴 시간이 있으리라는 것쯤은. 하지만 카페를 나오며 우린 이대로 헤어지긴 아쉽다는 것 말고는 아무것도 생각하지 않았다. 늦은 시간이라 갈 만한 곳은 술집 정도뿐이었으나 둘 다 술을 즐기지 않았고 시끄러운 곳은 질색했다. 카페에서 막 나온 참이니 또 다른 카페에 들어가기도 애매했다. 결국 머뭇거리는 재민 씨에게 내가 먼저 제안했다. 재민 씨네 집에 가서 이야기를 더 나누면 어떻겠냐고. 둘 다 그 말에 담긴 의미를 모를 나이는 아니었다. 확 붉어진 얼굴을 놀리자 재민 씨는 엉큼한 생각을 해서 그런 게 아니라 그렇게 말해주어 기뻐서 그런 거라고 황급히 변명했다. 나는 깔깔 웃었다. 그 말이 진짜라는 걸 알고 있었고 설령 아니라 해도 상관없었다.

택시를 타고 도착한 재민 씨네 집은 작지만 깨끗하고 아기자기했다. 집 안의 가구들이며 분위기, 사소한 장식품 하나까지 내 취향을 그대로 옮겨놓은 듯하다는 사실이 당연하게 느껴졌다. 현관에 들어서자마자 내가 제일 좋아하는 우드세이지 향이 은은하게 풍겼고 욕실에는 우리 집 것과 똑같은 핸드워시가 있었다. 뽀송하게 관리된 발 매트며 창문에 걸린 돌고래 모양 썬캐처, 잎이 반들거리는 화분들까지 모두 마음에 쏙 들었다. 처음 오는 집처럼 느껴지지 않는 편안한 공간이었다.

우리는 코코아 한 잔씩을 사이에 두고 새벽이 깊을 때까지 이야기를 나눴다. 하트 세이버를 이용하게 된 계기까지 나와 재민 씨가 정확히 같다는 건 그때 알았다. 자신의 마지막 연애에 대해 이야기하면서 재민 씨는 정말로 지쳤다는 표정을 지었다.

"오래 만났다는 게 그 사람이 나랑 잘 맞는 사람이라는 뜻은 아니더라고요."

전 연애 상대와는 5년이나 사귀었지만, 처음부터 정말 안 맞는다 싶었던 것들은 헤어지던 그날까지도 그대로였다고 했다. 결국 헤어짐의 계기는 어이없을 만큼 사소한 걸로 시작된 다툼이었다고.

"그게 뭐였는지 물어봐도 돼요?"

짓궂게 묻자 재민 씨는 잠시 민망한 얼굴을 하더니 말해주었다.

"그게, 분리수거였어요. 유자청이 들어 있던 유리병을 버리려는데……."

"아아, 잠깐만요. 제가 맞춰볼게요. 재민 씨는 깨끗이 씻어 말린 다음에 스티커를 떼서 버리려고 했고, 상대는 귀찮게 왜 그렇게까지 하냐며 대충 버려도 된다고 했죠?"

"아니, 어떻게 알았어요?"

"저도 정확히 같은 이유로 싸운 적이 있거든요. 저는 분리수거에 되게 철저한 편이라."

"저도 그래요. 그렇게 해서 자원이 재활용된다는 생각을 하면 뿌듯하지 않아요? 참 나, 그거 어려운 일도 아닌데 왜 안 하는지 모르겠다니까요."

재민 씨가 정말 이해할 수 없다는 표정으로 분개하더니 이윽고 슬쩍 웃었다. 그 웃음 역시 무슨 뜻인지 알 수 있었다. 나도 같은 웃음을 띠고 있었으니까. 그건 안심이었다. 이제 다시는 그런 말 같지도 않은 이유로 다투거나, 내 생각을 이해시키기 위해 목소리를 높이지 않아도 된다는 안심. 어찌 보면 당연하고 별거 아닌 이 확신이 없어서 그동안 얼마나 많은 시간과 마음을 낭비했는지. 하지만 이제 그런 일은 없을 것이다. 우리는 서로의 모든 것을 이해할 것이다. 아니, 이해할 필요조차 없다.

그게 바로 내가 원하던 거였다.

얼마 되지 않아 한집에 살게 된 건 자연스러운 수순이었다. 사정을 들은 양쪽 부모님들은 모두 어서 결혼하라며 들볶았지만, 우린 결혼은 성가신 허례허식일 뿐 굳이 할 필요가 없다고 생각했기에 살림을 합치는 것만으로도 충분했다. 어서 함께 살고 싶은 마음에 각자 살던 원룸을 급히 내놨고 새 입주자가 구해지기도 전에 이사 갈 집을 먼저 계약했다. 새 가구며 살림살이는 거의 사지 않았다. 내가 갖고 있던 것은 재민 씨의 마음에, 재민 씨가 갖고 있던 것은 내 마음에 쏙 들었으니까. 그렇게 완성된 우리의 집은 새로운 공간이라기보단 원래 살던 집이 조금 커진 정도로 느껴졌다.

그 집에서의 매일은 즐거움의 연속이었다. 아침에 각자의 일터로 가기 전 마주 앉아 먹는 토스트와 커피, 바깥에서 각자 바쁘게 일하고 집으로 돌아와 함께 먹는 저녁 식사. 주말 밤에는 한 주 내내 왠지 당겼던 바로 그 음식을 시켜놓고 철 지난 영화들을 보면서 먹었다. 영화를 좋아하는 재민 씨가 자신 있게 추천하는 작품들이었다. 세상에, 아직 이 영화를 안 봤다고? 너 이거 완전 좋아할걸? 그가 호들갑을 떨며 골라 온 영화들이 모두 내 취향에 꼭 맞았음은 말할 것도 없다. 괜히 잠이 오지 않는 밤엔 새벽 산책을 나가기도 했고 갑작스레 뜬금없는 도시로 드라이브를 떠나는 일도 있었다. 그럴 때는 둘 다 어린애처럼 들떠서, 다 먹지도 않을 과자를 한 아름 사거나 서로를 폴라로이드 카메라로 마구 찍어대기도 했다.

물론 사소한 부딪힘이 없지는 않았다. 하지만 그때도 우리는 절대 언성을 높여 다투거나 억지를 부리지 않았다. 이해할 수 없는 일이 일어나면, 상대방을 향한 억하심정보단 이렇게 할 사람이 아닌데 왜 이렇게 했을까 하는 궁금증이 먼저 생겼기 때문이었다. 나는 재민 씨가 현관에 신발을 어질러놓은 것을 보고 얼마나 급한 일이 있었기에 이 사람이 신발도 정리하지 않고 뛰어 들어갔지? 생각했고, 재민 씨는 싱크대에 설거지가 안 된 그릇들이 쌓인 걸 보고 혹시 내가 아픈 게 아닌가 걱정했다. 무슨 일 있었어? 그럴 때마다 우리는 걱정 어린 어조로 묻곤 했고 이유를 들으면 금세 납득했다. 그러니 이야기는 다툼으로 번질 새도 없이 끝나는 게 당연했다.

우리는 서로의 친구들과도 잘 지냈다. 이 나이를 먹으면 대개 주변에 자신과 비슷한 사람만 남게 마련이니까. 우리가 좋아 보인다며 부러워하는 그들에게 하트 세이버를 강력히 추천했다. 재민 씨는 그때마다 진지하게 말했다. 혜인이를 못 만났으면 지금 내 삶이 어땠을지 상상도 하기 싫어. 맘 같아선 하트 세이버 본사 쪽으로 절이라도 하고 싶은 심정이라니까. 닭살 돋는 말에 재민 씨 친구들은 다들 비명을 질렀지만 그들도 결국엔 하나둘씩 하트 세이버를 신청했다. 안 맞는 연애에 몇 번이고 데어본 경험은 누구에게나 있었으므로. 우리는 그때마다 진정으로 바랐다. 저들도 우리처럼 꼭 맞는 짝을 찾기를. 다툼과 대립을 뺀 관계가 얼마나 행복하고 평화로운지 알게 되기를.

어떻게 지나는지도 모르게 한 해가 훌쩍 흘렀다. 어느덧 우리가 처음 만났던 겨울이 다시 돌아왔고, 그것이 어느새 또 끝나가고 있었다.

그러던 어느 날이었다. 내내 추웠던 날씨가 풀려 온종일 따뜻했고, 꽃집에는 봄을 맞아 들여놓은 프리지어 향기가 가득했던 날. 이르게 퇴근하고 돌아온 재민 씨와 저녁 메뉴를 고민하고, 여느 때처럼 가스레인지 앞에 앞치마를 메고 선 재민 씨를 잠시 바라보다 무심코 텔레비전을 켰을 때. 때마침 저녁 뉴스가 나오고 있었고, 나는 화면 하단에서 낯익은 단어를 보았다. 하트 세이버였다.

"……뭐야?"

내용을 파악하기도 전에 소리 내어 말했다. 돌아선 재민 씨가 나와 텔레비전 화면을 번갈아 보더니 황급히 달려왔다. 한 손엔 양념이 묻은 주걱을 쥐고 있었다.

"연애 주선 업체 '하트 세이버' 가짜 논란, 피해자 2만 5천여 명 추정……?"

재민 씨가 멍하니 자막을 읽었다. 화면 속에서 심각한 얼굴을 한 아나운서가 말했다.

"최근 젊은 층에게 각광받고 있는 연애 주선 업체, 하트 세이버가 가짜 논란에 휩싸였습니다. 혈액 샘플을 채취해 보내면 특수한 기술로 분석하여 완벽하게 맞는 짝을 찾아준다는 것이 하트 세이버의 광고 내용이었으나, 실상 의뢰인들이 보낸 혈액 샘플은 분석하지 않고 그대로 폐기 처분되었다고 하는데요. 어떻게 된 일인지 자세히 알아보겠습니다."

화면이 바뀌었다. 등을 보이고 돌아앉은 한 남자에게 리포터가 마이크를 들이밀고 있었다. 남자의 목소리는 변조된 채였다.

"올해 초에 거기서 퇴사했고요. 양심에 찔려서……. 그거 완전 사기거든요. 거기 본사는 무슨 연구소처럼 차려놨는데 다 가짜고, 어린 알바생들만 오십몇 명이 있어요. 걔네가 다 뭐 하냐면요. 의뢰인들 이름이랑 전화번호 갖고 구글링해서 SNS를 뒤져요. 어디서 태어나서 지금은 어디 사는지, 뭐 전공했는지, 외식하면 주로 뭘 먹고 친구 만나면 뭐 하는지. 그런 항목들이 수백 개예요. 하나하나 찾을 수 있는 데까지 찾아서 어느 정도 일치하면 무조건 매칭시켜요. 혈액 분석해서 얻은 결과라고 호들갑 떨면서."

나는 입을 딱 벌렸다. 믿을 수 없는, 아니 말도 안 되는 이야기였다.

"그만뒀으면 됐지, 이제 와서 왜 폭로하냐고 할 수도 있겠지만요. 개인적으로 마음이 좀…… 많이 그랬거든요. 뭐 어쨌든 성사는 시켜줬으니 잘된 일 아니냐고 하면 그만이지만. 그건 사기잖아요. 뭐가 운명의 짝이에요. 그냥 몇십억 인구 중에 대충 비슷한 사람 뽑아다가 맞춰놓은 건데. 피해자가 제가 알기로 2만 5천 명이 넘어요. 검사 한 번에 50만 원씩 받으니까, 지금껏 본사가 사기 쳐서 갈취한 게 얼마겠어요."

화면이 서울 강남의 하트 세이버 본사 건물을 잠깐 비췄다. 정문 손잡이에 두꺼운 쇠사슬이 친친 감겨 있었고, 그 옆의 벽면에는 새빨간 스프레이로 '사기꾼들'이라는 글자가 휼려 쓰여 있었다. 건물 앞에 선 리포터가 말을 이었다.

"뜨거운 논란 속, 하트 세이버는 운영을 무기한 중단한 것으로 알려졌습니다. 의뢰를 접수받던 대표 홈페이지는 현재 접속이 불가능한 상태이며, 온라인에는 사기 피해를 호소하는 글이 속속 올라오고 있는……."

그 순간 텔레비전이 픽 꺼졌다. 순식간에 새까매진 텔레비전 화면 속에 나와 재민 씨가 덩그러니 비쳤다. 리모컨을 쥔 재민 씨가 딱딱하게 굳은 얼굴로 나를 내려다보았다. 이전까진 한 번도 본 적 없는 표정으로.

"혜인아."

이윽고 재민 씨가 입을 열었다.

"나는…… 나는 다 괜찮아."

"……뭐가?"

"그러니까, 하트 세이버가 사기…… 아니, 과학적인 부분이 없다고 해도 말야. 그래, 그래도 나는 괜찮다고 생각한다고."

미처 대꾸할 새도 없이 재민 씨가 빠르게 말을 이었다.

"진짜든 아니든 뭐 어때, 우리만 잘 지내면 됐지. 그렇잖아? 안 그래?"

나는 대답 대신 소파 팔걸이 위를 뚫어지게 쳐다보았다. 거기엔 아까까지만 해도 없던 새빨갛고 둥근 얼룩이 두세 개 번져 있었다. 이게 뭐지, 멍한 머리로 생각하다 깨달았다. 재민 씨가 쥐고 있는 주걱에서 떨어진 양념 국물이었다.

"됐어, 나는 신경 안 쓸 거야. 혜인이 너도 그냥 신경 쓰지 마. 우리랑 상관없는 이야기야. 진짜든 가짜든, 모로 가도 서울만 가면 그만이지. 안 그래?"

마지막 말은 물음이었지만 재민 씨는 대답을 기다리지 않았다. 쩝, 하고 입소리를 한번 낸 재민 씨는 도로 주방으로 걸어갔다. 이윽고 가스레인지 불 켜는 소리, 조리 도구가 달그락거리는 소리가 들려왔다. 꼭 일부러 내는 것처럼 크고 부자연스러운 소리였다. 아니야, 침착해, 일단 침착하자. 나는 입을 꾹 다물고 생각에 잠겼다. 그래, 재민 씨의 말이 맞았다. 어쨌든 나는 재민 씨를 진심으로 사랑하는 데다 그가 내게 완벽한 짝이라는 건 의심의 여지가 없었다. 그러니 하트 세이버가 조사한 것이 내 핏속인지, SNS인지는 크게 중요한 문제가 아니긴 했다. 어쨌든 덕분에 우리가 만날 수 있었던 건 사실이니까. 하지만 그렇다고 해서 이걸 없는 일인 척 외면하는 게 맞을까. 나는, 그리고 우리는 정말 그럴 수 있을까.

"그런데 말야……."

꼭 무슨 말을 하려던 건 아니었다. 이런저런 생각 끝에 무심코 주방을 향해 중얼거렸고, 대답이 돌아오지 않기에 그쪽을 바라본 나는 흠칫 놀랐다. 가스레인지를 향해 단단히 돌아선 재민 씨의 등에서 이 일에 대해서는 말하고 싶지도, 생각하고 싶지도 않다는 강한 의지가 느껴졌기 때문이었다.

"저기, 재민 씨?"

나는 다시 불렀다. 그러나 이번에도 재민 씨는 돌아보지 않았다. 누가 봐도 억지스러운 기운찬 동작으로 냄비 안을 휘젓고 있을 뿐이었다. 평소답지 않은 모습이었다. 우린 평소 세상만사에 대해 자기 의견을 말하고 서로 토론하길 좋아했으니까.

거기까지 생각한 순간, 마음속에 뭔가 툭 걸리는 것이 있었다.

물론 우리가 자주 이야기를 나누긴 했지만, 재민 씨가 그걸 좋아한다고 생각한 이유는 단 하나였다. 내가 좋아하니까. 내가 좋아하는 건 재민 씨도 무조건 좋아하게 되어 있으니까. 우리는 서로의 운명의 상대, 꼭 맞는 한 쌍이니 그럴 수밖에. 하지만 그게 새빨간 거짓말이었다는 게 밝혀진 지금, 나는 그걸 정말로 확신할 수 있을까. 우리가 이것저것 즐거이 떠들던 것이 사실은 재민 씨가 내게 맞춰주고 있었던 거라면. 묻지 않아도 안다고 생각하며 넘겨짚어 행동했던 것이 사실 그냥 내 멋대로 군 것에 불과했다면.

게다가 그 짐작은 반대로도 적용될 수 있었다. 재민 씨가 좋아하니까 당연히 나도 좋아한다고 생각한 것들, 그게 정말 내가 좋아하는 거였을까. 그냥 싫지 않은 정도인 것들을 좋아한다고 쉽게 믿어버린 건 아닐까. 재민 씨를 만나기 전엔 관심조차 없었던, 하지만 지금은 열광하며 좋아하는 많은 것들을 나는 입술을 씹으며 하나하나 떠올렸다. 민트초콜릿 맛 아이스크림, 순댓국밥, 기아 타이거즈…… 잠깐, 그런데 내가 언제부터 스포츠를 좋아했었지?

나는 생각에 잠겨 소파 팔걸이를 멍하니 내려다보았다. 새하얀 소파에 아까 튄 양념 얼룩이 핏방울처럼 번져 있었다. 이 소파는 예전엔 재민 씨 집에 있던 거였다. 모양도 촉감도 마음에 쏙 드니 버리지 말고 새집에 두자고 내가 말했었지. 그런데 그때 나는 정말로 이 소파가 마음에 쏙 들었던 걸까. 아직 멀쩡한 걸 버리기 아깝다거나, 새 소파를 사려면 적지 않은 돈이 들 거라는 생각을 그런 말로 바꿔 한 건 아니었을까.

재민 씨는 이제 부산스레 달그락거리며 뭔가를 볶아대고 있었다. 치이익 하는 소리와 함께 매콤한 냄새가 풍겨왔다. 그래, 저녁으로 오징어볶음을 해 먹기로 했었지. 양배추와 콩나물을 듬뿍 넣고 국물을 자작하게 남겨서, 몸통은 네모난 모양 말고 동그란 모양으로.

그게 우리 둘 다 좋아하는 거였다.

나는 천천히 일어섰다. 물티슈를 한 장 뽑아 와 양념 자국

위에 대고 꾹꾹 눌렀다. 그러나 소용없었다. 이미 깊게 스며든 얼룩은 조금 흐려졌을 뿐 전혀 지워질 기미가 없었다. 나는 양손을 모아 힘을 주고 이를 악물며 물티슈를 문질렀다. 새빨간 얼룩이 닦이기는커녕 점점 번지는 것이 보였지만 멈출 수 없었다.

권혜영

애정망상

[사랑] 그럼에도 불구하고 하고 싶은 것.

의사가 내 귀에서 꺼낸 것은 콩알만 한 크기의 검은 덩어리였다. 육안으로 확인했을 때 그것은 끈끈한 점성을 띠는 것처럼 보였다. 의사는 문제의 덩어리를 거즈 위에 올려놓고 관찰했다.

진료실 안은 조용했다. 검은 덩어리만이 존재감을 드러내고 있었다. 나는 귀에서 나온 전리품을 손에 넣고 싶었다. 달라고 하면 주려나? 직접 만져 냄새 맡고 싶은 충동을 참으며 의사에게 물었다.

"낭종인가요?"

의사는 핀셋으로 덩어리를 짓이기면서 대답했다.

"이것은 귀지입니다."

귀지를 제거하지 않고 살면 피지 분비물과 때가 거대하게 뭉쳐 시커메질 수도 있다고 의사는 설명했다. 더러운 인간아, 귀 청소 좀 하고 살아라. 의사가 나를 향해 그렇게 말하는 것 같았다. 수치심에 젖어 눈길을 피했지만……. 의사는 모를 것이다. 나는 남자친구에게 매일 귀 청소 봉사를 받으면서 살고 있다.

귀중한 반차까지 써서 방문한 병원이었건만. 귀지가 거대하다느니 시커멓다느니 시답잖은 소리나 들으려고 온 게 아니었다. 매달 빠져나가는 건강보험료가 아까울 지경이었다. 나는 절박했다. 평소 나는 병원에서 질문 같은 건 하지 않았다. 의사 쪽에서 궁금한 게 있냐고 물어봐도 안 했다. 하지만 이번만큼은 그냥 넘어갈 수 없었다.

"귀지 때문에 환청이 들릴 수도 있나요?"

"가능성이 아예 없다고 볼 순 없죠."

"그렇군요……."

"연고랑 진통 소염제 3일 치 처방전 써드릴 테니 받아 가시고요. 약 다 드시고도 계속 들리면 한 번 더 내원하세요."

"네……."

그가 내린 진료 소견을 듣고 고개를 갸웃했다. 미심쩍은 티를 낸 것이다. 의사가 코를 킁킁거렸다. 그러곤 마지못하다는 듯 물었다.

"주로 어떤 소리를 듣는데요?"

아무 대답도 할 수 없었다.

그게 말이죠, 제 남자친구는 고막 속에서만 존재했는데 요즘은 집 안 여기저기에서 출몰해요. 고막 남자친구의 목소리가 우리 집 모든 사물에 깃들어버렸어요.

의사에게 이런 말을 할 순 없겠지. 처음엔 나도 정신질환의 일환이 아닌가 의심했다. 지금도 정신질환이 아니라고 100퍼센트 단정 지을 순 없어서 일단은 지켜보기로 했다. 사태의 진상을 확실히 해두는 게 우선이었다.

*

회식을 마치고 밤늦게 귀가한 어느 날이었다. 마지막 남은 기운을 짜내어 겨우 신발을 벗는데 주방 후드 쪽에서 왔어? 하고 웬 남자가 반기는 투로 말했다. 나는 고개를 들고 사방을 쳐다보았다. 집 안에는 당연히 아무도 없었다. 그야 그럴 게 나 혼자만 사는 집이니까. 누군가 침입한 흔적조차 전무했다. 출근하기 전 아침에 어지럽히고 간 그 상태 그대로 더러운 집이었다.

"누구야?"

위협적으로 물었지만 대꾸는 없었다. 그렇다면 벽간소음이나 층간소음이 분명했다. 이 건물 사람들이 생활하며 내는 소리는 벽을 통해, 환풍구를 통해, 창문 너머를 통해, 우리 집으로 시시때때로 침범하곤 했다. 나는 그런 소리에 일일이 반응하며 사는 사람이 아니었다. 강아지가 끙끙대는 소리, 누군가가 코를 고는 소리, 양치하며 가래 뱉는 소리, 커플이 격하게 싸우는 소리……. 이런 소리들은 산골 마을 단독주택에 외따로 살지 않는 한 나만 듣는 것도 아닐 테다. 내가 매일 내는 소리도 이 건물 누군가에로 도달하겠지.

억울해할 것 하나 없다.

그런 생각을 하며 나만의 귀가 루틴을 마저 이어갔다.

1. 바닥에 스타킹과 외투를 벗어 던진다.
2. 숨 참고 500밀리리터 생수를 원샷한다.
3. 오줌 누고 손을 씻는다.
4. 소파로 다이빙한다.

왼쪽 다리는 소파 등받이 위에 올려놓고, 오른쪽 다리는 바닥을 향해 뻗었다. 일 끝나고 돌아와서 쉴 때 가장 마음의 안정감을 느끼는 자세였다. 밖에서는 지하철 타는 그 순간부터 몸을 한껏 움츠리고 살기 때문에 집에 오면 다리도 쩍 벌리고, 팔도 활짝 펼쳐야 개운했다. 소파에 맨살을 갖다 대자 인조가죽의 시원한 냉기가 온몸으로 퍼졌다.

누웠다고도 앉았다고도 볼 수 없는 어정쩡한 자세로 회식자리에서 내가 늘어놓은 헛소리와 만행을 복기했다.

테이블에는 나를 포함한 여직원 세 명, 남직원 한 명이 있었다. 그중 누군가가 피부과 시술에 관한 이야기를 화제로 삼았다. 슈링크와 울쎄라의 차이점에 대해서 여직원 둘은 심도 깊은 의견을 주고받았다. 그때 남직원이 대뜸 고백했다. 저는 이마와 턱에 필러를 맞았어요. 그랬더니 여직원 중 한 명이 이야, 자연스럽게 잘됐네요, 하고 추켜세웠다. 그러자 나머지 한 명도 제가 피부과에서 받은 시술이라곤 겨드랑이 레이저 제모뿐인데, 다음 달에 상담 한번 받아야겠어요, 하고 매끄럽게 말을 이었다.

현대의 사회인들은 이토록 가벼운 대화 주제를 가지고도 분위기를 망치지 않고, 흐름도 어색하지 않게 잘 이어 나갈 수 있지만……. 나는 테이블에 앉은 이래로 지금껏 그렇구나, 하며 고개를 끄덕인 게 전부였다. 그래, 무슨 말이라도 해보자. 이번엔 내가 나설 차례였다.

"전 브라질리언 왁싱을 해보고 싶어요."

하필 '제모'라는 단어에 꽂힌 바람에 그런 말을 해버렸다. 일동 침묵. 그들은 잠깐 눈빛을 교환하다 어색하게 미소 지었다. 경직된 분위기를 눈치챘으면서도 2절을 멈추기 힘들었다.

"씻을 때 아기 시절로 돌아간 기분을 느낄 수 있대요."

남직원이 하하하, 사람 좋게 웃었다. 돌이킬 수 없었다. 3절을 시작했다.

"생리할 때도 여러 방면으로 편하고 위생적이라고 들었어요."

남직원이 웃음을 뚝 멈췄다. 남직원은 우리 팀 막내였다.

그때 나는 얼큰하게 취해 있었나? 아니. 평소 주량에 비하면 전혀 취하지 않은 상태였다. 그럼 동료들을 웃기고 싶었나? 그런데 그게 웃긴가? 어째서 묻지도 않은 말을 쓸데없이 지껄였을까, 반성했다.

그날 아침, 고막 남자친구의 왁싱숍 롤플레이 ASMR을 들으면서 출근 준비를 한 탓에 무의식의 발현으로 '제모'라는 단어에 꽂혔는지도 모르겠다. 출근 준비나 할 것이지. 아침 벽두부터 왜 ASMR을 들어서 후회할 짓을 만들었는지 모르겠다. 그렇다고 고막 남자친구를 탓하고 싶진 않다. 그런 ASMR을 듣는다고 해서 모두가 괴상한 말을 남발하는 것도 아닐 테니까. 그냥 나라는 사람이 허튼소리 지껄이는 종자인 것이다.

내가 아침에 들은 롤플레이는 19금도 아니었으며, 설정 또한 브라질리언 왁싱이 아닌 페이스 왁싱이었다. 물론 고막 남자친구가 페이스 왁싱을 해주면서 브라질리언 왁싱을 권하긴 했다. 씻을 때 아기 시절로 돌아간 기분을 느낄 수 있고, 생리할 때도 편하고 위생적이라며……. 내 귓가에 정확한 발음으로 때려 박듯이 속삭였다.

페이스 왁싱 ASMR은 무료로 들을 수 있지만 브라질리언 왁싱은 유료 결제다. 그건 19금이 분명했다.

이직을 해야 하나? 최근 연봉 협상을 만족스럽게 끝냈는데. 사회 부적응자 레벨이 정점을 찍은 것 같았다. 설마 여기서 더 고점을 찍겠어? 하고 의심했지만 ……. 의심은 여지없이 무너졌고 부적응자 레벨은 나날이 갱신하는 중이었다. 자괴감에 몸서리 치며 쿠션을 벽으로 내동댕이쳤다. 다이소에서 5천 원 주고 산 강아지 얼굴 모양의 모찌모찌 쿠션이었다.

"아프잖아. 그렇게 막 던지지 마."

쿠션에서 퍽 귀에 익은 남자의 목소리가 들렸다.

가끔씩 앱을 작동시키지 않았는데도 고막 남자친구의 목소리가 흘러나올 때가 있었다. 어떤 기계 원리로 그러는지 모르겠지만 핸드폰을 켜서 확인해보면 항상 앱이 켜져 있었다.

집에 혼자 있을 때 이런 일이 벌어지면 서프라이즈 이벤트였다. 고막 남자친구와의 로맨스 대화를 자연스럽게 이어 나갈 수 있었으니까 말이다.

"오랜만. 잘 지냈어?"

고막 남자친구가 이렇게 말하면,

"연락도 없이 무슨 일이야."

고막 남자친구의 다음 대사가 시작되기 전에 나는 빠르게 맞받아친다.

"근처에서 약속이 있었는데 끝나고 집에 가려다가……. 여보 얼굴 보고 싶어서 왔지."

"나도 보고 싶었는데. 감동인걸?"

집에선 다각도로 콘텐츠를 누리고, 맛보고, 즐기면 그만이었다. 하지만 일하는 와중에 고막 남자친구의 목소리가 멋대로 재생된다면……. 그것은 상상조차 하고 싶지 않은 끔찍한 대형 사고다. 안 그래도 사회성이 바닥나 있다는 것이 공공연연하게 알려져 있는데 그런 취미 생활까지 발각된다면……. 만에 하나 그런 불상사가 발생할까 봐 나는 외출 시 반드시 핸드폰을 무음 모드로 설정했다.

오늘도 왁싱숍 ASMR을 중간까지 듣고 난 뒤 음량을 0으로 맞추고 출근했거늘. 회식 끝나고 돌아와서도 음 소거를 해제한 기억은 결코 없었다. 곧바로 핸드폰을 확인했다. 앱은 켜져 있지 않았고 볼륨의 눈금 또한 정확히 숫자 0에 맞춰져 있었다. 나는 핸드폰과 쿠션에 귀를 번갈아서 갖다 댔다.

확실히 쿠션에서 들리는 소리였다.

"저기, 이봐."

이게 무슨 일이람.

"어이, 나 말하고 있잖아. 내 말 안 들려?"

저 목소리가 저곳에서 저렇게 들리면 안 되는 건데. 나의 합리적이고도 이성적인 사고 흐름과는 관계 없이 쿠션은 떠들었다.

“이상하다. 제대로 동기화시켰는데…….”

쿠션에서 나는 목소리는 나의 고막 남자친구 목소리와 똑같았다. 쿠션은 계속 중얼거렸다. 진짜로 안 들리나? 그럼 곤란한데, 하면서 말이다. 무서운 마음이 들었지만 꾹 참고 물었다.

“혹시 세진 님?”

“세진? 그게 누구지? 나는 다즐링 행성에서 온 왕자다. 어쨌든 당신 덕분에 내가 목소리를 얻게 됐으니 고맙다는 인사를 해야겠군.”

목소리는 세진이 맞았지만 어조나 말투는 내 고막 남자친구 것이 아니었다.

쿠션은 도움이 필요하다는 둥, 육체의 일부를 가져다 달라는 둥, 이것저것 요구하며 내가 이해할 수 없는 말들을 계속했다. 혹시 이건 이세계로 소환된 왕자와 평범한 직장인의 로맨스 판타지 설정 롤플레이일까? 하지만 이번만큼은 평소처럼 로맨스 상황을 전개시켜나갈 수가 없었다. 집에는 분명 나 혼자였음에도 말이다.

나의 고막 남차친구 이름은 세진이다. 세진은 활동명일 것이다. 세진의 실제 이름을 나는 모른다. 나이도 모른다. 인스타 계정도 모른다. 댓글란을 훑다 보면 어떤 팬들은 세진의 이런저런 개인적인 정보에 대해 알고 있는 것 같은데 나는 몰라도 상관없었다. 앞으로도 알아볼 생각은 없었다. 목소리 하나만으로도 사랑할 수 있었다.

내가 피곤해할 때면 세진은 머리를 감겨줬다. 그는 열 손가락을 사용해 두피를 리드미컬하게 쓰다듬었다. 그의 축축한 손가락과 내 젖은 머리카락이 마찰하며 찰박거렸다. 착착착착, 스읏, 착착착착, 스읏. 두피를 문지르고 누를 때마다 그의 손가락 사이로 내 머리카락이 쓸려나가는 소리 또한 듣기 좋았다. 그는 마사지 하느라 손에 힘을 주거나 풀 때면 코와 입으로 옅은 숨을 뱉어냈다. 그 소리의 요소 하나하나가 나를 묘하게 흥분시켰다. 세진은 속삭였다.

"어때? 시원해?"

세진이 샴푸 거품을 내고, 샤워기에서 시원하게 물이 쏟아지는 소리를 가만히 듣다 보면 머릿속에서 하얗고 반짝이는 비누 거품의 이미지가 펼쳐졌다. 현실의 나는 침대 위에 누워 머리를 감고 있는 기분이었다. 머리뿐만이 아니라 나를 구성하는 신체의 모든 세포가 상쾌하게 씻겨나갔다. 과장 조금 보태자면 세상으로부터 얻은 마음의 찌든 때까지도 벗겨졌다.

세진이 들려주는 소리를 듣고 나면 나는 좀 더 산뜻한 시야로 살아갈 수 있었다. 주변 사람과 세상을 너그러운 마음가짐으로 받아들일 수 있었다.

세진은 내가 필요로 할 때마다 늘 곁에 있었다. 어떤 성향의 남자친구를 사귀더라도 가능하지 않았을 일을 세진은 간단하게 해냈다. 내가 심심해하면 책 한 권을 골라서 나긋한 목소리로 낭독했고, 혼자 잠들기 외로운 밤이면 이불 속으로 숨어들어 왔다. 머리맡에서 사랑의 밀어를 속삭였다. 입술과 혀로 달팽이관 안쪽까지 부드럽게 자극하며 어루만져주었다. 그럴 때면 척추와 늑골이 찌릿찌릿했다. 온몸이 감전된 것 같았다.

그는 내 고막 안에서 살아가는 비밀 연인. 일주일에 한 번씩 얼굴이 보이지 않는 라이브 방송을 했고, 이틀에 한 번씩 ASMR 콘텐츠를 업로드했다. 성인 인증이 필요한 19금 콘텐츠를 제외한 모든 콘텐츠는 무료로 청취할 수 있었다.

내가 귓속에 이어폰을 꽂아야만 의미 있는 존재로 형상화됐던 그였는데. 이제는 내 집 안 곳곳에서 멋대로 나타났다가 허락 없이 사라졌다.

즉, 내가 필요로 하지 않을 때도 목소리가 들리게 됐다는 뜻이다. 내 맘대로 할 수 있는 유일한 하나가 사라지고 말았다.

일이 성가시게 됐다.

*

반차까지 써서 병원에 갔지만 이렇다 할 소득이 없었다. 뚜렷한 병명조차 듣지 못했다. 신경외과에 가서 뇌 촬영을 해볼까? 아닌 게 아니라 진짜 정신과엘 가야 하나? 고민하면서 집으로 향했다. 마트에 들러 팥을 한 봉지 충동 구매했다. 귀신의 장난일 수도 있었다. 현대의학의 도움을 받지 못한다면 주술의 힘이라도 빌리자 싶은 마음이었다.

현관문 앞에는 지난밤 인터넷으로 주문한 성수와 마리아상, 그리고 십자가가 도착해 있었다. 어젯밤에는 종교의 힘을 빌리고 싶었나 보다.

한 손에는 팥 봉지, 다른 한 손에는 성물이 든 상자를 들고 집으로 들어섰다. 신발을 벗지 못하고 현관 앞에서 우두커니 서 있었다. 목소리가 또다시 들려오면 그대로 내뺄 작정이었다. 다행히 별다른 징후는 없었다. 불안을 뒤로하고 신발을 벗었다.

집 안의 동태를 살피며 사물의 기척을 관찰했다. 침대가 하나, 책상이 하나, 의자가 하나, 옷장이 하나, 이불이 하나, 칫솔이 하나, 밥그릇과 국그릇이 하나, 냄비가 하나, 수저가 하나씩. 나는 물건을 여러 개 사들이는 게 싫어서 하나씩만 갖추고 사는 사람이었다. 모든 게 하나뿐인 이 공간에는 목소리도 내 것 하나만 있어야 마땅했다.

택배 상자를 뜯어서 성수를 꺼냈다. 뚜껑을 열고 눈에 밟히는 곳마다 뿌렸다. 소지품들에도 전부 뿌렸다. 그랬더니 한 통이 금세 동이 났다. 대용량으로 살걸, 후회했다. 책상 위에 마리아상을 두고 벽에 후크를 설치한 뒤 십자가를 걸었다. 베개 속에는 팥을 집어넣었다.

오늘 저녁 메뉴는 팥밥이다, 생각하다가 피곤해져서 팥으로 속을 채운 베개에 머리를 대고 그대로 잠이 들었다.

얼마나 잤을까. 베개에서 목소리가 들렸다.

"왜 내 말을 믿어주지 않는 거지?"

잠결이었다. 요즘엔 상황이 상황이니만큼 그러지 않았지만 본래 나는 평소에도 자면서 세진의 ASMR을 들었다. 현실과 꿈의 경계가 모호한 가수면 상태에서 세진과 종종 대화를 나누기도 했다. 그러다 보면 꿈속에까지 세진이 등장했다. 물론 세진은 꿈에서도 얼굴이 없었다. 목소리만 둥둥 떠다녔다.

"당신이 도와주면 증명할 수 있다니까?"

잠과 현실 사이에서 세진의 목소리가 끊임없이 들려왔다.

나는 알고 있었다. 지금 들리는 저 목소리는 내 고막 남자친구 세진의 것이 아니라 목소리를 빼앗아 간 다즐링 왕자의 것이라는 사실을.

자각하고 있음에도 습관이란 참으로 무서웠다. 나는 파블로프의 개처럼 내 꿈에 세진, 아니 다즐링 왕자를 등장시켰다. 자칭 왕자와 대화를 나눴다.

"내가 뭘 할 수 있는데?"

"남자 염색체를 가진 신체의 일부를 구해 와."

왕자가 말하는 신체의 일부란 무엇일까. 왕자의 행성에서 일컫는 신체와 우리 행성에서 일컫는 신체가 동일하다고 가정한다면 눈과 코, 귀와 입, 손과 발 같은 걸 말하는 걸까? 내가 생각하는 게 맞다면 사람 신체 일부를 어떻게 구해 오란 말인가. 남의 몸을 칼로 무 자르듯 할 순 없는 노릇이었다.

"당신네 행성에선 어떨지 모르겠지만 여기서 남의 몸 함부로 절단했다간 감옥 가."

"우리 행성에서도 감옥 가거든?"

그런데도 잘도 그런 말을 하다니. 싸가지만 없는 줄 알았는데, 염치도 없는 듯했다. 그럼 더 이야기할 필요 없겠다는 듯 나는 코를 고는 시늉을 했다. 왕자는 간곡하게 부탁했다.

"제발. 손톱, 타액, 터럭 같은 거면 돼. 아주 미미한 것인 데다 간단하잖아. 그렇지?"

"그걸로 뭘 할 수 있는데?"

"임시로 몸을 만들어낼 수 있어."

"무슨 말을 하는지 도무지 모르겠어."

"속는 셈 치고 하나만이라도 좋으니 구해다 줘. 너도 보고 나면 믿게 될 거야."

*

다즐링 왕자와 많은 이야기를 나누었다. 대부분은 왕자가 일방적으로 말하고 나는 듣는 식이었다.

왕자는 지구로부터 2800만 광년 떨어진 다즐링이라는 소행성에서 왔다. 왕자가 살고 있는 은하계에는 행성들 사이에 위계 질서와 서열이 존재했다. 각 행성의 왕위계승자들은 만 15세가 되면 행성계 서열 1위인 실론 행성의 볼모로 끌려가는 풍습이 있다고 했다. 15세부터 25세 생일이 될 때까지, 그러니까 10년 동안 꼼짝없이 실론에 갇혀 살며 사상 교육을 받아야 했다.

은하계 간 이동이 가능할 만큼 고도로 과학 기술이 발달한 행성인데 통치 형태는 절대주의 군주제라니……. 이상하다고 생각했지만, 두 번 생각해보니 그렇게 이상할 것도 없었다. 사물에서 목소리가 들리는 지금 이 상황이 더 수상했다.

일곱 개의 행성에서 볼모로 잡혀 온 7인의 왕위계승자 중 일부는 행성 간 대외 정책의 일환으로 실론의 왕녀들과 정략 결혼을 맺는 경우도 있었다. 왕자의 어머니도 실론의 공주 출신이었다.

하지만 왕자는 결혼만큼은 사랑하는 여자와 하고 싶었다. 왕자는 로맨티시스트였다. 왕자에게는 죽을 때까지, 아니 죽어서도 사랑하고 싶은 여자가 있었다. 그 여자의 이름은 애시.

사랑의 늪에 빠진 왕자는 애시와 단 하루도 떨어지고 싶지 않았는데 10년이나 떠나 있어야 한다니? 만에 하나 실론의 왕녀와 혼담이라도 오고 가면 끝장이었다.

왕자는 확실히 해두고 싶었다. 애시에게 실론에 함께 가자고 제안했다. 만약 일이 잘못되면 다른 은하계로 사랑의 도피라도 하리라 각오했다. 그러나 애시의 마음은 왕자의 마음과 같지 않았다. 애시는 곤란한 기색을 내비쳤다. 애시는 말했다. 여기서 기다릴 테니 걱정하지 말고 잘 다녀오라고. 초조해하는 왕자를 안심시키려고 했다.

왕자는 안심이 되지 않았다. 되레 불안했다. 청혼 반지를 들이밀며 결혼부터 하자고 할 걸 후회했다. 직접적인 청혼은 아니었지만 실론에 같이 가자는 말은, 거기서 살다가 결혼하자는 의미이기도 했다. 어쩐지 애시에게 청혼을 거절당한 것 같은 기분이 들어서 마음이 썩 좋지 않았다.

왕자는 애시를 다즐링에 두고 홀로 떠났다. 실론에서의 강제 10년살이를 시작했다. 1년에 두어 번씩 왕자의 행성에서 실론으로 외교 사절단이 찾아왔다. 교역 협상도 할 겸 그곳에서 왕자의 처우는 어떤지, 다른 행성들에 비해 대우에 모자람이나 넘침이 없는지 관리 감독하러 오는 것이었다. 왕자는 사절단이 올 때마다 애시의 소식을 전해 들었다.

왕자가 실론에 갇혀 지낸 지 4년째 되던 해였다. 애시는 지구라는 행성의 한국이라는 나라로 떠났다고 했다. 왕자가 말했다.

"거길 왜 가?"

신하가 말했다.

"아이돌이라는 남자를 만나러 갔다고 합니다."

애시는 사랑의 도피를 감행했다. 그 격정적인 감정을 다즐링 왕자와 함께 나누고 싶은 게 아니었을 뿐이다. 한국의 아이돌 왕자님이라면 이야기가 달라지지만.

왕자는 난생처음 느껴보는 질투와 집착에 그만 이성의 끈을 놓고 말았다. 애시에게 화가 난 건 아니었지만 지금 자신이 처한 상황 때문에 답답함과 짜증이 들끓었다. 지금 당장 애시를 만나야겠다는 광기에 사로잡혔다.

왕자는 실론을 탈출했다. 외교적인 갈등이 초래될 수 있는 사안임에도 불구하고 눈앞에 뵈는 게 없었다. 자신이 타고 온 우주선에 올라타 지구의 좌표를 찍었다. 그리고 '출발' 버튼을 눌렀다. 왕자는 이 시점에서 중요한 과정 하나를 빼먹었다. '출발' 버튼 전에는 반드시 '합성'과 '압축' 버튼을 차례대로 눌러야만 했다. 하지만 이성이 마비된 나머지 정상적인 사고를 할 수 없었다. '합성'과 '압축'을 간과하고 '출발'만 냅다 누른 바람에 왕자의 신체는 2800만 광년 떨어진 지구까지 오는 속도의 압력을 견디지 못하고 입자 형태로 지구에, 그것도 하필이면 내 집에 불시착한 것이었다.

이게 다 비정상적으로 분비된 사랑의 호르몬 때문에 벌어진 일이라는 것을 왕자는 알까. 나는 왕자의 긴 하소연과 원한 섞인 푸념을 다 듣고 나서 잘못된 정보를 바로잡았다.

"틀렸어. 아이돌이라는 이름을 가진 남자는 없어."

*

왕자의 제1목표, 애시를 찾는다. 제2목표, 애시와 함께 우주선을 타고 실론으로 돌아간다. 목표를 달성하기 위해선 임의의 몸이 필요하다. 그러니 몸을 구성하는 데 필요한 요건이 갖추어지도록 도움을 줬으면 좋겠다. 이것이 긴 시간 동안 왕자가 내게 풀었던 이야기의 요지였다.

하지만 남자의 신체 일부를 어디서 어떻게 구해야 할까. 내 입장에선 어지간히 곤란한 임무였다. 우선 나는 현실 남자만 마주하면 울렁증이 일었다. 이십대 때 4년 사귀었던 남자에게 비참하게 차인 이후부터 생겨난 증상이었다. 그 후론 고막 남자친구 말곤 다른 남자친구를 일절 만들지 않았다. 친밀하게 교류하는 남사친 역시 한 명도 없었다. 사회생활 중에 만나는 남자와는 업무 때문에 어쩔 수 없이 안간힘으로 대화했다.

회사의 남직원들을 한 명씩 떠올려봤다. 우리 팀 막내와 차장, 부장, 그리고 대표이사. 회사도 하필이면 여초여서 남자가 별로 없었다. 뭐, 나는 그 점이 편하긴 했지만.

아무튼 회사의 남자 사람들이라면 사무실을 돌아다니며 흘린 머리카락이나 종이컵과 담배꽁초에 묻은 타액 같은 건 비교적 쉽게 구할 수 있을 것 같은데……. 곧바로 생각을 철회했다. 회사 동료의 신체가 복제되어서 내 집을 돌아다니는 상상을 하니 뭐라 말할 수 없이 참담해졌다. 목소리는 세진의 것이어서 그나마 참을 만했지만 그들 몸이라면 못 참을 게 분명했다.

"왜 꼭 남자 몸이어야만 해?"

내 몸을 주면 만사가 편할 것 같았다. 옜다, 가져라, 마음 같아선 내 몸 일부를 잘라서 뚝 떼어주고 내쫓고 싶었다. 왕자가 당연하다는 듯 말했다.

"그야 내가 남자니까."

"임시라며. 여기 있는 동안에만 잠깐 여자로 다니면 되는 거 아냐?"

왕자는 한숨을 크게 내쉬었다. 나를 바보라고 여기는 게 틀림없었다.

"내가 여자 몸으로 신체 합성이 가능했으면 지금 여기 네 몸이 있는데 여태까지 왜 못 만들었을까?"

내 인생에 요행은 없었다. 남자 신체 일부를 무슨 수를 써서라도 구해 와야 했다. 그래야 내 귀에 저 싸가지 없는 말투의 목소리는 들리지 않게 되고 세진의 다정다감한 목소리만 들릴 것이다. 세진의 목소리는 온전히 세진의 목소리로만 남아 있어야 했다.

생판 모르는 남자에게 접근해보자. 그편이 사무실 바닥을 탐색하는 것보다는 괜찮은 방법 같았다. 나는 당근마켓에 접속했다. 글쓰기 작성 버튼을 누르고 안녕하세요, 하고 운을 띄웠다. 그 다음은 어떻게 써야 할지 전혀 감이 오지 않았다.

남자 털이나 침 구합니다. 빠른 거래 원해요.

이렇게 쓰는 수밖에 없는데 이건 내가 봐도 수상한 변태처럼 보였다.

고민이 많아지니 머리에 쥐가 나는 기분이었다. 젤리를 하나 까서 입안에 넣고 씹었다. 몸에 당이 돌아서 그런지 문득 떠오르는 바가 생겨 허공을 향해 말했다.

"그냥 남자가 나오는 영상으로는 안 될까?"

그게 가능하다면 드라마나 한 편 틀어주면 그만이었다. 기왕이면 박보검이나 서강준이 등장하는 드라마로……. 박보검으로 할까, 서강준으로 할까. 세진의 목소리라면 역시 박보검이 어울리려나. 흐뭇한 망상을 전개하는 와중 이번엔 전자레인지 쪽에서 왕자의 목소리가 들렸다.

"그건 불가능해."

"목소리는 그런 식으로 얻었으면서."

"목소리는 주파수니까 가능했던 거야."

모든 게 귀찮아져서 눈을 질끈 감았다. 더는 왕자가 하는 말을 듣고 싶지 않았다. 노이즈캔슬링 이어폰을 귀에 꽂고 음악을 들었다. 왕자는 물질의 가장 근간을 이루는 입자와 파동의 형태로 존재했다. 어디로든 침투할 수 있다는 의미였다. 아까와는 다른 내 일련의 태도에 신경이 쓰였는지 이어폰 속으로 들어와서 속삭였다.

"부탁할게. 너도 내가 여길 빨리 떠나는 게 좋지 않겠어?"

그 순간 나는 왕자에게 귀를 정복당했다. 좀처럼 몸을 움직일 수 없었다. 평소에 듣던 세진의 목소리보다도 훨씬 세진의 목소리 같았다. 부드럽고 따스한 목소리가 내 안에서 더 밀착되어 울려 퍼졌다. 그 파동은 귀에서부터 시작해 목덜미, 빗장뼈, 늑골, 그리고 아랫배까지 도달하며 나를 오싹하게 만들었다.

세진이 내게 줬던 쾌락의 감도가 100이라면 이번 것은 250 정도 되는 감도였다. 도대체 내게 무슨 짓을 한 거람. 세진 몰래 외도라도 하는 기분이었다. 사지가 전율로 떨렸다.

세진은 내게 있어 가상의 목소리였다. 상호 교류도, 쌍방의 대화도 필요치 않았다. 이야기가 꽉 닫힌 상상 세계 속에서 나만 바라보는 애정 넘치는 남자친구. 그런 고정된 캐릭터로 존재했다. 그러나 왕자는 달랐다. 왕자는 내 곁에서 실존하는 목소리였다. 왕자는 내 남자친구도 뭣도 아니면서 소통을 요구하고 있었다. 나를 향한 애정이 존재하지도 않는다. 어디로 튈지 모르는 안하무인 성격이다. 그런데도 어느새 우리는 쌍방의 대화를 나누고 있었다. 나는 조용히 읊조렸다.

"이건 옳지 않아……."

데이트 앱을 설치하는 한이 있더라도 기어코 남자의 신체를 구해 오고야 말겠다는 의지가 생겼다. 목소리를 원래의 자리로 갖다놓아야 했다.

*

나는 피를 토하는 심정으로 1:1 오픈 채팅방을 하나 개설했다. 방 제목은 다음과 같았다.

심심하고 외로워요. 나랑 놀아줄 사람.
165/48/2N 서울 경기 여자

방을 판 지 1분도 되지 않아 남자들이 끊임없이 대화를 건네왔다. 사진을 걸고 만든 게 아닌데도 그랬다. 마포구 신수동에 거주한다는 27세 남성이 내가 사는 곳과 그나마 가까워서 마음에 들었다. 만날 시간과 장소를 정하려는 참에 오랜 친구 가람에게서 메시지가 왔다.

—성민이 지갑에서 이상한 걸 발견했어

또 남자친구 이야기군. 당장 내 눈앞에 닥친 남자 일만으로도 벅차고 성가셨다. 그래도 ASMR을 들을 수 없게 된 지금, 달리 생각하면 가람은 내게 남은 유일한 도파민 충전소였다. 그래서 메시지를 읽고 답장을 하지 않을 수 없었다.

—뭘 발견했길래?

가람은 이어서 사진을 한 장 첨부해 보냈다.

—쿠폰 같은데 왜 다섯 장씩이나?

무슨 쿠폰일지 상상의 나래를 펼쳤다. 혹시 퇴폐 업소 쿠폰? 이제껏 가람이 만난 남자는 제대로 된 인간이 한 명도 없었기 때문에 충분히 가능한 일이었다.

—찾아봤는데 여기 헌팅 포차야

생각보다 흔한 사건 케이스여서 실망했다. 도파민도 별로 돌지 않았다. 하지만 그럼에도 최선을 다해 반응해주었다. 앞으로도 꾸준히 가람으로부터 도파민을 제공받으려는 밑밥 작업이었다.

—엥? 완전 미친놈이네!

절대 성가시다는 티를 내어선 안 됐고, 그렇다고 과하게 반응해도 안 됐다. 남자친구 욕을 대신 해주는 것도 적당 선에서 그쳐야 했다. 남자친구를 향해서 심한 비방의 욕설을 하거나, 헤어지라는 둥, 너는 왜 똥차 콜렉터냐는 둥의 도를 넘는 말을 하는 건 절대 금지였다.

*

가람과 나의 관계는 고2부터 시작됐다. 우리는 사실 초중고 동창이었다. 초5부터 중1까지 내내 같은 반이었음에도 불구하고 고2가 될 때까지 말 한마디 제대로 섞어본 적이 없었다. 성격이 정반대여서? 반에서의 서열이 달라서? 그런 문제보다 한층 복잡했다. 따지고 보면 우리는 성격뿐 아니라 얼굴과 체구도 닮았으며, 반에서의 서열도 고만고만했다. 둘 다 앞머리와 옆머리로 얼굴에 커튼을 치고 다녔고, 말수가 별로 없어서 친하게 지내는 친구가 한 명에서 두 명 사이였다. 반에서 인싸들이 떠드는 재치 있는 입담에 몰래 입꼬리를 씰룩거리다가 그 아이들 중 한 명과 눈이 마주치기라도 하면 우린 다음과 같은 박대의 말을 들었다.

"뭐야, 그 기분 나쁜 웃음은? 만화책이나 계속 읽으셔."

담임도 우리의 존재가 신경 쓰였는지 하루는 방과 후에 교무실에 잠깐 들르라고 했다. 담임은 작은 사과주스 팩을 하나씩 손에 쥐여주며 말했다.

"둘이 잘 맞을 것 같으니 친하게 지내렴."

그런 말을 듣고도 우리는 친해질 수 없었다. 아니, 그런 말을 들었기 때문에 더 친해질 수 없었다.

나는 가람이 학교 정문을 벗어나는 것을 확인한 뒤에야 안심하고 하교하곤 했다. 심지어 우리는 좋아하는 아이돌 멤버도 같고 즐겨 보는 애니메이션도 겹쳤는데……. 굳이 이유를 붙이자면 동족 혐오 아니었을까?

그랬던 우리가 급격하게 친해지게 된 계기는 따로 있었다. 나는 어느 날 아침 한 남자를 향한 가람의 광기를 목격했다.

아파트 화단마다 벚꽃이 흐드러지게 날리던 4월 아침이었다. 그날따라 맥모닝이 먹고 싶었던 나는 평소 등교 시간보다 한 시간 일찍 집을 나섰다. 공동 출입문을 막 나서는 참이었다. 옆 동에서 익숙한 실루엣을 한 남자의 낮익은 목소리가 들렸다. 자세히 보니 그는 우리 학교 수학 선생이었다. 옆에는 꼬마 아이가 선생의 손을 잡고 잠투정을 부리고 있었다. 선생의 손에는 출근용 가방과 노란색 어린이집 가방이 함께 들려 있었다. 젠장. 같은 아파트였다니. 계속 마주치면 너무 불편하겠는데, 라고 잠깐 생각했다. 나는 인사하기가 싫어서 화단 뒤로 재빨리 몸을 숨겼다. 그런데 거기에 가람이 있었다.

얘도 같은 아파트에 살았나? 나는 처음에 그렇게 생각했다. 상식적인 사람이라면 누구나 그렇게 생각할 것이다. 나중에 알고 보니 가람은 우리 집에서 2킬로미터 떨어진 학교 바로 옆 빌라에 살고 있었다. 그런데 대체 왜? 내가 머릿속에서 물음표를 띄우고 있던 차에 가람은 충격적인 말을 했다.

"가방 두 개를 함께 든 저 다부진 팔뚝 좀 봐. 참 믿음직스럽지 않니?"

가람은 등교 시간보다 두 시간 일찍 나와 새벽 댓바람부터 이 앞에서 기다렸다고 했다. 수학 선생은 출근하기 전 때때로 딸아이를 자기 차에 태우고 어린이집에 등원시켰다. 수학 선생이 아이의 손을 잡고, 혹은 아이를 품에 안은 채 공동 출입문을 열고 나오는 모습을 가람은 지켜본다고 했다. 내가 언제부터 그랬던 거냐고 물으니 작년 가을부터 시작했다고 고백했다. 나는 달리 할 말이 없어서 이런 소리나 지껄였다.

"가정적이네. 왜 직접 데려다주는 거야?"

"아이가 늦잠 자는 날에만 데려다주는 거야."

"너 다 파악했구나……."

"나는 선생님이 아이 데려다주는 모습을 확인해야 마음이 놓여. 그제야 나의 하루가 시작되는 기분이야."

"그럼 아이가 매일 늦잠 자길 기도해야겠네."

"응, 너도 함께 기도해주라."

스토킹. 나는 속으로 생각했다. 하지만 가람은 지켜보는 것 이상의 무언가를 하는 것 같진 않았다. 선생에게 접근을 시도한다거나 위해를 가하려 했다면 나는 서둘러 그 자리를 벗어났을 것이다. 귀찮은 일에 휘말리는 건 질색이었다. 다행히 가람은 그럴 생각이 없는 듯했고 덕분에 내가 도망칠 일도 벌어지지 않았다. 선생과 아이가 탄 차가 사라지자 가람은 수그렸던 몸을 선선히 일으켰다. 그러고는 편안한 얼굴로 등굣길을 산책하듯 거닐었다. 발걸음이 가볍고 산뜻해 보였다.

얘가 아저씨 취향이 있네. 나는 아저씨 취향이라면 불호에 가까웠다. 지금도 세진이 '오지콤' 해시태그를 달고 ASMR을 올리면 아무리 세진이라 할지라도 그것만큼은 소비하고 싶은 마음이 영 들지 않았다.

상반된 면을 발견하고 나니 가람에게 호기심이 생겼다. 가람도 나와 가까워지고 싶어 했다. 비록 동은 다르지만 수학 선생과 같은 아파트에 사는 나를 이용해야겠다는 마음이었는지도 모른다. 내게 줄 게 있다고 주말에 연락했고, 숙제를 같이 하자며 공휴일에 찾아왔다. 방학에는 우리 집에서 숙박하다시피 하며 오타쿠 짓을 했다. 그때 가람과 함께 밤낮으로 정주행한 애니메이션들은 지금도 변함없이 나의 인생 애니메이션 목록에 자리를 지키고 있다. 가람은 문턱이 닳도록 우리 집을 드나들었다. 그러다 정작 수학 선생과 마주치기라도 하면 헐레벌떡 숨기 바빴다. 한 번도 먼저 가서 직접 말을 건 적은 없었다.

*

친해지게 된 이유야 아무렴 어떠하랴. 나와 가람은 지금까지도 크게 싸운 적 한 번 없이 썩 잘 지내고 있으니 그걸로 된 거였다.

성민이 헌팅포차에 간 게 맞는지 어떤지 심증만 있을 뿐 아직 확실치 않은데 가람은 성민이 포차에서 여자와 합석해 술을 진탕 마신 뒤 원나잇까지 갔으리라 확신하고 있었다. 그걸로도 모자랐는지 의심에 끝이 없었다. 원나잇한 여자와 속궁합이 잘 맞아서 사귄다고 하면 어쩌지? 걱정과 상상을 펼치며 불안해하고 슬퍼했다. 혼자 놔두면 안 될 것 같아서 가람을 집으로 불러들였다.

배달 앱을 써서 가람이 좋아하는 연어회를 주문하고 냉장고에 있는 재료를 털어 주먹밥과 계란말이도 만들었다. 오랜만에 하는 요리라 그런지 진이 다 빠졌다. 가람과 마시려고 사 온 맥주를 한 캔 따서 먼저 마셨다.

—방금 역에서 내렸어. 15분 뒤 도착

가람에게서 온 메시지를 읽던 와중, 세진이 라이브 방송을 시작했다는 알림이 떴다. 나는 원래 실시간 스트리밍을 듣지 않았다. 그렇게 하는 것이 시간적으로나 마음 건강의 측면에서나 좋다는 판단이 이미 한참 전에 섰기 때문이다.

왕자는 세진의 목소리를 획득했다. 아무리 주파수를 통해 잠깐 빌린 거라 할지라도 상대방의 동의를 구하지 않은 강탈이었다. 세진의 목소리가 괜찮은지 걱정되고 궁금하기도 했다.

이어폰을 끼고 실시간 채팅방에 입장하자 세진이 반갑게 맞아주었다.

"공중도둑 님 어서 오세요."

그런데 목소리가 이상했다. 세진은 고운 미성의 소유자인데 지금은 낮게 가라앉아 말 끝에서 갈라지는 쇳소리가 났다. 나는 당황하여 채팅을 입력했다.

—목소리가 왜 그래요?

세진은 내 댓글을 소리 내어 읽더니 답했다.

"저 감기 걸렸어요."

왕자에게 목소리를 강탈당한 것이 영향을 미쳐 감기에 걸렸나? 아니면 왕자가 목소리를 복제한 때마침 우연히 세진에게 감기가 찾아온 건가? 나는 갈피를 잡을 수 없었다. 그때 이어폰 속으로 왕자가 불쑥 침투했다.

"너 지금, 나 때문이라고 생각하지?"

"아프니까 외롭네요. 여러분들이 저 좀 외롭지 않게 해주세요."

이어폰에서 똑같은 두 개의 목소리가 중첩되어 들려왔다. 감기에 걸린 세진보다 감기에 걸리지 않은 왕자 쪽이 본래 세진의 목소리에 더 가까웠다. 정신이 혼미해졌다. 내가 정말 미친 건 아닌지 염려스러웠다. 귀에서 이어폰을 뺐다. 위로해달라는 세진의 말에 청취자들의 후원이 폭발하는 중이었다. 나는 방송을 끄고 왕자에게 말했다.

"나 지금 방송 듣고 있잖아……. 이어폰 말고 다른 물건에 붙어서 말하면 안 돼?"

아무래도 도움을 받아야 하는 처지이니 삐딱하게 굴어봤자 자기한테 좋을 게 없다는 걸 아는 게 분명했다. 왕자는 내가 마시던 맥주캔으로 옮겨 가서 말했다.

"오해야. 저자의 목소리가 달라진 건 나와는 아무런 인과 관계가 없어."

"아니면 아닌 거지. 뭘 그렇게 발끈해?"

자기가 왕자면 다인가. 이런 식으로 나의 취미 생활에 훼방을 놓다니. 세진의 목소리를 들을 자유조차 박탈당한 것 같아 입안이 썼다. 맥주를 꿀꺽꿀꺽 마셨다. 왕자의 소리 입자가 캔이 아닌 액체에 스며든 모양이었다. 맥주를 머금자 편도샘 근처에서 목소리가 들렸다.

"설령 네가 남자의 머리카락을 가져온다고 해서 그 사람이 갑자기 대머리가 된다거나 하진 않을 거야."

다른 이의 목소리가 나의 신체 기관 내부에서 울려 퍼지는 건 처음이었다. 무서운데 희한하고, 이상한데 자극적이었다. 사고는 정지되었는데 마치 뇌세포에 경련이 일어나는 기분이었다. 서로의 혀가 엉켜 들지는 않았지만, 그보다 더 근원적인 키스를 나누는 듯했다. 왕자도 나와 같은 느낌일까? 아마 아닐 것이다. 이건 내가 신체가 있어서 느끼는 감각일 테니까.

나는 싱크대 개수대로 가서 술을 뱉어냈다. 물을 틀고 손으로 입을 박박 씻었다. 분한 마음에 입안도 여러 번 헹궜다. 맥주를 흘려보낸 배수구 아래에서 왕자의 목소리가 울렸다.

"물론 하루 아침에 갑자기 대머리가 될 순 있겠지. 그건 그 사람의 탈모 유전자 탓인 거지, 나 때문이 아니라는 거야."

*

맥주 열두 캔. 화이트와인과 레드와인 각 두 병씩. 우리의 주량을 고려함과 동시에 실의에 빠져 있을 가람을 위하여 술을 충분히 준비해놓았지만……. 이미 집에 들어설 때부터 만취 상태였던 가람은 비틀거리며 곧장 화장실로 들어갔다. 이윽고 닫힌 문 너머에서 속을 게워내는 소리가 들렸다.

나는 내 몫의 술만 남기고 나머지는 집어넣었다. 가람이 오기 전에 이미 두 캔을 마시긴 했지만 더 마셔야 할 것 같았다. 가람이 들려주는 이야기는 대체로 수위가 세고 자극이 심했다. 맨정신으로 듣다 보면 내 도덕관념이 위태롭게 흔들리는 경우가 허다했다. 그렇기에 살짝 알딸딸한 정도로 취한 상태에서 이야기를 들어야만 내 멘탈은 지키고 오로지 도파민 충전용으로만 소비할 수 있었다. 오늘은 가람이 상당히 취해 있어서 사연을 제대로 소개해줄지 미지수지만.

화장실에서 나온 가람은 음식이 갖추어진 식탁 앞으로 오지 않고 반대편의 소파로 직행했다. 그러고는 평소 내가 안정을 취하는 자세를 그대로 재현했다. 한쪽 다리는 소파 등받이에, 반대쪽 다리는 소파 아래를 향한 채 몸을 널브러뜨렸다. 내가 안다. 저 자세로 저러고 있으면 잠이 금방 쏟아진다. 게다가 술까지 마셨으면 5초 컷이다. 자면 안 되는데. 잘 땐 자더라도 나의 넘쳐흐르는 호기심만큼은 풀어주고 잤으면 싶었다.

맥주캔을 들고 가람에게 갔다. 잠을 깨우려고 결로가 생긴 차가운 맥주캔을 가람의 얼굴에 갖다 대려는 순간이었다. 가람의 눈꼬리에 맺힌 이슬이 보였다. 나는 손길의 방향을 틀어 내 목구멍으로 남은 맥주를 한꺼번에 들이부었다. 가람이 내게 자신의 핸드폰을 건네며 말했다.

"이제 내 연락은 받지도 않아."

나는 익숙하게 핸드폰의 잠금번호를 풀었다. 가람의 비밀번호는 그 옛날 수학 선생의 차량번호로 15년 내내 변함없었다. 모르는 사람이 보면 내가 함부로 남의 핸드폰을 뒤지는 것 같겠지만, 이건 우리만의 오래된 규칙이었다. 전사까지 이야기하기에는 늘 시간이 부족했다. 과거의 감정선, 현재의 변화된 관계성, 사진 속 표정, 통화의 빈도, 대화와 언쟁의 굴곡 등등……. 연인 사이에서 벌어지는 진상을 파악하려면 핸드폰부터 들여다봐야 했다.

가람이 메신저로 나한테 헌팅포차 쿠폰 사진을 보낸 시각은 오후 5시 30분이었다. 지갑을 뒤지다 발견했다고 하니, 그 시간까진 성민과 함께 있었던 것 같다. 갤러리를 열어보니 해당 사진 전에는 성민이 식사하는 모습이 찍혀 있었다. 음식 주변엔 소주도 네다섯 병 올라와 있었다. 반주를 거하게 즐긴 모양이었다.

이번엔 통화 목록을 살펴보았다. 두 시간 동안 성민에게 대략 150통을 걸었는데, 전부 거절 표시였다. 가람이 우리 집에 도착한 시각은 저녁 7시 40분경이었다. 그런데 마지막으로 전화를 건 시간이 7시 43분이었다. 구토를 하면서까지 전화를 걸다니. 그렇게까지 전화를 건 놈이나, 그렇게까지 전화를 거절한 놈이나 내겐 둘 다 집요하고 지긋지긋한 인간들처럼 느껴졌다. 그래도 나는 책무를 다하기로 다짐했다.

"오늘은 둘 다 격해진 것 같으니까, 시간을 좀 가졌다가 진정되거든 다시 대화해보는 건 어때?"

가람은 일어나더니 손에 쥐고 있던 안약을 가방에 집어넣었다. 조금 전에 내가 목격한 건 진짜 눈물이 아니라 인공 눈물이었나 보다. 생각해보니 가람은 어느 시점에서부턴가 사랑하는 남자에게 아무리 모욕을 당해도 더는 울지 않게 되었다. 가람은 오기만 남은 얼굴로 가방에서 태블릿을 꺼냈다.

"카톡 열어서 읽어봐."

내게 그렇게 말하고 가람은 태블릿의 전원을 켠 뒤 X를 열었다. DM창을 확인하는 듯했다. 나는 데이터를 복구하는 기계가 된 심정으로 두 사람이 나눈 카톡 메시지를 읽었다.

—왜 사람 말을 안 믿냐? 지나가는 길에 쿠폰 나눠주길래 받은 거라고

—받은 거면 버리지, 그걸 왜 지갑에 품고 다녀?

—아오 ㅅㅂ 귀찮아서 그냥 둔 거야

—너는 입만 열면 거짓말이야

1은 사라져 있었지만 그 후로 성민에게서 메시지는 오지 않았다. 뒤이은 메시지는 전부 가람의 것이었다.

—내가 쿠폰 때문에만 이래?

—섹트로 오프 구하는 여자 알몸 사진에 댓글 단 거 내가 다 봤어

—만나서 뭐 했냐?

—더러운 걸레 새끼

—대답해봐

—왜 대답 못 해?

그 후 20분이 지난 뒤에 성민에게서 메시지 두 개가 연달아 왔다.

—내가 걸레면 너도 걸레겠네?^^

—너도 나랑 섹트로 만난 사이니까^^

가람은 울분이 치밀었는지 이렇게 답했다.

—전화 받아

그럼에도 불구하고 성민은 전화를 받지 않았을 테고 가람은 이후 보이스톡을 여러 번 시도했고, 이 역시 백이면 백 차단당했다. 그리고 다시 이어지는 가람의 연속 메시지…….

—나한테 가져간 돈 다 돌려주겠니?

—내 돈 달라고

—3일 준다

—전화 좀 받으라고!!

거기까지 읽은 나는 핸드폰을 내려놓고 가람을 봤다. 이번엔 어떤 계략을 꾸미고 있는 것인지 X에서 새로운 계정을 무한 생성하는 중이었다. 손가락이 바빴다. 동시에 핀터레스트에 접속해서는 노출이 과감한 여성들의 사진을 저장하고 있었다.

나는 쉴 틈 없이 움직이는 가람의 손을 붙들고 물어봤다.

"이번에는 또 얼마를 해줬니."

내게 손이 붙들린 채 가람은 손가락 다섯 개를 살며시 펼쳤다. 제발 아니길 빌며 물었다.

"5백?"

가람은 고개를 젓더니 취한 목소리로 두서없이 말했다.

"확실한 코인이 있다고 해서……. 이번에는 받을 생각 없이 준 거 아니야……. 얘가 외제 차 딜러잖아……. 이번 달은 실적이 없어도 다음 달에는 아는 형이 차 세 대 팔아준다고 했대……. 그렇게 되면 목돈 금방 생긴다고 했거든……. 바로 갚는다고 해서 잠깐 빌려준 거야……."

나는 거두절미하고 재차 확인했다.

"그게 5백인 거지?"

가람은 말이 없었다. 누워서 하염없이 천장만 바라보았다.

*

어렸을 때만 해도 우리가 같은 톤의 어둠을 지녔다고 생각했다. 하지만 세월이 흐를수록 가람은 어둠의 농도를 짙게 만든 반면, 나는 어둠을 외면했다. 두꺼운 모포를 만들어서 외부 세계로 어둠이 노출되지 않도록 꽁꽁 싸맸다. 우리는 완전히 다른 갈래의 마이너스형 어른으로 자랐다. 특히 '남자' 또는 '사랑'이라는 함숫값이 적용됐을 때, 우리가 발산하는 어둠은 색채와 질감 면에서 확연한 차이가 드러났다.

가람은 사랑하는 남자라면 빚을 내서라도 망설임 없이 5천만 원이나 되는 거금을 쾌척할 수 있었다. 나는 아무리 사랑해도 단돈 5천 원조차 손해 보기 싫었다. 세진의 유료 콘텐츠 금액이 수수료 떼고 딱 5천 원이었다. 기대하고 구매했는데 재생시간이 비교적 짧고, '팅글'도 전혀 느껴지지 않으며, 전반적인 사운드의 퀄리티가 실망스러운 적도 있었다. 그럴 때면 악플을 달고 싶었다. 이거 완전 구리니까 섣불리 구매해서 5천 원 손해 보지 마시라고. 다른 구독자들을 향해 충고하고 싶었지만, 송사분쟁에 휘말리는 것이 겁이 나서 참았다. 대신 괘씸죄를 적용하여 한 달 동안 유료 결제를 하지 않았다. 세진을 향한 징벌의 행위였다.

누가 낫네 아니네 할 것도 없었다. 현실 남자와 교류하지 않아서 특별한 사건 사고가 일어나지 않는 나의 평온한 일상이 좋았지만 가람의 입장에선 똑같은 이유로 나를 답답해할지도 몰랐다.

가람은 삶 전체를 담보로 하는, 위험을 무릅쓴 연애를 할 때마다 살아 있음을 느끼는지도 몰랐다. 치부를 닦아줄 수 있는 자신이 자랑스러우므로 오물 묻은 남자들에게만 끌리는 걸지도.

그래도 5천만 원은 진짜 아닌 것 같았다. 가람이 회당 출연료 2억을 받는 톱급 배우라면 5천만 원이야 껌값이겠지. 하지만 가람의 직업은 배우도 아니고, 사회적 위치도 톱급이 아니었다. 미래에도 그렇게 될 가능성은 열려 있지 않았다. 복권이라도 덜컥 당첨된다면 몰라도 말이다. 가람은 현재 9급 일반행정직 공무원으로 지역 주민센터에서 민원 업무를 담당하고 있다. 9급 일반행정직 공무원의 평균 연봉은……. 말을 아끼겠다.

나는 자포자기의 심정으로 바닥에 드러누웠다. 다 마신 맥주캔을 우그러뜨리며 중얼거렸다.

"남자가 그렇게 좋은가?"

딱히 대답을 바라고 한 말은 아니었는데, 가람이 말했다.

"인간적인 걸로 따지면, 여자가 더 좋지……."

"그럼 여자를 한번 만나봐."

"여자를 만나도 비슷한 사랑에 빠질걸……."

나는 깊은 한숨을 쉬고 가람을 등진 채 돌아누웠다. 그러자 가람이 내 쪽을 향해 눕는 것이 느껴졌다. 돌아보지 않아도 등 너머의 기운으로 알아차렸다. 가람이 말했다.

"왤까. 남자의 단단한 가슴에 안겨 머리를 기대고 있으면 이루 말할 수 없는 안정감이 느껴져."

나 역시 남자 목소리나 들으면서 하루를 흘려보내는 한심한 처지이기 때문에 가람의 발언을 비난하고 싶은 마음은 들지 않았다. 그런데 가람아, 너 그거 아니? 남자의 목소리를 듣는 것만으로도 품에 폭 안겨 있는 기분을 느낄 수 있단다. 옷자락이 스치고, 침대의 스프링이 삐걱거리고, 이불이 바스락거리는 소리를 듣는 것만으로도 그이 가슴의 단단함이 느껴지고 이루 말할 수 없는 안정감이 생긴다면? 눈을 감고 네가 바라는 최고의 포옹 형태를 상상해봐. 서로 얼굴을 마주 보며 안기고 싶어? 옆으로 안기고 싶어? 백허그는 어때? 네가 알고 있는 모든 포옹의 자세로 안겨봐도 좋아. 상상 속에서라면 얼마든지 가능한 일이야. 나는 전하고 싶은 말들을 속으로 삼킨 채, 가람이 하는 말을 계속 들었다.

"지나, 너는 왜 남자 안 만나? 너도 연애 안 한 지 꽤 된 것 같아."

내가 고막 남자친구와 함께한 시간이 4년 가까이 됐다는 사실을 가람은 모른다. 다즐링에서 온 왕자 말고는 아무도 모른다. 앞으로도 철저히 비밀에 부칠 작정이다. 내게 모든 걸 오픈하는 가람에게는 미안했지만 나는 태연자약하게 말했다.

"현실 남자에게는 이제 아무 감정 없음. 사랑 없음. 이해 없음. 의미 없음."

실제로 세진의 목소리 외에 현실 남자란 내게 있어 출퇴근길에 마주치는 거리의 비둘기들과 다를 바 없었다. 행동반경 10미터 안에서 어슬렁거리면 눈살이 찌푸려진다. 발견하는 즉시 저 멀리 돌아서 간다. 비둘기가 아무런 전조도 없이 날개를 푸드덕거리면 나는 그 자리에서 온몸이 굳어버린다. 겁에 질려 머리를 감싼 채 몸을 한껏 움츠러뜨린다.

"너야말로 여자를 한번 만나봐."

되로 주고 말로 받는구나. 하지만 가람은 나의 모순된 실체를 모르고서 하는 말이다. 나는 남자 목소리 하나만으로도 극락 망상에 빠질 수 있으며, 그 망상 속 세계에서 세기의 순애를 펼칠 수 있는 자다. 이런 나야말로 가람보다 더한 고도의 '남미새'일지도 모른다.

더 이상 내 이야기는 하고 싶지 않았다. 목적과 어긋나는 일이다. 나는 사실 가람의 이야기를 들으려고 집으로 부른 거였다. 화제를 전환하려고 과거 이야기를 끄집어냈다.

"네가 좋아했던 남자 중에 수학 선생이 가장 건실했던 것 같아. 비록 유부남이긴 했어도……."

등 뒤에서 서늘한 기운이 느껴졌다. 나는 어깨를 살짝 비틀어서 가람이 누워 있는 쪽을 흘긋 바라봤다. 깊은 생각에 잠긴 모습이었다. 갈증이 났다. 몸을 일으켜 맥주를 한 캔 더 가져왔다. 그러자 가람이 자기도 한 캔 달라고 했다. 가람이 말하기 전에 내 쪽에서 먼저 마시겠냐고 권했어야 했는데. 나는 이런 방면으로는 눈치가 영 없었다. 가람이 맥주를 한 모금 시원하게 마셨다. 그러고는 핸드폰을 한 번 더 살폈다. 성민의 연락을 아직도 기다리는 모양이었다. 가람이 말했다.

"내가 왜 아침마다 선생님 보러 간 줄 알아?"

"아이 데려다주는 모습 지켜보는 게 좋아서?"

내 대답에 가람은 가소롭다는 듯 웃고는 맥주를 더 마셨다.

컵라면을 하나 끓이려고 커피포트에 물을 올렸다. 그사이 가람이 말했다. 아이 데려다주는 날에는 나를 안 건드리더라고. 나는 잠깐 멈칫했지만 충격받은 티를 내지 않으려고 술상 차리는 데 여념 없는 척했다. 래핑해둔 연어회와 주먹밥을 가람 앞에 부려놓았다. 가람이 연어회를 집어서 오래 씹다가 삼키더니 말했다.

"내가 좋아한다고 해서 그런 식으로 건드려도 된단 의미는 아니었는데."

나는 얼빠진 얼굴로 연어회만 뒤적거렸다. 오늘은 역대급 도파민이 샘솟는 날이로구나. 하지만 이만한 정도의 도파민은 〈궁금한 이야기 Y〉나 〈실화탐사대〉를 통해 에둘러 접했으면 좋겠다. 뭐든지 적당한 것이 좋았다.

"참, 너 이거 본 적 없지? 내가 남친 만날 때마다 늘 가지고 다니는 건데."

그렇게 말하더니 가람은 가방 안에서 틴케이스 상자를 꺼냈다. 상자는 제법 크고 묵직해 보였다. 가람은 상자를 앞에 두고 변죽만 울렸다. 원래는 여러 가지 맛의 쿠키가 들어 있던 상자였다는 둥, 초코쿠키가 가장 맛있었다는 둥, 부산 여행 중에 빈티지숍에서 똑같은 상자를 발견했는데 9만 원에 팔고 있더라는 둥. 중요하지 않은 이야기만 떠벌리며 그 안의 내용물은 보여줄 기미가 없었다. 왜 열어보지 않느냐고 따져 묻자, 주먹밥을 다 먹고 나면 열겠다고 했다. 나는 그 말을 듣자마자 입안에 있던 주먹밥을 휴지에 싸서 뱉었다.

가람이 비밀 상자를 열었다. 나는 안을 들여다보았다. 저게

다 뭘까. 먼지 뭉치? 실뭉치? 조약돌? 흙? 모래? 조개껍데기의 잔해? 비슷한 듯했지만 가람의 성격상 그것들을 애지중지 모아둘 리 없었다. 정체를 알 수 없는 것들이 제각각 비닐 지퍼백에 싸여 있었다. 가람이 짓궂게 물었다.

"이게 다 뭘 것 같아?"

나는 모르겠다고 대답했다. 가람은 상자를 뒤적거렸다. 신중하게 고민하다가 먼지 뭉치처럼 생긴 내용물이 든 지퍼백 하나를 골라잡았다.

"이건 선생님이 흘린 발꿈치 각질."

갑자기 비위가 팍 상했다. 주먹밥을 삼키지 않고 뱉은 나를 칭찬해주고 싶은 기분이 들었다. 가람은 연이어 또 다른 지퍼백을 집어 들었다. 이번에도 내게 뭘 것 같으냐고 물었다. 나는 고심 끝에 대답했다.

"수학 선생 이빨?"

"아니. 이건 민우가 재채기하다가 튀어나온 편도 결석이야."

민우는 가람이 성인이 된 후 처음으로 사귄 남자친구의 이름이었다. 그런데 그 남자를 가람의 첫 남자친구로 카운트하는 게 맞는 건지 지금도 잘 모르겠다. 민우는 트위치에서 이런저런 게임 방송을 하는 하꼬 스트리머였다. 그에게 반한 가람은 인정받고 싶었던 나머지 후원금 천만 원을 쐈다. 가람은 큰손 회장님이 되었다. 큰손 회장님은 식사 데이트권을 얻었다. 그들은 저녁 식사를 하기 위해 만남을 가졌다. 그들이 세 번째 데이트를 한 날, 가람은 그에게 하룻밤을 허락했다. 그가 하룻밤을 허락했을지 가람이 하룻밤을 허락했을지 그건 양쪽 모두의 이야기를 들어봐야 알겠지만 결과적으로 그는 가람과 하룻밤을 보낸 뒤 연락이 두절됐다. 그 후 가람은 빚을 갚기 위해 학교를 휴학한 채 알바만 했다.

가람은 이번에는 검은 실뭉치처럼 생긴 것이 든 비닐백을 들어 보였다. 나는 주먹을 꽉 쥐었다. 금방이라도 비닐백 안에 든 것을 향해 펀치를 날릴 기세로 말이다. 이제 가람은 내게 묻지도 않고 멋대로 바닥에 부려놓기 시작했다.

“이건 재성이 머리카락.”

재성은 가람의 두 번째 남자친구였다. 가람은 그 남자를 클럽에서 만났다. 그는 자신이 YG 연습생이라고 주장했다. 그리고 부모님의 강한 반대로 지원이 끊겼기 때문에 돈이 한 푼도 없다고 어필했다. 가람은 그의 딱한 처지를 듣고 동거를 시작했다. 월세 보증금 2천만 원은 물론이고 월세 또한 가람의 몫이었다. 그는 가끔씩 생색내고 싶을 때 공과금만 냈다. 따지고 보면 가람의 집에 얹혀살던 재성은 그곳에 다른 여자를 불러들였다. 음주 가무를 즐기며 추잡스럽게 뒹굴었다. 가람은 그를 몽둥이질하며 내쫓았어야 옳았다. 하지만 가람은 무릎 꿇고 싹싹 비는 재성을 용서해줬다. 그러고는 마음에 씻을 수 없는 상처를 입었다. 아득하게 넓은 이 우주에 혼자라는 외로움이 가람을 덮쳤다. 홀로 된 마음을 어디에도 풀 데가 없었다. 슬픔에 잠긴 가람이 고작 생각해낸 것은 맞바람이었다. 가람은 다른 남자를 데려와 집에서 뒹굴었다. 재성은 가람과 바람 상대를 몽둥이질하며 내쫓았다. 가람이 무릎 꿇고 싹싹 빌었지만 용서는 없었다.

가람의 엽기 컬렉션 전시는 계속되었다. 조개껍데기의 잔해처럼 생긴 것은 세 번째 남자친구의 손톱이었다. 그 뒤로도 네 번째 남자친구의 속눈썹, 다섯 번째 남자친구의 거웃……. 흙인지, 모래인지 착각했던 것은 현재 남자친구인 성민의 코딱지였다. 나는 욕지기가 나서 대놓고 오바이트하는 시늉을 했다.

"이 정도로 헛구역질하면 안 되는데."

가람은 그렇게 말하고는 가방에서 새로운 물건을 꺼냈다. 자세히 보니 무광으로 된 겉면에 금박 알파벳 문자로 티켓북이라 쓰여 있었다. 생김새며, 용도며 어느 모로 보나 기품이 넘치고 고상한 사물이건만. 가람은 이걸 단순 티켓북 용도로 사용하지 않았을 터였다. 이쯤 되자 나는 내용물을 들여다보기가 두려웠다. 아무리 도파민에 뇌가 절여진 나라고 할지라도 이만하면 됐다. 가람을 뜯어말리고 싶었다. 가람은 내 반응을 확인하며 이해하기 힘든 묘한 흥분에 젖어선 멈출 생각이 없어 보였다. 질주하는 적토마였다. 나는 케이오였고, 녹다운이었다. 가람이 티켓북의 첫 페이지를 펼치는 순간이었다. 공중에서 그 어떤 징후도 없이 무언가가 번쩍, 하고 나타나더니 툭, 하고 떨어져 티켓북 위로 안착했다.

그것은 사람의 입술이었다. 한 덩어리의 입술. 나는 의외로 초연했다. 가람이 두 눈으로 입술을 확인하고 꽥, 소리를 질렀을 때는 내심 안도했다. 내가 미친 게 아니었구나.

입술이 말했다.

"드디어 형체를 얻게 됐구나. 고마워, 제군들."

오만한 말투, 은근히 하대하는 느낌의 단어 사용, 무엇보다 낯선 입술에서 흘러나오는 저 고운 목소리는 세진, 아니 왕자가 분명했다. 왕자에게 움직이는 입술과 혓바닥, 그리고 튼튼한 치아가 생겼다. 하지만 저것의 정체를 도대체 뭐라고 규정해야 할까. 자아는 왕자인데, 목소리는 세진이고 입술은 왕자가 주장했던 것처럼 누군가의 신체 일부를 이용해 발생시킨 듯했다. 끔찍한 혼종이었다.

*

나와 가람은 그 기괴한 신체 일부를 들여다봤다. 왕자는 우쭐거렸다. 이제 증명되지 않았느냐며, 본인은 다즐링에서 온 왕자가 맞다고 강조했다. 그럼에도 나는 여전히 악귀의 장난질일 수도 있다는 의심이 들어서 입술을 향해 남아 있는 팥을 흩뿌렸다. 가람은 벽에 걸려 있던 십자가를 빼 오더니 십자가 끝의 뾰족한 부분을 그 입술 속에 쑤셔 넣으려고 했다. 다급해진 왕자는 가람에게 진정하라고 말한 뒤, 입술을 한번 잘 살펴보라고 설득했다. 아마 아는 사람의 입술일 거라고 말이다.

그것은 마치 사람의 얼굴에서 입 부위만 도려낸 것 같았다. 입술의 주름은 현실감 넘쳤다. 고른 듯하면서도 고르지 않은 치열도 미묘했다. 말할 때마다 입술 사이로 나타나는 혓바닥은 만져보고 싶을 정도로 생동적이었다.

세진의 목소리가 흘러나오는 입술. 만져보고 싶다고, 나는 생각했다. 실행에 옮기지는 않았다. 그러나 가람은 만졌다. 입술, 치아, 잇몸, 혓바닥을 지나서, 손가락을 입안 깊숙한 곳으로 찔러 넣었다. 편도샘 안쪽까지 탐구했다. 왕자가 캑캑거렸다. 가람에게 그만하라고 애원했다. 가람은 관찰을 끝내고는 말했다.

"술이 확 깬다. 이거 민우 입이잖아."

왕자는 가람이 지니고 있던 전 연인의 편도결석을 이용해 입을 복제해낸 것이었다. 가람은 왕자에게 다시 한번 말해보라고 지시했다. 왕자는 윗니로 아랫입술을 질근거리다가 입을 열었다. 못마땅했지만 참아내는 기색이 역력했다.

"신체를 다 모으는 데까지 시간이 꽤 걸릴 줄 알았는데, 이렇게 빨리 구하게 될 줄은 몰랐어. 너희 덕분이야."

왕자가 그 말을 끝내기 무섭게 다시 한번 공중에서 뭔가가 번쩍, 하고 나타나 툭, 하고 떨어졌다. 이번엔 안구였다. 안구는 공교롭게도 내가 좀 전에 물을 가득 따라놓은 유리컵 안으로 들어가 잠겼다.

"뭐야, 이거. 도대체 어떻게 한 거야?"

나는 당황하여 말했다. 가람은 전남친의 입술 형상을 만지고 탐구한 끝에 무서운 마음이 제법 물러난 모양이었다. 부려놓은 비닐 지퍼백들을 유심히 살펴보며 중얼거리기 바빴다.

"신기하다. 편도결석도 멀쩡하고 속눈썹도 그대로 있는데."

진짜 어떻게 된 걸까? 유리컵 속에 든 안구가 검은 눈동자를 우리 쪽으로 도르륵 굴렸다. 입술이 말했다.

"초미세먼지의 움직임이 너희 눈에 보이나?"

인간은 열등하다고 무시하는 것 같아서 기분이 나빴다. 바로 그 인간들의 도움을 받고 다른 몸으로 부활한 주제에 말이다. 가람은 하나씩 형상화 중인 전 연인들의 신체 조각을 경이롭게 바라보며 대답했다.

"아니, 안 보여."

"그럴 줄 알았지. 하지만 내 눈에는 다 보여. 편도결석도, 속눈썹도 마찬가지야. 미세먼지만큼 아주 작은 크기의 세포 일부만 떼어내면 돼. 초미세 분자에서부터 이루어지는 합성이거든."

짧은 시차를 두고 공중에서 신체들이 우후죽순 나타났다. 현관에 발이 떨어졌다. 그 발이 성큼성큼 걸어오더니 우리 앞에 멈춰 섰다. 코와 귀, 팔과 배가 차례대로 떨어졌다. 심지어 냉장고 안에서도 우지끈, 하고 뒤틀리는 소리가 들렸다. 놀라서 열어보니 야채 칸 안에서 털이 수북한 남자의 다리가 버둥거리고 있었다.

가람은 우후죽순 나동그라진 신체 조각들을 소중히 주워 와서 사람의 형체대로 맞춰나갔다. 마치 전 연인들과 재회의 시간을 가지기라도 하는 듯했다. 손을 어루만지며 오랜만이야, 하고 인사했다. 귓불을 더듬더니, 곧 그의 귓가에 입술을 가져가 속삭였다. 정말 보고 싶었어. 배를 보고는 얼굴을 파묻고 냄새를 맡았다. 그리운 냄새가 그대로 남아 있네, 말하며 회한에 젖었다. 마침내 하나의 완전한 신체의 형태처럼 퍼즐이 맞춰졌을 때 나는 가람이 그것을 향해 하는 말을 들었다.

"다들 이렇게라도 다시 만나니까 정말 좋다."

가람이 신체들을 사랑스럽고 신중하게 다루는 동안, 왕자는 가람에게 자신이 여기까지 오게 된 사연을 들려주었다. 볼모가 어쩌구, 애시가 저쩌구……. 그러나 가람은 왕자의 사연에 큰 흥미를 두지 않았다. 왕자가 온 행성 이름을 듣더니 피식 웃었다. 그럼 홍차 왕자네, 미적지근하게 반응하고 끝이었다.

가람은 눈앞에 나타난 연인들의 신체에만 몰두했다. 그러더니 손가락을 퉁기며 뭔가가 더 있을 거라고 확신했다. 나는 뭐가 더 있는데? 목? 어깨? 하고 물었다. 가람이 손가락으로 티켓북을 가리켰다. 눈살이 절로 찌푸려졌다. 그때 침실에서 쿵쿵쿵쿵, 연속으로 무언가 떨어지는 소리가 들렸다.

나는 집에 굴러다니는 타포린 재질의 장바구니를 던져주며 말했다. 단 한 개라도 내 집에 남지 않도록 싹싹 모아 가져오도록.

가람의 티켓북을 원망 섞인 눈길로 노려봤다. 도대체 저딴 걸 왜 들고 온 거야……. 가람은 남자친구들이 버리고 간 콘돔들을 주워서 티켓북 안에 모아두었다. 흐물거리는 고무 안에는 가람이 관계를 가진 과거 남자들의 말라비틀어진 정액도 함께 들어 있었다.

침실에서 가람의 신랄한 웃음소리가 들렸다. 뭔가를 발견하긴 했나 보다. 나는 바닥에서 제멋대로 꿈틀거리는 가람의 전 연인들, 아니 이제 왕자의 것이 된 신체들을 지켜보며 이마를 짚었다. 가람이 발그스름하게 홍조 띤 얼굴로 방에서 나왔다. 한쪽 어깨에 짊어진 장바구니가 무거워 보였다. 가람이 장바구니 안에 손을 집어넣고 뒤적거리더니 거무튀튀하고 흉물스럽게 생긴 남자의 생식기를 하나 꺼내 들었다. 나는 기겁했다.

지금 뭐 하는 거냐고 묻자 가람이 장난기 넘치는 투로 말했다.

"왕자도 한 개쯤은 필요하지 않을까? 제일 단단한 걸로 골라주려고."

나는 웃음기가 싹 가신 얼굴로 진지하게 말했다.

"집어넣어. 네가 다 가져가."

그것을 또다시 꺼냈다간 우리의 15년 우정은 여기서 끝이라는 암시를 줄 만큼 단호한 표정을 지었다. 그랬더니 왕자의 의견도 들어봐야 하지 않겠냐고 가람이 따졌다. 언제부터 왕자를 알았다고. 나는 코웃음을 쳤다. 컵 속에 들어 있던 왕자의 눈알이 흔들렸다. 둘 중 누구 편에 붙어야 할지 눈치 보는 것 같았다. 왕자는 선택했다.

"여기 있는 동안 딱히 쓸 일은 없을 것 같으니 그건 가람 씨가 다 가져가는 게 맞는 것 같아……. 내가 주는 선물이라고 생각하고 잘 사용해줘."

왕자의 목소리만 들리던 때보다 더 심란해졌다. 내 집이 가람의 전 연인들로 꽉 찼다. 가람이 사랑했던 눈, 가람이 사랑했던 코, 가람이 사랑했던 입, 가람이 사랑했던 귀, 가람이 사랑했던 손, 가람이 사랑했던 발, 가람이 사랑했던 배. 가람이 사랑했던 팔과 다리, 그리고 가람과 사랑을 나눴던 그 무수한 성기들……. 나는 괴로워져서 자기 세뇌를 했다. 저것은 진짜 신체가 아니다. 사람에게서 가져왔지만, 지금도 가람의 전 연인들은 어딘가에서 사지 멀쩡히 걸어 다니고 있을 것이다. 저것들은 왕자가 편의적으로 만들어낸 가공품에 불과하다.

김이 팍 샜다. 왕자가 신체를 형성하는 데에 내가 일조한 것은 별로 없었다. 굳이 얹어보자면 가람을 집에 초대한 것 정도려나……. 가람이 그런 해괴망측한 것을 들고 오는 바람에 우연히 얻어걸린 것뿐이지만. 도대체 이 꼴이 다 무엇이란 말인가. 나는 왕자가 이런 형태로 변하게 될 줄은 꿈에도 몰랐다. 왕자는 이 꼴을 하고서 어떻게 사랑하는 여자를 찾으러 가겠다는 것인지 모르겠다. 아이돌을 좋아하는 미감을 가진 여자라면 왕자의 행색을 보고 줄행랑을 칠 것 같은데……. 이렇게 조각난 몸을 하고 2800만 광년 떨어진 자기 행성으로 제대로 돌아갈 수나 있을지……. 의구심이 들었다. 왕자에게 들으라는 듯 말했다.

"이게 맞아?"

왕자도 문제점을 인식하고 있던 모양이었다.

"사실 여기서 한 단계가 더 있긴 해."

한 단계를 더 나아가기에는 현실적인 어려움이 있는지 무엇에든 주저함이 없던 왕자가 이번만큼은 망설이는 눈치였다.

"들어보고 판단할 테니까 일단 말해봐."

왕자는 계속해서 머뭇거렸다. 가람도 이렇게 조각난 신체만으로는 품에 안기기에 역부족이라는 생각이 들었는가 보다. 옆에서 왕자를 부추기기 시작했다.

"그래, 말해봐. 혹시 알아? 우리가 또 도와줄 수 있을지도 모르잖아."

왕자는 어렵게 입을 뗐다.

"체내에서 순환하는 남성의 혈액 5리터가 있으면 신체를 통합할 수 있어."

왕자는 500밀리리터도 아니고 5리터라고 말하고 있었다. 그 말을 듣고도 가람은 그게 가능할 법한 일이라도 된다는 듯 시시콜콜 캐물었다.

"수혈 같은 거 아냐?"

왕자는 입술을 씰룩거리다가 말했다.

"뭐, 얼추 비슷하지."

"그럼 혈액원이나 병원 같은 데 가서 몰래 슬쩍 할까?"

가람이 왕자의 손을 덥석 잡더니 계속해서 말했다.

"이 손만 있으면 금방 훔칠 수 있을 것 같은데?"

왕자가 가람에게 붙잡히지 않은 한쪽 손을 좌우로 단호하게 휘저으며 말했다.

"고이는 순간 효과가 없어져. 그리고 내 말을 잘 이해하지 못한 것 같은데, 단 한 사람의 피로만 구성된 5리터여야만 해."

나는 두 사람의 대화에 불쑥 끼어들었다.

"그러니까 우리더러 사람을 죽이라는 거네?"

왕자가 발끈했다.

"그래서 이야기하고 싶지 않았다고. 여기까지만도 고맙게 생각해. 죽이 되든 밥이 되든 이제는 나 혼자 애시를 찾아 나설 작정이었는데 너희가 나더러 말하라고 시켰잖아."

가람은 왕자의 말을 듣더니 그 몸을 하고 가긴 어딜 가냐며 반발했다. 엄밀히 말하면 그 몸의 지분의 상당 부분은 자신에게 있다고 강력하게 주장했다.

나는 대꾸하지 않고 조용히 일어났다. 쓰레기봉투를 가져와서 신체들을 하나씩 주워 담았다. 가람이 뭐 하는 짓이냐고 소리쳤다. 나는 둘 다, 아니 모두 다, 이제는 내 집에서 나가달라고 말한 뒤 하던 일을 계속했다. 내가 입을 들자 왕자가 손과 발과 눈만은 봉투에 넣지 말아달라고 부탁했다. 그래야 제 발로 걸어 나가서 애시도 찾고, 피 5리터도 구할 수 있지 않겠느냐며 사정했다. 세진의 목소리로 간곡하게 부탁하니까 마음이 잠깐 흔들렸다.

그때 가람이 뒤에서 내 어깨를 붙들었다. 가람은 내가 방심한 사이 쓰레기봉투를 빼앗아 갔다. 그러고는 평소 가람답지 않게 똑부러지게 말했다.

"다들 논리적으로 생각해. 홍차 왕자, 지금 이 꼴을 하고 집 밖에 나가면 다른 사람들이 어떻게 생각하겠어? 그리고 지나, 너도 마찬가지야. 이렇게 절단 난 신체를 쓰레기봉투에 담아서 거리에 내다 버리면 무사할 것 같아? 다들 국가 기관을 너무 우습게 여기고 있어."

그러고는 다짐이 선 듯 자신의 핸드폰을 들이밀며 말했다.

"조금만 기다려봐. 준비된 남자가 한 명 있으니까."

*

지금 우리 집 욕실에는 외간 남자가 손목과 발목을 결박당한 채 쓰러져 있다. 남자는 머리를 세게 맞아 잠깐 정신을 잃었다. 남자의 정체는 가람의 연인, 성민이었다.

가람은 우리 집에서 다채로운 일을 겪는 동안에도 성민에게 틈틈이 연락을 시도했다. 알다시피 성민은 전화를 받지 않았다. 그래서 가람은 성민의 X 계정을 통해 접근을 꾀했다. 가람은 계정을 새로 만들고 낯선 여자의 가슴 노출 사진을 도용하여 프로필을 꾸몄다. 파트너를 원한다는 글도 몇 개 작성해둔 뒤 성민에게 플러팅 DM을 보냈다. 성민은 바로 걸려들었다. 그때 마침 왕자가 5리터의 피를 구한다고 고백한 참이었다.

성민은 바로 만나자며 답장을 보냈다. 가람은 성민의 메시지를 확인한 순간 이놈을 왕자의 몸으로 환골탈태시켜야겠다고 결심했다. 가람은 나에게 허락을 구하지도 않고, 우리 집 주소를 성민에게 알려줬다. 그걸로도 모자라 성민에게 내 핸드폰 번호까지 알려주고는 통화하도록 유도했다. 나는 처음에 절대 싫다고 거부했다. 하지만 가람이 애처로운 얼굴로 "그럼 내 5천만 원은?" 하고 되묻자 마음이 약해졌다. 그럼 겁만 주는 거다? 돈만 돌려받으면 바로 보내주기다? 나는 가람을 불신하면서도 확답을 이끌어냈다. 가람은 분명 내 눈을 똑바로 쳐다보며 알겠다고, 돈만 받아내겠다고 했지만…….

성민이 문을 열고 들어오자, 아니나 다를까. 화장실에 잠복해 있던 가람이 프라이팬으로 성민의 뒤통수를 가격했다. 성민은 한 방에 기절했다.

외계 왕자를 위해 인신 공양을 하다니……. 심지어 우리 집이 그 범죄의 온상지로 전락하다니. 믿을 수가 없었다. 의식을 잃은 성민을 내려다보며 가람은 말했다.

"사랑하는 사람에게 집착당하는 건 무슨 기분일까?"

얘는 역지사지를 모르는가 보다. 나는 성민의 피멍 든 이마를 보다가 혀를 내두르며 말했다.

“두렵고 무서운 기분이겠지…….”

“나는 알고 싶어……. 그게 정말 두렵고 무서운 거라면, 두렵고 무섭다는 사실을 몸소 체험해본 다음 깨닫고 싶어. 드라마나 소설로 배운 가짜 기분 말고 내 진짜 기분을 통해 배우고 싶어. 두렵고 무섭다는 게 대체 뭐야? 나는 누군가의 집착이 두렵지도 않고 무섭지도 않아. 왜냐하면 나는 단 한 번도 사랑하는 사람한테서 집착 같은 걸 받아본 적이 없기 때문이야.”

나는 성민이 진짜 죽었을까 봐 겁이 났다. 코에 손가락을 갖다 댔다. 어차피 곧 있으면 죽을 목숨일 텐데 이런 짓이 죄다 무슨 소용이 있겠냐만. 어쨌든 천만다행히도 숨은 쉬고 있었다. 가람에게 원망을 섞어 푸념했다.

“몸소 체험하다가 죽어도 집착이니 뭐니 그런 소리가 나올까?”

가람은 물에 탄 수면제를 성민에게 억지로 먹였다. 성민은 쿨럭거리며 의식을 되찾는 듯했으나 그것도 잠시였다. 깊은 무의식의 세계로 빠져들었다. 잘 자, 금방 끝날 거야. 가람은 성민에게 그렇게 말하며 짧은 입맞춤을 선물했다. 그러고는 내게 말했다.

“나는 아무에게도 사랑받지 못하고, 관심받지 못하는 삶이 두렵고 무섭다는 걸 알아. 그것만큼은 정말 뼈저리게 알아.”

*

일이 엇나가도 한참이나 엇나갔다. 가람은 제정신이 아닌

게 분명했다. 가람은 폐 안 끼치고 사후 처리는 확실히 하겠다고 호기롭게 말했다. 지금 그게 문제가 아니지 않은가.

내 의사와는 상관없이 피의 제단은 속전속결로 만들어졌다. 가람은 화장실 바닥 전체에 에어캡을 깔았다. 샤워 부스 안쪽에 널브러진 성민을 똑바로 앉혔다. 팬티 한 장만 남겨놓고 옷도 전부 벗겨놓았다. 내가 별말이 없자 가람이 스스로 말했다. 피가 튀면 곤란할 테니까. 옆에서 이 모든 행위를 지켜보던 왕자가 그럴 일은 없다고 단언했다. 그럼 에어캡 깔기 전에 미리 말해주지 그랬냐. 나는 속으로 생각했다.

가람은 곧 완전한 신체를 갖춘 지나간 연인들의 총합을 만나게 될 기대감에 부풀었는지 들뜬 목소리로 왕자에게 말했다.

"자, 이제 슬슬 시작하자."

"지금은 때가 아니야."

왕자가 가람의 마음에 제동을 걸었다.

"왜? 서둘러야 하지 않아?"

"나도 얼른 합체해서 우리 자기를 찾으러 떠나고 싶은 마음이 굴뚝 같지만……. 이게 그러니까……. 해 뜨는 시간에만 가능하거든."

나는 실소가 터져 나왔다. 조금 전까지만 해도 초미세 분자의 합성이 어떻다는 둥, 온갖 똑똑한 척은 다 해놓고 이제 와서 주술 의식이었다. 무안한 듯 왕자가 변명을 늘어놓았다.

"태양의 기운 아래에서만 가능한 의식이라."

나는 왕자도, 가람도 원망스러웠다. 이들 때문에 나와 세진의 목소리만 있던 세계가 오염되어버렸다. 왕자를 우리 집에서 내쫓고 싶은 마음 하나로 도움을 주고자 했을 뿐인데, 가람이 개입하면서 감당할 수 없는 큰 시련에 휘말려버렸다.

만약 가람이 원하는 대로 하나가 된 신체를 가지게 되면 나는 견딜 수 없을 것 같았다. 다른 건 어떻든 상관없었다. 가람이 프랑켄슈타인을 가지든, 피노키오를 가지든, 남자 성기를 30개 넘게 보유하게 되든 내 알 바 아니었다. 민우의 입술을 통해 흘러나오는 세진의 목소리가 가장 큰 문제였다.

세진의 목소리가 가람을 향해 사랑해, 라고 속삭인다. 세진의 목소리가 가람을 향해 너 때문에 미치겠다고 말하고, 울며불며 매달리고 집착한다. 그런 상상을 하자 마음이 힘들어졌다.

왕자가 가람에게 신체를 빼앗기지 않고 애시와 함께 무사히 지구를 탈출해도 곤란했다. 왕자는 세진의 목소리로 애시를 설득할 것이다. 사랑한다고. 고향별로 돌아가자고. 왕자는 또 세진의 목소리로 애시에게 울며불며 매달릴 것이다. 너 때문에 힘들다고, 미치겠다고.

나는 결심을 내렸다. 저 목소리가 가람의 것이 되게 놔둘 수 없었다. 왕자는 떠나려면 목소리만큼은 포기해야 할 것이다. 두고 보라지. 왕자의 성대를 도려내는 한이 있더라도 내가 그렇게 만들어 보일 것이다.

앞으로 해가 뜨려면 네 시간 정도 남아 있었다. 가람은 졸린지 눈을 비볐다. 하긴 낮부터 술을 그렇게 마셨으니 졸릴 법도 했다. 내가 말했다.

"눈 좀 붙여."

"성민이 깰까 봐 불안해서……."

"어차피 꽁꽁 묶어놨는데 뭐 어때."

가람은 불안한 모양인지 성민의 곁을 맴돌았다. 그러다 잠을 못 이기고 그 옆에 앉아 무거워진 눈꺼풀을 깜빡거렸다. 가람은 고개가 성민의 어깨 위로 떨어졌다가 다시 정신을 차리는가 하면, 성민의 허벅지 위로 몸을 포개다가 다시 정신을 차렸다. 그 모습을 보니 성민의 의식이 금방이라도 돌아올 것 같았는데, 그러면 내 계획에 차질이 생겼다. 나는 가람에게 노끈을 건네주며 말했다.

"이걸로 네 발목이랑 얘 발목을 같이 묶으면 갑자기 의식을 차려도 대응할 수 있지 않겠어?"

"천잰데?"

가람은 나의 제안대로 성민의 오른쪽 발목과 자신의 왼쪽 발목을 단단히 겹쳐 묶었다. 나는 하나뿐인 이불과 베개마저 가람에게 양보했다. 마음의 평화를 찾은 가람이 곧이어 코를 골기 시작했다. 시험 삼아 가람을 흔들어봤다. 꿈쩍도 하지 않았다.

나는 왕자의 입에 재갈을 물렸다. 혹시라도 왕자가 큰 소리를 내서 가람이 깨면 곤란했다. 그런 다음 움직임이 용이한 왕자의 손과 발, 팔과 다리부터 테이프로 꽁꽁 싸맸다. 왕자는 먹먹한 눈으로 내가 하는 짓을 지켜보았다. 컵 안에 들어 있던 그 눈을 꺼내서 쓰레기봉투 속에 집어 던졌다.

내가 간직한 어둠이 두꺼운 모포를 벗어 던지고 외부 세계에 전면으로 모습이 드러나고 말았다. 한 치의 빛도 통과시키지 않을 만큼 시커멓고 막막한 색채와 축축하고 끈적한 질감을 지닌 그 어둠이 말이다.

내 사랑을 위해서라면 남의 사랑 같은 건 안중에도 없구나. 자신의 밑바닥을 마주하는 것도 괴로운 일이었지만 마음을 다잡고 신체 일부들을 쓰레기봉투 속에 마저 집어넣었다.

화장실로 돌아와보니 가람은 세상모르고 자고 있었다. 성민의 미간이 일그러지고 있었다. 입에서 끙끙, 신음도 새어 나오는 것 같았다. 바로 지금이었다. 두 사람의 발목에 묶인 노끈을 조심스럽게 풀었다. 가람은 여전히 깨지 않았다.

나는 성민의 얼굴을 향해 분무기로 물을 분사했다. 성민이 신음하며 깨어났다. 눈을 뜬 성민이 소리를 내려는 듯, 입을 벌리길래 쉿, 하고 코에 검지를 갖다 댔다. 그러고는 옆에서 곤히 자고 있는 가람을 가리켰다. 성민은 눈치가 빨랐다. 나는 성민의 손과 발에 묶인 끈들을 해체했다. 너무 긴장한 나머지 이마와 콧잔등에 식은땀이 났지만 그 모든 과정을 조용히 처리했다.

성민에게 옷을 건네주었다. 성민은 옷을 받아 들더니 고맙습니다, 하고 입 밖으로 내뱉고 말았다. 놀란 성민이 제 입을 틀어막았지만 이미 늦었다. 가람이 발작적으로 눈을 떴다. 성민은 달아나려다가 그만 에어캡이 깔린 바닥 때문에 미끄러지고 말았다. 그 바람에 가람에게 발목을 잡혔다. 하지만 성민은 발길질 한 번으로 무리 없이 가람으로부터 벗어났다. 성민의 발길질 때문에 가람은 세면대에 머리를 찧었다.

가람은 머리를 부여잡고 나를 노려보았다. 어떻게 내게 이럴 수가 있어? 라고 말하려는 것처럼 보였지만, 이내 그런 말을 할 시간이 없다고 판단했는지 현관으로 달려가 신발을 신었다. 그러다가 문득 무언가 떠오른 모양이었다. 신발을 신은 채로 집 안을 성큼성큼 돌아다녔다. 가람은 왕자의 신체가 담겨 있는 쓰레기봉투를 식탁 아래에서 발견했다.

무게가 제법 나갈 텐데도 거뜬히 들고는 다시 집을 나서려고 했다. 나는 돌아선 가람의 등 뒤로 흉물스러운 것이 들어 있는 가방을 던지며 말했다.

"야, 이것도 다 가져가."

가람은 뒤를 돌아 가방을 주우며 나를 보았다. 또 나왔다. 저 표정. 어떻게 내게 이럴 수가 있어? 라고 말하는 듯한. 나는 오히려 선수를 쳤다. 가람에게 따졌다.

"그러는 너는 어떻게 나한테 이럴 수가 있어?"

*

그 뒤로 가람과 성민, 그리고 왕자는 어떻게 됐을까? 내게 무슨 일이 벌어졌던 걸까. 나는 모르겠다. 내가 겪었던 모든 일이 전생의 것처럼 느껴졌다. 한 가지 분명한 사실은, 나는 남자 때문에 얼마 없는 친구를 하나 잃었다는 것이다.

가람에게 연락하지 않았다. 가람도 내게 연락하지 않았다. 시간이 조금 흘러서 궁금함을 못 견딘 나는, 가람이 일하고 있는 주민센터 홈페이지에 들어가 업무 조직도를 살펴봤다. 그곳에 가람의 이름은 없었다. 인사이동? 아니면 왕자의 신체 합체를 성공시키고 결국 소유하게 된 것일까? 문득 성민이 무사한지 궁금했다. 내게는 성민과 통화한 기록이 남아 있었다. 통화 버튼을 눌렀지만 고객님의 사정으로 연결할 수 없다는 안내음만 들려왔다. 그렇다면 가람도? 나는 거의 반년 만에 가람에게 전화를 걸어보았다. 마찬가지로 착신이 불가하다는 안내음이 들렸다.

사건이 있던 날 가람은 우리 집에서 많은 것을 가져갔지만 그만큼 많은 것을 두고 갔다. 그 목록은 다음과 같다.

가람이 원래 들고 온 가방, 그 안에 들어 있던 틴케이스와 티켓북, 그리고 민우의 입술.

그러니까 세진의 목소리가 새어 나오던 왕자의 입술 말이다. 나는 차마 그것만은 쓰레기봉투에 집어넣지 못했다. 설령 가람이 그날 들고 간 신체들을 하나로 만드는 데 성공했다 하더라도 내가 쥐고 있는 이 입술만큼은, 그리고 내게 더없이 소중했던 세진의 목소리만큼은 가람의 연인들 몸에 이식되지 않았을 것이다.

잠을 자다가도 가람이 두고 간 물건들의 감당할 수 없는 무게에 짓눌리는 밤이 종종 있었다. 그때마다 나는 한밤중에 가방을 들고 집 근처의 공터로 향했다. 그것들을 모두 태워버리려고 몇 번이나 시도했지만. 가람의 과거를 송두리째 없애버리는 것 같아서 못내 괴로워졌다. 한참을 고민하다가 결국 태우지 못한 가방을 그대로 들고 집으로 돌아왔다. 하지만 그것들이 내 집에서 공간을 차지하고 있는 것 또한 영 찝찝했다.

나는 가람의 행방도 알아볼 겸 전 연인들의 흔적—찌꺼기를 가지고 가람의 집으로 향했다. 그 집에는 이미 가람이 아닌 다른 사람이 살고 있었다. 영문을 알 수 없었다.

허탈해진 나는 근처 공원을 정처 없이 배회했고, 걷다가 지쳐 의자에 잠시 앉았다. 그리고 하늘을 올려다보았다. 가람의 가방을 처음으로 열어보았다. 가방 안에는 틴케이스와 티켓북뿐만 아니라 가람의 소지품도 들어 있었다. 태블릿 PC와 지갑, 화장품 파우치 같은……. 내 주머니 안에서 재갈 물린 입을 몰래 꺼냈다. 비록 주변 사람들에게 걸리지 않으려고 손수건으로 기기괴괴한 입술을 꽁꽁 싸맸지만 나름대로 바깥 공기를 쐬게 해주었다. 그날 이후 처음으로 왕자의 입에 물린 재갈도 풀어주었다. 입술에게 물었다.

"다들 어떻게 된 거야?"

입술은 자유를 얻었음에도 방전된 기계처럼 조금도 움직이지 않았다. 굳게 닫힌 입술은 침묵뿐이었다. 여전히 내 집에는 남자 염색체를 가진 신체의 흔적—찌꺼기들이 고스란히 남아 있었으나 이전처럼 새로운 몸의 조각들이 창조되지는 않았다.

가람과 성민은 감쪽같이 사라졌다. 어째서 경찰은 내게 연락하지 않는 거지? 그들과 가장 마지막으로 통화한 사람은 다름 아닌 바로 나였다.

문득 그때 가람이 한 말이 생각났다.

나는 그 누구에게도 사랑받지 못하고, 관심받지 못하는 삶이 두렵고 무섭다는 걸 알아. 그것만큼은 정말 뼈저리게 알아.

입술은 남아 있지만 왕자의 목소리를 더는 들을 수 없다. 지금 내 곁에 가람은 없다. 나는 완벽히 혼자가 됐다.

*

나는 요즘도 직장 동료들과의 회식 중에 분위기를 싸하게 만드는 언행을 일삼는다. 특히 막내 남직원이 껴 있으면 말실수의 빈도가 더 잦아진다. 행동반경 10미터 안에서 낯선 남자가 어슬렁거리면 얼굴을 구긴다. 병원에 갔는데 남자 의사에게 걸려 진찰을 받으면 증상도 똑똑히 말하지 못하는 답답한 인간이 된다.

바깥에서 바보짓을 일삼아도, 집으로 돌아오는 길은 언제나 즐겁다. 집에 가면 나의 고막 남자친구가 기다리고 있으니까 말이다. 오늘 오후 근무 중에 세진의 콘텐츠가 업로드됐다는 알림이 떴다. 나는 똥 마려운 강아지처럼 안절부절못하기 시작했다. 화장실에 가서 몰래 후딱 들어버릴까, 그냥? 번민하다가 마음 편히 들으려고 퇴근하기까지 겨우 참았다.

나는 설렘을 안고 도어록 비밀번호를 눌렀다. 나의 보금자리가 막 펼쳐지려는 그때였다. 집 안에서 떠들썩하게 웅성거리던 소리가 갑자기 뚝 하고 멈췄다.

그 자리에 망부석처럼 멈춰 서서 골똘히 생각에 잠겼다. 선반 한편에 놓아둔 가람의 가방에 눈길을 잠깐 주다가, 조심스레 입을 뗐다.

"혹시 왕자야? 아직 못 돌아갔어?"

돌아오는 대답은 없었다. 더 큰 목소리로 말했다.

"일부러 대꾸 안 하는 거야?"

왕자는 대답이 없었다. 나는 혀를 한 번 차고 바닥에 스타킹과 외투를 벗어 던졌다. 그런 다음 숨 참고 500밀리리터 생수 한 병을 다 마셨다. 오줌을 눴다. 손을 씻었다. 소파로 다이빙했다. 왼쪽 다리는 소파 등받이 위에 올려놓고, 오른쪽 다리는 바닥을 향해 뻗었다. 내일은 반드시 저 흔적—찌꺼기 가방을 버려야겠다고 다짐했다.

이어폰을 귀에 꽂았다. 눈을 감고 귀를 열자 내 방 가득 세진의 고운 숨소리가 퍼진다. 세진이 덮고 있던 이불이 바스락거린다. 세진이 하품을 하며 말한다.

"자기야, 잘 잤어?"

이미상

잠보의 사랑

[사랑] 좋은 쪽이든 나쁜 쪽이든 안 해본 일을 시키는

자기 초과의 지렛대.

내가 생각하기에 잠은 병이자 재능이다. 잠을 소(小) 죽음이라고 한다면 남들은 하루에 기껏해야 여덟 시간을 죽지만, 우리 잠보들은 최소 반나절은 죽고 그것이 정말로 죽어버리는 일을 막아준다.

그리하여 과수면의 은총을 받은 잠보들, 부모와 자매와 형제로부터 잠을 현실 도피의 수단으로 삼지 말라는 지청구를 듣는 우리는 언제나 잠에서 깨고 싶으면서도 잠이 깰까 겁나 숨도 제대로 못 쉰다. 자칫 복식호흡이라도 했다가 두개골 안으로 신선한 공기가 밀려들어 와 정신이 차려질까 두렵기 때문이다.

애석하게도 내가 언제나 잠보인 것은 아니다. 아버지를 닮아서 예민한 나는 오히려 늘 신경이 곤두서 있기에 불면증에 시달리다가 어느 순간 다리가 꺾이듯 깊은 잠에 빠져든다. 잠이 오는 것은 괴로움이 더는 견딜 수 없을 지경에 이르렀을 때이므로 나는 애매한 불행이라면 질색이다.

고통이 끝까지 가지 못하고 적당히 구는 바람에 정신의 끈이 끊어질 듯 끊어지지 않고 수면을 방해하면, 제발 스트레스가 고점을 찍어 정신을 속 시원히 박살내주기를 바라게 된다. 마침내 정신이 부서져 쪼개진 두개골 사이로 잠이 걷잡을 수 없이 밀려들어 올 때에야 죽다 살았다고 느낀다—비록 지나친 수면 생활로 일상생활이 완전히 무너질지라도. 누구라도 그렇지 않을까? 우리에게 단 두 개의 선택지—사흘 동안 두 시간 잠자기 VS 하루에 열일곱 시간 잠자기—만이 주어진다면 누구라도 몽롱하게 사는 쪽을 택하지 않을까?

아버지가 죽었을 때에는 수마(睡魔), 그러니까 잠의 마귀가 와주지 않았다. 그것은 내게 아버지의 죽음이 수마가 수면 가루를 뿌릴 정도로 괴로운 일은 아니었다는 뜻이다. 게다가 어찌 된 일인지 아버지가 죽자 그의 예민 병을 물려받은 듯 나는 더욱 신경이 빳빳이 곤두서서 불면증에 시달렸다. 어머니가 돌아가셨다면 잠이 쏟아져내려 괴로운 현실로부터 신속하고 효과적으로 도망칠 수 있었을 텐데 불경하게 아쉬워하며 뜬눈으로 밤을 지새우며 지냈다.

과거를 돌아보면 괴로운 일들이 수면의 능선을 타고 과수면의 봉우리와 불면의 안부를 오르내리며 흘러가는 것 같다. 내 나이 스물다섯. 회상에 걸맞은 나이가 아니라고 생각한다면 그것은 편견이다.

*

아버지는 폭력적인 사람은 아니었지만 극도로 예민해서 자신과 가족을 괴롭혔다. 사립 고등학교 유휴 공간에 만든 민영 주차장 관리인이었던 그는 타고나길 감각적으로 민감한 데다가 갈수록 예민함을 느끼는 범위가 넓어졌다. 그에게는 모든 소리가 참을 수 없이 시끄럽고 빛은 따가웠다. 세상은 특별한 기술로 그를 괴롭힐 필요가 없었다. 세상이 발하는 모든 소리, 빛, 냄새, 에너지가 그를 공격했다.

언젠가 나는 아버지가 주전부리로 모나카를 먹다가 우는 모습을 본 적이 있었다. 갑자기 울기에 이유를 물어보니 얇은 껍질이 입천장에 달라붙었다는 것이다. 텁텁한 느낌을 넘어서 그에게는 그 얇은 쌀 과자가 질식에 가까운 공포를 불러일으켰다. 그는 자신에게 왜 이런 일이 일어나는지 이해하지 못하겠다는 듯 고개를 숙인 채 목 놓아 울었다.

내가 이 일화를 일러바쳐도 누나들은 시큰둥했다. 오로지 나만이 어떻게 그렇게 작은 일에 어른이 울 수 있느냐고 광분했는데, 누나들과 달리 아버지가 느끼는 감각이 무언지 알고 있기에 미래의 나도 그렇게 될까 봐 걱정됐기 때문이었다. 나도 아버지처럼 입안 점막의 감각에 민감했다. 어린 시절에 아이라면 누구나 좋아하는 아이스크림을 격렬히 거부했던 것도 점막에 닿는 냉한 감촉이 아파서였다. 나는 아버지가 왜 그러는지 알았기에 아버지에게 무심해질 수 없었다.

종일 세상에 두들겨 맞고 돌아온 아버지는 집에서만큼은

쉬고 싶어 했다. 언젠가 아버지가 놓고 간 야식 도시락을 가져다주러 주차장에 간 적이 있었다. 작은 유리창이 달린 관리실에서 아버지는 창문에 얼굴을 붙이고 눈을 크게 뜬 채 바깥을 바라보고 있었다. 의심 많은 경계하는 눈. 내가 창틀 아래 숨었다가 갑자기 나타나자 아버지는 순간 멍한 표정을 짓더니 성난 개처럼 창문을 세게 두드렸다. 나는 도시락을 두고 도망쳤다.

아버지에게는 집만이 유일한 안식처였다. 아버지가 바라는 완벽한 저(底)자극 상태의 집을 만들기 위해서 어머니와 세 누나와 나는 긴장하며 살았다. 아버지의 가느다란 신경선이 겹겹이 둘러쳐진 집에서 우리는 극도로 살살 살았고 행위 하나하나를 의식했으며 숟가락조차 편하게 내려놓지 못했다. 아버지에게 집이 살 만해질수록 우리에게는 집이 지옥이 되었다.

가장 기억나는 것은 꼬마 소등 감시원 활동이다. 작은 빛에도 잠을 이루지 못하는 아버지는, 그래서 모든 전자기기에서 빛이 새어 나오지 않도록 두꺼운 종이를 붙였다. 냉장고 전자 패널의 온도 표시, 전자레인지의 디지털시계, 공기청정기의 표시등, 빌어먹을 인터넷 공유기의 점멸하는 온갖 불빛을 가리기 위해 애썼다.

가끔 종이가 떨어져 빛이 새어 나오면 아버지는 자리에서 일어나 앉아 자신이 지극히 사소한 일에 정신이 찢어져버린다는 사실에 질려 소리 내어 울었다. 그 모습이 너무 무서워 우리 남매는 소등 감시 활동을 게을리 하지 않았다. 아버지가 귀가하기 전에 집의 모든 불을 끄고 어둠이 완벽한지 점검했던 것이다.

아버지가 죽고 우리는 아버지를 위해 했던 일이라면 그게 뭐든 하지 말기로 약속했다. 숟가락을 팍 내려놨고, 발꿈치를 이용해 콱콱 걸었다—과거에 우리는 까치발로만 다녔다. 아래층에서 층간 소음을 항의하러 올라왔을 때, 우리는 사죄하면서도 웃지 않으려고 콧구멍을 벌름거렸다. 요컨대 우리는 인간 스위치로서 볼륨과 조도와 움직임을 최소한으로 낮춰 살다가 아버지가 죽자 반동하듯 튀어 올라 스위치를 강(强)으로 끝까지 돌려버렸다. 세상이 우리의 어깨를 붙잡고 늑골이 부러지도록 뒤로 쫙 펴주는 기분이었다.

그렇게 사는 게 더없이 자유롭고 신나지려는데 어이없게도 아버지가 앓던 예민함이 나에게 물려 내려졌다. 아예 내 안에 없던 것이 생겼다기보다는, 아버지의 기세에 눌려 잠자고 있던 것이 아버지라는 마개가 뽑히면서 창궐했다고 봐야 할 것이다. 아버지가 요구했던 저자극 상태가 나에게는 속박이 아니라 생존 조건이었음을 깨달았다. 누나들이 숟가락을 소리 나게 내려놓고 가전제품의 종이를 떼어버리자 나는 살 수가 없었다. 다시 아버지의 시대로 돌아가자고 몇 번이고 말하고 싶었지만 도저히 그럴 수 없었다. 겨우 살 만해진 가족들을 다시 과거에 처넣을 수는 없었다. 그나마 다행인 것은 본래도 태양인의 기질을 타고난 어머니와 세 누나가 아버지라는 마개가 뽑혀나가자 걸신들린 듯 밖으로 나돈다는 것이었다.

네 여자는 직장 업무와 대학 수업이 끝나도 바로 귀가하지 않고 밤늦게까지 친구와 놀거나 실내 암벽 등반 같은 취미 활동을 즐겼다. 다른 가족들이 집에 붙어 있질 않았으므로 나는 집에 머물 수 있었다. 나도 아버지처럼 세상에서 내가 통제할 수 있는 집만이 안전하다고 느꼈고 고등학교를 졸업하고 집에 틀어박혔다. 가족들이 외출하면 거실로 나오고 귀가하면 방으로 들어갔다. 우리는 마주치지 않았다. 나는 혼자 사는 것과 다름없었다.

가족들이 밤에 들어와 집이 소란해지면 집을 빠져나왔다. 티셔츠의 후드를 뒤집어쓰고 마스크를 쓴 채 사람 있는 곳을 피해 밤거리를 돌아다녔다. 사람이 무서워진 지 오래였다. 사람이 무섭다고 말하지만 정확히는 사람들이 나를 보는 것이 두려웠다. 스치기만 해도 사람들이 나의 전모를 파악할 것 같았다. 내가 내는 소리를 듣고 냄새를 맡으리라 여겼다. 나조차 납득하기 어려운 이유로 대학 진학을 포기하고 집에 틀어박혀 몸무게가 급격히 불어난 나의 살이 터지는 소리를 듣고, 퀴퀴한 방 안 공기가 밴 내 몸 냄새를 귀신같이 맡을 것이었다.

매일 밤 인기 없는 편의점에서 탄산수를 사 먹으며 칩거 생활을 이어나갔다. 집에 오래 있으면 가슴이 답답해 탄산수를 주기적으로 복용해야 했는데, 가슴에 산탄 폭탄 같은 기포가 터지며 연쇄 폭발을 일으키면 아버지가 떠올라 눈물이 났다. 아버지는 탄산수도 못 마셨을 것이다. 얇은 쌀 과자가 입천장에 붙은 것처럼 무너졌을 것이다.

내가 이렇게 수많은 예시를 들어도 둔감한 사람들은 물을 것이다. 도대체 예민하다는 것이 무엇이냐고. 구체적으로 어떤 느낌인 것이냐고. 피부를 얇게 포 뜬 후의 감각이 아닐까.

방어막이 사라지고 세상을 생살로 받는 느낌.

아버지의 유언은 수의를 실크 소재로 해달라는 것이었다. 그러겠다고 하고서 우리는 아버지를 삼베로 감쌌다. 아버지와 같은 몸이 된 나는 그때 우리가 행한 작은 복수를 후회한다. 아버지는 살에 닿을 까슬까슬한 삼베의 감촉을 염려했다. 그때는 이미 오감이 다 죽은 시체가 되었을 텐데도.

*

네 여자와의 동거 생활은 코로나와 함께 끝났다. 코로나가 가족들을 집으로 불러들였다. 맨 먼저 직장에 다니는 두 누나가 재택근무를 시작했고 뒤이어 대학에 다니는 막내 누나가 부엌에서 노트북으로 화상 수업을 듣기 시작했다.

집을 벗어나야겠다고 생각하게 된 결정적인 계기는 막내 누나가 이어폰을 꽂지 않고 강의를 듣기 시작하면서부터였다. 심지어 누나는 볼륨을 최대한으로 틀어 온 집안에 생물학 개론과 마르크스주의 경제학이 울려 퍼지게 만들었다. 나는 방으로 피신했지만 방에 있어도 백여 명이 들어찬 대형 강의실 교탁에 올라 따가운 시선을 받는 기분이었다. 무심코 고개를 들었다가 깜짝 놀라 얼른 눈을 내리깔게 되는 경악과 경멸의 시선이 집 어디서든 느껴졌다.

"이어폰 껴."

"너 그러다 줌 화면에 잡힌다."

나는 노트북 카메라 각도를 피했다.

"복수해야 해."

누나가 화면을 의식하며 손으로 입을 가리고 말했다.

"대학 새끼들이 등록금을 안 깎아준대. 캠퍼스를 쓰지도 않는데 공간 사용값을 안 빼준대. 비대면 강의만 듣는데 돈을 안 깎아주니 나도 복수할 수밖에. 너는 어차피 할 일도 없는데 누나 복수나 도와라. 별로 할 것도 없어. 한 사람 돈만 내고 두 사람이 수업을 듣는 거지. 마음 같아서는 식탁 아래 사람들을 숨겨놓고 몰래 강의를 듣게 해서 값비싼 사립 대학의 강의를 무료 시민 강좌로 바꿔버리고 싶지만 이걸 누가 듣고 싶어 하겠냐. 어쨌든 돈 욕심 사나운 대학에 복수할 길은 저작권 침해밖에 없어."

막내 누나는 다른 누나들과도 돌아가며 싸웠다. 도둑 수강하라며 일하는 누나들의 방문을 함부로 열었다.

마지막으로 돌아온 사람은 어머니였다. 수영장과 성당이 폐쇄되어 갈 곳을 잃은 어머니가 답답해 미친다며 남산을 맨발로 오르다가 발목이 나가 할 수 없이 집에 틀어박혔다. 어머니도 이갈이 하는 아기처럼 누나들과 싸워댔다. 그러나 그들의 얼굴에서 나는 기쁨만을 발견할 뿐이었다. 아버지가 살아 있었다면 꿈도 꾸지 못할 활기였다.

내가 독립시켜줄 것을 강력하게 주장하자 직장에 다니는 두 누나가 반대했다. 수능도 안 봤으면서, 지방 대학에 붙은 것도 아니면서, 통학하기 위해 자취해야 하는 것도 아니면서 집에서 월세까지 대주며 독립시키는 것은 안 된다고 했다.

"그냥 보내줘요. 재 우리랑 못 살아. 누구와도 못 살아. 재는 아빠를 닮았잖아요."

막내 누나가 내 편을 들었는데 진정으로 나를 위해서라기보다는 다수 의견에 무조건 반대하고 보는 습성 때문인 듯했다.

어머니의 판결은 합리적이고도 음흉했다. 첫째와 둘째 누나의 뜻에 따라 대학 입학을 조건으로 걸었고, 막내 누나의 뜻에 따라 독립시키기로 한 것이었다. 음흉한 부분은 내가 어느 대학에 들어갈지도 정해주었다는 것이다.

어머니에게는 오래전 먼 친척에게 반쯤 속아 산 2층짜리 구옥이 있었다. 구옥이 있는 구역이 재개발 될 것이라고 들었으나 아파트 단지가 들어선 곳은 건너편이었다. 〈오즈의 마법사〉에 나오는 에메랄드 성처럼 보이는 하천 너머의 아파트 단지는—비록 미분양 사태가 났지만—그래도 어머니 집 동네에만큼은 위력을 발휘해 구옥들을 더 낡고 주저앉아 보이게 했다. 도시가스가 들어오지 않는 동네다. 1층에 살던 세입자가 더 이상 비싼 기름보일러 때문에 마음 졸이며 샤워하고 싶지 않다고 나간 후로 집은 1년째 비어 있었다.

"그 집에서 다닐 수 있는 대학에 가. 그러면 최소한 집값은 안 들지. 2층에 여자가 혼자 살아. 쉰은 되어 보이지만 이제 막 마흔 줄이더라."

어머니가 말했다.

그러니 결국 나를 대학에 보낸 것은 코로나였다. 수험생의 마스크 착용이 필수가 되면서 나는 그나마 시험장에 앉아 있을 수 있었다. 얼굴이 흰 공백에 뜯어 먹혀 반쯤 사라지고 나서야 대학에 들어가고 자취를 하고 사랑을 할 수 있었던 것이다.

*

칠이 벗겨진 철문을 열자 시멘트가 발린 마당이 보였다. 마당 화단에는 키 작은 나무가 밀쳐진 듯 끝에 붙어 자랐고 짙은 보라색 열매가 달린 덩굴이 나무를 휘감았다. 가운데는 아무 식물도 심기지 않고 건조한 흙만 가득했다. 화단 앞에는 흙을 관상하듯 의자가 놓여 있었다. 마당을 둘러보고 집 앞 돌계단을 올랐다. 계단 양 꼭대기에 놓인 화분에 더럽고 지저분한 솜 인형이 꽂혀 있었다.

'이마 위로.'

나는 흙에 파묻힌 햄스터와 시베리안허스키 인형의 머리를 보며 합장했다.

'수마가 수면 가루를 뿌려주시기를.'

이 집에서 통학 가능한 대학에 붙었지만 다니지 않을 생각이었다. 아버지가 돌아가시고부터 시작된 불면증이 갈수록 심해지고 있었다. 장례식이 끝난 날 밤, 나는 아버지의 예민한 혼이 내 안에 들어온 것을 알았다. 초소형 인간이 된 아버지가 몸속을 이리저리 돌아다니며 작고 뾰족한 이빨로 신경을 긁어댔다. 어제까지 둔감하게 넘어갔던 것들이 거슬렸고 급기야 잠을 전혀 잘 수 없게 되었다. 3일에 한두 시간 잘까 말까 했다. 사람이 이렇게까지 못 자도 안 죽는구나 신기했고 한편으로는 사람을 이렇게까지 괴롭히면서 끝내 죽이지는 않는 불면증의 잔인한 나약함이 원망스러웠다. 불면증은 제 손에 피를 묻히기 싫어서 고통에 지친 인간이 스스로 최종적인 결정을 내리기를 기다리는 듯했다.

그래도 집에 거의 혼자 있을 무렵에는 가만히 누워 있을 수 있었다. 그런데 코로나로 가족들이 집으로 기어들어 와 나에게 일어나 산책을 하라는 둥 햇볕을 쬐라는 둥 그래야 밤에 잠이 온다는 둥 잔소리를 해댔다. 그러기에는 내 수면과 각성 시스템이 너무 무너졌어, 나는 속편한 소리를 하는 어머니와 누이들을 보며 생각했다. 어지럽고 토할 것 같아 눕고 싶은데 계속 일으키는 가족들을 죽일까 아니면 내가 베란다에서 뛰어내릴까 고민하는 가운데 등장한 어머니의 구옥은 나뿐 아니라 우리 가족 모두를 살릴 유일한 피난처였다.

처음 집에 들어와 바닥에 눕자 눈물이 흘렀다. 잘 수 있을 것 같았다. 수면 곡선이 바닥을 치고 상승하려는 기운이 느껴졌다. 과수면의 시기가 오고 있었다. 그렇게 잠의 범람을 맞아 편안히 추락하려는데 위층에서 개가 짖기 시작했다.

*

"좆같은 게 뭐냐면, 좆같은 게 뭐냐면……."

나는 위층 사람에게 건넬 인사말을 연습하며 집을 나섰다. 한 달째 개 소음에 시달리다가 도저히 견디지 못하고 항의하러 가는 길이었다. 개는 집에 사람이 없을 때만 짖었으므로 조용한 것을 보니 사람이 있는 것 같았다.

윗집에 사람이 없는 날은 고정적으로 토요일 말고는 대중이 없어서 어느 주는 월요일과 수요일, 어느 주는 목요일과 금요일에 개의 광폭한 울부짖음이 터졌다.

하루 종일 소음에 시달려도 다음 날이 조용하면 그나마 버틸 수 있었다. 개의 비통한 울음소리에 종일 심장이 미친 듯이 뛴 날에는—돌이켜보니 공황 발작이었던 것 같다—윗집 사람이 집에 돌아오면 당장 뛰어 올라가 끝장을 보리라고 다짐했지만, 막상 사람이 돌아와 개가 조용해지면 항의를 미뤘다. 화를 더 쌓자고, 어중간 찔끔 싸지 말고 화를 완전히 폭발시켜야 문제가 해결된다고, 2보 전진을 위한 1보 후퇴일 뿐이라고 핑계를 대며 미적댔다. 개가 한창 짖을 때는 나도 제정신이 아니라서 화가 두려움을 능가했지만, 사위가 조용해지면 낯선 사람을 만날 생각에 속이 울렁거렸다.

윗집 사람, 그러니까 선숙이 누나의 행동 패턴은 극단적이라 종일 집 밖에 나가 있거나 집에 틀어박히곤 했다. 누나가 집에 있는 날, 나는 마루에 누워 누나가 내는 소리에 귀를 기울였다. 발소리를 따라 동선을 상상하고 파이프 관을 흘러내리는 물소리를 들으면 설거지를 하는가 보다고 생각했다. 변기 물 내리는 소리와 샤워 소리를 들으면 괜히 죄를 짓는 기분이었다. 그때는 누나를 직접 만나기 전이었으므로 어떤 부적절한 호기심이 있었다기보다는 나의 예민함이 온통 거기에 자동적으로 꽂혔다고 봐야 옳을 것이다. 청각을 통한 일종의 스토킹은 나의 의지와 상관없는 병증이었다.

이사하고 한 달이 되던 주에 누나가 나흘 연속으로 집을 비워서 정신이 완전히 피폐해졌다. 개는 누나가 나가는 소리가 들리고 나면 못 믿겠다는 듯 '컹' 짖고는 일고여덟 시간을 내리 울부짖었다. 분리 불안을 앓는 개의 아랫집에 살며 깨달은 사실은, 누군가를 간절히 부르는 소리란 종에 구분 없이 대개 비슷하다는 것이었다. 개는 종간의 차이를 넘어서 뻐꾸기 성대모사를 하기로 마음먹은 양 컹 다음에는 뻐꾹거렸고—그것은 약간 딸꾹질 소리 같기도 했다—그러다 갑자기 무언가를 깨달은 듯 비통하게 찢어지는 울음소리를 쉬지 않고 내질렀다.

목이 쉬도록 지르는 그 공황 상태의 울부짖음은 자동차가 급제동하거나 손톱으로 칠판을 긁을 때 나는 소름 끼치는 소리와 같은 계열이었다. 그것은 인간을 애타게 부르는 소리라기보다는 모든 것을 잃었다는 날카롭고 애통한 인식에서 나오는 소리였다. 개는 자신이 완전히 버려졌다고 믿는 듯했다. 그렇지 않고서는 그런 소리를 낼 수 없었다. 인간은 돌아오지 않고 영원히 홀로 암흑에 갇힐 것이다. 개의 감정이 지독히 서렸기에 개의 울부짖음은 달팽이관을 너덜거리게 만드는 단순한 소음이 아니라, 사람의 신경을 머리끝까지 곤두세우면서도 원초적인 감정을 건드리는 정신을 향한 끔찍한 구타처럼 느껴졌다. 그런 일을 쉼 없이 당하다 보니 어느새 나는 누나의 집으로 올라가고 있었다.

인형 박힌 화분이 놓인 돌계단을 내려와, 집의 왼쪽 끝에 붙은 계단을 오르면 선숙이 누나가 사는 2층이 나왔고, 거기서 한 층 더 올라가면 옥상이었다. 나는 옥상을 찍고 다시 내려와 누나의 집 문을 두드렸다. 왠지 그래야 할 것 같았다.

문이 열리자 펫 도어 너머로 개를 안은 여자가 보였다. 작은 체구, 짧은 머리, 칙칙한 피부. 그나마 봐줄 것은 안광이었다. 흔히 총기 있는 눈이라고 부르는 그런 빛을 발하는 아몬드 모양의 눈. 오십대로 보이지만 사십대라고 어머니는 말했지만 내 입장에서는 그게 그거였다.

"제일 좆같은 게 뭐냐면,"

나는 준비한 인사말과 함께 핸드폰에 저장된 녹음 파일을 틀었다. 개의 울부짖는 소리가 흘러나왔다. 눈이 뿌연 개가 제 목소리에 답하듯 똑같이 울어 보였다. 심장이 다시 요동치기 시작했다.

"당신은 당신 개 소리를 들을 일이 없다는 거야. 개를 컨트롤 못 하는 건 당신인데 왜 나만 고통을 당해야 해? 당신 개, 당신만 나가면 계속 짖어. 얘 때문에 나는 잠도 못 자. 하루 종일 미칠 것 같아. 나도 나에게 방법이 없다는 것을 알아. 개 소음은 층간 소음에 속하지 않아서 법적으로 할 수 있는 것이 없지. 그래서, 할 수 있는 게 없으니까, 다들 끝까지 가게 되는 거겠지. 나도 그렇게 될 것 같고."

끝이 무엇을 의미하는지 모호하게 남겨둔 채로 나는 말을 멈췄다. 감정을 쏟아내자 긴장이 풀렸다. 계속 화를 내야 해, 그래야 버틸 수 있어, 나는 숨을 빠르게 쉬었다. 가구가 거의 없는 집이었다. 개가 낑낑대자 누나가 개를 놓아주었다. 개는 거실을 가로질러 벽으로 가서 다리를 들고 오줌을 흩뿌리듯 쌌다. 누나가 물티슈를 뽑아 사방에 튄 오줌을 닦고 돌아오며 말했다.

"분리 불안이 아니에요."

"동물 학대야. 당신은 개 키울 자격 없어."

"일을 해야 해서 집을 비울 수밖에 없어요."

토요일 말고는 나가는 날이 중구난방이었기에 거짓말을 한다고 생각했지만, 이따금 밤에 탄산수를 사러 나갔다가 집 앞 공터에 승합차가 정차해 퇴근하는 사람들을 내려주었던 장면이 떠올랐다.

나중에 연인이 되고 알게 된 사실은 누나가 비정기적으로 일한다는 것이었다. 아웃소싱업체를 통해서 일용직 일거리를 구해 하루치 일당으로 생활을 이어나갔다. 수당이 붙는 주말과 야간 근무를 선호했는데 카운터 직원이 단체 예약 손님을 이중으로 받아 설거지 일손이 달리게 되었다거나, 수출 물량이 급증한 공장에 추가 인력으로 동원되어 빨라진 컨베이어 속도에 맞추어 화장품 용기를 조립하는 것 같은 고된 일이었다. 그래도 개를 되도록 연달아 혼자 두지 않고자 매일 출근하는 일은 피했다. 사정을 몰랐던 나는 나 혼자만 괴로움을 당한다고 생각했다. 개와 나만 고통을 받는다고.

"성함이?"

누나가 물었다.

"이름을 안 대도 경찰은 와."

내가 말했다.

"그게 아니라 그쪽 이름을 불러야 하니까."

나는 이름을 말해주지 않았다.

"개 키워본 적 없죠?"

결국 그 말이 도래했다.

갈비뼈 아래, 간 쪽에 묵직한 분노가 든든하게 자리 잡는 것을 느꼈다. 앞으로 나올 말은 능히 예상하고도 남았다. 지구는 인간만 사는 곳이 아니다, 동물이 인간에게 적응하듯 인간도 동물에게 적응해야 한다, 개는 짖는 동물이다, 못 짖게 하는 것은 인간 중심 사고방식이다, 개를 피해 당신이 외출해도 되는 거 아니냐, 발상을 전환해봐라, 커피값은 내가 대겠다, 성대 수술은 말도 꺼내지 마라…… 이런 말들로 내 속을 더욱 뒤집어놓을 생각을 하자 신이 났다. 파국의 명분이 주어지는 것 같았다.

내면을 가로지르는 어떤 결핍과 결함을 느꼈지만 무시했다. 모든 분노가 그러하듯 개를 향한 분노에도 개와 무관한 내 문제가 섞여 있었지만 내 앞에 있는 이 작은 여자가 계속 짜증나게 굴면 내 몫을 깡그리 무시하고 죽 내달리리라. 나는 내가 왜 2층 계단을 오르는 데 한 달이나 걸렸는지 알고 있었다.

개가 종일 짖는다고 항의하면 상대는 나에게 물을 것이다. 왜 하루 종일 집에 있느냐고, 대체 뭘 하는 인간이기에 그 소리를 다 듣고 사느냐고, 갈 데 없고 할 일 없는 똥 같은 인간. 나는 내가 집에 처박혀 개의 울부짖음을 그토록 빠짐없이 듣는 것이 부끄러웠다.

'그러니 절대 사과하지 마.'

나는 누나의 발을 보며 생각했다. 슬리퍼를 신지 않고 밟고 서 있어서 완전히 드러난 맨발이 불경하고 그래서인지 매력적으로 느껴졌다.

'뻔뻔하게 버텨. 죄송하다며 약소하지만 드시라고 부엌에서

레드망고 같은 거 꺼내 오지 말고 끝까지 가.'

나는 내가 개가 정말 그만 짖기를 원하는지 확신할 수 없었다. 이대로 개의 소리에 잠을 못 자고 신경이 곤두서다가 정신이 터져서 나도 모르게 참극을 벌여도 나쁘지 않을 것이었다. 그러면 나의 사사로운 과오는 묻힐 것이다. 대학에 붙어 등록금을 축내면서도 막 시작된 대면 수업을 들으러 학교에 가지 않고 심지어 집에서 비대면 수업을 듣기 위해 노트북을 여는 행위조차 하지 않는, 나조차 이해 못 할 나의 행동을 모른 척할 수 있을 것이다.

"개 키워본 적 없죠?"

누나가 다시 묻고는 이어 말했다.

"사실 그건 그다지 중요하지 않아요. 자격이 충분한 사람만 동물과 같이 살 수 있는 건 아니니까. 개가 마킹을 못 고쳐요. 아직도 집 아무 데서나 오줌을 갈겨요. 그래서 계속 파양을 당했던 것 같아요. 마지막으로 이 개를 데리고 있던 사람들은 개를 집에 버리고 이사를 갔대요. 빈집에서 상자를 뜯어 먹으며 일주일을 버텼고 이웃들이 신고해서 보호소에 보내졌어요. 제가 보호 공고 마지막 날에 집에 데려왔고요. 안 데려오면 죽이니까. 그러니까 얘가 겪는 건 분리가 아니라 유기 불안이에요. 내가 없어서가 아니라 아무도 없어서 우는 건데 빈집에 버려져 아사 직전까지 갔을 때의 기억 때문이겠죠. 개를 놔두고 일하러 가는 것이 떳떳하지 않지만 방법이 없어요. 집에 돌아오면 개는 목이 다 쉬어 있고 피를 토하기도 해요. 그쪽이 사는 게 사는 게 아닐 것이라는 것도 아는데 그래도 생활비는 벌어야 하고 개를 다른 집에 보내고 싶어도 마킹과 유기 불안 때문에 다시 파양될 테고 그렇게 다시 보호소에 들어가고 운이 좋다면 어느 집에 입양될 테지만 나에게는 그것이 버려지기 위해 구해지는 일처럼 느껴져요. 이런 일이 반복되다가 죽겠죠. 그러니까 우리의 합리적인 해결책의 끝은 결국 개의 죽음이에요."

"뭔 소리야. 그런 거 있잖아. 개 심리 상담?"

"동물 행동 전문가에게 데려가기에는 내가 가난해서요. 그것이 개에게 미안하지는 않고요. 모든 개와 인간이 치유될 수 있는 건 아니죠. 안 된 채로도 살아야 하고요. 그런데 이제 고민 끝, 행복 시작이네요?"

뒤이은 누나의 제안을 듣고 머리가 하얘졌다.

누나는 나에게 자기가 없는 동안 개를 돌보라고 했다. 사람을 가리지 않는 개다, 누구든 같이 있어주기만 하면 조용하다, 그것 외에 당신과 개가 살 방법이 있는가?

"나더러 개 오줌을 닦으라고?"

"댁에 보낼 때는 매너벨트 채우죠."

누나가 허공에 떠도는 희미한 지린내를 휘감듯 손가락을 돌리며 말했다.

"이건 내 원칙이고요."

매너벨트는 개 전용 기저귀를 의미하는 듯했다.

"나를 뭘 믿고? 내가 해코지하면 어떡하려고?"

"할 수 없죠. 인간이든 개든 방법이 없을 때는 위험을 감수해야죠."

개에게 기저귀를 채우기 싫어 오줌을 방치하는 헤픈 관용과, 죽이지 않으려고 최선을 다하지만 죽게 된다면 죽을 수밖에 없는 것 아니냐는 듯 마지막에 통제를 확 놓아버리는 과격한 과단이, 한 사람 안에 모두 있었다.

개가 나에게 다가와 몸을 비볐다. 내가 자기의 두 번째 반려 인간이 될 것임을 눈치채서인지 아니면 흥분의 냄새를 맡아서인지 교미 동작을 흉내 냈다. 그날 모처럼 나 자신이 싫지 않았는데 내가 한 인간의 겉모습만이 아니라 내면의 복잡성에 끌릴 수 있다는 것이 큰 재능처럼 느껴졌다. 다시 보니 누나는 삼십대처럼 보였다.

*

나는 매너벨트를 갈아주는 법과 육포를 짧게 잘라 간식으로 주는 법을 배웠다. 누나는 출근길에 개를 우리 집에 데려왔다.

"최저는커녕 임금은 아예 못 줘."

어느덧 내게 말을 놓은 누나가 동물 돌봄 아르바이트 구인 공고를 보여주며 말했다. 시급과 업무 내용을 꼼꼼하게 확인하게 하고는 본래 내가 받아야 할 돈을 알게 했다.

"그러니까 아무것도 안 해도 돼. 나는 너한테 이만한 돈 못 주니까."

이따금 누나는 내 집 청소를 해주었다. 노동 교환이라고 말했지만 개가 바닥에 떨어진 것을 주워 먹을까 봐 걱정되어 그러는 것이었다.

나는 개와 놀아주지 않고 다만 옆에 존재했다. 내가 잠들면 개는 알아서 놀다가 이따금 깜짝 놀라 내 방으로 왔다. 사람이 있는지 확인하려는 듯했다. 나는 나를 보러 오는 개를 보기 위하여 깨어 있기 시작했다. 기저귀를 차고 약간 다리를 절면서 완전히 오지는 않고 조금 떨어져 고개를 갸웃하며 내가 있는지 보러 오는 개. 나는 개에게 확인받기 위하여 살아 있는 것 같았다. 그것은 손으로 가슴을 천천히 두드리는 느낌을 닮았다. 검지가 쇄골뼈에 걸리는 순간, 내가 연기처럼 무형이 아니라 손이 닿으면 멈추는 묵직한 몸이라는 것을 깨닫는 것처럼 나는 개 덕분에 일주일에 두어 번 기체에서 고체로 변하는 것 같았다.

셋이서 산책하는 날이 늘었고 선숙이 누나와 나는 자연스레 연인이 되었다. 그러나 모든 자연발생적인 연인에게도 부자연스러운 계기가 있는 법이니, 관계가 연인으로 변했던 순간을 떠올려보자면, 우리가 개를 안심시키기 위해 친한 척하면서 진지하게 가까워지던 시기의 어느 날이 생각난다. 개를 완전히 맡기기 전에 나에게 적응시키려고, 누나는 일하지 않는 날에 개를 데리고 내 집으로 와 함께 시간을 보냈다. 개에게 내가 견주인 누나에게 위험한 존재가 아니라는 것을 인식시켜야 했다.

"진짜로 편해져야 해. 가짜는 소용없어."

내가 억지로 웃을 때마다 누나가 따라 웃으며 말했다.

우리는 같이 밥을 먹고 과일을 먹고 맥주를 마시고 텔레비전을 시청하고 시원한 마루에 나란히 누워 이런저런 이야기를 나누었다. 자주 배정되어 일하러 가는 식당에서 누나가 오는 날만 기다렸다가 새 김치를 담가 주인이 얄밉게 느껴진다는 이야기 같은 것들. 내가 집에서 막내 누나에 의하여 강제로 마르크스주의 경제학을 들었다고 하자 누나는 재밌었겠다며 자신도 강의를 들어보고 싶다고 말했다. 식탁 아래 숨어 삶과 이론을 연결 지으며 골똘해지는 누나를 상상하자 흥분되었다. 인간적 미덕이 성적 흥분으로 전환될 때마다 내가 어른처럼 느껴졌다.

어느 날은 내가 온수가 나오지 않아서 며칠째 샤워를 못 했다고 하자 창고로 가서 기름통의 연료 눈금 게이지를 보는 법과 주유 차를 부르는 법을 알려주었다. 우리는 나중에 기름값을 핑계 삼아 가족끼리 차례로 목욕하는 일본 사람들처럼 내 집 욕조에 번갈아 들어가다가 연인이 되고부터는 같이 목욕했다.

이따금 누나는 개가 우리의 친밀도를 의심하듯 물끄러미 보면 나에게 자기를 한 대 치라고 말했다. 나는 자리에서 일어나 누나의 머리 위로 팔을 크게 휘둘렀다. 누나의 뺨을 때리는 줄 알고 놀란 개가 나에게 달려들려는 듯 짖었다. 한참을 으르렁대다가 누나가 괜찮다는 것을 느끼고는 안심하고 자기 방석으로 돌아갔다. 나중에는 아무리 때리는 척을 해도 본체만체했는데 우리보다 먼저 우리가 연인이 되리라는 것을 알았던 것 같다. 후각이 발달한 종으로서 연인으로 가는 중간 다리인 둘만의 농담과 규약의 냄새를 귀신같이 맡아서. 그렇게 우리는 개를 볼모로 삼아 개에게 신뢰를 증명하는 척하며 음흉하게도 우리끼리 친밀감을 쌓았고 허공을 가르는 가상 공격은 점점 본격적인 스킨십으로 넘어갔다.

날은 갈수록 더워져 바닥에 살이 끈적끈적 달라붙는 계절이 왔다. 누나는 열린 문틈으로 보이는 안방 침대를 가리키며 멀쩡한 침대를 놔두고 왜 바닥에서 자느냐고 물었고 나는 그게 바로 우리 집안의 오랜 미스터리였다고 말했다. 아버지가 어느 순간 갑자기 침대를 거부하고 바닥에 이불을 깔고 자기 시작했을 때의 황당함. 거실 바닥에서 자면 건물 계단을 오르내리는 사람들의 발걸음 진동이 고스란히 전달되어 괴로워했으면서도 그는 침대에 오르기를 거부했다.

"밤에 화장실에 갈 때마다 얼마나 조심했는지 몰라. 막내 누나는 일부러 아버지 머리 위로 넘어 다녔어. 그래야 아버지가 일찍 죽는다고. 장례식 때 그 이야기 하면서 오열하더라. 나도 아버지가 왜 그러는지 모르다가 아버지 꼴이 나자 저절로 알게 되었어. 떠 있는 걸 못 참겠는 거지, 불안해서. 사실 공중에 떠 있는 게 아닌데 침대에 누우면 안정이 안 돼. 몸이 조각조각 나뉘어서 흩어지는 것 같아. 가장 낮은 바닥에 몸을 붙여야 겨우 조각들이 모이는 느낌이 들어. 왜인지는 모르겠는데 아무튼 그래. 피엠에스(PMS)라 그러나? 요새 그런 거 있다던데. 너무 예민해서 탈인 사람. 그것도 병이래."

"그건 아닐 거고."

누나가 인터넷을 검색하며 말했다.

"에이치에스피(HSP, Highly Sensitive Person). 고감도 성격이셨던 거지."

나는 아버지가 보였던 우스꽝스러운 행동들에 대해 떠들었다. 그것은 약간 떠보기였는데 이미 아버지의 행동이 나에게도 발현되었기에 누나가 어떻게 반응하는지에 따라 어떤 행동을 감출지 가늠하고 싶었다.

“죽기 전에도 진짜 골 때렸는데.”

“아버지가 무슨 일을 하셨는데?

“뭐 그런 걸 물어.”

“안 돼?”

처음에 누나는 내가 왜 불쾌해하는지 이해하지 못했다. 잠시 후에야 “아, 아, 그런 거,” 하고 말했다. 누나에게 직업은 한 사람을 이해하는 최선의 방법이었다. 어디 사시는데요? 같은 질문으로 지대를 경유해 형편을 짐작하려는 의도 같은 게 없었다. 그랬기에 스스럼없이 무슨 일 하시는지 물을 수 있었다. 무례와 기품 사이에 놓인 듯한 그 질문이 아름답게 느껴졌지만, 등록금만 축내는 나를 누나가 어떻게 볼지 몰라 불안했다.

“고등학교에 있는 주차장을 관리했어. 주차 요금 받고, 이중 주차된 차 밀고, 교직원 전용 구역으로 들어가려는 차 몸으로 막고 그런 거. 술을 마시면 일 이야기를 했는데 컴플레인이 끔찍하게 싫다고 하더라고. 이번 달 주차비 냈는데 차단기가 올라가지 않는다고 차량 등록을 까먹은 게 아니냐고 따지는 것 같은 거 말이야. 집에서 항의 전화를 받기도 했는데 어떨 때는 죄송하다고 하고 어떨 때는 도리어 성질을 내서 왜 저러나 싶었어.”

“업무가 잡다하셨네. 나는 이거 조금 저거 조금 하는 일은 싫더라. 컨베이어 벨트 계속 타는 게 낫지."

주요 업무는 주차 요금을 받는 것이었다. 차단기 건너편에 작은 관리실 겸 숙직실이 있었다. 침대와 의자 하나로 꽉 찬 그곳에는, 사람 머리통 하나가 겨우 들어가는 작은 창이 있었고, 아버지는 그 창을 통해 주차비를 받았다. 창문 귀퉁이에는 아버지가 직접 쓴 공지가 붙어 있었다.

두드리지 마세요. 알아서 나갑니다.

※ 22시 이후 정산 및 출차 금지

그러나 사람들은 이용 시간이 끝나도 관리실의 불이 켜져 있으면 창문을 두드렸다. 커튼을 쳐놓아도 두드렸다. 불을 끄고 커튼을 쳐도 마찬가지였다. 아버지가 자다 말고 짜증을 내며 나가면 사람들은 아버지의 짜증을 제압하듯 더욱 화내며 왜 곧장 안 나왔느냐고 따졌다. 출차가 안 된다는 것을 받아들이지 못하는 사람들은 차단기 앞에서 아버지가 나올 때까지 경적을 길게 울렸다.

"토끼처럼 놀란다. 토끼처럼 놀라."

아버지는 말하곤 했다. 어릴 적에 처음 그 말을 들었을 때는 갑작스러운 소리에 깜짝 놀란 아버지가 만화에서처럼 천장까지 펄쩍 뛰어올랐다가 냄새 밴 전기장판으로 추락하는 모습을 떠올렸다.

"같은 반 애가 키우던 토끼를 학교에 데려온 적이 있어. 2학년 땐가 3학년 땐가 그랬는데 우리가 종일 토끼를 쓰다듬고 예뻐해줬더니 집에 갈 무렵에 죽어 있더라고. 토끼는 예민해서 스트레스받으면 잘 죽는대. 아버지나 토끼나 신경이 너무 팽팽했던 거지."

"사람들이 시도 때도 없이 창문 두드려서 놀라셨다며."

누나가 개의 매너벨트를 갈아주기 위해 일어나며 말했다.

"그럼 그건 산재네. 예민한 거 타고난 기질이 아니라 산업재해네. 살아 계실 적에 노무사에게 한번 가보셨으면 좋았을 텐데."

"아니야, 그런 거. 그럼 나는 어떡해."

기분이 좋아진 개가 꼬리를 흔들며 다가와 내 입가를 핥았다.

"물려받은 게 아니면 내 등신 같음은 어떻게 설명해."

"이리 와, 형아 그거 싫어하잖아."

누나가 개를 말렸다.

나는 죽을 무렵의 아버지를 떠올렸다. 그는 틈만 나면 병원을 빠져나가 병원 건너편에 있는 '애견 숍'에 갔다. 매너 있게 창문을 두드리지는 않을지라도 갑자기 얼굴을 들이미는 사람들을 피해 투명 전시 케이스 가장 안쪽에 붙은 개의 뒷모습을 보며 사람들은 말했다.

"쟤 봐. 데려가달라고 꼬리를 흔들고 있어!"

아버지는 갇힌 개들에게 수시로 갔다. 그러나 정작 아버지는 개들을 똑바로 본 일이 없었다. 개로부터 완강히 등을 돌린 채 앞만 노려보았다. 병원 관계자와 마찬가지로 나도 아버지의 행동이 이해되지 않아 짜증만 났다. 그러나 연인이 부여한 새로운 시각으로 보자, 아버지가 사람들의 침범으로부터 개들을 보호하려 했다는 것으로 이해되었다.

아버지가 손수 적어 창문에 붙여두었던 공지가 떠올랐다. 두드리지 마세요. 토끼처럼 놀라지. 토끼처럼 놀라……. 누나의 시선을 거치지 않았다면 나는 아버지와 애완 숍의 개가 창문을 통해 노출된 취약한 존재들이었다는 것을 알지 못했을 것이다. 그러자 누나는 갑자기 거의 내 나이로 보였다.

*

누나와는 두 해를 사귀고 헤어졌다. 시작과 달리 끝은 모호했다. 매듭을 묶을 때와 다르게 풀리는 순간의 시작점을 찾기 어려운 것처럼 말이다. 서로에게 실망한 순간이 있었으나 헤어지기 두 달 전이었다면 문제가 되지 않았을 뿐 아니라 매력으로까지 느꼈을 테니 관점의 문제에 불과했다. 관점 이야기가 나와서 말인데 연인의 안면을 인식하는 데 있어서 권태가 모종의 역할을 하는 것 같다. 그렇지 않다면 이별에 가까워질수록 고개를 돌리다 우연히 발견한 누나의 얼굴에 내가 왜 그토록 실망했겠는가.

나이 든 여자.

누나는 결국 그것만이 되었다. 열거하기 어려울 만큼 많은 매력과 장점을 가졌음에도 불구하고, 예컨대 남의 인생을 자기가 옳다고 믿는 방향으로 꺾으려는 의지가 거의 없으면서도 의리는 넘친다거나—누나는 개의 불안도, 배뇨도 고치지 않았고 그러나 개를 버리지도 않았다—사랑이 저물어가면서 최종적으로 누나는 젊은 남자가 만나기에는 부끄러운 사람으로 좁아졌다.

누나가 변한 것이 아니라 사랑의 힘이 만들어낸 놀라운 관점의 변화가, 시간의 반격을 맞아 본래의 한심한 내 눈으로, 범속한 것에서 특별함을 발견할 줄 모르는 둔감하고 빤한 눈으로 돌아갔기 때문이었다. 그러자 나는 잠을 버리고 삶에 뛰어들려 노력했던 일들이 지겹고 귀찮고 번거롭고 짜증 나서 다시 잠으로 회피하기 시작했다. 개에게 그랬듯 누나는 나에게도 무엇을 하라거나 하지 말라고 요구하지 않았기에 나는 사귀는 동안 반항하듯 누나가 바랄 만한 일들을 했었다.

사귀고 1년이 지났을 무렵부터 나는 누나가 일하지 않는 요일에 일하기 시작했다. 우리는 개를 집에 혼자 두지 않기 위하여 번갈아 가며 여러 곳에서 일회적으로 일했다. 화장품 공장 물류팀에 출근하는 새벽에 잠에서 깨려고 거울을 보며 뺨을 착착 때릴 때면 내가 아내와 아기가 있는 늠름한 가장처럼 느껴졌다. 언젠가 누나는 천장 모서리를 보며 반은 씁쓸하고 반은 호기심 어린 목소리로 말했다.

“역할 놀이는 언젠가는 끝나.”

나는 그럴 리 없다고 맹렬히 우겼으나 내가 무엇을 부정하는지는 애매했다. 세 누나 사이에서 자란 막내둥이인 내가 낡은 양옥집에서 남편과 아버지 노릇을 하며 어른이 된 기분에 취했던 것일까. 우리의 사랑이 그토록 거짓이고 나의 자아를 드높이기 위한 디딤돌에 불과했던 것일까. 나는 모든 것을 다 아는 체하는 누나가 점점 지겨워졌고 매번 지는 것 같은 느낌도 싫었다. 그래서 한번은 소꿉장난 운운하는 누나에게 말했다.

"역할 놀이? 그렇다면 누나는 내 와이프가 아니라 장모뻘 아니야?"

그 말을 들은 누나의 표정은 기억나지 않는다. 그때 이미 회피가 시작되어 나는 고개를 돌린 채 내가 상처 입힌 사람을 보지 않고 바닥을 보고 있었다.

……그리고 또 기억나는 것은 아버지의 제사를 지내러 본가에 갔던 날이다. 헤어지기 반년 전이었을 것이다. 막내 누나가 부엌에서 줌으로 사람들과 조별 모임을 하고 있었다. 식탁에 놓인 소쿠리에서 부침개를 찢어 먹으러 누나 주변을 얼쩡거리다가 무심코 화면을 보았다. 대여섯 명의 얼굴이 격자식으로 떠 있었다. 내 나이 또래의 사람들. 누나가 이어폰을 빼고—강의가 아니었기에 도둑 수강이라는 저항 행동은 잠시 중지되었다—의자 옆으로 몸을 기울여 고개를 젖히고는 팔을 덜렁대며 말했다.

"애들이 너 잘생겼대."

기분이 우려할 만큼 좋았다.

며칠 후에 친구로부터 피자 가게를 개업했다며 '제수씨'와 함께 오라는 연락을 받았다. 나는 누나와 헤어졌다고 말했다.

……그다음으로 기억나는 풍경은 계속 자는 나와 얌전한 개다. 헤어지기 한 달 전이다.

나는 아웃소싱업체에서 연락이 와도 받지 않았다. 누나와 개와 산책하지 않았고 퇴근하는 누나를 데리러 나가지 않았고 누나가 둘만 아는 농담을 시도해도 대답하지 않은 채 잠시 쳐다보고 말았다.

술을 자주 마셨다. 발기 실패에 자존심이 상하는 사람은 누나보다는 나 자신이었고 술은 실패의 좋은 핑계가 되었다. 술을 마시지 않았다면 누나의 늘어나는 검버섯과, 한때는 노화의 매력적인 재치로 느껴졌던 무성한 음모 사이에서 발견된 한 가닥의 흰 털을 걸고넘어졌을 것이다.

같이 목욕하지 않게 되었다. 우리를 받아주었던 사랑의 함대인 구옥의 욕조에는 연인이 아니라 인형의 대가리만 튀어나온 화분이 들어갔다. 등유값이 급등하면서 누나는 샤워하기 위하여 값싼 공립 수영장에 갔다. 수영은 하지 않고 샤워만 해도 남는 장사라고 나에게 절약 팁을 알려주었다. 처음에 우리는 돈을 아낀다는 명목으로 한 욕조에 들어갔다. 그것이 나에게는 말 그대로 스킨십을 위한 구실이었는데 누나에게는 전부는 아닐지라도 약간은 현실이기도 했다는 것이 구질구질했다. 누나가 싫어진 만큼 개도 싫증 났다. 그러자 개도 나에게 알아서 거리를 두었다.

개를 때리거나 하지는 않았다. 잠보들의 의사 표현은 해를 끼치는 것이 아니라 책임을 방기하는 식으로 전달된다. 무엇을 하는 것이 아니라 하지 않음으로써 비겁하게. 개와 함께 있는 동안에도 나는 계속 잤다. 열두 시간 잤으면서 열두 시간 일하고 온 사람처럼 게걸스레 더 잤다. 잠이 덩치를 불려 집을 가득 메워 누나와 개를 현관 밖으로 밀어내길 바라며 신나게 잤다. 이따금 소변이 마려워 깨어나면 개는 짖지도 않고 나를 가만히 보고 있었다. 그 눈이 무서워서 나는 변기 커버에 오줌을 다 튀어가며 황급히 일을 보고는 침대로 돌아와 이마에 뿌려진 수마의 수면 가루를 문지르며 잠의 암흑으로 허겁지겁 도망쳤다.

어느 날 설핏 잠에서 깨니 누나가 개의 매너벨트를 갈고 있었다. 적어도 네 시간에 한 번은 갈아줘, 처음 누나가 개를 맡기며 했던 말이 떠올랐다. 하루 종일 갈아준 기억이 없었다. 축축하고 무거운 기저귀를 벗기자 개가 몸을 발톱으로 긁었다. 누나가 개를 안아 배를 살펴보았다. 하루 종일 오줌에 짓물러 배가 빨개져 있었다. 습기에 차서 쪼글쪼글해진 여린 살이 가물거리는 눈으로도 보였다. 누나는 개를 닦아주기 위하여 물티슈를 뽑으려다가 말았다. 주머니에서 손수건을 꺼내 반절을 물에 적셔 개의 빨간 살을 아주 부드럽게 닦아주고, 나머지 마른 반절로 물기를 닦아냈다. 매너벨트가 없는 사이에 개가 오줌을 누려 하자 누나가 팔뚝으로 막았다. 누나의 팔에 흰색에 가까운 흐리고 따뜻한 물이 흘러내렸다. 나는 눈을 감았다. 내가 잔인했기 때문에 모든 것이 더없이 귀찮게 느껴졌다.

며칠 뒤 누나가 자고 있는 나를 조심히 흔들며 헤어지자고 말했다. 다음 날 나는 본가로 돌아갔다. 구옥이 어머니의 것이었기에, 번거로운 서류 작업을 피할 수 있었다.

*

마지막으로 나의 최근 근황을 소개하자면, 오늘날 나는 행복하다.

새로운 대학에 다시 들어가 코로나가 끝난 캠퍼스에서 수업을 듣고 학식을 먹고 학생회까지 들어갔다. 데이팅 앱과 전통적인 연애를 동시에 진행하다가 여자친구에게 걸려서 합의하에 비독점적 관계로 바꾸었다. 그러니까 한마디로 나는 갓 성인이 된 어리숙한 남성이 지혜로운 연상 연인의 힘으로 회복하고 성장하는 통과의례 서사의 함의만큼, 딱 그만큼 행복하다.

해설

되돌아오기,
전혀 다른 자리로

최가은
(문학평론가)

되돌아오기

작가에게 가장 다루기 부담스러운 단어는 무엇일까? 소설가는 아니지만 글을 쓰는 일로 인생의 적지 않은 시간을 소모해온 나는 종종 이런 망상에 빠지곤 한다. 그건 아마 내게 가장 까다로운 단어가 정해져 있는 탓일 것이다. *사랑*. 나에겐 '사랑'이라는 단어가 가장 어렵다. 하나의 사물로, 개념으로, 정념 혹은 태도 그 무엇으로도 쉽게 포획되지 않고 거두어지지도 않는 대상.

물론 일상의 공기를 부드럽게 유영하는 세상의 어떤 단어라 해도, 문학의 액자 속으로 거처를 옮기면 그 존재의 성격이 낯설어지기 마련이다. 작가로부터 적극 해부되기로 결정된 단어는 지면 위에서 그와 어색하고 초조한 낯가림의 시간을 한바탕 견뎌내야 할 테니까. 그럼에도 왠지 '사랑'의 까다로움은 차원이 다른 것만 같다. 이유가 뭘까. 이 세상에 실은 사랑이 없어서? 아니면 사랑은 너무나 개인적인 차원의 것이라서……?

그보다 사랑이라는 단어를 그토록 어렵게 만드는 것은 글의 재료로서 '사랑'이 놓인 독특한 위상이다. '사랑'은 쓰는 즉시 과장된 느낌을 주는데, 그렇다고 누가 볼세라 도로 주워 담기에는 그것의 부재를 매끈하게 대체할 단어가 도무지 떠오르지 않는다는 점에서 묘한 재료다. 능숙한 작가라면 (잦은) 사용에 주의를 기울이겠지만, 세상에 존재하는 모든 단어를 동원해도 그보다 유려하고, 그보다 고상하며 또 그보다 정확하게 그것이 있던 자리를 채워낼 재간이 없다는 사실을 인정해야만 한다. 이처럼 의미의 초과와 미달 사이를 끝없이 왕복운동하는 사랑이라는 단어의 특성은 사랑의 속성 자체이기도 하다. 우리는 언제나 사랑보다 넘치게 사랑하거나 사랑보다 못하게 사랑하며, 그것이 좋든 싫든 우리의 문제가 언제나 사랑인 이유이다. 매일같이 '더 사랑'과 '덜 사랑' 사이에서 고뇌하는 우리이지만, 그중 누구도 스스로를 사랑의 전문가나 사랑의 해설가, 심지어 사랑의 주권자임을 자처하지 못함으로써 발생하는 영원한 미답의 상태.

사랑을 해부하지 않고 사랑에 가깝거나 먼 풍경을 그저 펼쳐 보이는 사랑 이야기가 세상에 이토록 많은 이유도 어쩌면 그 어려움 탓일지 모른다. 생김새도 강도도 전혀 다른 열두 편의 로맨스 앤솔러지 『신경 쓰이는 사람』은 사랑 이야기가 얼마나 다양하게 펼쳐질 수 있는지 그 무한한 가능성을 증명하는 듯하다. 로맨스란 으레 시작과 끝이 정해진 이야기이므로,

다시 말해 "두 사람이 있다. 사랑에 빠진다. 끝! 시작과 결말이 있으면 중간을 채우는 건 (설령 엉망진창일지라도) 가능"*할 것이기 때문에 '사랑' 해부를 대신하는 사랑 이야기가 세상에 넘쳐흐르게 된 걸까?

그런데 시작과 끝 사이를 화려하고 다채롭게 채워나간 열두 편의 소설은 '사랑'이라는 그 뻔하고도 낯선 단어가 반복하여 우리에게 되돌아오는 또 다른 중요한 이유 역시 알려주는 것 같다.

> 왜냐하면 결국은 그게 사랑이니까. 결국은 되돌아올. 하지만 전혀 다른 자리로.**

사랑의 대가이자 글쓰기의 대가 롤랑 바르트는 특유의 산발적이고 파편적인 언어로 사랑은 결국 되돌아오는 것이라고, 그러나 전혀 다른 자리로 그렇게 하는 것이라고 말한다. 반복회귀의 예감은 기본적으로 사랑이 지닌 강력한 힘을 증명한다. 미답과 미완의 답답한 운동을 영원히 지속하도록 만드는 사랑의 놀라운 힘. 그러나 바르트의 말에는 사랑의 무한한 회귀와 반복을 향한 낭만적 주술, 혹은 그에 값하는 기대만이 어려 있는 것은 아닌 듯하다. 그의 문장은 사랑 이야기를 계속해

* 이희주, 작업 일기 「로맨스를 쓰시겠어요?」, 달달북다 4 『횡단보도에서 수호천사를 만나 사랑에 빠진 이야기』, 북다, 2024, 79쪽.

** 롤랑 바르트, 『롤랑 바르트가 쓴 롤랑 바르트』, 류재화 옮김, 21세기북스, 2025, 108쪽.

서 다시 쓰고 또 읽는 일의 중요성을 선언하는 일이기도 하다.

사랑을 다시 쓰고, 심지어 다시 읽는 일이 왜 중요할까? 열두 편의 소설은 각자의 존재로 그 이유를 마련하고 있다. 『신경 쓰이는 사람』에 실린 소설들을 읽다 보면 우리는 사랑 이야기가 무엇보다 사랑이 사회적 산물임을 이해하게 하는 창이라는 사실을 깨닫게 된다. 다시 말해 로맨스는 두 사람의 감정적 교류를 다룬 이야기임을 넘어, 오늘날의 '나'와 '우리'의 존재 양식을, 그 양식들 간의 관계를 집요하게 들여다보게 하는 것. 그렇게 타자에 관한 깊은 사유의 시간을 제공하는 서사이다.

『신경 쓰이는 사람』은 2024년 여름부터 1년간 네 가지 키워드(칙릿, 퀴어, 하이틴, 비일상) 아래 독자들에게 매달 한 편씩 소개된 로맨스 단편소설 시리즈를 묶은 소설집이다. 사랑의 면면과 긴밀히 연결되어 있는 해당 키워드를 기준으로 소설을 다시 살펴보며, 오늘날 '우리'의 다양한 모양과 성격을 들여다보면 어떨까.

칙릿—새로운 의미 만들기

칙릿의 난감한 어원***은 해당 장르와 2020년대의 작가-독자 사이에 태생적인 거리감을 마련한다. 그래서일까. 몇몇 작가의

*** '젊은 여성'을 의미하는 영어 속어 'chick'과 문학을 의미하는 영어 'literature'의 줄임말인 'lit'을 합쳐 만든 조어. 김기란 · 최기호, 『대중문화사전』, 현실문화연구, 2009.

작업 일지에는 '칙릿' 장르에 대한 양가적 감정이 엿보인다.

솔직히 말해서 칙릿은 매우 난감한 주제다.*

칙릿을 맡게 된 당혹스러움과 칙릿 패러디를 향해 솟아나는 야심 사이의 팽팽한 긴장. 장르와 삐딱한 거리를 두고 마주 앉아 있던 세 작가가 탁월한 칙릿 재전유re-appropriation를 통해 멋진 칙릿 서사를 만들어낸 까닭이 여기에 있을 듯하다.

칙릿을 재전유한다는 것의 의미는 무엇일까. 재전유는 어떤 대상을 둘러싼 맥락을 변경함으로써 동일한 대상에 새로운 의미작용을 더하거나, 대상 자체의 의미를 변화시키는 것을 말한다. 그러니 작가들의 과제란 칙릿을 구성하는 요소를 확인하고, 그것의 맥락을 바꾸어 완전히 다른 의미의 칙릿을 만들어내는 것일 테다. 칙릿은 무엇보다 (젊은) 여성의 일과 사랑 이야기인데, 우리에게 익숙한 칙릿 서사란 대개 신자유주의적 명령이 결합된 버전이다. 다시 말해 여성의 일과 사랑 양자의 성공(부자-되기와 결혼)을 통과해야만 최종적으로 완성되는 이야기들이었다는 것. 김화진, 장진영, 한정현은 바로 이 '젊은' , '여성', '일', '사랑', '성공'을 각자의 방식으로 비틀고 다시 조립하며 새로운 칙릿 서사를 써낸다.

김화진의 「개를 데리고 다니는 남자」는 "서울에 사는 평범

* 한정현, 작업 일기 「목표는 언제나 멜로한 엔딩」, 달달북다 3 『러브 누아르』, 북다, 2024, 69쪽.

한 직장인1"**인 삼십대 여성 '모림'이 떡집 남자 '찬영'을 만나는 이야기다. 이십대 여성 서사의 전유물이었던 칙릿을 삼십대 여성의 무료하고 야망 없는 일상에 펼쳐 보이는 이 소설을 통해 독자는 '젊다'와 '여성' 사이에 설계된 생애주기적 의미와 그에 달라붙어 존속 중인 낡은 관습 및 감정의 찌꺼기들이 매우 고요하게, 그리하여 상당히 교묘한 방식으로 재탄생하는 모습을 지켜보게 된다.

과거에 결혼하지 않은 삼십대 여성이 결혼 시장에서 낙오된 인간 취급을 받았다면 지금은 어떨까. (여자는 '크리스마스 케이크'라는 뜨악한 비유가 칙릿 서사의 단골 멘트였다는 사실을 기억하자…….) 모림이 사는 삼십대의 시간은 "좀 구실을 하는 남자를 만났으면 좋겠"(29쪽)다는 직장 동료 '성아'(세상)의 조언 속에서 "3개월간 한 권의 책만을 읽는 습관"(11쪽)과 같이 고집스럽고 굼뜬 움직임을 지속하는 시간이다. 떡집 남자 찬영 그리고 그의 반려견 '약밥이'와의 산책 역시 무료하고 나른하게, 한편으로는 이렇다 할 관계 정리 없이 지속된다. 삼십대 여성의 '성공'을 기다리다 조금은 조급한 얼굴이 된 우리는 3개월간 단 한 권의 책만을 읽는 것 같은 이들의 산책을 지켜보며 천천히 깨닫는다. 모림의 일상이 이전과는 아주 조금 달라진 공기를 받아들이고 있다는 것. 다른 공기는 시간의 흐름을 온전히 뒤바꾸어놓기도 한다는 것을.

** 김화진 외, 『신경 쓰이는 사람—달달북다 앤솔러지』, 북다, 2026, 11쪽. 이하 이 책의 인용은 본문에 쪽수만 표기한다.

장진영의 「나의 사내연애 이야기」는 '여성'과 '일' 사이의 관계를 더욱 집요하게 들여다보며 여성 노동자의 곤란한 현실을 살핀다. 주인공 '수진'은 중소 모델 에이전시에서 의상 디자이너라는 아득해 보이는 꿈을 우회하며 산다. "파슨스 또는 앤트워프 정도는 졸업해야" 하는 의상계에서 "두메산골 출신"인 수진은 "지방 4년제는커녕 전문대도 나오지 못한 고졸"(55쪽) 여성이기 때문이다.

누군가는 은근한 마음으로 그녀의 신데렐라 스토리를 기대할 수도 있겠으나, 현실은 그리 녹록지 않다. 신입들 사이에서 가장 나이가 많은데도 언제나 잔심부름의 대상이 되는 수진은 대표의 '클러치백 거치대'로서 자신의 말(지 않)은 바 최선을 다하는 노동자이지만, 세간에선 그의 '오피스 와이프'로 인식된다. 심지어 상사인 두 명의 팀장과 아무도 모르게 연애 아닌 연애 관계를 맺고 있으니 화려한 싱글의 삶 역시 그녀의 것이 아니다. 독자인 우리는 자신만의 부티크를 차리고, 톱모델 '조리 최'와의 연애를 이어가고 있다는 수진의 이상적 결말에 박수를 치면서도, 어쩐지 열심히 일해도 시종일관 "무시당한다고 생각"(60쪽)할 수밖에 없었던 수진의 씁쓸한 과거에서 쉽게 눈을 떼지 못한다.

이에 한정현의 「러브 누아르」는 마치 '성공'이라는 단어의 목을 조르려는 듯하다. 1980년대 서울. 여성의 일과 사랑이 성공에 다다르기가 특히 불가능했던 시대를 배경으로 펼쳐 보이는 소설이니 말이다. 여성에겐 제 이름조차 온전히 주어지지 않는 시대에 '선'의 일과 사랑 그리고 성공은 가능하긴 할까?

"여자고 흔해빠진 공장 경리"로서 "최하체"(105쪽) 취급을 받던 선은 소설의 후반부에선 여성 독서 모임에 참여하는 인물이 되어 있다. 독자는 그 과정이 그녀가 동경하고 좋아했던 '미쓰 리' 언니와의 달콤한 연애담으로 채워지길 기대하지만 소설은 그렇게 흘러가지 않는다. 그러나 둘 사이에 손 한 번 스친 기억이 없음에도 불구하고 독자에게 분명하게 남는 사실 하나가 있다. "선이 여기까지 온 건 모두 미쓰 리 언니로부터"(108쪽)라는 사실. '여기까지'가 어디인지, 그 의미가 무엇인지 아무것도 알 수 없지만 어쨌거나 한 사람을 향한 마음과 그와 맺는 관계 아닌 관계가 누군가를 '여기'까지 살아내게 만든다는 중요한 사실 말이다. 설령 그것이 왔던 길을 되돌아가는 것이거나 넘어진 자리에 머무는 것이라고 해도, 우리 삶에 무언가를 향해 떠밀리는 미약하고 고집스러운 움직임이 있었다는 사실이야말로 사랑의 증거가 아닐까.

퀴어—비스듬히 기운 이름들

이희주의 「횡단보도에서 수호천사를 만나 사랑에 빠진 이야기」(이하 「횡단보도」), 이선진의 「빛처럼 비지처럼」, 김지연의 「지나가는 것들」은 퀴어라는 단어의 스펙트럼을 넓게 구현하는 소설들이다. 퀴어한 인물이 퀴어 정체성을 고민하며 존재와 사랑에 대한 성찰에 이르는 이야기부터, 사랑의 핵심이 퀴어queer의 본래 뜻인 '이상한, 기이한'에 있음을 꿰뚫어보는 이야기까지. 두부처럼 슴슴하고 마라탕처럼 매콤하며 부정된 욕망의 그것처럼 쓰디쓴 사랑의 맛이 두루 펼쳐진다.

「횡단보도」는 괴이 혹은 '그것'과 사랑에 빠진 소년의 이야기다. 그러나 소년 '소라'가 사랑에 빠진 상대는 사랑해서는 안 되는 존재이기에 그들의 이야기는 세상에 비밀로 유지되어야 한다. 누구에게도 말해질 수 없다면, 그 사랑은 있는 것이랄 수 있을까?

흔히 사랑은 상대에게 나만이 지은 이름을 불러주면서 시작되는 것이라고들 한다. 그러나 '소라'는 '그것'에게 이름을 지어줄 수 없다. 자신이 지은 이름으로 '그것'을 부르면, '그것'이 정말 자신만의 환상으로 남을 것 같기 때문에. 세포 하나하나에 전율이 각인될 만큼 서로의 숨을 가까이에서 공유한 사이이지만, 그 좁고 깊은 방을 나서는 순간, 서로에게 마지막 인사를 건네는 순간 모든 일이 없던 일이 된다. 이는 사랑이 곧 상실, 즉 죽음과 본질적인 관계에 있다는 사실을 보여주는 동시에, 명명에서 배제되어 늘 실체의 부정과 의심 속에 내던져져 있는 퀴어한 존재들의 사랑을 보여준다.

「빛처럼 비지처럼」의 '모란'과 '유정'은 서로의 이름이 아닌 서로를 향한 마음의 언어를 발명한 레즈비언 커플이다. 보통 사람들이 "사랑해"라며 자신들의 마음을 표현한다면, 이들은 "해사해"(168쪽)로 그것을 달리 표현한다. 서로를 향한 마음이 '평범한' 이들의 것과는 확연하게 구별되는 독특하고 고유한 무엇이라는 표현일까? 그러나 "첫 애인이랑은 랑랑해였고 두 번째 애인이랑은 해랑해"(같은 쪽)였다는 모란의 '사랑해' 역사가 보여주듯, 사랑의 고유성은 고유함을 향한 덧없는 움직임

속에서 그저 변주되어가는 것일 뿐이다.

모란의 오빠 '순모'가 품었던 각별한 마음이 실은 전혀 모르는 사람에 불과했던 '세중'의 실체 앞에서 빠르게 식어 사라진 것처럼. 사랑은 이처럼 별것 아닌 것일까? 무려 퀴어 남매의 사랑이라 할지라도? 그러나 그토록 뻔하고 그처럼 특별할 것 없는 사랑이라 해도, "아래쪽이라기보다는 자기 자신 쪽으로"(197쪽) 고개를 숙이는 이를 가장 먼저 알아보고, 서로를 향해 비스듬히 틀어지는 관계가 된다는 것은 여전히 빛나는 일이다. 그것이 빛처럼 화려하게 번쩍이는 것인지 아니면 비지처럼 가만히 윤이 나는 것인지 우리 중 아무도 그 광채를 확언하지 못한다 해도.

「지나가는 것들」은 퀴어한 존재의 이 기울어짐이 세계에 어떤 자국을 남기는지 보여준다. 지방에 사는 이십대 초반의 레즈비언 여성 '미수'는 어플로 동갑내기 여성 '영경'을 만나 연애 같은 만남을 이어간다. 큰 장애물 없이 함께 많은 시간을 보내며 무난히 관계를 이어 나가는 이들이지만, 영경의 태도는 독점적 애인이라고 부르기엔 어딘가 의심스럽다. 미수는 영경의 유일한 연인이 맞을까? 과거 "삼촌인가 싶을 정도로 남자 같은 차림새"(214쪽)로 나타나 자신의 '다른' 존재감을 끝내 모두에게 설득시켰던, 그러고도 느닷없이 한 남자의 아내이자 두 아들의 엄마가 된 '지희 이모'가 떠오른다. 영경과의 이 불분명한 사랑 또한 언젠가 배신의 파국으로 막을 내리게 되는 것은 아닐까. 그때 미수는 부서지지 않고 온전히 존재할 수 있을까.

지희 이모가 가르쳐준 노래 가사 속 'sex'를 'dance'로 고쳐 부르라고 종용하는 세상의 기이한 논리는 "I wanna *dance* with you in bed"라는 어색하고 야릇한 문장을 만들어낸다. 일견 *dance*는 지배 규범에 끝내 굴복하고, 삭막한 규율에 꼼짝없이 갇힌 존재의 말로처럼 보인다. 그러나 제 기울어짐을 유지하며 문장에 박힌 *dance*는 그 꽉 막힌 세계의 구조에 균열을 생성하며 조용한 반란을 일으키는 중이기도 하다. 지나가는 것들, 어차피 지나가버릴 많은 시간 속에 제 모습으로 단단하게 웅크리고 앉아 있는 미수, 영경 그리고 많은 퀴어적 존재들의 모습이 기울어진 *dance*와 겹쳐 보이는 것이 우연만은 아닐 것이다.

하이틴—지나치게 선연한 시절

청춘 로맨스물을 성공시키려면 주인공에게 교복을 입히라는 말이 있다. 서사에 십대 시절을 삽입하면 사랑 이야기의 애상감, 상실감, 찬란함, 반짝임을 한 번에 획득할 수 있다는 뜻일 테다. '십대'와 '사랑'의 관계를 마치 진리처럼 인식하는 우리의 통념을 반영한 말이기도 한데, 실제로 십대 시절과 사랑에는 간단히 넘기기 어려울 만큼 닮은 구석이 있다. 모든 순간을 지나치게 선명하고 아프게 감각하지만, 그것의 총체적 의미는 쉽사리 포착하지 못한다는 것. 그래서 더 아련하고 서글픈 것.

예소연의 「어느 순간을 가리키자면」은 학교의 특성이자, 십대 시기의 복잡성을 다음과 같이 묘사한다. "그때 그 시절 우리는 무언가를 아주 절실히 참고 견뎌내고 있었는데, 그 무언가가 도대체 무엇인지는 아무도 알지 못했다. (……) 다들 마음에 그런 것을 꾹꾹 눌러 담은 채로 모여 있었다. 그러니까, 모여 있는 게 문제였다는 뜻이다."(245쪽)

뭐가 문제이긴 문제인데 그게 무엇인지 모르겠어서 참고 견디는 일만이 최선인 고통과 인내의 시간. 금세 지나가버렸으면 싶다가도 작은 것 하나도 잃고 싶지 않아 모든 순간을 과장하여 누리게 되는 처치 곤란한 마법 같은 시간이 십대라면, 머리끝부터 발끝까지 다종다양한 아이들을 한데 모아 그 시간을 함께 견디게 하는 곳이 학교이다. 그러다 보니 학교의 사랑 이야기는 치열한 성장담과 구별이 어렵다. '학교'라는 엄연한 법의 세계와 직접 대치하고, 때로는 그것에 순종하면서도 제 나름의 도덕과 진실의 체계를 다시 세워나가는 아이들. 이를 다른 말로 성장이라고 한다면, 그 모든 과정은 두 사람만의 것일 수 없다. 성장은 두 사람을 둘러싼 '우리'가 함께 관여하며 만들어가는 것이다. '동미'와 '석진'이 커나가는 시간에 '송미'와 '반 아이들', 그리고 심지어 '태준'까지 서로를 조금씩 나누고 지키며 만들어간 시간이 뒤섞여 있는 것처럼.

백온유의 「정원에 대하여」는 아이들의 존재가 서로에게 풍요로운 성장의 시간을 허용하는 동안에도 무자비하고 끈질기게 개입하는 세상의 각박한 논리를 덤덤한 어투로 보여준다. '정원'을 소극적으로 사랑한 '은석'의 이야기는 희락빌라의 상속인과 "사선으로 기울어진 땅에"(280쪽) 지어 올린 그 건물의 골칫덩이 B01호 거주자 사이의 관계로서, 사랑-성장담에 고집스레 관계하는 위계의 상징이기도 하다.

십대 시절이 유난히 아프고 반짝이는 이유 중 하나는 '나'의 의지와 상관없이 '나'의 관계가 조립되는 문제 때문일 것이다. 주거 공간이 인간에게 미치는 영향, 혹은 부모나 어른들의 관계가 아이들의 마음에 미치는 영향은 잔인할 정도로 투명하고 직설적이다. 은석과 정원은 서로를 향한 "소중한 감정을 마치 하찮고 거북한 것인 양 감추기에 급급"(314쪽)한데, 그것은 무엇보다 아이들을 둘러싼 세계가 비천하기 때문이다. 그러나 그와 같은 세상의 비천함에도 아이들은 서툰 각자의 성장담을 계속해서 이어 쓴다. "고백하는 순간이 우리가 마주하는 마지막 시간"(같은 쪽)이라는 서글픈 사실을 기회 삼아 둘 사이에 존재하는 위계를 아름답게 무너뜨린 순간이 남아 있기 때문일 것이다.

그렇기에 십대의 짧은 사랑은 두 사람의 평생에 준하는 시간 동안 길게 남겨질 흔적이기도 하다. 함윤이의 「위도와 경도」 속 두 아이가 둘만의, "오로지 그들만 아는 우주에 관한 이야기"(330쪽) 속에서 영원히 살게 된 것처럼.

세상의 시선에서 진지하게 '사랑'으로 받아들여지지 않지만, 그것과 무관하게 혹은 바로 그 때문에 서로가 서로의 법이 되는 우주를 만들어 오직 그곳에서만 유영하는 것. 그런 두 인물의 이야기가 십대 사랑담의 원형이기도 하다. 서로의 살갗에 접촉하는 것, 상대 몸의 움직임을 주시하는 것, "상대가 더 자라거나 늙고 있지 않은지 확인"(350쪽)하는 것만이 삶의 유일한 과제가 되는 폐쇄적이고 배타적인 우주. 두 사람에게 흐르는 시간은 단지 열흘도 10년에 가까운 시간처럼 길고 무거우며 선명하고 뚜렷하다. 서로가 서로에게 남긴 크고 작은 상처를 문신처럼 "가무스름하게 물든 자국"(351쪽)으로 만드는 거의 유일한 시간이 십대라는 우주에 있는 것은 아닐까.

비일상—안온한 일상 아래 은폐된 것들

사랑이 일상에 도착하는 비일상적 사건이라고 한다면, 로맨스 서사가 곧 비일상 서사일 것이다. 무료하고 나른한 하루하루에 풍성한 빛깔과 도파민을 주사하는 사건 중 사건의 등장이 사랑일 테니까 말이다. 그러나 이유리의 「하트 세이버」, 권혜영의 「애정망상」, 이미상의 「잠보의 사랑」이 주목하는 사랑의 비일상적 도래는 기이하고 환상적인 존재와의 만남을 통해 진정한 사랑의 있음을 증명하려는 상투적 서사와는 다른 길을 간다. 나의 주체적인 감정이라고 믿어온 사랑은 실상 우리의 생각보다 훨씬 더 깊이 자본의 논리에 오염되어 있으며, 망상과 페티시의 경계에서 어디까지가 나 자신의 욕망인지조차 분간할 수 없게 만든다. 사랑 앞에서 우리의 주체성은 위태롭게 흔들릴 뿐인 것이다. 이들이 보여주는 비일상 로맨스는 바로 그 지점에서, '사랑'이라는 안온한 일상적 명명 아래 은폐된 혐오스러운 잔여물의 집합소처럼 보인다.

「하트 세이버」는 무엇보다 현대사회의 사랑이 '감정 낭비'를 최소화하려는, 말하자면 가격 대비 성능의 투자 논리로 이해

되고 있는 현실을 비틀어 보여준다. 이는 인간관계를 상품화의 논리로 대체하는 자본주의적 모순이 극대화된 풍경으로, 오늘날 우리의 현실과 크게 다르지 않다.

무수한 연애 프로그램과 결혼정보회사의 성황은 사람을 조건으로 판단하려는 평가 심리에 기반하지만, 무엇보다 타자라는 불가해한 존재와의 끝없는 투쟁의 과정을 삭제하려는 경제 논리에서 기인하기도 한다. 소모적이고 비효율적인 갈등을 피하며 간편하게 합일에 이르려는 마음은 항간에서 유행하는 '자아 없는 남자'라는 괴랄한 판타지를 만들어내기도 한다. 그런데 자고로 사랑은 자아 없이 '나'에 맞춰주는 대상과 텅 빈 미소를 주고받는 일이 아니라, 위태로운 자아를 다시 한번 기꺼이 잃는 과정이 아니던가? 이런 말은 이제 너무 고리타분한가? 글쎄. '혜인'과 '재민'의 갈등 없는 관계, 각자의 자아를 잃지 않고 지속되는 안락한 관계 속 섬뜩함을 발견한 독자라면 사랑에 관한 낡은 질문을 무심히 넘겨버리기 어려울 것이다.

「애정망상」 역시 그와 같은 가성비 논리의 한 극단에서 리스크 없는 고막 남친과의 연애담을 만들어낸다. 현실 남자와의 '정상적' 관계 맺기는 너무 어렵다. 그건 세상 모든 이성애적 관계에 스몰 토크가 필수적이며, 대개의 남자들이 젠더 감수성을 얼마간 결여한 상태이기 때문이다. 스몰 토크에 능하지 못하거나 예민한 사람에게 현실 남자와의 관계 맺기는 최악의 경험이랄 수 있다. 이는 현실 연애를 거부하는 '지나'가 제 고막을 성실히 쓸어주고 만져주는 남자 '세진'과의 은밀한 관계에 집중하게 된 이유이다.

그런데 지나는 이처럼 사랑에서 폭력의 리스크를 제거하려는 자신의 욕망이 학창 시절 친구인 '가람'의 과잉 성애화된 욕망과 구별되지 않는다는 점에 대해 혼란스러움을 느낀다. 가람이 헤어진 연인의 신체 조각을 모으며 쾌락을 얻는 것, 좋아하는 남자를 스토킹하며 그의 사생활을 침범하는 것은 자신이 지닌 어둠과 크게 다르지 않아 보인다. "아무에게도 사랑받지 못하고, 관심받지 못하는 삶이 두렵고 무섭다는 걸"(437쪽) 누구보다 잘 알고 있는 가람이 급기야 자발적으로 폭력의 대상이 되고자 할 때, 지나와 더불어 우리는 다음과 같은 위험한 질문을 연달아 제기하게 된다. 우리는 사랑과 폭력의 경계를 정말 잘 알고 있는 걸까? 폭력 없는 무한한 희생과 돌봄은 "내 사랑을 위해서라면 남의 사랑 같은 건 안중에도 없"(441쪽)는 배타적이고 이기적인 마음과 얼마나 다를까? 사랑에 관한 이 모든 난삽한 마음과 행동 양식을 선과 악으로 분명하게 나눌 수 있는 걸까?

「잠보의 사랑」은 스물다섯에 잠보가 되어 사회생활이 어려워진 한 남자의 사랑 이야기이다. 그가 잠보가 된 까닭은 자신과 가족을 괴롭힐 만큼 유난했던 아버지의 예민함이 대물림된 탓이다. "세상이 발하는 모든 소리, 빛, 냄새, 에너지가 그를 공격"(451쪽)하는 것처럼 느끼는 이들 부자의 강박은 대개의 지친 현대인들이 공유하는 적대감이기도 하다.

이때 이들의 삶에 층간 소음이나 이웃에 의해 남겨진 반려견의 울부짖는 소리가 더해진다면 어떨까. 아마 서사는 스릴러물로 바뀔 가능성이 클 것이다. 그러나 '나'에게 이 일은 개

주인 '선숙이 누나'와의 연애를 시작하는 발단이 된다. 거듭 파양을 당해온 아픈 개의 유기 불안을 자신의 방식으로 감당하고 있는 누나의 돌봄은 언뜻 동물 학대와 구별이 되지 않는다. 이처럼 학대와 방기, "헤픈 관용"(467쪽) 사이를 위태롭게 넘나들며 이어가는 누나와 개의 관계는 사십대 누나와 이십대 '나' 사이에서 펼쳐지는 기이한 연애와도 닮아 있다. 아버지의 예민함이 단지 유전적 요인이 아니라, 환경의 결과이기도 하다면 잠보의 예민함과 윗집 개의 울부짖음, 선숙 누나의 난감한 돌봄-방기는 이 엉망진창이 된 세계에서 서로의 존재를 최소한으로 인정하고 딱 그만큼 살려두는 이야기처럼 읽히기도 한다. 이게 사랑일까? 잘 모르겠다. 사랑이 아니라면 대체 무어라고 발음해야 좋을지도.

전혀 다른 자리로

> 동요, 상처, 침울, 또는 환희. 몸이, 저 바닥에서부터 머리 꼭대기까지 낚아채지거나, 자연에 침수되는 느낌. 그런데 이런 건 다 마치 내가 어떤 인용을 할 때 같다. 사랑의 감정 속에 있을 때, 아니면 사랑에 빠져 미칠 것 같은 기분 속에 있을 때, 만일 내가 말하고 싶은 게 있으면 나는 다시 찾는 게 있다. 그건 책, 독사, 어리석음이다. 몸과 언어가 얽히는데, 뭐부터 시작이 되는 걸까?*

* 롤랑 바르트, 같은 책, 162쪽.

이런저런 문장들로 최대한 표현해보려 했지만, 열두 편의 소설에 대한 감상을 온전히 언어화하는 일이 어렵게 느껴진다. 게다가 '사랑'이 무엇인가 하는 것에 대해서는 소설을 읽기 전보다 더 모르게 된 것 같다. 아무래도 그런 게 사랑의 특성이니까.

다시 한번 사랑의 대가 바르트를 인용하자면, 그는 "사랑의 감정 속에 있을 때, 아니면 사랑에 빠져 미칠 것 같은 기분 속에 있을 때" 그것을 곧바로 언어화하지 못해 무언가를 다시 찾는다고 한다. 책, 독사doxa, 어리석음. 이처럼 사랑을 표현하려는 시도는 다른 사랑 이야기를 찾고 사랑으로 되돌아가는 일로써 이어진다. 몸과 언어가 순서 없이 얽히는 일. 그러니 사랑은 되돌아오는 것이지만, 전혀 다른 자리로 그렇게 하는 것이다. 책을 덮은 당신과 나는 이제 다음의 사랑 이야기를 찾아 나선다.

신경 쓰이는 사람

초판 1쇄 발행 2026년 2월 27일

지은이 김화진 장진영 한정현 이희주 이선진 김지연 예소연 백온유 함윤이 이유리 권혜영 이미상

펴낸이 허정도
편집장 박윤희
책임편집 이민희 디자인 박지은
마케팅 신대섭 김수연 배태욱 김하은 이영조 제작 조화연
2차 저작권 문의 안희주 문주영

펴낸곳 주식회사 교보문고
등록 제406-2008-000090호(2008년 12월 5일)
주소 경기도 파주시 문발로 249 (10881)
전화 대표전화 1544-1900 주문 02)3156-3665 팩스 0502)987-5725

ISBN 979-11-7061-366-4 (03810)
책값은 표지에 있습니다.

• '북다'는 문학을 기반으로 다양하게 변주된 책을 선보이는 종합 출판 브랜드입니다.